RAYMOND
CHANDLER

雷蒙德·钱德勒作品

THE LONG GOODBYE

漫长的告别

〔美〕雷蒙德·钱德勒 著 宋佥 译

上海译文出版社

1

我的目光第一次落在特里·伦诺克斯身上的时候，他正坐在一辆停在舞者俱乐部门外高台下的劳斯莱斯银魂里，喝得醉醺醺的。停车场服务生已经把车开了出来，此刻却还在用手把住敞开的车门，因为特里·伦诺克斯的左脚依然在车外晃荡，就好像他忘了自己的这只脚一样。他的脸看上去很年轻，但头发却是骨白色的。从他的眼神中你可以看出他已经酩酊大醉了，但除此以外他看上去和其他任何一个穿着无尾礼服，在一家只为这一种用途存在的夜店里花了太多银子的棒小伙子别无二致。

坐在他身边的是一个姑娘。她的头发带着一抹漂亮的深红色，嘴角上挂着一丝冷冷的微笑，肩上的一件蓝色貂皮大衣几乎都要让那辆劳斯莱斯显得不足为奇了。几乎，但还差了那么一点儿。世上没有什么东西真能做到这一点。

这服务生属于那类司空见惯的人物——外强中干，他穿着一件白色外套，衣服正面用红字绣着这家餐馆的名字。他的耐性已经快到头了。

“我说，先生，”他的声音中透着一丝怒气，“您能不能把尊腿抬进车里去，好让我把车门给关上？还是说您要我一直扶着门，好让您从车里掉出来？”

那姑娘瞪了他一眼，这目光应该能从他脊背里往外戳出至少四英寸来。可这也没能吓得住他。在舞者俱乐部里，他们需要面对的各色人等会让你产生一种幻灭感：花在打高尔夫球上的大把银子在改善人格方面收效甚微。

一辆低车身的进口敞篷跑车滑进了停车场，一名男子钻出车厢，用车上的点烟器点了一支长卷烟。他穿着一件套头格子衬衫，一条黄色便裤，脚踩一双马靴。他信步走过时留下一串烟云缭绕的痕迹，眼睛看都不看那辆劳斯莱斯。也许他觉得那车已经过时了。他走到通向高台的台阶下，驻足掏出一副单片眼镜抵在眼前。

那姑娘忽然用千娇百媚的声音说："我有一个好主意，亲爱的。我们要不叫辆出租车去你家，把你的那辆敞篷车开出来怎么样？今晚我们开车去蒙特西托的海边兜风是再适合不过的了。我知道有人在湖边办舞会呢。"

那白发小伙儿礼貌地说："真抱歉，可那辆车我已经没有了。我迫不得已把它给卖了。"从他的嗓音和吐字判断，你根本想不到他今晚喝过比橘子汁更凶的东西。

"卖了，亲爱的？你这是什么意思？"她的身体沿着座位从他身边一路溜开，而她的声音远比她的身体溜得更快。

"我是说我迫不得已，"他答道。"为了换饭钱。"

"哦，我明白了。"现在就是把一份意式冰激凌放在她身上也不会化掉了。

服务生这下能给这白发小子准确定位了——低收入群体。"听着，伙计，"他说，"我得帮人停车了。下次再见吧——如果有下次的话。"

他任凭车门自行敞开。那醉汉随即从座位上滑了下来，一屁股坐在了柏油马路上。于是我走上前去帮了他一把。现在想来，去管一个醉汉的闲事恐怕永远都是个错误。即使他知道你在帮忙，即使他喜欢你，他还是免不了要猛地一下戳中你的门牙。我架着他的胳膊，帮他站了起来。

"非常感谢，"他礼貌地说。

那姑娘已经溜到了方向盘后面。"他喝多了的时候总是这么一口该死的英国腔，”她用不锈钢一般的声音说。“谢谢你扶了他一把。”

“我来把他扶到后座上去，”我说。

“很抱歉。我约会要迟到了。”她踩下离合器，劳斯莱斯开动了起来。“他就是条丧家犬，”她接着说道，脸上挂着冰冷的微笑。“也许你可以帮他找个家。他受过训的，不会在家乱撒尿——基本上不会吧。”

劳斯莱斯飞快地沿着门口的车道开上日落大道，向右拐了个弯儿，然后就不见了。服务生回来的时候我正望着她的背影，手上还架着这个男人。他这时已经睡熟了。

“哎，这样也好，”我对那白制服说道。

“可不是吗，”他冷嘲热讽地说。“干吗要让一个醉汉来糟践它呢？看那漂亮的曲线。”

“你认识他？”

“我听到那妞儿管他叫特里。除了这个，他对我来说和奶牛屁股没什么区别。不过我来这里只有两个礼拜。”

“帮我把车开过来好吗？”我把停车票递给了他。

等到他把我的奥尔斯开过来的时候，我已经感觉像是提着一袋子铅块了。白制服帮我把他扶进前排座位。这位顾客睁开一只眼，谢过我们后，又一头睡过去了。

“他是我碰见过的最有礼貌的醉汉，”我对白制服说。

“他们大小形状各不相同，教养做派也五花八门，”他说。“可他们全都是流浪汉。看起来这位像是做过整容手术。”

“没错。”我给了他一美元，他说了声谢谢。整容手术的事情他一点没说错。我这位新朋友的右脸僵硬泛白，上面有接缝线一般的细微疤痕。疤痕处的皮肤像是泛着光泽。整容手术——而且相当的大刀阔斧。

“您打算拿他怎么着？”

“带他回家，让他清醒清醒，好告诉我他住在哪里。”

白制服朝我咧嘴一笑。“好吧，傻瓜。要是换做我，我就把他扔在臭水沟里，然后该上哪儿上哪儿。这些酒鬼只会给人惹麻烦，还一点都不好玩。我有一套关于这些东西的哲学。如今的竞争这么激烈，你平时得养精蓄锐，才能在干架的时候保护好自己。”

“看得出来，你在这方面干得非常成功。”

他一脸困惑，接着恼羞成怒，可这时我已经钻进车里，发动引擎了。

当然，他说对了一半。特里·伦诺克斯是给我找了不少麻烦。可毕竟，我就是干这一行的。

那年我住在月桂谷区亚卡大道上的一栋房子里。那是在死巷子里的一座小宅，坐落在半山腰上，一长段红杉木台阶通向前门，沿途是一小片桉树林。屋里配了家具，房东是一个去了爱达荷州，打算和寡居的女儿住上一阵的妇人。房租很便宜，部分是因为房东希望能够在回家前只需提前很短的时间通知我，部分是因为这段台阶。她年纪大了，每次回家都要面对这些台阶已经让她力不从心了。

我想方设法让这个醉汉爬上了台阶。他非常乐意配合，但他的腿就像是橡胶做的，他还总是不停地在一句道歉的话语说到一半的时候就突然睡了过去。我打开房门，把他拖进屋里，让他在长沙发上摊开身子，往他身上扔了一条小毯子，然后就任由他重返梦乡去了。他像头虎鲸一样打了一小时的鼾。然后突然之间他醒了过来，要求上洗手间。回来的时候他目不转睛地盯着我看，眯着眼，要求知道自己究竟在什么地方。我告诉了他。他说自己名叫特里·伦诺克斯，住在韦斯特伍德的一间公寓里，家里没有人在等他。他的声音清澈，吐字清晰。

他说他现在能消受一杯清咖啡。我拿来一杯，他小心翼翼地抿着，茶碟紧贴着茶杯托在手里。

“我是怎么来这里的？”他边问边打量着四周。

“你在‘舞者’门前的一辆劳斯车里醉过去了。你女朋友把你甩了。”

“的确如此，”他说。“她这么做是完全正确的。”

“你是英国人？”

“我在那里生活过。但我不是在那里出生的。如果我现在能叫辆出租车的话，那我就告辞了。”

“已经有一辆在等着了。”

下台阶的时候，他是自己爬下去的。去韦斯特伍德的路上，他没有多说什么，只是说我真是太好心了，给我添麻烦了，真是抱歉。这话他也许已经对太多人说过太多遍了，就像是自动从他嘴里冒出来的一样。

他的公寓狭小闷热，没有半点儿温情，就像是他今天下午刚刚搬进来似的。一张绿色的硬沙发前放着一张咖啡桌，桌上有一瓶半空的苏格兰威士忌，一碗化了的冰块，三只空汽水瓶，两只玻璃杯，一只玻璃烟灰缸，里面装满了烟蒂，有些上面有口红印，有些没有。这里没有一张照片，没有一件不论是哪种类型的私人物品。这就像是一间旅馆客房，有人租下它来，为的就是开个会，告个别，喝两杯，聊会儿天，再野合一场。它不像是住人的地方。

他请我喝一杯。我说谢谢，不必了。我没有坐。我离开的时候，他又谢了我一次，不过语气既不像是感谢我为他爬了一座山，也不完全是轻描淡写。他有一点颤抖，有一点害羞，但却礼貌得不得了。他站在敞开的房门后面，直到自动电梯升了上来，我也走了进去。哪怕他一无所有，但他至少还有礼貌。

他没有再提那个姑娘；他也没有提自己没有工作，没有前途，身上最后一个美元也已经付给了“舞者”，只为了一个高档靓妹，而她甚至不愿意多停留一分钟来确保他不会让巡警给扔进牢房，或是被某个凶悍的出租车司机从身上碾过去，再被抛到一片空地上。

乘电梯下楼的时候，我突然有一种冲动，想要回去把那瓶苏格兰威士忌从他跟前拿走。可这不关我的事，而且这么做也没有用处。他们总能想办法弄到酒，只要他们铁下心来。

我开车回家，一路上咬着嘴唇。我应该是条硬汉的，可这家伙身上的某样东西触动了我。我不知道那究竟是什么，除了他的白发、疤脸、清澈的声音，还有礼貌。也许这些就已经足够了。我没有任何同他再度碰面的理由。他只不过是一条丧家犬，就像那姑娘说的。

2

我再次见到他的时候是在感恩节后的那个星期。好莱坞大街两边的各家商店里这时开始堆满了各种价格虚高的圣诞节垃圾，各家报纸也开始扯着嗓门吆喝：你要是不早早地完成圣诞大采购，那可就大事不妙了。可不管怎样，大事总归要不妙的；它从来就没有妙过。

我在距我办公室所在的大楼大概三个街区远的地方看见一辆并排停靠的警车，车上的两个条子正盯着人行道上一家商店橱窗边的某样东西。那件“东西”就是特里·伦诺克斯——或者说是他的残留物——而那丁点可怜的残留物看起来也不怎么光鲜。

他正倚着一家店铺的门面。他必须找样能倚靠的东西。他的衬衫脏兮兮的，领子敞着，半边露在夹克外面，半边没有。他的鼻子皱缩成一团。他的皮肤极度苍白，那几条狭长的疤痕因此几乎都消失不见了。他的眼睛就像是雪堆里戳出来的两个洞。很明显，巡逻车的两个条子就要对他下手了，于是我赶紧走上前去，一把拉住他的胳膊。

“直起身来，给我走，”我装出凶巴巴的模样对他说，然后偷偷地对他使了个眼色。“你能走吗？是不是喝高了？”

他迷茫地打量着我，然后挤出了他那个半边脸的小小微笑。“我之前喝过，”他低语道。“眼下我猜我只是有一点——腹中空空。”

“好吧，但你的脚得挪挪了。你眼看就要给扔进醉鬼牢了[①]。”

他努力了一下，然后任由我扶着他从人行道上的流浪汉中间走过，来到路缘边上。那里停着一辆出租车，我一把拉开车门。

“他先走，”出租车司机边说边拿大拇指戳戳前面的一辆出租车。这时他扭过头来，看见了特里。“如果他肯走的话，”他又补充了一句。

“情况很紧急。我朋友病了。”

“没错，”司机说。“他可以换个地方去生病。”

“五块钱，”我说。“快快露出你那美丽的笑容吧。”

“哦，那好吧，”他说着便把手中一份封面上画着个火星人的杂志插在了后视镜后面。我把手伸进车里，拉开车门，把特里·伦诺克斯扶了进去，这时那辆巡逻车的阴影遮蔽了另一侧的车窗。一个灰发警察钻出车门，走上前来。我绕过出租车迎了上去。

“就耽误你一分钟，老弟。这里什么情况？那位衣物上有污迹的先生真是你的一位密友吗？”

“我们亲密得足以让我判定他需要一位朋友。他没喝醉。”

“出于财务上的原因，毫无疑问，”警察说。他伸出一只手，我把驾照放了进去。他看了看，递还给我。“噢噢，”他说。“一个私家探子在接客户。”他的音调变了，换上了一副凶巴巴的口吻。“这也让人对你有了几分了解，马洛先生。他呢？”

“他名叫特里·伦诺克斯。他是拍电影的。”

“很好。”他把身子探进出租车里，紧盯着坐在后排角落里的特里。“我得说，他有一阵子没有工作了。我得说他有一阵子没在屋里睡觉了。我甚至得说，他是个盲流子，因此我们恐怕得把他请进去了。”

---

① 醉鬼牢，指在美国专门拘押醉汉的囚区或场所。

“你的逮捕完成记录该没有少到这种程度吧，”我说。“在好莱坞不至于如此。”

他还在看着特里。“你的朋友叫什么，伙计？”

“菲利普 · 马洛，”特里慢吞吞地说。“他住在月桂谷，亚卡大街。”

警察把脑袋从窗户缝里抽了出去，转身打了个手势。“你说不定是刚刚告诉他的。”

“说不定是，可我没有。”

他瞪了我一两秒钟。“这次我就信了你，”他说。“别再让他上街了。”他钻进警车，呼啸而去。

我回到出租车里。我们穿过三个街区多一点的距离，来到我的停车位前，换上了我自己的车。我掏出一张五美元的钞票给司机。他拘谨地瞥了我一眼，摇了摇头。

“就按计价表给吧，伙计。或者你愿意的话，付我一块钱也就地道了。我自己也潦倒过。在弗里斯科。那会儿也没有一辆出租车愿意拉我。那真是个铁石心肠的地方。”

“三藩市，”我机械地说。

“我管那儿叫弗里斯科，”他说。“让那些少数族裔见鬼去吧。谢了。”他接过一美元后便离开了。

我们去了一家免下车餐厅，那里的汉堡包做得还不至于连狗都不愿意吃。我喂了特里 · 伦诺克斯两个汉堡和一瓶啤酒，然后开车带他回家。那段台阶对他依然是个挑战，可他咧咧嘴，喘着气，爬了上去。一个小时过后，他洗浴修面完毕，看上去又像个人样了。我们端着两杯非常温润的酒坐了下来。

“算你走运，居然还记得我的名字，”我说。

“我用心记的，”他说。“我还查过你的联系方式呢。我本该这样做的。”

“那你为什么不给我打个电话呢？我一直住在这里。我还有间办公室。”

“为什么要麻烦你呢？”

“看起来你反正是非得麻烦某个人不可了。看起来你不像是有很多朋友的样子。”

“噢，我有朋友，”他说。“算是朋友吧。”他转着桌面上的玻璃杯。“开口求人帮忙可不太容易——尤其是当这一切都只能怪你自己的时候。”他抬起眼睛，露出一个倦怠的微笑。“也许我哪天真能把酒给戒了。他们都说这是能做到的，对不对？”

“要三年。”

“三年？”他看上去像是大吃了一惊。

“一般说来，是要这么久。那是一个完全不同的世界。你得让自己习惯一组相对黯淡的色彩，一类相对安静的声音。你得考虑到旧习复发。你过去熟识的所有朋友现在都会显得有一点点奇怪。你甚至都不会再喜欢他们中的大多数了，而他们也不会太喜欢你了。”

“这变化应该说不算大，”他说。他扭过头去，看着码头。“我有一只两百美元的手提箱寄存在好莱坞汽车站。要是我能把它弄出来的话，我就去买一只便宜的箱子，把寄存的那只给当了，弄来的钱就够我坐巴士去维加斯了。我能在那儿找一份工作。”

我一言不发。我只是点头，坐在那里，摆弄着我的那杯饮料。

“你在想我为什么没有早一点想到这个主意，”他轻声说。

“我在想，这桩事情背后藏着些和我没有半点关系的东西。你确定能找到工作吗，还是说那只是你的心愿？”

“确定无疑。一个跟我在部队里很熟的伙计在那儿开了一家挺大的俱乐部——水龟俱乐部。当然咯，他算半个混黑道的——他们全都是——可另外那一半却是个好人。”

“我可以出车费，再额外多给你一点。但我希望这笔钱不至于是肉包子打狗。最好是先跟他通个电话。”

“不必了，谢谢。兰迪·斯塔尔不会让我失望的。他从未让我失望过。再说，那只手提箱能当五十美元。我有经验。”

“听着，”我说，“你需要多少，我来出。我不是什么豆腐心肠的大傻蛋。所以我给你什么，你就拿着，然后给我好好地混。我只希望不要再为你烦心了，因为你扯动了我心里的某种感觉。”

“真的吗？”他低头看着玻璃杯，小口抿着饮料。“我们只见过两次，两次你都对我够意思得不得了。什么样的感觉？”

“就是我下次见到你的时候，你会陷入更大的麻烦，就连我也没法拉你出来了。我不知道自己为什么会有这样的感觉，可我就是有。”

他用两只指尖轻轻抚过右脸颊。“也许是因为这个。它确实会让我显得有点阴森，我想。可这是一处荣誉伤疤[①]——或者至少是其造成的结果。”

“不是这么回事。我根本不在意那种东西。我是个私家侦探。你是一个我不必解决的问题。可这问题依然存在。管这叫直觉吧。或者，如果你想要十二分文雅的话，就叫它个性感知吧。也许‘舞者’门前的那个姑娘不只是因为你喝醉了才甩你的。也许她心里也起了某种感觉。”

他淡淡一笑。“我和她曾经结过婚。她的名字叫西尔维娅·伦诺克斯。我是图她的钱才和她结婚的。”

我站起身来，皱起眉头瞪着他。“我给你弄点炒蛋来。你需要吃东西。”

“等一等，马洛。你在想，为什么我穷困潦倒，西尔维娅钱多得用不完，而我却不能问她借点钱来花。你听说过自尊吗？”

---

① 荣誉伤疤，指在战场上英勇负伤后留下的疤痕。

“我快笑死了，伦诺克斯。”

“是吗？我的尊严是很独特的。那是一个一无所有者的尊严。要是我惹你烦了，那我道歉。”

我出门走进厨房，做了份加拿大培根配炒鸡蛋，外加咖啡和吐司。我们坐在早餐角里吃了起来。这在我这栋房子建成的那个年代里是标配。

我对他说，我得去办公室了，回来的路上会帮他把手提箱提出来。他给了我行李票。他的脸上现在有了一点血色，眼睛在头颅里陷得也没有那么深了——它们刚才深得像是你得把手伸进去才摸得着一样。

出门前，我把威士忌放在了沙发前的桌子上。“拿出你的尊严来待它，”我说。“另外，给维加斯那边打个电话，就算帮我个忙吧。”

他只是微笑，然后耸了耸肩。下台阶的时候，我的心里依然堵得慌。我不知道这是为什么，就像我不知道为什么一个男人情愿饿得半死，在大街上晃悠，也不愿意把自己的衣服拿出去当一样。不论他信奉的规则是怎样的，他确实是按这样的规则行事的。

那只手提箱是你这辈子见过的最让人目瞪口呆的物件。箱子的材质是漂白的猪皮，新的时候一定是奶白色的；上面的配件是金子做的。这东西一定是英国制造的，就算你能在这里买到，价钱大概也更接近八百美元，而不是两百。

我砰的一声把箱子放在他面前。我看了看鸡尾酒桌上的那瓶酒。他滴酒未碰。他神志跟我一样清醒。他抽着一支烟，但不是特别适应。

“我给兰迪打过电话了，”他说。“他很生气，因为我先前没有给他打过电话。”

“要找人帮忙，还是得找陌生人，”我说。“西尔维娅送你的礼物？”我指了指手提箱。

他看着窗外。“不。这箱子是我在英格兰得到的，远在我遇到她之前。确实是很久以前了。我想把它留在你这里，如果你能借我一只旧箱子的话。”

我从钱包里掏出五张二十块来，放在他面前。“我不需要抵押。”

“根本不是这么回事儿。你不是开当铺的。我只是不想带着它去维加斯。再说，我也不需要这么多钱。”

“好吧。钱你拿着，手提箱我来保管。不过我这房子很容易被偷的。”

“没关系，”他满不在乎地说。“真的没关系。”

他换了身衣服，五点半左右我们在莫苏家吃了晚饭。没有喝酒。他在卡哥上了巴士，我则开车回家，一路上思绪飘忽不定。他的空手提箱还摆在我的床上，刚才他就在那里打开箱子，取出东西，塞进了我的一只轻飘飘的箱子里。他的箱子还配有一把金钥匙和几把锁，钥匙就插在其中一把锁里。我把空箱子锁上，将钥匙系在提手上，然后把箱子放进衣橱的最上面一格。凭手感箱子里面不见得真的空无一物，可这不关我的事。

这是一个平静的夜晚，房间里比往常似乎更显得空空荡荡。我摆开王车后卒，跟斯泰尼茨[①]下了一局法兰西防御。他用四十四步战败了我，可我也让他出了一两把冷汗。

第三十九步时，电话响了，说话的是一个我之前听到过的声音。

“是菲利普 · 马洛先生吗？”

“没错。我是马洛。”

“马洛先生，我是西尔维娅 · 伦诺克斯。上个月的某天晚上，我们曾在‘舞者’门前有过一面之缘。我后来听说，您非常好心地送了特里回家。”

---

① 威廉 · 斯泰尼茨（1836—1900），奥地利（后入美国籍）国际象棋大师。

“确实如此。”

“我猜您大概知道我和他已经不是夫妻了，但我还是有一点为他担心。他退掉了自己那套在韦斯特伍德的公寓，但好像没有人知道他现在在哪儿。”

“我们相遇的那天晚上，我已经注意到了你有多为他担心。”

“听着，马洛先生。我和这个男人有过一段姻缘。我不是特别同情醉鬼。也许我当时有点不近人情，也许我那时手头有急事。你是个私家侦探，如果你愿意的话，这一切都可以用职业眼光来看待。”

“现在什么眼光都不需要了，伦诺克斯太太。他已经上了一辆开往拉斯维加斯的巴士。他在那儿有一位朋友，那人愿意给他一份工作。”

她的语气蓦然间拨云见日。“噢——去拉斯维加斯？他还真有情啊。那是我们结婚的地方。”

“我看他是忘了，”我说，“不然他就该去别的地方了。”

她没有挂断电话，而是哈哈一笑。撩人、轻巧的笑。“你对客户总是这么粗鲁吗？”

“你不是客户，伦诺克斯太太。”

“指不定哪天就是了。谁知道呢？那我们就说，对你的女友吧。”

“我的回答不变。这伙计穷困潦倒，又脏又饿，身无分文。你要有心的话，完全可以去找他。他那时不想从你这儿拿一分钱，现在大概也不想从你这儿拿一分钱。”

“关于这一点，”她冷冷地说，“你不可能有半点了解。晚安。”她挂上了电话。

她的话真是太对了，而我真是错得离谱。可我当时不觉有错。我只是很恼火。她要是早半个小时打电话来的话，说不定我的火气就足以让我把斯泰尼茨杀个落花流水了——只是他已经死了五十年了，而那盘棋局也只是某本棋谱里的。

3

离圣诞节还剩三天的时候，我收到了拉斯维加斯银行开出的一张面值为一百美元的银行本票，后面还附了一张写在旅馆信纸上的便条。他向我道了谢，祝我圣诞快乐、万事如意，说他希望能够很快和我再见面。重磅消息在附言里。“西尔维娅和我就要开始度第二次蜜月了。她说，请不要因为她想再试一次而怪罪她。”

余下的故事我是在报上社会版块的某个八卦专栏里读到的。我不常读这类东西，只有在我把其他栏目都讨厌了个够的时候才会翻到这里。

“亲爱的读者们，在得知特里与西尔维娅·伦诺克斯在拉斯维加斯破镜重圆的消息后，本报记者激动不已。众所周知，西尔维娅是称雄旧金山与佩布尔比奇的百万富翁哈兰·波特的小女儿。她正着手让马塞尔·杜豪与让娜·杜豪以当今最最前卫、最最时髦的风格重新装修她那套位于恩西诺的豪宅——从屋顶到地窖。柯特·韦斯特海姆——西尔维娅的前任——把这座只有 18 个房间的小棚屋作为结婚礼物送给了她，如果你们还记得的话。那柯特上哪儿去了呢，你也许会问？还是说你根本不在乎？移驾圣特罗佩斯了[①]，而且我听说是永久性的。候驾的是一位血统非常、非常纯正的法国女公爵，膝下还有两个可爱至极的小天使。哈兰·波特对于两人再婚有什么看法，你也许会问？那你就只能去猜了。波特先生从不接受采访。你们还能找到比这更独家的报道吗，亲爱的读者们？”

我把报纸扔进角落，打开电视机。在欣赏过了社会版块狗仔队的呕吐物后，甚至连摔跤手们看上去都俊俏了起来。不过那些事情可能不

① 圣特罗佩斯位于法国的里维埃拉，是富翁的消暑天堂。

假。既然已经上了社会版块，那它们最好是真的。

我在脑海里想象着那座 18 个房间的小棚屋里堆着波特家的几百万美元，更不用提杜豪夫妇以最最时髦的亚生殖崇拜象征主义风格打造的室内装潢了。但我完全想象不出特里 · 伦诺克斯穿着百慕大短裤在其中一座游泳池边闲庭信步，一边用无线电话吩咐管家冰镇香槟、烧烤松鸡的模样。我也没有理由去如此想象他。如果这家伙想要做条让人指指戳戳的毛毛虫，这完全不关我的事。我只是不想再见到他了。但我知道，我会的——哪怕仅仅是因为他那只该死的镀金猪皮手提箱。

这是一个三月的傍晚，五点左右，天下着雨。就在这时，他走进了我那间破破烂烂的脑力工场。他看上去像是变了个人：老成，非常清醒、严肃，而且镇定自若。他的模样像是一个已经学会了从容面对各种明枪暗箭的人。他穿着一件乳白色的雨衣，戴着手套，没戴帽子，一头白发就像飞禽胸口的羽毛一样柔顺。

“我们找家清静的酒吧喝上一杯吧，”他说，口气就像是他之前只是走开了十分钟似的。“当然，那是在你有时间的情况下。”

我们没有握手。我们之前也从没有握过。英国人不像美国人那样整天握手。虽说他不是英国人，但他还是染上了一点他们的习气。

我答道：“我们还是去我那里拿上你的手提箱吧。那东西一直让我有点操心。”

他摇摇头。“你要是愿意替我保管的话，我会感激不尽的。”

“为什么？”

“只是我的一个心愿。你介意吗？它与我曾经并非一无是处混吃等死的那段过去有着某种联系。”

“真是有病，”我说。“但这不关我的事。”

“如果你是在担心那箱子是偷来的话——”

“那也不关我的事。我们去喝你刚才说的那酒吧。”

我们去了维克多酒吧。他开着一辆深褐色的“木星爵卫”，车上装了一个薄薄的帆布遮雨车篷，下面的空间刚好只够坐我们两个人。车里面是灰白色的皮质椅套，还装点着像是银制的小附件。我算不上是汽车迷，可是这辆该死的车确实让我流了几滴口水。他说这车能瞬间加速到六十五码。车上配了一根矮墩墩的变速杆，高度只及他的膝盖。

“四速的，”他说。“他们还没有为这样的宝贝发明出自动挡来呢。可你也不需要自动挡。上坡的时候你也可以直接挂到三挡启动；路上开车的时候你最多也只能挂到三挡了。”

“结婚礼物？”

“不过是个小意思——送这种礼物的时候她只会轻描淡写地说一句‘我碰巧在橱窗里看见了这个小玩意儿’。我算得上是个给宠坏的孩子了。”

“真幸福，”我说。“如果这样的生活没有代价的话。”

他飞快地瞥了我一眼，然后把视线转回到被雨水打湿的路面上。双雨刷轻柔地在挡风玻璃上嗖嗖掠过。“代价？任何事情都有代价，伙计。你是不是觉得我不幸福？”

“不好意思。我说错话了。”

“我有钱了。谁他妈的想要幸福？”他的嗓音里有一种我之前从未听到过的悲伤。

“你喝酒的习惯怎么样了？”

“优雅得体得无懈可击了，老朋友。不知怎的，我好像管得住这个老毛病了。不过，谁知道呢？”

“也许你从来就不是一个真正的酒鬼。”

我们坐在酒吧吧台的一角里，喝着兼烈酒。“这儿的人不知道该怎么调这个酒，”他说。“他们说的兼烈就是酸橙汁或者柠檬汁加金酒，再兑一丁点甜的或是苦的。真正的兼烈是一半金酒兑一半罗斯柠檬汁，不添任何别的东西。这酒可以把马提尼甩开十条街。”

“我对酒不那么讲究。你和兰迪·斯塔尔处得怎么样？干我这行的都知道他是个狠角儿。”

他身子往后靠了靠，脸上一副若有所思的表情。“我猜他的确是个狠角儿。我猜他们全都是狠角儿。可是他表面上并不显山露水。我还可以跟你说几个同在好莱坞黑道场上混的伙计，他们一看就是那样的人。兰迪可不想这样。在拉斯维加斯，他是一个合法的生意人。下次你去那里的时候，你可以去见见他。他会跟你成哥们儿的。”

“不太可能。我不喜欢流氓。”

“那只不过是一种难听的叫法罢了，马洛。我们现在的世界就是这样的。两场世界大战给了我们这样一个世界，我们也将把它维系下去。兰迪、我，还有另外一个伙计曾经一起经历过一点小麻烦。这在我们之间建立了一种纽带。”

“那你在需要帮助的时候为什么不去找他呢？”

他一口气喝干了杯里的酒，朝侍者打了个手势。“因为他无法拒绝。”

侍者又拿了两杯酒来。我说：“这话在我听来纯粹是空话。如果这家伙真的碰巧欠你点儿什么的话，那你就站在他的位置上想想。他会很乐意能有一个机会来还你这个人情的。”

他慢吞吞地摇了摇头。“我知道你说得对；再说，我也的确问他讨了一份工作。可那一阵子我是真的干了活儿的。至于说问他要照顾、要施舍，那我可不干。”

“可你却愿意向一个陌生人讨这两样东西。”

他直视我的眼睛。“陌生人可以只管自己走路，假装没听见。”

我们喝了三杯兼烈（不是双杯分量的），他一点反应也没有。这点酒足以让一个真正的酒鬼酒兴大发了。如此看来，他的酒瘾说不定真的治好了。

喝完酒后，他开车送我回办公室。

“我们八点十五分开晚宴，”他说。“只有百万富翁办得起这样的晚宴。可如今，也只有百万富翁的仆人忍受得了这样的晚宴。各式各样有趣的客人都会赶来赴宴。”

从此以后，他几乎养成了每天五点左右过来串门的习惯。我们并不是每次都去同一家酒吧，不过我们去维克多的频率确实最高。这地方对他而言也许有某种不为我知晓的意义。他一次都没有喝高过，这让他自己也很吃惊。

“这毛病一定就像是疟疾，”他说，“要么不发，要么就一发不可收拾。没事儿的时候，你会觉得自己像是从来没有犯过这病似的。”

“有件事我真搞不懂：一个像你这样的上层人士干吗要和一个私家探子喝酒呢？”

“你这是在谦虚吗？”

“不。我只是有点疑惑。我还算是个容易交朋友的人，可我们生活在不同的世界里。我甚至不知道你们住在哪里，只知道那是在恩西诺。我猜，你的家庭生活还算完满吧。”

“我没有家庭生活。”

我们又喝起了兼烈。酒吧里这时空空荡荡的。只有零星的几个嗜酒如命的老酒鬼像往常一样分散地坐在吧台前的凳子上，开始把自己灌倒。这类人总是动作异常缓慢地伸手去拿面前的第一杯酒，一面紧盯着自己的手，以免碰翻任何东西。

“我不明白你的意思。还是说你没打算让我明白？”

“‘大制作，没剧情’，就像电影界的那些人说的那样。我猜西尔维娅还算幸福，尽管那并不见得是因为和我在一起。在我们这个圈子里，这并不十分重要。你如果不用工作，也不用考虑花销的话，你就不愁没有事情做。虽说这些事并不怎么有趣，但有钱人从来就不懂什么叫有趣。他们也从来没有找到过乐趣。他们从来不做真正有难度的事情，除非那是勾引别人的老婆——可这种欲求和水管工的老婆渴望给客厅装一条新窗帘的心情相比就苍白得可怜了。”

我一言不发。我让他说个够。

“我基本上就是在消磨时间，”他说，“时间真难磨啊。打一小会儿网球，打一小会儿高尔夫，再游一小会儿泳，骑一小会儿马，还有那件妙不可言的乐事：看着西尔维娅的朋友们拼命支撑到午饭时间，然后开始向他们的宿醉发起进攻。”

“你去维加斯的那天晚上，她说过她不喜欢醉鬼。”

他笑了笑，扬起半边嘴角。我对他脸上的疤痕已经习惯了，平时甚至都不会注意到这一点，除非是某种神色的变化突出了有疤的那半边脸上的僵硬表情。

“她说的是没钱的醉鬼。有钱的醉鬼就只是酒量太大而已。就算他们在游廊上呕吐了，反正也有管家来收拾残局。”

“你不应该选择这样的生活。”

他仰起脖子，将杯里的酒一饮而尽，然后站起身来。“我得开溜了，马洛。再说，我已经让你觉得烦了——老天在上，我都觉得自己烦了。”

“我没觉得你烦。我受过训，知道该怎么倾听别人。我迟早会搞明白你为什么情愿做一条宠物贵宾犬的。”

他轻轻地用一只指尖拂过脸上的疤痕，脸上现出一丝若隐若现的微笑。“你应该问的是，她为什么想要把我留在身边，而不是我为什么想要待在那里，耐心地坐在我的锦缎垫子上，等着她来拍我的脑袋。”

“你喜欢锦缎垫子，”我边说边起身同他一道出门。“你喜欢丝绸毯子，喜欢摇铃，喜欢等着管家带着谦恭的微笑出现在你面前。”

“也许吧。我是在盐湖城的一家孤儿院里长大的。”

我们出了门，走进困倦的夜色。他说他想散步。我们来的时候开的是我的车；这次我动作够快，终于抢先买了一回单。我看着他消失在视线之外。就在他渐渐隐没在淡雾之中的时候，他的白发在一家店铺橱窗的灯光下蓦然一闪。

我更喜欢他烂醉如泥、穷困潦倒、饥肠辘辘、筋疲力尽，但却傲骨铮铮时的样子。但也不好说。也许我只是喜欢那种优越感。他为这些事情给出的理由很让人费解。干我这行的都知道，有些时候应该直接发问，有些时候则应该小火慢炖，直到锅盖自己被顶开。每个有手段的警察都知道这一点。这就像是下棋或拳击中的一步妙招：有些人你得步步紧逼，让他们失去平衡；有些人你只需把他们堵在角落里，然后等着他们自己打败自己。

要是我那天就问他的话，他也许当时就把自己的人生经历向我和盘托出了。但我甚至从没有问过他的脸是怎么给人砸坏的。如果我问了，他也跟我说了，那这也许就能挽救几条人命。但也只是也许，没有保证。

4

我们最后一次在酒吧里喝酒是在五月份。那天比平常要早些，刚刚过四点。他看上去很累，人似乎瘦了，但他环顾四周时脸上却慢慢地绽开了一丝愉快的微笑。

“我喜欢酒吧在傍晚刚刚开门时的样子。这时，屋里的空气依然凉爽清冽，一切都亮闪闪的，酒吧招待照了最后一回镜子，瞧瞧自己的领带正不正，头发光不光溜。我喜欢酒吧后排架子上那些摆得整整齐齐的酒瓶，还有闪闪发亮的高脚杯和那种期待的感觉。我喜欢看着那伙计调出当晚的第一杯鸡尾酒，然后把酒杯放在挺括的衬垫上，再在旁边放上一小块叠得整整齐齐的餐巾。我喜欢慢慢地品酒。当晚的第一杯宁静的酒，在一家宁静的酒吧里——这真是妙不可言。”

我表示赞同。

“酒就像爱情，”他说。“初吻是魔法，次吻是亲密，三吻便是例行公事了。三吻之后，你要做的就是脱掉姑娘的衣服。”

“这难道不是好事吗？”我问道。

“这当然是一种高度的兴奋，但却是一种不纯粹的感情——审美意义上的不纯粹。我并不想对性嗤之以鼻。性是必要的，而且并不一定丑陋。可你总是得小心翼翼地去营造它。让性显得光鲜迷人可是桩要花大价钱的买卖，而且一分钱都不能少花。”

他环顾四周，打了个哈欠。“我最近睡得不好。这里不错。可是过一会，那些醉汉就要把这地方挤满了，到时候满屋子都是他们的嚷嚷和傻笑；那些该死的娘们儿也要开始搔首弄姿、挤眉弄眼了，她们还喜欢一边叮叮当当地摆弄该死的手镯，一边抛出预先打好包的风骚魅力。但再过一会儿，她们的魅力就会散发出一阵淡淡的，却毋庸置疑的汗馊味儿了。”

“放松些，”我说。“她们也是人，她们会出汗，她们会脏，她们也得上厕所。你以为她们是什么——在玫瑰色的薄雾中起舞的金蝴蝶吗？”

他喝干了杯里的酒，把杯子头朝下捏在手里，看着一滴酒在杯口慢慢成形，然后颤抖着滴落。

“我为她难过，”他慢吞吞地说。“她是个十足的坏女人。也许我以某种说不清道不明的方式喜欢着她。将来总有一天她会需要我的，到那时我就是她身边唯一一个不会欺骗她的人了。但也有可能到时候我会放手的。”

我只是看着他。“你把自己卖了个好价钱，”我沉默了片刻后说道。

“没错，我知道。我是个软弱的人，没有胆量，没有野心。我抓住了一只黄铜戒指，当我发现它不是金子做的时候，我大吃一惊。我这种人的一生中只有一个辉煌时刻，那就像是在高高的秋千上荡出的一道完美的弧线。此后，他的余生便只有一个目标了，那就是千万别从人行道上跌回阴沟里。”

“干吗说这话？”我掏出烟斗，开始填烟丝。

“她吓坏了。她吓得动弹不了了。”

“为什么？”

“我不知道。我们现在不怎么说话了。也许是被她家老头子吓的。哈兰·波特是个铁石心肠的混球。表面上一副维多利亚式的道貌岸然。可他骨子里残忍得就像盖世太保。西尔维娅是个婊子。他知道这一点，他也恨这一点，但他却无可奈何。所以他就等着，观望着：一旦西尔维娅掉进丑闻的烂摊子，他就会把她撕成两半，再把那两半埋在相距千里的两个坑里。”

“你是她丈夫。”

他举起空酒杯，狠狠地砸在桌沿上，发出砰的一声响。吧台招待瞪着他，但没说话。

“没错，哥们儿。没错。当然了，我是她丈夫。登记册上是这么说的。我就是那三级白色台阶、一扇绿色大门，外加那只黄铜门环——叩它的时候你只需叩出一声长音，两声短音，然后女仆就会把你领进那间收费一百美元的妓院。”

我直起身来，往桌子上扔了一张钱。“你的话实在太多了，”我说，“而且你说自己也说得实在太多了。回头见。”

我撇下他一个人坐在那里，径直出了门。借着酒吧里昏暗的光线，我依稀能分辨出他脸上的惊愕与苍白。他在我身后喊了一句什么，但我没有停步。

十分钟后，我后悔了。但是十分钟后，我已经不在那里了。他此后再没有到办公室来过。一次都没有。我戳中了他心里的痛处。

此后的一个月，我都没有再见到过他。他再次出现的时候是在一个清晨。这天早上五点，天刚蒙蒙亮，一阵接一阵的门铃声就把我从床上拖了起来。我步伐沉重地穿过走廊和客厅，过去开门。他站在那里，看上去像是一个星期没睡觉了。他身上披了件轻薄的宽大衣，衣领竖着，大衣下的身体似乎在颤抖，头上一顶深色的呢帽向下压得很低，遮住了他的眼睛。

他手里握着一把枪。

5

那把枪不是指着我的。他只是那么握着它。那是一把中口径的自动手枪，外国牌子，肯定不是柯尔特，也不是萨维奇。就凭他那张苍白疲惫的脸、脸上的疤痕、竖起的衣领、下压的帽子，还有那把手枪，他活脱脱的就像是从某部老掉牙的黑帮片里走出来的一样。

“赶快开车送我去提华纳，我要赶一架十点十五分开的飞机，”他说。“我有护照和签证，万事俱备，只差一辆车了。出于某种原因，我不能搭从洛杉矶发出的火车、汽车或是飞机。付你五百美元的出租车费够了吗？”

我站在门后面，没有做出让他进门的动作。“五百块，外加你手里的那家伙？”我问道。

他漫不经心地低头瞧了一眼那把枪，然后把它放进口袋里。

“这东西也许可以用来自卫，”他说，“对你而言。我不需要。”

“进来吧，”我让开身子，他上气不接下气地进了门，瘫坐在一把椅子上。

客厅里光线很暗，因为房东有意让茂密的灌木丛枝遮住了窗户。

我开了一盏灯，问他要了一支烟。我点上烟。我低头盯着他看。我弄乱了我那头已经凌乱的头发。我咧开嘴，脸上挂出那副我最拿手的疲惫笑容。

“该死的，就不能让我在睡梦中度过这么一个美好的早晨吗？十点十五分，是吧？那时间还多着呢。咱们去厨房，我来煮点咖啡。”

“我碰着大麻烦了，福尔摩斯。”“福尔摩斯”——这还是他第一次这么叫我。可这确实跟他进门的方式、他的穿着，还有他手里的这把枪挺般配。

“这将是多么美好的一天啊。微风习习。你能听见街对面的那几棵老桉树在说悄悄话，怀念着在澳大利亚的旧日时光——那时，袋鼠们在树枝下跳跃，考拉们你背着我，我背着你。没错，我刚才就大致猜到你有麻烦了。我先灌几杯咖啡下肚，然后我们再聊。我刚起床的时候总有一点点头晕。让我们同哈金斯先生还有杨先生一起商讨一下[①]。”

“听着，马洛，现在不是时候——”

“别害怕，老伙计。哈金斯先生和杨先生是两位佼佼者。他们创立了哈金斯-杨咖啡。这是他们毕生的事业，他们的骄傲与喜悦。总有一天，我会看着他们得到自己应得的认可。到目前为止，他们得到的只有钱。我敢打赌，钱绝对没法让他们满足。”

我留下这串妙语陪伴他，出门进了后堂的厨房。我拧开热水龙头，把咖啡壶从架子上拿了下来。我先打湿滤杆，然后把咖啡粉填进壶的上半部分，这时水已经冒气了。我往壶的下半部分里灌上水，把它放在火上烧。然后我把壶的上半部分叠在上面，拧了一拧，好让上下结合紧密。

这时他从房间里追了出来。他倚在门道上，等了片刻，然后侧身挤

① 哈金斯-杨是一个咖啡品牌。

进早餐角，溜进了座位。我从架子上拿下一瓶“老爷爷”威士忌，用一只大玻璃杯给他倒了一小杯的量。我知道他现在需要大杯子。即便如此，他也用上了两只手才把杯子举到嘴边。他把酒咕咚咕咚地灌下肚去，砰的一声放下杯子，然后身子往椅背上一靠，发出咯吱一声响。

“我差点没晕过去，”他咕哝道。“就像是一周没有睡觉似的。昨晚我根本就没合眼。”

咖啡壶差不多就要冒泡了。我把火关小，看着水位逐渐上升，然后在玻璃管底部上下浮动。我把火微微调大，刚好让水通过玻璃管，再迅速把火关小。我搅拌了一下咖啡，把盖子盖上。我将定时器设定在三分钟。马洛可是个有条不紊的家伙。没有什么能干扰他煮咖啡的技法。哪怕是一个亡命徒手里的那把枪也不能。

我又给他倒了一小口酒。“你就给我坐在那儿，”我说。“什么也别说。坐着。”

他用单手搞定了第二杯酒。我在卫生间里匆匆洗了把脸，回来的时候定时器的铃声刚好响起。我关掉火，把咖啡壶放在桌上的一张草垫上。我干吗要不厌其烦地跟你们说这些？那是因为，屋里紧张的气氛将每一件微小的事情都放大为一种表演，一个清晰的、无比重要的动作。正是在这种极端敏感的时刻，你所有的无意识动作——不论多么根深蒂固，不论多么习惯成自然——都成为了一个个独立的意志行为。你就像是一个患了小儿麻痹症之后重新学习走路的人。你不会将任何一件事情视作理所当然——我说的是“任何一件”。

咖啡全都流了下来，空气像往常那样，带着嘶嘶声钻了进去，咖啡先是冒泡，然后安静了下来。我取下咖啡壶的上半部分，把它放在水槽盖板托座内的滴水板上。

我倒出两杯咖啡，给他的那杯里加了一小口酒。“你喝黑咖啡，特里。”我给自己这杯加了两块方糖和一点奶精。这时我开始摆脱那种状态了。我不记得自己是怎么打开冰箱，拿出奶精盒的了。

我在他对面坐下。他到现在为止一动也没动过。他倚着早餐间的一角，身体僵硬。突然，他的脑袋一垂，没有任何征兆地落在了桌子上：他开始抽泣。

他完全没有注意到我把手伸了过去，从他的口袋里掏出了那把枪。那是一把七·六五口径的毛瑟枪——一件完美的工艺品。我嗅了嗅枪口。我弹出弹匣——满的。枪膛是空的。

他抬起头，看着咖啡，慢慢地喝了一点，眼睛没有看我。“我没有朝任何人开过枪，”他说。

“嗯——至少最近没有。不然的话，你还得清洁枪膛。我不大相信你用这把枪打过谁。”

“那就让我来告诉你吧，”他说。

“等一等，”我在不被咖啡烫着的情况下，用最快的速度喝光了杯里的咖啡，然后又添了一杯。“是这样的，”我说。“你在告诉我事情的时候，一定要非常小心。如果你真的想要我开车送你去提华纳，那你千万不能告诉我两件事情。第一——你在听我说吗？”

他微微点点头。他正目光呆滞地看着我头顶上方的墙壁。他的疤痕今天早上显露出深深的青紫色。他的皮肤此刻近乎惨白，可那几道疤痕却显得比他的肤色更刺眼。

“第一，”我慢慢地重复道，“如果你从事了任何一种犯罪行为，或者是任何法律机构认为是犯罪的行为——当然，我说的是严重的犯罪行为——那你千万不能告诉我。第二，如果你了解任何关于此类犯罪行为的重大信息，那你同样也不能告诉我。不然的话，我就不能开车送你去提华纳了。听明白了吗？”

他看着我的眼睛。他的目光已经聚焦，但眼中无神。他的胃里已经有了咖啡。他的脸上没有血色，但他很镇定。我又给他倒了些咖啡，然后还是往里面加了点酒。

“我跟你说了，我遇到麻烦了，”他说。

“我也听到了。我不想知道那究竟是怎样的麻烦。我还得保住饭碗，保住执照呐。”

“我可以拿枪顶着你，”他说。

我咧嘴一笑，把枪推到桌子对面。他低头看了看枪，没有去碰。

“你没法一路拿着枪把我顶到提华纳去，特里。你也没法拿枪顶着我过边界，更没法顶着我上飞机。我是个偶尔会和枪打交道的人。我们就暂且撇开枪不谈吧。要是我事后告诉警察，说我被你吓得屁滚尿流，只好任你摆布的话，那我在警察眼里的形象可就妙极了。当然，前提是我有任何事情要告诉警察的话——对此我暂且表示怀疑。”

“听着，”他说，“她的房门要到中午甚至更晚的时候才会有人来敲。用人不敢在她头天夜里晚睡的情况下打扰她。主宅后面有一间大客房，离主宅有一点距离，配有独立的车道、车库和其他设施。西尔维娅是在那里过夜的。女仆最后肯定会在那里找到她的。”

我皱了皱眉。“看来我得非常小心地考虑我该问你什么问题，特里。她晚上难道没有可能不在家里过夜吗？”

“她的衣服肯定扔得屋里到处都是。她从不挂衣服。女仆一看便知道，她只在睡衣外面披了件睡袍便出了房门。所以她只可能去了那间客房。”

“那可不一定，”我说。

“她只可能去了客房。天啊，你以为他们不知道那间客房里的事情？仆人们总是能知道。”

“别说了，”我说。

他用一根手指从没受过伤的那半边脸上用力压过，留下一道红红的印痕。“在客房里，女仆会发现——”

“西尔维娅烂醉如泥、动弹不得、不省人事、手脚冰凉，”我用一串刺耳的词语描述道。

“喔——”他想了一想。好好地想了一想。“当然，”他补充道，“就是这样。西尔维娅不是酒鬼。可她如果真的喝过了头，那结果将是十分戏剧性的。”

“那我们就不用再多说什么了，”我说。“基本上不用了。我刚刚想到一件事。我们上次在一起喝酒的时候，我对你有点粗暴——我撇下你，一个人走了，如果你还记得的话。你那天都快把我烦死了。事后想想，我明白了你其实只是想通过自嘲减轻心中的失败感。你刚才说你有护照和签证。申请去墨西哥的签证可是需要点时间的。他们可不愿意把随便什么人都放进去。所以，你筹划逃跑应该有些时间了。我之前就在想，不知你还能坚持多久。”

“我猜我心里有种模糊的使命感，觉得我必须待在她身边，因为她对我的需求也许不仅仅是拿我当个门面来糊弄她家老头子，让他不要盯她盯得太紧。顺便说一句，我半夜里给你打过电话的。”

“我睡得很死。我肯定没听见。”

“然后我去了一家洗土耳其浴的地方。我在里面待了几个钟头，洗了蒸汽浴、冷水浴、淋浴，做了按摩，然后在里面打了两个电话。我把车停在了拉布雷阿街和方廷街路口，然后从那里走了过来。没有人见到我拐进你这条街。”

“那两通电话和我有关吗？”

“一通电话是打给哈兰·波特的。老头子昨天飞到帕萨迪纳去了——生意上的事。他一直没来过我们家。我为了找到他，费了好大周折。但最后他终于跟我通话了。我对他说：对不起，但我要走了。”说这话的时候，他的目光微微斜向一边，望着水槽上方的窗户和那丛摩挲着纱窗的黄钟花。

“他什么反应？”

“他很难过。他祝我好运。问我需不需要钱。”特里哈哈大笑，笑声尖刻。“钱。这永远是他字典中的头一个字。我说我的钱够了。然后我给西尔维娅的姐姐打了电话。她的反应也差不多。就是这些。”

“我要问你一件事，”我说。“你究竟有没有在那间客房里撞见她跟别的男人在一起？”

他摇摇头。“我从没有去捉过奸。要捉的话，那也肯定不是什么难事。那从来就不是难事。”

“你的咖啡凉了。”

“我不想喝了。”

“好几个男人，是不是？可你还是回心转意，同她再婚了。我知道她确实挺风骚的，可是——”

“我告诉过你，我是个没用的人。天啊，我第一次究竟为什么会离开她？打那以后，为什么我每一次见到她都会把自己灌得烂醉？为什么我宁可在穷困潦倒中打滚，也不愿问她要钱？她已经结过五次婚了——不算跟我结的这两次。而她只要勾勾小指头，这五个男人中的每一个都愿意回到她身边——而且不单单是图那百万美钞。”

“她确实挺风骚的，”我说。我看了看表。“再问一句，为什么你非得十点十五分赶到提华纳呢？”

“那趟航班上总有空位。一般人都愿意坐‘康妮’[①]，那样只需七个小时就能飞到墨西哥城，这样一来自然就没人坐 DC-3 这样的小飞机翻山越岭了。再说了，‘康妮’不停我要去的地方。”

我站起身来，倚着水槽。“现在，让我来总结一下，别打断我。今天早上，你在情绪十分激动的状态下跑来找我，想让我开车送你去提华

① “康妮”指的是洛克希德公司的星座型客机，一种四引擎的螺旋桨飞机。

纳赶一架上午的飞机。你口袋里有一把枪，但我完全有可能没看到。接着你对我说，你一直在尽己所能地隐忍着这样的生活，但你现在忍无可忍了。你发现你的妻子喝得烂醉，边上睡着一个男人。你走出门，去了一家土耳其浴室消磨时间，一直待到上午。这时你给你妻子的两位血缘最近的亲属打了电话，和他们说了你的打算。至于你要去哪儿，这不关我的事。你身上有进入墨西哥的合法文件。你怎么去也不关我的事。我们是朋友，你要我做什么我就做什么，我不会去多想。再说了，我又有什么理由要多想呢？你又没塞钱给我。你有你自己的车，但你情绪太不稳定了，没法自己开车。那也不关我的事。你是个很情绪化的伙计，你还在战争中受过重伤。我想我现在就应该去找到你的车，把它塞进随便哪里的一间车库藏起来。”

他把手伸进衣服里，将一只皮钥匙包从桌子对面推了过来。

“这故事听上去如何？”他问道。

“取决于是谁在听。我还没说完呢。你什么也没拿，除了你身上的这套衣服和你从老丈人那里拿的一点钱。你把她送给你的一切都留在了那里，包括你停在拉布雷阿街和方廷街路口的那辆漂亮的豪车。你想要走得干干净净、清清爽爽，只拿你为了上路非拿不可的东西。好吧，这个故事能让我信。现在，我该刮个胡子，换上衣服了。”

“你为什么要帮我，马洛？”

“趁我刮胡子的时候喝一杯吧。”

我出了门，留下他一个人缩成一团，坐在早餐间的角落里。他头上还戴着帽子，身上还披着那件轻薄的宽大衣。但他整个人看上去多了几分生气。

我走进洗手间，剃了胡须。就在我回到卧室开始打领带的时候，他走了进来，站在门道里。“我刚才把杯子洗了，以防万一，”他说。“但我脑子里还是在想这件事。也许你最好还是打电话叫警察吧。”

“要打你自己打。我没什么要跟他们说的。”

“你想要我打吗？”

我猛地转过身去，狠狠地瞪了他一眼。“真该死！”我几乎冲着他吼了起来。“耶稣在上，你能不能不要再提这件事了？”

“我很抱歉。”

“那是当然的。像你这样的家伙总是抱歉，而且总是抱歉得太迟。”

他转身沿着走廊回到客厅去了。

我换好衣服，锁上通向后堂的隔门。等到我回到客厅的时候，他已经倒在一把椅子里睡着了，脑袋歪在一侧，脸上像是被放干了血色，整个身体都疲惫得松弛开了。他看上去可怜极了。我碰了碰他的肩膀，他慢慢地醒了过来，仿佛从他方才栖身的梦乡回到我的身边要走很远很远的路。

我先等他回过神来，这才开口说：“手提箱怎么办？你那只白色猪皮箱还放在我衣柜最上面一层呢。”

“里面是空的，”他无精打采地说。“再说了，那只箱子太引人注意。”

“你要是一件行李都不带，那反倒更引人注意。”

我回到卧室，站在衣橱里面的梯凳上，把那只白色猪皮箱从最高层的搁板上拽了下来。天花板上，通往阁楼的那扇四方的活门正好顶着我的脑袋，于是我把活门推开，把手尽可能地往里伸，将他那只皮钥匙包扔在了一根落满灰尘的系梁或者其他什么梁后面。

我拿着那只手提箱爬了下来，拂去灰尘，往里塞了些东西：一件从未穿过的睡衣、牙膏、一支备用的牙刷、两条廉价的毛巾和浴巾、一包棉手帕、一管十五美分的剃须膏，还有一把买一整盒刀片时送的剃须刀。没有一样是用过的，没有一样有标记，没有一样会引人注意，只是如果这些东西是他自己的话，那就更好了。我又往里面添了一瓶还裹着包装纸的波旁威士忌。我锁上手提箱，把钥匙插在了上面的一把锁里，然后提着箱子回到前厅。他这时又睡着了。我打开房门（开门的时候没有惊醒他），提着箱子下到车库，将它放进敞篷车的前排座位后面。我把车开了出来，锁上车库门，转身爬上台阶回去叫醒他。我锁好房门，这才与他动身出发。

我一路开得很快，但没有快到吃罚单的程度。一路上我们几乎没有说话。我们也没有停车吃东西。时间不多了。

边检人员没跟我们多说什么。我把车开上提华纳机场所在的那座平顶山上，然后挨着机场办事处停下车，坐在那里等着特里取票。DC-3的螺旋桨已经开始缓缓转动了，但这样的速度只是为了让引擎保持温度。一个穿着灰制服、身材高大的万人迷飞行员正在同聚在一起的四个人聊天。其中一人身高六英尺四左右，手里提着一只枪囊。他身边站着一个穿便裤的姑娘，一个小个头的中年男子，还有一个高个儿的灰发女人——和她站在一起，那个中年男人就像是个小萝卜头。三四个明显是墨西哥人的家伙也站在旁边。看来，这些就是这架飞机要承担的全部载荷了。舱门前已经放下了舷梯，但似乎没人急着上去。这时，一个墨西哥乘务员走下舷梯，站在那里候着。他们似乎没有扩音装备。那几个墨西哥人踩着台阶上了飞机，可飞行员还在同那几个美国人聊天。

我旁边停着一辆车身庞大的帕卡德。我钻出敞篷车，瞄了一眼那辆车的车牌号。也许终有一天，我会学会少管闲事的。就在我把脑袋缩回来的时候，我瞧见那个高个儿女人正盯着我这边看。

这时特里穿过尘土飞扬的碎石路走了过来。

“全妥了，”他说。“我该在这里对你说再见了。”

他伸出手。我握了握。他现在看上去气色还不错，就是很疲惫，疲惫得就像是从地狱里爬上来的一样。

我从我那辆奥尔斯里拎出那只猪皮箱，放在碎石路面上。他怒气冲冲地瞪着它。

"我跟你说过，我不要了，"他没好气地说。

"这里面有满满一品脱烈酒，特里。还有几件睡衣什么的。全都没做过标记。你要不想要，打开来看看。或者把它扔了。"

"我有我的理由，"他生硬地说。

"我也有我的。"

他突然露出了一个微笑。他提起手提箱，用另一只手使劲儿地捏了捏我的胳膊。"好吧，哥们儿。你是老大。另外请你记住，如果哪天日子混不下去了，尽管向我开口。你不欠我一分钱。我们只是在一起喝了几杯酒，彼此处得挺友好，而我又在那里不停地说着我自己的事。我在你的咖啡罐里留了五张百元大钞。别对我生气。"

"你真不该这么做。"

"反正我手头的钱我到死连一半都花不光。"

"祝你好运，特里。"

那两个美国人开始踩着舷梯登机了。这时一个身材五短三粗，长着一张大黑脸的家伙从办公楼的大门里走了出来，朝着这边又是挥手，又是指指点点。

"登机吧，"我说。"我知道你没有杀她。所以我才会来这里。"

他突然做出了像是准备面对风暴的姿态。他的整个身体都绷紧了。他慢慢地转过身，回头望着我。

"对不起，"他平静地说。"但这件事你说错了。我接下来会慢慢地朝飞机走过去。你有充足的时间拦住我。"

他迈开步子。我看着他。办公楼门口的那个家伙在等待，但似乎并不太着急。墨西哥人很少会着急。他弯下腰，拍拍那只猪皮箱，朝特里咧嘴一笑。然后他站到一边，让特里从那扇门里走了出去。不一会儿特里从另一边的一扇门里钻了出来——那里是入关时海关人员把守的地方。他穿过碎石路，来到飞机边上，步伐依旧缓慢。这时他停下脚步，朝我这边望了过来。他既没有向我示意，也没有向我挥手。我也没有向他作任何表示。然后他爬上了飞机，舷梯随即收起。

我钻进奥尔斯，发动引擎，倒车后一打方向盘，穿过了半个停车场。那个高个子女人和那个矮个子男人还在停机坪上。女人抽出一块手帕挥舞着。飞机开始朝停机坪的另一头滑行，扬起漫天尘土。到了尽头处，飞机拐了个弯，马达加速旋转，发出隆隆轰鸣，机身开始向前作缓慢加速运动。

一团团尘土在飞机身后升腾。然后飞机起飞了。我看着它缓缓升入强劲的气流中，然后消失在了东南方向那片裸露的蓝天中。

我走了。边卡上的那些人全都看也不看我一眼，仿佛我的脸同钟表的指针一样意义甚微。

6

从提华纳回到家要开好长的一段路，这一定是全美国最乏味的一段公路旅程。提华纳无趣得要命；那儿的人除了钱什么都不要。那儿的孩子会悄无声息地溜到你的车边，睁着一双惆怅的大眼睛望着你，对你说“一个钢镚儿，先生，求求您了”，然后在接下来的一句话中拼命向你推销他们的妹妹。提华纳不是墨西哥。每一座边境小镇都只是边境小镇，就像每一片码头区都只是码头区一样。圣地亚哥？世界上最美的码头之一，里面除了海军和几艘渔船之外，什么都没有。到了晚上，那里就是仙境。浪涌的声音就像老奶奶哼摇篮曲一样温柔。可马洛现在得回家面对烂摊子了。

北上的公路就像水手的号子一样单调。你穿过一座小镇，翻过一座小山，经过一段海岸，然后再穿过一座小镇，翻过一座小山，经过一段海岸。

我到家的时候是下午两点，他们已经在一辆黑色小轿车里等我了，车上没有警局牌照，没有红灯，只有一架复合天线，可并不只有警车会装这玩意儿。我爬台阶爬到半当中的时候，他们从车里钻了出来，朝我大叫。叫我的人是一对典型的警探，穿着典型的套装，迈着典型的步态：一种冷硬的从容，就好像整个世界都在屏息等待着他们来发号施令。

“你是不是叫马洛？我们要跟你谈谈。”

他在我眼前飞快地晃了一下警徽。就算他手里拿的是一张虫害防治员证，我也看不出来。他留着一头灰白的金发，看上去很难缠。他的搭档则高大、帅气、衣冠楚楚，身上透着股定位精准的恶意：一个受过教育的打手。两人都瞪着一双明察秋毫、伺机而动的眼睛，一双耐心、谨慎的眼睛，一双冷静、透着鄙夷的眼睛，一双警察的眼睛。他们在警校的毕业典礼上就练成了这样一双眼睛。

“我是格林警司，中央局凶杀组的。这位是代顿警探。”

我爬上台阶，拿钥匙开了门。你不用跟大城市的警察握手。那样近距离的接触对他们而言太近了一些。

他们在起居室里就座。我打开窗户，听到微风的细语。问话由格林主持。

“有一个叫特里·伦诺克斯的男人。认识他，对吗？”

“我俩偶尔在一起喝上一杯。他住在恩西诺，娶了个阔太太。我从没有去过他家。”

“偶尔，”格林说。“偶尔究竟是个什么频率？”

“这是一种模糊的表达方式。而我要的就是这份模糊。‘偶尔’可以是一周一次，也可以是两个月一次。”

“见过他老婆吗？”

“见过一次，一面之缘，在他们结婚前。”

“你最后一次见到他的时间和地点呢？”

我从茶几上拿起一只烟斗，往里面填上烟丝。格林向前一探身，凑到我跟前。那个高个儿小子则向后一仰，手里握着一支圆珠笔，笔头悬在一本红边的便笺簿上方。

“接下来我应该说：‘问这些干什么？’而你则回答说：‘只有我们才有资格提问题。’”

“既然如此，那你就只管回答我们的问题吧，好吗？”

我点上烟斗。烟叶有一点点返潮。我费了一点时间外加三根火柴才把它点着。

“我的时间一度很宽裕，”格林说。“但我刚才在等你的时候已经用掉了大半。所以，拜托你说话利落点儿。我们知道你是谁。你也知道，我们来这里不是为了请你吊我们的胃口。”

“我只是在思考，”我说。“我俩一度频繁光顾维克多酒吧，偶尔也去‘绿灯笼’，还有‘牛与熊’——那家店在日落大道的尽头，店里的陈设拼命模仿英国酒馆——”

“不要拖延时间。”

“谁死了？”我问道。

代顿警探开口了。他的声音硬朗、成熟，透着一股“别拿我当傻瓜”的意味。“你只管回答问题，马洛。我们只是在进行一次常规调查。你只需知道这么多。”

也许我此刻有些疲惫易怒。也许我心里感到了一丝不安。我甚至无需认识这个家伙，就能在心里点燃对他的恨意。哪怕我只是在餐厅里隔着大堂望见他一眼，我也会生起一种踢飞他牙齿的欲望。

“省省吧，伙计，”我说。“这种废话你还是留给少年犯罪局吧。就连他们也会觉得这话傻得可笑。”

格林咯咯直笑。代顿的脸上没有起任何明显的变化，但他突然间看起来像是增加了十岁的年龄和二十岁的凶相。从他鼻孔中喷出的气息发出微弱的嘶嘶声。

“他通过了律师考试，”格林说。“你糊弄不了代顿的。”

我慢慢地站起身来，走到书架边上，抽出一本包着封面的《加利福尼亚州刑法典》。我把那本法典举到代顿面前。

“麻烦你找出那一节规定我必须回答问题的条款来好吗？”

他绷紧了身体，一动不动。他打算狠狠地给我一拳，我俩都心知肚明。但他先要等待时机。也就是说，他不清楚自己一旦做出违规的举动，格林是否会帮他。

他开口了：“每一位公民都必须配合警方，以一切方式配合，甚至是通过身体上的行动，尤其是通过回答任何警方认为必要的问题，如果这个问题不会让他本人受牵连的话。”说这话的时候，他的声音坚定、爽朗、平稳。

“事情的结果往往是这样的，”我说。“一般是通过直接和间接的恐吓达成的。但法律根本没有规定这样一种义务。没有人有义务告诉警方任何事情，不论何时何地。”

“喂，闭嘴，”格林不耐烦地说。“你心虚了，你自己知道。坐下。伦诺克斯的老婆被人谋杀了。在两人位于恩西诺的宅邸边的一间客房里。伦诺克斯溜了。我们怎么也找不到他。所以，我们眼下正在找的是一个谋杀案嫌犯。这下你满意了吧？”

我把那本书扔在一把椅子上，转身回到沙发里，和格林隔着桌子面对面。“那你们干吗来找我？”我问道。“那座房子我连边都没挨过一下。我跟你们说过了。”

格林拍着大腿，从上到下，从下到上，一面静静地朝我咧着嘴笑。代顿坐在椅子上，一动不动。他的眼神啃噬着我。

“因为你的电话号码出现在了他房间里的一本便笺簿上，而且是在过去的 24 小时内被人用笔写上去的，”格林说。“那是一本约会便笺簿，昨天的那页被撕去了，但你可以在今天这页上看到昨天写字时留下的印记。我们不知道他去了哪儿，为什么要走，什么时候走的。不过，当然咯，我们可以问。”

“为什么是在客房里？”我问道，尽管我并不指望他回答。但他居然回答了。

他的脸微微一红。“她好像经常上那儿去。晚上。有来客。用人们可以透过树丛看到那里的灯光。经常有车来来去去，有时候是深夜，有时候更晚。任谁都有忍无可忍的时候，对不对？别哄自己了。伦诺克斯就是我们要找的人。他在大约凌晨一点钟的时候上那边去了。管家碰巧看到了。过了二十分钟左右，他一个人回来了。然后就没有动静了。灯一直亮着。到了今天早上，伦诺克斯没影了。管家去了那间客房。那娘们儿倒在床上，身上赤条条的，像条美人鱼。另外，再让我告诉你一件事：那管家甚至都认不出她的脸了。她可以说已经没有脸了。被人用一尊青铜的猴子小铸像砸得稀烂。”

“特里·伦诺克斯干不出这样的事情来，”我说。“没错，她是给他戴绿帽子了。可这也不是什么新鲜事。她一直在给他戴。他们之前离过婚，后来又复婚了。我想，这事情确实让他不开心，可他为什么要现在才发狂呢？”

“这个问题无人知道答案，”格林耐心地说。“可这种故事一直都在上演。男人忍啊忍，忍啊忍，最后终于忍不住了。说不定他自己也不知道他为什么会这样，为什么会在那一刻变成疯子。他只知道他发疯了，有人死了。因此，我们就有事情做了。所以，让我们问你一个简单的问题吧。别再胡闹了，不然我们把你请进去。”

“他不会告诉你的，警司，”代顿阴阳怪气地说。“他读过那本法律书了。就像许多读过一本法律书的人一样，他以为所有的法律都在那本书里面。”

“你只管记笔记，”格林说，“别浪费你的脑子了。如果你记得好，我们说不定会让你在警局派对上唱《亲爱的妈妈》。”

“去你妈的，警司，希望我这么说不算冒犯你的警衔。”

“你俩打一架吧，”我对格林说。“等他趴下的时候我来扶住他。”

代顿小心翼翼地把便笺簿和圆珠笔放到一边，然后站起身来，两眼放着光。他径直走了过来，在我面前站定。

“起来，机灵鬼。我上过大学，但这并不意味着我要容忍你这样的蠢蛋在那里胡说八道。”

我站了起来。他挥拳打中我的时候，我身子还没有站稳。他先是一记漂亮的左勾拳，接着是右勾拳。铃声叮当作响，但不是开饭铃。我重重地跌坐在椅子上，摇了摇脑袋。代顿还站在那里。此刻他正面露微笑。

“我们再试一次，”他说。“刚才你没准备好。这很不应该。”

我瞅瞅格林。他正低头看着大拇指，好像是在研究指甲。我既没有动作，也没有开口，而是等着他抬头看我。如果我这时再站起来，代顿还会请我吃拳头的。也许他不管怎样都要再请我吃拳头。但如果我站起来，他敢再给我一拳，那接下来我就会把他打得满地找牙，因为他挥拳的动作表明，他是一个照本宣科的拳击手。他拳头的落点都非常精准，但他需要打出许多拳才能把我放倒。

这时格林开口了，语气近乎有些心不在焉：“干得漂亮，比利小子。你正正好好遂了他的愿。这下他更有理由闭紧嘴巴，一言不发了。”

然后他抬起头，语气温和地说：“再问你一遍，这次是要作笔录的，马洛。你最后一次见到特里·伦诺克斯的时间、地点，你们谈了什么，还有你刚刚是从哪里回来的。说——还是不说？”

代顿很放松地站在那里，重心保持着完美的平衡。他的眼里这时闪着柔和愉悦的光。

“还有一个伙计你们就不管了吗？”我问道，眼睛看也不看他。

“哪里还有一个伙计？”

“躲在干草堆里，客房里的那位。没穿衣服。你们该不是说，那位女士上那儿去是为了玩单人跳棋的吧？”

“事情得一件件来——我们先找到那位丈夫。”

“好吧。我只希望等你们抓到一只替罪羔羊的时候，不会因为嫌麻烦就不去找他了。”

“你闭嘴，我们要把你请进去了，马洛。”

“作为一名重要证人？”

“重要证人你个头。作为一名嫌犯。涉嫌在凶案发生后协助凶手。帮助另一名嫌犯逃匿。我猜你一定是把那家伙送到什么地方去了。而此时此刻，一个猜想就足够了。我们的头儿最近脾气很火爆。他了解规章守则，但他有时候很健忘。所以，你大概就要有罪受了。不管用什么办法，我们都要从你嘴里套出证词来。你越是不肯说，我们就越是肯定我们需要你的证词。”

“这些话对他来说就是一通狗屁，”代顿说。“他了解规则。”

“这些话对任何人来说都是一通狗屁，”格林冷静地说。“但这么说就是管用。放聪明点吧，马洛。我马上要对你亮红牌了。”

“行啊，”我说。“亮吧。特里·伦诺克斯是我的朋友。我在他身上投入了一大笔感情投资，数额很大，所以我不会因为区区一个警察叫我如实招来就让这笔投资泡汤。你大概是掌握了一些对他不利的证据，说不定远远超出了你刚才告诉我的那些。比如说，作案动机、作案机会，还有他案发后开溜的事实。你说的这条动机其实不是什么新闻，而且早就不成立了，甚至可以说是他俩间达成的一项协议。我不欣赏这种协议，但他就是这样的人——有点软弱，但非常温和。你剩下的理由也站不住脚：如果他已经听说了她的死讯，那他马上就明白了自己是你们的活靶子。如果陪审团要召开死因调查讯问，而且他们传唤了我的话，那我就只能回答他们的问题了。但我不必回答你们的问题。我能看出你是个好人，格林。就像我能看出你的搭档就是个拿着警徽当令箭的权力狂。如果你真想让我摊上大事儿，那就让他再来打我。我这次肯定要掰断他那支该死的铅笔。"

格林站了起来，一脸难过地看着我。代顿一动不动。他是那种一次性的硬汉。现在是他的中场休息时间，他得先好好自我表彰一番。

"我来打个电话，"格林说。"但我知道我会得到什么样的回复。你已经是只病鸡了，马洛。一只病得要死的鸡。你给我滚开，别挡我的道。"最后一句话是对代顿说的。代顿转身退了下去，顺道拾起了便笺簿。

格林穿过房间，来到电话机前，慢吞吞地拾起话筒——他那张普普通通的脸被长年累月、没有回报的苦差折磨得满是褶子。这就是这些警察最让人讨厌的地方。你都已经打定主意要和他们不共戴天了，这时你突然又遇见了一个向你展露出人性一面的警察。

警监发话说：把我请进去，而且不用客气。

他们给我戴上手铐。他们没有搜查住宅——这一点做得似乎有点马虎。也许他们是觉得，老奸巨猾如我者，肯定不会在家里藏任何会给自己带来危险的东西。这件事他们猜错了。因为他们只要稍加用心，就不难发现伦诺克斯的车钥匙包。等到那辆车被找到的时候——这是迟早的事——他们就能找出其中匹配的那把，进而确认他曾一度和我在一起了。

但事情后来的发展证明，就算他们找到了那只钥匙包也没有关系。警方一直都没有发现那辆车。它肯定是在夜间的什么时候被人偷了，然后那人很可能把车开到了艾尔帕索，在那里给它配了新钥匙，伪造了配套的文件，最后将它送往墨西哥城里的黑市。这是一种很常规的操作手法。通常，赃款最终会以海洛因的形式流回美国。这就是黑帮眼中的“睦邻政策”吧。

7

那一年，主管凶杀案的是一个叫格里戈利厄斯的警监。此人属于那类如今已日渐稀少，但远未灭绝的警察，他们的破案手段就是亮瞎眼的灯泡、包着软皮的铁棍、脚踹人腰，膝顶下体、拳打太阳穴、棍击脊椎。六个月后，他在大陪审团面前被指控作伪证，随后被警局解雇，审判撤销，最后在他自己位于怀俄明州的农场上被一匹高大的种马践踏至死。

但此时，我就是任他宰割的鱼肉。他坐在桌子后面，脱了外衣，袖子几乎卷到了肩膀上。他的脑袋秃得就像一块砖，腰身就像所有肌肉发达但入了中年的壮汉一样，开始变得越来越粗。他的眼睛发灰，就像鱼眼。他那只大鼻子上，暴突的毛细血管纵横交错。此刻他正在喝咖啡，而且声响不小。他那双粗壮的大手上，浓密的汗毛布满了手背。一簇簇灰白的毫毛从他的耳孔里往外钻。他笨手笨脚地在桌子上摸寻着什么，眼睛看着格林。

格林开口道：“头儿，我们只抓住他一条把柄：他什么也不肯告诉我们。那个电话号码把我们引到了他那里。他之前开车出去了，但他不肯说去了哪儿。他跟伦诺克斯挺熟的，但他不肯说他们最后一次见面是在什么时候。”

“他以为他是条汉子，”格里戈利厄斯冷冷地说。“我们能让他改变想法。”他说这话的语气似乎表明，他根本不在乎用什么法子。也许他确实不在乎。没人能在他面前充硬汉。“现在事情的关键在于，地方检察官在这个案子上闻到了报纸头条即将铺天盖地的气息。这不能怪他，毕竟我们都知道那姑娘的老爹是谁。我想，我们最好替这位伙计掏掏鼻孔。”

他看我的眼神就好像我只是一个香烟屁股，或是一把空椅子。我只是碰巧在他视线上的某样东西，无法引起他的任何兴趣。

代顿恭恭敬敬地说：“很明显，他采取这种态度就是为了造成一种他可以顺理成章拒绝开口的局面。他刚才援引法规对抗我们，还故意惹毛我，逼得我给了他一拳。我的做法违规了，警监。”

格里戈利厄斯阴沉地看了他一眼。“如果这个小阿飞都能惹毛你，那你也太不经惹了吧。是谁把手铐解开的？”

格林说是他解的。“重新铐上，”格里戈利厄斯说。“铐紧点儿。帮他打起点精神来。”

格林重新给我铐上手铐——或者说正要给我铐上。“反手铐，”格里戈利厄斯吼道。于是格林将我反手铐住。我这时正坐在一把硬椅子上。

“再紧点儿，”格里戈利厄斯说。“让手铐吃进肉里去。”

格林又铐紧了一点。我的双手开始发麻。

终于，格里戈利厄斯的目光落在了我的脸上。“现在你可以开口了吧。说得利落点儿。”

我没有理会他。他身子向后一仰，咧嘴一笑。他的手慢慢地伸向咖啡杯，握住杯子。他朝我微微一俯身，手里的杯子一抖，但我已经抢先一步，侧身从椅子里滑了出去。我重重地摔在地上，肩膀着地，身子打了个滚儿，慢慢地爬了起来。我的手这时已经麻木得一点知觉都没有了，手铐以上的臂部开始刺痛。

格林帮我坐回到椅子里。椅背和部分椅座被咖啡泼得湿漉漉的，但大半杯咖啡都浇到了地上。

“我不喜欢咖啡，”格里戈利厄斯说。“他身手挺敏捷的。动作挺快，反应迅速。”

所有人都一言不发。格里戈利厄斯用那对鱼眼珠子把我上下打量了一番。

“先生，在我们这儿，私家探子的执照和一张名片没有任何区别。现在，让我们给你记供词吧，你先口头说一遍。我们一会儿再写下来。说完整点。给我们完整描述一下——呃——你从昨晚十点以后到现在的行踪。我说的是‘完整描述’。我们局里正在调查一桩谋杀案，头号嫌犯去向不明。你和他有关联。那家伙抓到他老婆在给他戴绿帽子，然后把她的脑袋砸成了一团没了形状的血肉、骨头和浸透血水的头发。凶器还是我们的老朋友：青铜小雕塑。不是原件，不过依然好用。你要是以为随便哪个该死的私家探子都能靠援引法律条文过这一关，先生，那你可就有的苦头好吃了。全国上下没有哪支警察队伍能靠法典完成任务。你脑袋里有信息，我要把它掏出来。你当然可以说不，我当然也可以不相信你。但你甚至连不都没有说。你没法跟我装哑巴，朋友。半毛钱的用处都没有。我们开始吧。”

“能不能请你把我的手铐摘掉，警监？”我问道。“我是说，如果我给你供词的话？”

“也许吧。说简短点儿。”

“如果我跟你说，我在过去的二十四小时内没有见到过伦诺克斯，没有跟他说过话，也不知道他可能去了哪里——这能让你满意吗，警监？”

“也许吧——如果你能让我相信的话。”

“如果我告诉你我曾经在何时、何处见到过他，但并不知晓他杀了人，也不知道有犯罪行为发生，更不知道他此刻可能在哪里，这大概不能让你满意吧？”

“如果你能提供更多细节，那我也愿意听听。比如说：时间、地点、他的相貌、你们谈了什么、他打算去哪里。这些信息说不定最终能带来点成果。”

“以你目前给我的待遇，”我说，“最终的成果可能就是让我自己变成从犯。”

他下巴上的肌肉凸了起来。他的眼睛像脏冰块。“你想怎样？”

“我不知道，”我说。“我需要法律咨询。我愿意合作。我们能不能找一个地方检察官办公室的人过来？”

他发出一声短促刺耳的大笑。笑声转瞬即逝。他慢吞吞地站起身，从桌子那头绕了过来。他俯下身，凑近我，一只大手按在桌子木头上，露出微笑。接着，他在表情没有任何变化的情况下，挥拳打中了我的头颈侧部——他的拳头就像是一块铁。

这一拳的力道扩散了八到十英寸远——不会更远了。我的脑袋几乎都被他打飞了。一口苦水渗进我的嘴里，里面还混杂着血的味道。我什么都听不见了，除了我脑袋里的嗡鸣。他朝我弯下腰来，脸上还挂着微笑，左手还按在桌子上。他的声音听起来就像是从远方飘来的一样。

“我以前还算个狠角儿，但如今我老了。你好好吃我一拳，先生，你只能从我这儿拿到这一样东西了。我们在市局监狱那边招了几个小子，但他们其实更适合去捆牲口。也许我们不该招他们的，因为他们不是代顿这种规规矩矩、温情似水的娘娘腔拳手。他们也不像格林这样，家里有四个孩子外加一座玫瑰花园。他们的人生追求另一种乐趣。大千世界，无奇不有嘛；再说了，如今劳动力也很短缺。现在，对于自己接下来要说什么——如果你愿意说的话——你还有什么异想天开的想法吗？”

“只要手铐还在，我就不说，警监。”甚至连挤出这样几个字都让我一阵抽痛。

他身子朝我弯得更低了，我能闻到他的汗馊味，还有腐败的气息。接着他直起身子，绕过桌角回到座位前，将他那只结实的屁股重重地沉进座位里。他拿起一把三角尺，拇指拭过一条尺边，仿佛那是刀刃。他看着格林。

“等什么呢，警司？”

“等命令。”格林用沙哑的嗓音挤出这样几个字，就好像他讨厌听见自己的声音似的。

“还用我说吗？你是个老手了，档案里是这么说的。我要一份详细描述过去二十四小时内此人行踪的口供。可以往前追溯得再早一点，但二十四小时是起码的。我要知道他在这段时间内的每一分钟都在干什么。我要这份口供上有签字、有连署、有复核。而且我要在两个小时之内拿到。然后，我要他重新坐回这里来，身上干干净净，整整齐齐，不留痕迹。还有一件事，警司。”

他顿了一下，两眼紧盯着格林——这样的目光可以瞬间把一只刚刚出炉的烤土豆给冻住。

“——下次如果我再要问嫌犯几个礼貌的问题，我不希望你站在那里，一副生怕我把他耳朵揪掉的表情。”

“是，长官。”格林朝我转过身来。“我们走，”他粗声粗气地说。

格里戈利厄斯朝我龇了龇牙。他的牙齿该刷刷了——好好刷刷。“临走前有什么话要说吗，哥们儿？”

“是的，长官，”我礼貌地回答道。“你也许是无心的，但你其实帮了我一个忙。代顿警探也有功劳。你们帮我解决了一个难题。没人喜欢出卖朋友，但我甚至连敌人都不会卖给你们。你不但是头狂暴的金刚，你还是个无能的警察。你不知道该怎么进行一场简单的调查。我刚才正在犹疑不决，最终作出哪种决定就看你把我往哪个方向推了。可你非得趁我毫无反抗能力的时候虐待我，朝我脸上泼咖啡，请我吃拳头。从现在起，我甚至不会告诉你现在是几点了，哪怕你自己的这面墙上就挂着钟。”

不知出于何种原因，他静静地坐在那里，一动不动，任凭我说完。

接着他咧嘴一笑："你就是个朝警察吐口水的小瘪三，我的朋友。我把你看透了，私家探子，你就是个朝警察吐口水的小瘪三。"

"有些地方的警察并不招人吐口水，警监。但在那些地方，你是当不上警察的。"

这句话他也挨下了。我猜他承受得了。他大概已经挨了不知多少比这难听得多的骂人话了。这时他桌子上的电话响了。他看了电话一眼，做了个手势。代顿敏捷地绕过桌角，拾起话筒。

"格里戈利厄斯警监办公室。我是代顿警探。"

他听着电话那头。一丝微妙的愁容将他那对帅气的眉毛锁在了一起。他轻声回复道："请稍等片刻，长官。"

他将话筒伸到格里戈利厄斯面前。"是奥尔布赖特局长，长官。"

格里戈利厄斯的脸沉了下来。"是吗？那个自以为是的混蛋想干吗？"他接过话筒，在手里拿了片刻，把脸上的表情抚平。"局长，我是格里戈利厄斯。"

他听着话筒。"是的，他在我的办公室里，局长。我在问他几个问题。他不配合。非常不配合……您说什么？"一副狂暴的怒容突然将他的脸拧成了一个个阴沉的结。他额头上的血管变黑了。可他的声音却没起丝毫变化。"如果这是一个直接下达的命令，局长，那它应该通过探长下达……当然，我在证实之前会执行命令的……当然……不，绝对没有。没人动过他一根指头……是，长官。马上。"

他把话筒放回底座。我似乎看到了他的手在微微颤抖。他抬起眼睛，目光从我的脸上划过，落在了格林身上。"把手铐摘了，"他用平得像根直线的语调说。

格林解开了手铐。我搓着手，等待着血液循环开始后的针刺感。

"把他押进县局拘留所，"格里戈利厄斯慢吞吞地说。"以谋杀嫌犯的身份。地方检察官把这个案子从我们手里挖走了。我们这里的司法体系真是太妙了。”

大家全都一动不动。格林站在我边上，呼吸沉重。格里戈利厄斯抬眼看看代顿。

“等什么呢，娘娘腔？要我奖励你一个冰激凌吗？”

代顿差点没噎住。“您还没有给我命令，头儿。”

“叫我长官，该死的！要叫我头儿，至少得有警司头衔。你不行，小子。你不行。出去。”

“是，长官。”代顿快步走出了房门。格里戈利厄斯吃力地从椅子上站了起来，走到窗户边上，背对着房间站在那里。

“行了，咱们走吧，”格林对着我的耳朵咕哝道。

“在我把他那张脸踹扁之前，快把他从这里弄出去，”格里戈利厄斯对着窗户说。

格林走到门口，把门拉开。我正要从门里出去，格里戈利厄斯突然吼了一声：“等等！把门关上！”

格林关上门，背靠门板。

“你，过来！”格里戈利厄斯对我吼道。

我一动不动。我站在那里，看着他。格林也一动不动。一阵可怕的沉默。然后，格里戈利厄斯脚步异常缓慢地穿过房间，站在我面前，和我脸对着脸。他那双大手插在口袋里，身子以脚后跟为支点前后摇晃着。

“没动过他一根指头，”他压低声音说，好像是在自言自语。他的眼睛冷漠空洞。他的嘴巴抽搐着。

接着，他对着我的脸啐了一口。

他退开了。“可以了，谢谢。”

他转身回到窗户边上。格林重新把门打开。

我出了门，伸手去掏手帕。

8

重罪分区里的三号囚室有两张铺位，火车卧铺式的，不过拘留所里的嫌犯并不多，因此这间囚室就是我一个人的了。重罪分区里的嫌犯待遇都挺好。你能领到两条毯子（既不脏也不干净），外加一张高低不平、两英寸厚的床垫，用来铺在交错的金属横档上。牢房里有一只抽水马桶、一个洗脸池，还有纸巾和粗得磨手的灰肥皂。分区里打扫得很干净，没有消毒剂的味道。都是模范犯人的功劳。这里总是有源源不断的模范犯人。

狱警们会把你好好打量一番——他们都有一双睿智的眼睛。除非你是个醉鬼，或是个神经病，或是你表现得像是这两类人中的一类，否则他们是不会把你的火柴和香烟收走的。预审之前，你可以穿自己的衣服；之后你得穿监狱发的牛仔布装，不能打领带，不能扎皮带，不能系鞋带。你只能坐在床上等着，没有别的事情好做。

醉鬼牢里的待遇可就没有这么好了。没有铺位，没有椅子，没有毯子，什么都没有。你要么躺在水泥地板上，要么坐在马桶上，吐在你自己的大腿上。那里真是惨不忍睹。我亲眼目睹过的。

尽管现在是白天，可天花板上的灯依然亮着。分区的钢制大门里侧，靠近窥视孔的地方围着一圈钢条，像是一个筐。灯光的控制开关在铁门外面。每天晚上九点钟熄灯。没人从门里进来，也没人过来说一个字。这时你也许一句话正说到半当中，或是正在看报纸、翻杂志。没有开关的"咔嗒"，没有任何预警——一片漆黑。而你只能在这团漆黑中挨到夏日的黎明，在此期间无事可做，唯有睡觉（假如你睡得着）、抽烟（假如你有烟好抽），还有思考——假如你能想到任何不会让你感觉比什么都不想更糟糕的思绪。

一个进了拘留所的人是没有个性的。他只是一个小小的归类放置问题，外加报告上的几条记录。没人在乎谁爱他，谁恨他，他长什么样，他的人生是怎样度过的。没人对他作出任何反馈，除非他惹麻烦了。没人虐待他。他们对他的唯一要求就是安静地走进那间属于他的牢房，并且在进去以后继续保持安静。这里没有任何东西需要他反抗，没有任何东西会让他暴跳如雷。狱警们都是安安静静的男人，没有敌意，也没有施虐狂倾向。你在书上读到的那些个桥段——犯人们大叫大嚷，捶打着铁窗，拿调羹弹拨铁栏杆，警卫们拿着棍棒冲过来——这些都是大牢里的故事。一座好的拘留所是世界上最安静的地方。你如果在半夜随便走过所里的一片分区，透过铁栏杆往囚室里张望的话，你会看见一具裹着毯子缩成一团的身躯，或是一头蓬发，或是一双空洞的眼睛。你也许还会听见鼾声。如果你在里面待得足够久，兴许还能听见噩梦中的声响。拘留所里的生活总是处在一种悬而未决之中，没有目的，也没有意义。在另一间囚室中，你也许会看到一个人既没有入睡，也没有尝试入睡。他正坐在自己那张铺位的床沿上发愣。他也许会看你，也许不会。你看着他。他一言不发，你也一言不发。这里没有什么可交流的。

分区的一角里也许还有一扇钢门，这扇门通向指认间。这里的一面墙是漆成黑色的金属丝网。你背后的那面墙上有身高刻度线。头顶上亮着泛光灯。你通常会在早上被带到那儿去，正好赶在值夜岗的警监下班之前。你背靠刻度线站好，刺眼的灯光直射下来，金属丝网后面却是一片黑暗。但那里站着许多人呐：警察、侦探，还有那些个市民——他们或是被抢了，或是被打了，或是被人拿枪指着被一脚踹下了自己的车，或是被骗子骗光了一生的积蓄。你既看不到，也听不到他们。你只能听见夜岗警监的声音。他的声音清晰响亮地在你的耳中回荡。他会让你通过各种测试项目，就好像你是一条马戏团里的狗。他疲惫、悲观、强悍。他是一名舞台经理，指导着史上上演时间最久的一出戏，但他对这出戏早已失去了兴趣。

“喂，你，站直了。收腹。下巴收进去。肩膀向后张。脑袋放平。直视前方。左转。右转。归位，面向正前方，双臂伸直。掌心向上。掌心向下。袖口卷起来。没有明显疤痕。暗棕色头发，有少许灰发。棕色眼睛。身高六英尺一英寸半，体重约一百九十磅。姓名：菲利普·马洛。职业：私人侦探。呵呵，很高兴见到你，马洛。可以了。下一个。”

感激不尽，警监。非常感谢您能抽空接待我。您忘了叫我张开嘴巴了。我嘴里有几颗很不错的镶牙，还有一颗非常高档的陶瓷假牙。价值八十七美元的瓷套假牙。你忘了检查我的鼻孔了，警监。那里面可是有不少疤痕组织供你观察。鼻隔膜手术留下的——那家伙，真是个屠夫！我动手术那会儿花了整整两个钟头，听说他们如今二十分钟就搞定了。我是打橄榄球的时候受的伤，警监——我本想阻挡一个落踢球，结果犯了个小小的失误。我挡住的不是球，而是那家伙的脚——在他踢飞了球之后。罚退十五码——手术后的第二天，他们从我鼻子里一英寸一英寸地往外拽出来的那条血淋淋、硬邦邦的布条也有那么长。我没吹牛，警监。我只是告诉你一些事情。细节是关键。

第三天，一名县警在早上八九点钟的时候打开了我这间囚室的铁门。

“你的律师到了。把手里的烟头灭了——不许扔地上。”

我把它冲下了马桶。他领着我来到会议室。一个高个儿、苍白的黑发男人站在那里，望着窗外。桌子上放着一只鼓鼓囊囊的公文包。他转过身来，等门关上后，这才在一张橡木桌的另一边坐下，挨着他的公文包。这是一张伤痕累累的桌子——它一定是从诺亚方舟上搬下来的。诺亚当年也是从别人那儿转手买下它的。我的律师打开一只锻银烟盒，将它放在面前，然后上下打量了我一番。

“请坐，马洛。要来支烟吗？我叫恩迪科特。休厄尔·恩迪科特。根据指令，我将代理你的案子，且无需你支付任何费用。我猜你一定很想从这儿出去，对不对？”

我坐了下来，拿了一支烟。他举着打火机为我点烟。

“很高兴见到你，恩迪科特先生。我们以前见过——在你当地方检察官的时候。”

他点点头。“我不记得了，不过这是有可能的。”他淡然一笑。“我不太适合那个职位。我猜我的血液里少了一点老虎的狠劲儿。”

“谁指派你的？”

“这我不方便讲。如果你愿意让我担任你的辩护律师，费用你不用操心。”

“我猜这意味着他们已经抓住他了。”

他只是直直地盯着我。我吸了一口烟。这烟是那种带过滤嘴的高档货，味道就像经过棉絮过滤的高空中的雾。

“如果你指的是伦诺克斯，”他说，“——当然，也只有这一种可能——那么，答案是‘没有’。他们还没有抓住他。”

“为什么要这么神秘兮兮的呢，恩迪科特先生？干吗不肯说是谁派你来的？”

“我的上级不希望透露姓名。这也是他的特权。你愿意接受我吗？”

“我不知道，”我说。“如果他们还没有抓住特里，那为什么还要把我捏在手里呢？没人问过我一个问题，没人靠近过我。”

他皱了皱眉，低头看着他那几根修长白皙的手指。“地区检察官斯普林格亲自负责这个案子。他也许太忙了，还没空审问你。但你将获得一次提讯和一场预审的机会。我可以利用人身保护令的诉讼程序让你获得保释。你大概知道那是条什么法律。”

“我是以涉嫌谋杀的名义被收押的。”

他不耐烦地耸耸肩。“那名头只是个箩筐罢了，什么都能往里填。他们本可以把你转押到匹兹堡的，或者给你安上十几项罪名中的任何一项。警方的真正意思可能只是案发后协助主犯。你把伦诺克斯送到什么地方去了，对不对？”

我没有吭声。我把那支寡淡无味的香烟扔在地上，抬脚踩了上去。恩迪科特又耸耸肩，皱了皱眉头。

“就算是你送他的吧——这只是为了展开下面的推论。要证明你是从犯，他们先得证明动机。在这个案子中，这就意味着要证明你知晓有犯罪行为发生，而且知晓伦诺克斯是一名逃犯。这样的案子是肯定能申请到保释的。当然，你真正的身份是一名重要证人。但根据本州法律，一个人不能以重要证人的身份被拘押在监狱里，除非有法庭指令；另外，也只有在一名法官宣布此人为重要证人后，他的这一身份才能成立。但执法人员总是能找到法子做他们想做的事。”

“没错，”我说。“一个叫代顿的警探揍了我。一个叫格里戈利厄斯的凶杀组警监朝我泼咖啡，在我脖子上狠狠砸了一拳，力道大得可以让动脉爆裂——你瞧，这里直到现在还肿着呢。后来，警察局长奥尔布赖特打来一个电话，他不得不打消了把我交给他的拷问小组蹂躏的计划，于是便朝我脸上吐了一口唾沫。你说得对，恩迪科特先生。执法小子们总是能为所欲为。”

他不悦地看了看手表。“你到底想不想保释？”

“谢谢你，但我想我还是不要保释了吧。一个凭保释走出铁门的家伙在公众眼里已经被打上‘有罪’的标签了。如果他后来逃过了一劫，那也是因为他请了一个聪明律师。”

“你这么想可就太傻了，”他不耐烦地说。

“好吧，我是很傻。不然的话，我就不会在这里了。如果你跟伦诺克斯有联系，告诉他别替我操心。我不是因为他进来的。我是因为我自己进来的。没什么可抱怨的。这是我自己的选择。我既然入了这一行，那就必然会有各色人等带着各自的麻烦来找我解决。有的是大麻烦，有的是小麻烦，但终究是他们不想去找警察解决的麻烦。要是随便哪个戴着警徽的打手都可以把我倒挂起来，放空我的胆子，那他们以后还会来找我吗？”

“我懂你的意思了，”他慢吞吞地说。“但是，我得纠正你一点。我跟伦诺克斯没有联系。我几乎不认识他。我是一名法院人员，跟所有的律师一样。如果我知道伦诺克斯在哪儿，我就不能向地方检察官隐瞒这一信息。我能做的最多是在和他进行一次面谈之后，再同当局约定一个时间和地点将他交出。”

“除了他，没有别人会费这力气派你来帮我。”

“你这是在说我撒谎吗？”他弯下腰，在桌子底下揿灭了烟蒂。

“我好像记得，恩迪科特先生你是弗吉尼亚人。在我们这个国度里，人们似乎都对弗吉尼亚人有一种历史情结。我们把他们看作是美国南部骑士精神与荣誉感的典范。”

他微微一笑。“你过奖了。只可惜事实并非如此。可我们扯这些是在浪费时间。如果你当初脑子里还存有一丝理智的话，你就应该告诉警方说，你已经有一个礼拜没见着伦诺克斯了。要说真话，你尽管在法庭宣誓后再说。没有哪条法律禁止你对警察撒谎。他们对谎话也有心理准备。比起你拒绝向他们开口，对他们撒谎反倒会让他们高兴得多。前者是在公然挑战他们的权威。你这么干，究竟是为了什么？”

我没有回答这个问题。我真的自己也不知道答案。他起身拿起帽子，啪的一声合上烟盒，揣进口袋里。

“你非但不敷衍一下，还非得跟他们唱高调，”他冷冷地说。“又是坚守你的权利，又是引述法律。你怎么能这么天真呢，马洛？亏你还是个吃这碗饭的人。法律不是正义。法律只是一部非常不完善的机器。

如果你一个不错地按对了所有按键，而且碰巧撞了大运，那么正义也许会在它吐出的答案中现身。法律的初衷仅仅是一部机器，一种机制。我看你是不打算接受帮助了。那我就告辞了。你要是改了主意，可以再联系我。”

“我打算在这里再坚持一两天。如果他们逮住了特里，他们就不会在乎他是怎么逃走的了。他们唯一在乎的就是演好这出审判大戏。哈兰·波特的女儿被谋杀这件事已经在全国上下成了头条新闻了。一个像斯普林格这样乐于讨好公众的家伙可以拿这场演出当踏脚板，一举登上总检察官的宝座，再顺势坐进州长的交椅，再顺势——”我打住了，让剩下的话不言自明地飘浮在空中。

恩迪科特的嘴角缓缓浮现出一个嘲弄的微笑。“我认为，你可能不太了解哈兰·波特先生，”他说。

“如果他们捉不住伦诺克斯，他们也就不会想知道他是怎么逃走的了，恩迪科特先生。他们只会想把这件事尽快忘掉。”

“看来你把这整件事情都想了个透啊，是不是，马洛？”

“我有的是时间。关于哈兰·波特先生，我只知道他身家上亿，还坐拥着九家或是十家报社。这样的宣传力你说如何？”

“宣传力？”他的声音冰冷冰冷的。

“是啊。目前为止还没有报社的人采访过我呐。我本想借着这件事在报上好好弄出点动静来呢。那样肯定能拉到不少生意。私家探子宁可蹲进监狱，也不肯出卖兄弟。”

他走到门口，伸手扭动门把。“你真逗，马洛。在某些方面，你幼稚得很。没错，一亿美元是能买到无尽的宣传力。可我的朋友，一亿美元如果运用得当的话，也能买到无尽的沉默。”

他拉开门，走了出去。一名县警随即走了进来，把我带回重罪分区里的三号囚室。

“有了恩迪科特，估计你是不会在我们这儿待太久了，”他把我锁进去的时候，友好地说了这么一句。我回答说，希望他的话能应验。

9

前半夜的当班县警是一个金发的大个子，肩膀厚实，脸上挂着一副大大的、友好的笑容。此人已到中年，早已在心中磨平了怜悯与愤怒。他只想轻轻松松地混满八个钟头，脸上的神情似乎是在说，他摊上的肯定都是轻松事。他打开了我面前的铁门。

“有人找你。地检官办公室的人。睡不着，是吧？”

“现在对我来说还有点早。几点了？”

“十点十四分。”他站在门口，将囚室仔细察看了一番。一条毯子铺在下铺上，另一条被我叠成了枕头。垃圾桶里有两张用过的纸巾，洗脸池的池沿上有一小团卫生纸。他满意地点点头。“里面有什么个人物品吗？”

“只有我。”

他任由囚室的铁门开着。我们沿着一条静静的过道走到电梯边，乘电梯下到收押登记台前。一个穿灰制服的胖男人站在登记台边上，抽着一只玉米穗烟斗。他的指甲很脏，他拿鼻子凑上去闻了闻。

“我是地检官办公室的斯普兰克林，”他用凶巴巴的语气对我说，“格兰兹先生要你上楼。”他伸手从身后掏出一副手铐。“我们来试试这副的尺寸。”

狱警和登记员咧开了嘴，朝他开怀一笑。“怎么啦，斯普兰？怕他在电梯里把你揍晕是吧？”

“我不希望再有麻烦了，”他没好气地说。“已经有个家伙从我手里溜走过了。他们把我的屁股踹烂了。伙计，我们走吧。”

登记员朝他推过来一张表格，他用花体在上面签了字。“我从不冒不必要的风险，”他说。“在这座镇子里，谁也说不清楚下一分钟会摊上什么事儿。”

这时，一名巡警领进来一个醉汉——他的一只耳朵血淋淋的。我们朝电梯走去。“伙计，你有麻烦了，”斯普兰克林在电梯里对我说。“一堆大麻烦。”这话似乎给他带来了一种莫名的满足感。“在这座镇子里，你一不留神就会惹上许许多多的麻烦。”

电梯操作员转过头来，朝我使了个眼色。我咧嘴一笑。

“别想玩儿花样，伙计，”斯普兰克林口气严厉地对我说。“我开枪打死过一个人。他想逃跑。他们把我的屁股踹烂了。”

“你的屁股生生不息，是吧？”

这话让他想了一会儿。“没错，”他说。“不管怎样，他们还是要踹烂你的屁股。这座镇子真不好混。没一点规矩。”

我们出了电梯，穿过地检官办公室的双扇门，进了房间。电话总机已经停机了，只单独接入了几根夜间的电话线。等候区的椅子上空无一人。有两间办公室还有灯光。斯普兰格林拉开一扇门，出现在我面前的是一个亮着灯的小房间，里面有一张桌子，一个档案柜，一两把硬椅子，还有一个体格粗壮的男人。此人生着一张线条生硬的下巴和一双愚钝的眼睛，还有一张红脸膛。此刻他正把什么东西塞进桌子下面的抽屉里。

“你应该敲门的，”他冲着斯普兰克林吼道。

“对不起，格兰兹先生，”斯普兰克林结结巴巴地说。“我的心思全在这个犯人身上了。”

他一把将我推进办公室。“要我把手铐摘掉吗，格兰兹先生？”

“我都不知道你一开始干吗要给他戴手铐，”格兰兹很不高兴地说。他看着斯普兰克林解开我腕上的手铐。他要在葡萄串般大小的钥匙串中找到开手铐的这把，这很是费了他一番力气。

“行了，出去，”格兰兹说。“等在外面，一会儿把他带回去。”

“可我好像已经下班了，格兰兹先生。”

“我什么时候说你下班了，你才能下班。”

斯普兰克林脸一红，挪着他那只肥屁股从门里挤了出去。格兰兹凶狠地目送着他离去，等到门一关上，又将同样的目光转向我。我拉过一把椅子来坐下。

“我没叫你坐，”格兰兹吼道。

我从口袋里掏出一根散烟塞进嘴里。“我也没叫你抽烟，”格兰兹咆哮道。

“我可以在自己的囚区里抽烟。凭什么在这儿不能抽？”

“因为这是我的办公室。这里我说了算。”一股浓烈的威士忌酒味从桌子对面飘了过来。

“再干一杯吧，”我说。“那玩意儿能让你平静下来。我们进来的时候好像打扰到你了。”

他往后一仰，重重地靠在椅背上。他那张脸变成了深红色。我划着一根火柴，点上烟。

漫长的一分钟过去后，格兰兹轻声开口了：“好吧，硬骨头小子。你是条汉子，对不对？有件事情你知道不？犯人们进来的时候都是各种尺寸，各种形状，可等到他们出去的时候，却只剩下一种尺寸，一种形状了：小小的，蔫蔫的。”

“你找我做什么，格兰兹先生？另外，你如果想动那瓶酒的话，就当我不存在好了。我自己有时候也会抿上一小口，尤其是在我紧张疲劳、工作过度的时候。”

“你好像对于你目前深陷其中的这摊子麻烦不怎么在意嘛。”

“我没觉得我现在有麻烦。”

“我们等着瞧。此时此刻，我需要你给我做一份完完整整的口供。”他用一根手指轻轻敲了敲一台录音设备，那东西就放在他桌子旁边的支座上。“我们现在做录音，明天找人誊写成稿。如果副警长对你的口供满意的话，他也许会当即释放你，只要你保证不出城。我们开始吧。”他按下了录音机开关。他的声音冰冷、果决，拿出了十二分的狠劲儿。可他的右手却在不停地朝桌子下面的抽屉挪去。他还年轻，鼻子上本不该有突出的静脉，可他就是有了。他眼白的色泽看上去也很不健康。

“我已经受够了，”我说。

“受够什么了？”他厉声问道。

“冷硬的小不点儿们坐在冷硬的小办公室里，说着冷硬的小词儿——结果全是废话。我已经在重罪区里待了56个小时了。没人随便摆布我，没人想要证明他不好惹。他们根本不必证明。需要的话，他们随时可以让你吃不了兜着走。另外，我为什么在这里？因为我以嫌疑人的身份被收监了。这他妈的到底是一种怎样的司法体制？一个人就因为没回答警察的问题，结果就被塞进了重罪牢。他有什么证据？便笺簿上的一个电话号码。他把我关起来又是为了证明什么呢？不为了什么，除了证明他有权力这么干。现在，你又弹起了同样的老调：你要让我感受一下，在这个你管它叫办公室的雪茄盒里，你行使着多么大的权力。你派那个担惊受怕的婴儿保姆大半夜的把我带到这里来。你以为独自一人沉思56个小时就会把我的脑子变成浆糊吗？你以为我会趴在你的大腿上哭，求你摸摸我的头，因为我在这所大大的监狱里实在是太孤独了吗？行了，格兰兹。喝杯酒，来点人情味儿吧；我愿意把你的表现仅仅看做是在履行公事。可麻烦你在开始之前，先把手里的大棒子放下。如果你真不好惹，那你就不需要它了；如果你需要它，那你就没有不好惹到能随意摆布我的程度。”

他坐在那里，一边听，一边看着我。然后他阴沉地咧嘴一笑。“一篇漂亮的演讲，”他说。“现在，既然你已经把这通屁话排出体外了，我们就开始录口供吧。你是愿意回答指定的问题，还是愿意按自己的思路讲？”

“我真是对鸟弹琴啊，”我说。“只听见枝下微风习习。我什么也不打算供。你是个律师，你知道我有权利不开口的。”

“没错，”他冷静地说。“我了解法律。我也了解警察的工作。我在给你一个洗清自己的机会。如果你不想要，那我也没意见。我明天上午十点就可以提讯你，给你安排一场初审。你也许能申请到保释，尽管我会反对，但就算这样，条件也会是很严苛的，而且要花你不少钱。这就是第二种玩法。”

他低头看着桌子上的一份文件，读了一遍，然后把它面朝下翻转过来。

“以何种罪名？”我问道。

“第三十二条。事后从犯。这是一项重罪。最多可以让你在圣昆丁监狱里待五年。”

“你们最好还是先抓住伦诺克斯，”我谨慎地说。格兰兹抓到了我的某些把柄，我从他的姿态中能感觉得到。我不知道他究竟抓到了多少，但他肯定是抓到了。

他仰靠在椅背上，拿起一支钢笔，缓缓地在掌间揉搓着。然后他笑了。他正在享受这一刻。

“伦诺克斯可不是个容易藏匿的人，马洛。就大部分人而言，要辨认出他们，你得有一张照片，而且还得是一张清晰的照片。可如果这人的半边脸上全是疤痕，那情况就大不一样了。更何况他还有一头白发，尽管年龄还没过 35 岁。我们已经找到了 4 名目击证人，也许还能找到更多。”

“目击什么？”我的嘴里尝到了苦涩的味道，就像格里戈利厄斯警监揍我时的感觉。这让我想起了我的脖子依然肿痛。我轻轻地揉了揉那个地方。

“别装傻了，马洛。一名圣地亚哥高等法庭的法官和他的太太碰巧在机场送别搭乘那架飞机的儿子和儿媳。四个人都看见了伦诺克斯，法官太太还看到了他进机场时搭乘的那辆车，以及和他在一起的那人是谁。这场游戏你输定了。”

“干得漂亮，”我说。“你是怎么找到他们的？”

“在广播和电视上插播特别简讯。我们只是详尽地描述了一下他的外貌特征。然后法官就打来电话了。”

“听上去有戏，”我客观公正地评论道。“可单单这一条证据是不够的，格兰兹。你还得抓住他，证明他犯了谋杀罪。然后你还得证明我当时知道他犯了罪。”

他拿手指弹了弹那页电报的背面。“我想我还是喝一杯吧，”他说。“最近老是加夜班。”他拉开抽屉，拿出一瓶酒和一只小玻璃杯，放在桌子上。他满满地倒了一杯，一饮而尽。“不错，”他说。“这下好多了。不好意思，我没法请你喝一杯，因为你是一名在押人员。”他塞好瓶口，把酒瓶推开，但并没有推远——只要一伸手他还能够到。“嗯，没错，我们是要证明几件事情，就像你刚才说的那样。可是，伙计，我们好像已经拿到他的供状了。这下你麻烦大了，是不是？”

一根小小的却冰冷的手指顺着我的脊骨一路往上摸，就像是一条凉凉的虫子在蠕动。

“那你干吗还要我的供词？”

他咧嘴一笑。“我们喜欢把案卷做得滴水不漏。伦诺克斯将被带回国内受审。我们需要尽可能地拿到所有材料。比起你犯下的这桩事（这回我们打算放你一马——如果你乖乖配合的话），我们想从你嘴里套出的这点东西真不算什么。”

我瞪着他。他摆弄了一会儿文件。他坐在椅子里转过身去，盯着那瓶酒，用掉了一大半的意志力才打消了伸手去抓的冲动。“也许你想听听完整的剧本，”他突然说，一边向我投来一个很不着调的坏笑。“嗯，真聪明。为了向你证明我不是在开玩笑，我就念给你听吧。”

我朝桌子对面探过身去，他以为我是要抢他的那瓶酒，于是一把将酒瓶拿走，放回抽屉里。我其实只是想往他的烟灰缸里扔一只烟头。我往后一仰，回到原位，又点了一支。他语速飞快地开始了讲述。

“伦诺克斯在墨西哥的马萨特兰市下的飞机；那是一个航空枢纽，城市人口在三万五千左右。他消失了两三个钟头。接着，一个黑发、深肤、身上还有许多疑似刀疤的高个儿男子用西尔瓦诺·罗德里格斯这个名字订了一张前往托雷翁的机票。他的西班牙语不错，可对于一个顶着墨西哥名字的人来说还不够好。作为一个深肤色的墨西哥人，他又太高了。飞行员举报了他。托雷翁的警察动作太慢了。墨西哥警察的工作热情并不太高。他们最擅长的就是朝人开枪。等到他们动手的时候，那人已经包了一架飞机，飞往一个叫奥塔托克兰的小山城了——那是一个不太上档次的夏季度假村，边上有一个湖。那架包租飞机的飞行员曾经在得克萨斯作为一名战斗机飞行员接受过训练。他英语说得很好，可伦诺克斯假装听不懂。”

“如果那真是伦诺克斯的话，”我插了一句。

“等等，傻瓜。那就是伦诺克斯。我们接着往下讲。他在奥塔托克兰下了飞机，在那儿的旅馆登记入住，这次用的名字叫“马里奥·德·赛瓦”。他带了一把枪—— 一把 7.65 毫米口径的毛瑟手枪。当然啦，这在墨西哥也不算什么。可那名飞行员觉得这家伙不太对劲，于是便和当地执法部门聊了聊。他们开始监视伦诺克斯。他们还和墨西哥城那边核对了一下信息，接着他们就动手了。”

格兰兹捡起一把尺子，拿它当瞄具观瞄了一番。这个动作毫无意义，只是让他能避免看到我。

我开口道：“嗯—哼。你的那位包机飞行员真个是聪明小子，待客户真是太厚道了。这个故事编得糟透了。”

他突然抬眼看着我。“我们要的是，”他干巴巴地说，“一场迅速的审判，还有他承认犯下二级谋杀的有罪辩护——对此我们打算接受。有些浑水我们最好不要去蹚。毕竟，这案子牵扯到的是一个有权有势的豪族。”

“你说的是哈兰·波特。”

他微微点了点头。

“依我看，这么做实在是太窝囊了。斯普林格可以靠这个案子大红大紫的。该有的元素这里头全有了。性、丑闻、金钱、美丽但不忠的妻子、在战争中负伤的英雄丈夫——我想，他的伤疤就是这么来的——天啊，这案子可以连续几周占据报纸头版的。全国上下每一家小报都会如饥似渴地围上来。可我们却打算只让它昙花一现。”他耸耸肩。“好吧，如果头儿想要这么干，那自然是他说了算。你到底做不做口供？”他朝那台录音设备转过身去——从刚才到现在，这机器一直在轻轻地嗡鸣着，前面的小灯也一直亮着。

“把它关了，”我说。

他忽地转过身来，恶狠狠地瞪了我一眼。“你喜欢待在牢里？”

“这里还不算太糟糕。你见到的并不是最最有头有脸的人，可谁他妈的真喜欢见有头有脸的人呢？做人要讲道理，格兰兹。你现在是要逼我告密啊。也许我是有点固执，甚至有点感情用事，但我也很实际。假设你现在不得不雇一个私家探子——是的，是的，我知道你讨厌这种假设——就当你此刻除此下策，别无他途了吧。你愿意雇一个出卖了朋友的人吗？”

他瞪着我，眼中全是恨意。

“另外，我还有几点想法。难道你不觉得，伦诺克斯的遁术有些太容易被识破了吗？如果他想要被抓住，那他根本不必费这么多周折。如果他不想被抓住，那他决不至于笨到会跑到墨西哥去伪装成墨西哥人。”

“那又怎样？”他此刻完全是在对我咆哮了。

“那也就是说，你不过是喂了我一堆你自己编出来的胡话罢了；那也就是说，根本就没有什么把头发染黑的罗德里格斯，也没有什么出现在奥塔托克兰的马里奥·德·赛瓦；那也就是说，你根本就不知道伦诺克斯此刻在哪里，就像你不知道黑胡子船长把宝藏埋在了哪里一样。”

他又拿出了那瓶酒。他给自己倒了一杯，一饮而尽，动作和刚才一样。他慢慢地放松了下来。他坐在椅子里转过身去，伸手关掉了录音设备。

“我真想上法庭审你，”他咬牙切齿地说。“我最喜欢痛揍你这种自作聪明的小子了。这档子烂事会在你的账上记很久很久的，机灵鬼。它会陪你走路，陪你吃饭，陪你睡觉。等到下次你再越界的时候，我们就会用这件事让你生不如死。但是现在，我不得不做一件让我呕吐的事情。”

他笨重地伸手把桌子上那份页面朝下的文件拉到自己面前，翻过来在正面上签了字。一个人写下自己名字时的样子总是很容易辨认的。这时他的动作会与平常不同。签完字后，他站起身，迈开大步从桌子后面绕了出去，一把推开他这间小鞋盒的活门，大声唤着斯普兰克林。

那个胖子跑了进来，身上一股狐臭味。格兰兹把文件交给了他。

“我刚才签署了你的释放令，”他说。“我是一名公务员，有时我必须履行一些令人不快的职责。你想不想知道为什么我要在上面签字？”

我站了起来。“如果你愿意告诉我的话。”

“伦诺克斯案已经结了。伦诺克斯案已经被一笔勾销了。今天下午，他在自己的旅馆房间里写好一份完完整整的供状后开枪自杀了。那家旅馆就在奥塔托克兰，如我刚才所说。”

我站在那里，眼前一片迷茫。透过眼角的余光，我瞥见格兰兹慢慢地往后退去，就好像他觉得我也许会揍他似的。也许我那一刻的模样确实有点吓人。很快他又回到了桌子后面，斯普兰克林抓住了我的胳膊。

“行了，走吧，”他像是在发牢骚似的开口道。“我也想偶尔能有一个晚上是回家过的呢。”

我跟着他出了房间，把门关上。关门的时候我的动作很轻，仿佛那扇门的后面有人刚刚离世。

10

我翻出我的个人财物单复印件，交了上去，然后签字收下了原件。我把我的个人物品放回口袋里。这时，一个人正懒懒散散地把身子倚在登记台的一头上，看见我转身往外走，他直起身体，跟我搭腔。他身高六英尺四英寸，瘦得像跟铁丝。

“需要搭车回家吗？”

在惨淡的光线中，他看上去既年轻又衰老，神情疲惫又玩世不恭，可他并不像骗子。“多少钱？”

“免费。我是《洛杉矶日报》的朗尼·摩根。我正好要下班了。”

“哦，负责蹲点守候警察的，”我说。

“这周临时顶一下。市政厅才是我平时的负责区域。”

我们走出大楼，在停车场里找到了他的车。我抬头仰望天空。天上有星星，但到处都有刺眼的灯光。这是一个凉爽怡人的夜晚。我深深地吸了一口气，然后钻进汽车。他开车离开了那个地方。

“我住得很远，在月桂谷那边，”我说。“随便找个地方把我放下就行。”

“他们开车把你请进去，”他说，“可他们不操心你怎么回家。这个案子很是吸引我的视线——以一种令人反胃的方式。”

“这案子似乎已经完结了，”我说。“今天下午，特里·伦诺克斯开枪自杀了。至少他们是这么说的。是的，他们是这么说的。”

“自杀得真是时候啊，”朗尼·摩根边说边透过挡风玻璃凝望着前方。汽车静静地沿着沉寂的街道徐徐行驶。“正成全了他们苦心建造的那堵墙。”

“什么墙？”

“有人在伦诺克斯案的四周建了一堵墙，马洛。你是个聪明人，肯定能看出这点来，对吗？这案子没有得到它应得的曝光度。区检官今晚离城前往华盛顿，去参加什么大会了。近几年来最耀眼的媒体聚光灯打在了他身上，他却转身离去了。为什么？”

“问我没用。我这几天都被放在地牢里雪藏着呢。”

“因为有人开了一个他无法拒绝的价码，这就是原因所在。我说的不是像一袋子钞票这么粗俗的价码。有人向他许诺了一件对他而言十分重要的东西，而与该案相关的所有人中，只有一人有实力做出这样的许诺——那姑娘的父亲。”

我脑袋向后一仰，倚着车厢的一角。“这听起来有点不可思议，”我说。“他怎么搞定整个新闻界呢？哈兰·波特是拥有好几家报业公司，可他的竞争对手怎么办？”

他瞟了我一眼，眼神中满是笑意，然后继续专心致志地把他的方向盘。“你干过新闻业这一行吗？”

“没有。”

“拥有报纸和出版报纸的都是有钱人。有钱人都属于同一家俱乐部。没错，这里头是有竞争——围绕发行、采访区域和独家报道的激烈竞争。前提是，这种竞争不会损害所有人的声望、权益和地位。否则的话，一个大盖子就会从天而降，把整件事情给捂住。而在这个案子中，我的朋友，大盖子就已经落下了。朋友，伦诺克斯案如果充分发酵的话，可以靠它卖掉整吨整吨的报纸。所有的猛料这里头都齐了。这场审判会把全国上下的特写记者全都吸引过来的。只可惜，那场审判永远不会发生了，因为伦诺克斯在好戏揭幕之前就退场了。就像我刚才说的那样，他的退场时机把握得真好——对于哈兰·波特及其家族而言。”

我坐直身子，严肃地盯着他。

“你是说，这起自杀是有人在搞鬼？”

他撇撇嘴，嘴角现出一丝嘲讽。“也许伦诺克斯只是在自杀的过程中接受了某种帮助。也许他稍稍尝试了一下拘捕。墨西哥警察的手指总是发痒，随时准备扣扳机。如果你愿意打个小赌的话，我敢跟你赌一件事：事后没人能有机会数他身上的子弹眼儿。”

“我认为你错了，”我说。“我很了解特里·伦诺克斯。他很久以前就已经自我放弃了。如果他们活捉了他，把他带回国，他肯定会任凭他们摆布的。他会认罪，作过失杀人罪的有罪辩护。”

朗尼·摩根摇摇头。我知道他接下来要说什么——果不其然。“没门儿。如果他是用枪杀的她，或者只是砸开了她的脑瓜，那还有这种可能。可这样的残暴手法可就一点戏都没有了。她的脸被砸成了肉酱。二等谋杀罪是他能争取到的最轻罪名，而这已经足以引起一场轩然大波了。”

“也许你说得对。”

他又看了我一眼。“你说你了解这位伙计。你认为这里头有鬼吗？”

“我累了。今晚我脑子不太好使。”

一阵漫长的沉默。终于，朗尼·摩根又轻声开口了：“如果我是一个真正的天才，而非一名二流报人，那我也许会说，她其实根本就不是他杀的。”

“这确实是一种思路。”

他往嘴里塞了一根香烟，在仪表盘上擦着一根火柴，[①]把烟点上。他静静地抽着烟，瘦削的脸上双眉紧锁。这时我们已经进了月桂谷，我告诉他在哪里拐下大道，在哪里拐进我住的那条街。汽车加大马力爬上山坡，然后在我门前的那段红木台阶跟前停了下来。

我钻出车厢。“谢谢你今晚送我一程，摩根。进来喝一杯怎么样？”

“改日吧。我猜你现在大概想独处一会儿。”

“我独处的时间已经够长的了。实在是太长了。”

“你这会儿要跟一个朋友告别，”他说。“你为了他，任凭他们把你扔进小黑牢里，所以他肯定是你的朋友。”

“谁说我是为了他？”

他淡然一笑。“我不能让事情见报并不意味着我心里没谱，朋友。拜拜了。回头见。”

我关上车门，他调转车头，驶下山坡，渐行渐远。我看着他的尾灯消失在拐角处，这才爬上台阶，拾起门口的报纸，开门进了这间空荡荡的屋子。我打开所有的电灯，打开所有的窗户。房间里闷极了。

我煮了点咖啡，喝了几口，从咖啡罐里掏出那五张百元美钞。他把这五张钞票紧紧地卷成一个卷，贴着罐壁塞进了咖啡豆中。我手里端着一杯咖啡，来回踱步，一会儿打开电视，一会儿关上，一会儿坐下，一会儿起身，一会儿又坐下。我把刚才堆在前门台阶上的那叠报纸从头到尾全读了一遍。伦诺克斯案开始声势很大，但到了那天早上却已经后继乏力了。报上登了一幅西尔维娅的照片，但没有特里的，下面还跟了一张我自己的快照，我都不知道这张照是怎么拍下来的。“洛城私探被羁押并接受审讯。”我还看到一张大幅照片，拍的是伦诺克斯一家在恩西诺的宅邸。这是一栋尖屋顶林立的仿英式建筑，光是清洗上面的窗户估

---

① 早期的火柴大多为万能火柴，即火柴头可以在任何粗糙表面上摩擦点燃。

计就得花上一百美元。房子建在一处占地两英亩的土丘上，这在洛杉矶可算得上是一大片地产。那栋客房的照片也见了报；它看上去就像是主建筑的微缩版，四周被树篱环绕。这两张照片都是从远处拍摄的，随后做了放大剪裁的加工处理。报上称作“死亡之屋”的那间房间却没有相应的照片。

我之前在拘留所里的时候，已经读过所有这些东西了，但此刻我却用一双截然不同的眼睛将它们重新阅读审视了一遍。它们只告诉了我一件事：一个富有美丽的姑娘被谋杀了，而媒体却被彻底排除在了事件之外。这么说，那只幕后的大手从一开始就在施加影响了。那些负责犯罪新闻的伙计们一定在咬牙切齿呢，可他们就算咬碎牙齿也徒劳。这也确实说得通。如果特里在她被杀的当晚和他那位身在帕萨迪纳的岳父通过电话，那么在警方得知此事之前，豪宅现场肯定已经布置了一二十个安保了。

可有件事情却无论如何也说不通：凶手居然以这样的方式将她殴打致死。我绝不会相信特里能干出这样的事情来。

我关了灯，坐在一扇敞开的窗户边。窗外，灌木丛中，一只知更鸟唧啾数声之后，自我陶醉了一番，这才安静下来，准备过夜。

我的脖子里痒痒的，于是我刮了脸，洗了澡，然后上床休息。我仰卧在床上，仔细听着，仿佛我能从远处的黑暗中听到一个声音，一个平静耐心的声音，能够让一切水落石出。我没有听到这样的声音，但我知道：我会听到的。没人会向我解释伦诺克斯案。也没有任何一种解释足以拨开迷雾。凶手已经坦白，而且命归黄泉。甚至连讯问的程序都免了。

正如《日报》的朗尼·摩根所言：他死得太是时候了。如果特里·伦诺克斯真杀了自己的妻子，他的死自然是件好事。他们不必再审判他了，也就不必让所有那些令人不快的细节曝光了。如果他没有杀她，那他的死也同样是件好事。死人是世界上最好的替罪羊。他永远也不会开口反驳。

11

第二天早上，我又刮了个脸，换上衣服，像往常一样开车去市中心，把车停在了老地方；如果说停车场管理员这时碰巧已经得知我如今成了个重要的公众人物，那他掩饰得真是滴水不漏。我爬上楼梯，穿过走廊，掏出钥匙开了我那扇门。一个黝黑沉稳的家伙在一旁看着我。

“你就是马洛？”

“怎么了？”

“别跑开，”他说。“有个人想见你。”他把像橡皮膏一样贴在墙上的后背剥了下来，懒洋洋地走开了。

我走进办公室，拾起地上的邮件。更多的邮件被晚班清洁女工放在了办公桌上。我先打开窗户，然后划开一只只信封，把不要的信件扔掉，最后留下来的寥寥无几。我接通了连接另一扇门的蜂鸣器，装满烟斗点上，坐在那里，等着有人来喊救命。

我带着某种超然的情感想着特里·伦诺克斯。他已经朝记忆深处越退越远了——白发，疤脸，软弱又可亲，带着他那种奇特的自尊。我不想评判他或是分析他，就像我从未问过他是如何受的伤，或是他如何跟一个像西尔维娅这样的女人结的婚。他就像是一个你在客轮上偶遇、渐渐熟稔，但从未真正了解的人。接着，他消失了，就像那个同船的旅伴在码头上对你说完“再见伙计，保持联系”一样，但你知道你不会联系他，他也不会联系你。你很可能今生今世都不会再见到那个伙计了。就算你见到了，他也会像是完完全全变了个人一样，不过就是又一个和你同乘一辆社团包车的扶轮社会友。最近生意如何？哦，还行。你气色不错。你也一样。我最近长了不少肉。我们不全都是这副德行吗？还记得那趟搭乘“弗兰肯尼亚”号（管它叫什么呢）的旅程吗？哦，当然记得，那次旅行棒极了，不是吗？

呵呵，确实棒极了。你都快无聊死了。你当时之所以找这个家伙说话，是因为周围实在是没有一个能让你起谈兴的人了。也许我跟特里·伦诺克斯的故事就是这样的。不，不完全是。我拥有他的一块碎片。我在他身上投入了金钱和时间，还有在牢里蹲的那三天，更不用提我下巴上挨的那一拳和我脖子上受的那一击了——每次我吞咽的时候，都能感受到它的余威。如今他死了，我甚至都没法把那五百块钱还给他了。这让我很难受。最让你难受的永远是那些小事情。

蜂鸣器和电话同时响了。我先接了电话，因为门铃意味着有人走进了我那间罐头盒大小的等候室。

“您是马洛先生吗？恩迪科特先生想和您通话。请稍等。”

电话接通了。“我是休厄尔·恩迪科特，”他说，就好像他那个该死的秘书刚才没有把他的大名灌进我耳朵似的。

“早上好，恩迪科特先生。”

“听说他们把你放出来了，我很高兴。我猜你后来大概是明智地放弃了抵抗。”

“我不懂明智。我只有驴脾气。”

“我猜你的麻烦大概就到此为止了。但假如事情有变，你又需要帮助，记得找我。”

“怎么会呢？那伙计已经死了。光是证明他曾经来找过我这一件事就够他们受的了。接下来，他们还得证明我当时明知有犯罪行为发生；再接下来，他们还要证明他当时已经犯罪，或是一名逃犯。”

他清了清喉咙。“也许吧，”他谨慎地说，“但你还不知道他留下了一份完整的认罪书。”

“我知道了，恩迪科特先生。此时此刻，我正在和一名律师通话。不知我是否能冒昧地提醒一句：这份认罪书的真实性与有效性也需要得到证明？”

“恐怕我现在没时间和你进行法律讨论了，”他生硬地说。“我现在正要飞往墨西哥，履行一项令人伤悲的任务。你大概猜得出我的任务是什么。”

“没错。这取决于你的当事人是谁。你没有告诉过我，你应该记得。”

“我的记性很好。那么，再见了，马洛。我向你提供帮助的承诺不变。但在此之前，我还是先向你提供一条小小的建议吧：别太笃定了，谁也说不准你是不是真没事儿了。你入了一个危险的行当。”

他挂上了电话。我小心翼翼地把话筒放回底座。我静坐了片刻，手依然放在话筒上，阴沉着脸。然后我把那副怒容从脸上抹去，起身拉开了那扇通向我那间等候室的连通门。

一个男人坐在窗边，刷刷地翻着一本杂志。他穿着一件蓝灰色的正装，上面的淡蓝色格子图案浅得几乎已经看不出了。他交叉的双脚上套着一双鹿皮靴式样的黑鞋，上面只开了两个穿鞋带的孔眼，因此穿起来几乎和便鞋一样舒服，你也不会每次只走一个街区的路就把袜子磨穿了。他贴胸口袋里的白手帕叠得方方正正，一副太阳镜从后面露了个头出来。他留着一头浓密的波浪发，发色很深。他的皮肤晒得黝黑。此刻他正抬起头，用一双鸟眼般的明目看着我；纤细的小胡须下，两片嘴唇蜷成一个微笑。一条深红色的领带在他那件白得晃眼的衬衫上打出一个棱角分明的领结。

他把杂志扔在一旁。“这些小破杂志上登的都是些什么垃圾啊，”他说。“我刚才在读一篇关于科斯特洛[1]的文章。哈，他们对科斯特洛真是

---

① 弗兰克·科斯特洛（1891—1973），纽约著名的黑道人物。

了若指掌。就像我对特洛伊的海伦了若指掌一样。”

“我能为你做些什么？”

他匆匆打量了我一番。“踩着红滑板车的人猿泰山，”他说。

“什么？”

“你，马洛。踩着红滑板车的人猿泰山。他们让你吃了不少苦头？”

“有那么两回吧。这跟你有什么关系？”

“在奥尔布赖特跟格里戈利厄斯谈过之后？”

“不是。是在那之前。”

他微微一点头。“好小子，居然搬出奥尔布赖特压那个死胖子。”

“我在问你话呢：这跟你有什么关系？再说了，我也不认识奥尔布赖特，我没请他帮任何忙。你觉得他会帮我的忙吗？”

他用阴沉的目光盯着我，然后缓缓起身，动作优雅得就像一头黑豹。他穿过房间，朝我的办公室里望了一眼。他朝我一甩头，接着便走了进去。他是那种不论走到哪里都能反客为主的人。我跟着他进了办公室，把门关上。他站在办公桌边四下张望了一番，像是被眼前的景象逗乐了。

“你真是不上档次啊，”他说。“太不上档次了。”

我走到桌子后面，等着他接着往下说。

“你一个月挣多少钱，马洛？”

我没理他，只管点我的烟斗。

“七百五顶多了，”他说。

我把燃尽的火柴丢进烟灰缸，吐了一口烟。

“你是条可怜虫，马洛。你是个不值一提的小骗子。你比一粒灰还小，得拿放大镜才看得见。”

我一言不发。

“你的感情很廉价。你整个人都很廉价。你跟一个伙计成了哥们儿，一起吃了两杯酒，扯了几句笑话，他兜里空空的时候你塞给他两张钱，然后你的心就被他俘虏了。就像一个读了《弗兰克·梅里维尔》[①]的小学生。你没胆，没脑，没关系，没见识，所以你摆出一副做作的姿态来，还指望别人被你感动得稀里哗啦。踩着红滑板车的人猿泰山。”他挤出一个小小的、疲倦的笑容。“依我看，你就是个一钱不值的废物。”

他从桌子对面探过身来，反手轻轻地拍了一下我的脸，动作随意又充满蔑视，但并不是真的要打疼我；整个过程中，那丝小小的微笑一直停留在他的脸上。可我依然一动不动。他慢吞吞地坐了回去，一只胳膊肘撑着桌子，他那只棕色的手托着棕色的下巴，那双亮晶晶的鸟眼凝视着我，眼眸子里面除了晶晶亮之外，什么也没有。

“知道我是谁吗，廉价货？”

“你的名字叫门奈德兹。道上的小子们管你叫门迪。你的生意在日落大道那一片。”

“哈？我怎么这么出名？”

“我哪知道。你一开始好像是在一家墨西哥妓院里拉皮条。”

他从口袋里掏出一只金烟盒，用一只金打火机点了一支棕色的香烟。他喷出一口呛人的烟气，点了点头。他把那只金烟盒放在桌子上，用指尖轻轻地抚弄着。

“我是个大坏蛋，马洛。我挣很多钱。我得挣很多钱，才能疏通那些我得疏通的关系，这样我才能继续挣很多钱，然后继续疏通那些我得疏通的关系。我在贝尔艾尔有一处房子，值九万美元，然后为了把那个地方打理好，我又花掉的钱已经不止那个数了。我有一个标致的金发老婆，还有两个在东区那头读私立学校的孩子。我老婆光身上的钻石就值十五万，衣服皮草又值七万五。我有一个管家、两个女仆、

① 弗兰克·梅里维尔，一套系列廉价低级小说中的主人公。

一个厨子、一个司机，这还不算那只整天跟着我的猴子。不管我走到哪儿，我都是宠儿。一切都是最好的：最好的美食、最好的美酒、最好的酒店套房。我在佛罗里达还有一座房子，外加一艘游艇，上面配了五个船员。我有一辆宾利、两辆凯迪拉克、一辆克莱斯勒旅行车，还给我家儿子弄了一辆名爵。再过两年，我家女儿也会有一辆的。你有什么？”

“我没多少宝贝，”我说。“今年我总算有一栋安身的房子了——我一个人住。”

“没有女人？”

“只有我自己。除此以外，我的全部所有都摆在你眼前了，外加银行里的一千两百美元存款和几千美元的债券。满意了吗？”

“你接过的所有活儿当中，挣钱最多的一次得了多少？”

“八百五。”

“天啊，一个人怎么能如此廉价？”

“行了，别打击我了，你究竟找我干什么？”

他掐灭了那支吸了一半的香烟，随手又点了一支。他向后一仰，靠在座椅上，撇嘴看着我。

“当年我们仨在同一个散兵坑里啃军粮，”他说。“那里冷得像地狱，周围到处都是雪。我们只能吃罐头。冷罐头。偶尔有大炮弹落下，更多的是迫击炮弹。我们的脸都冻蓝了；我是说，真的是冻蓝了——我、兰迪·斯塔尔，还有这个特里·伦诺克斯。一发迫击炮弹正正好好落在了我们仨中间，但不知怎的没有爆炸。那些德国佬可狡猾了。他们有一种非常变态的幽默感。有时候你以为那是哑弹，可三秒钟过后，你才发现那不是哑弹。特里抓起那枚炮弹跳出散兵坑，这时兰迪和我还站在那里发呆呢。我是说：伙计，他身手真快。就像个一流的传球手。他脸朝下扑倒在地，把那东西扔了出去，结果炮弹在空中开了花。大部分弹片都从他头顶上飞了过去，可有一大片击中了他的脸颊。就在那时，德国佬发起了进攻，紧接着我们就撤了。”

门奈德兹打住了，一双黑眼睛向我投来沉稳雪亮的目光。

“谢谢你的故事，”我说。

“你还算开得起玩笑，马洛。你这人还行。兰迪和我一起合计了一番，最后认定特里·伦诺克斯挨的那一下子足以把任何人的脑子炸开花。在后来很长的一段时间里，我们都以为他死了，可实际上他没死。德国佬抓住了他。他们花了一年半的时间给他做整容。他们干得不错，可之前他们把他伤得太重了。我们花了好多钱才得到这个消息，然后又花了好多钱才找到了他——战后我俩在黑市上挣了大把的钱，所以我们付得起。特里救了我们的命，而他得到的全部回报就是半张新脸，一头白发，而且人也变得神经兮兮的。回家后，他开始喝酒，时不时地被警察请进去，精神状态也垮了。他心里面似乎藏着件什么事情，可我们一直都没能弄明白那究竟是什么事。紧接着，他就跟这个富家女结了婚，一时间春风得意，可后来又离婚了，整个人又跌进了谷底，接着又复婚了，然后她就死了。兰迪和我根本没法帮他的忙。他不让我们帮他，除了我们在维加斯帮他找的那份短工。等到他遇到大麻烦的时候，他也不来找我们，而是去找一个像你这样的廉价货，一个在警察面前被呼来喝去的家伙。然后，他就死了，甚至都没来跟我们说再见，没有给我们一个报答他的机会。我在墨西哥那边有关系，本可以让他从此隐姓埋名的。我本可以眨眼之间就把他弄出国的，比扑克高手出老千的速度还快。可他却哭着喊着去找你。这让我非常不爽。你——一个廉价货，一个在警察面前被呼来喝去的家伙。”

“警察可以把任何人呼来喝去。你想要我怎么做？”

“你就此打住就行，”门奈德兹硬邦邦地说。

“在什么事情上就此打住？”

“在伦诺克斯案上就此打住，别想再从中捞钱或是捞名声了。这事情结束了，就此了结了。特里死了，我们也不想让他再受打扰了。这伙计遭罪已经遭得够多了。”

“一个多愁善感的流氓头子，”我说。

“说话小心点，廉价货。说话小心点。‘门迪’门奈德兹不跟你费口舌。他只下达命令，你照办就行。想捞钱，你还是另找门路吧。听明白了吗？”

他站起身来。会谈已经结束了。他拾起手套。那是一副雪白的猪皮手套，看上去就像他从未戴过一样。门奈德兹先生真是衣冠楚楚啊。可表象之下却是一个很不好惹的狠角儿。

“我没打算从中捞名声，”我说。“也没人说过要给我钱。他们又有什么理由、为了什么要来给我钱呢？”

“别开玩笑了，马洛。你可不是因为有魅力才被他们在牢里留了三宿的。你领到了好处。我不想说是从谁那儿领的，但我心里有数。而我所说的这位东家手头有的是这类好处。伦诺克斯案就此了结了，这件事到此结束，哪怕是——”话说到一半，他突然打住了，用他那双猪皮手套轻轻拍打着桌沿。

“哪怕是特里没有杀她，”我说。

他脸上浮出的惊讶就像廉价婚戒上的镀金一样薄。“我倒是宁可相信你这句话，廉价货，可这完全说不通。再说了，就算它说得通——但既然特里希望事情是这个样子，那它就得是这个样子。”

我一言不发。过了片刻，他缓缓地咧嘴一笑。“踩着红滑板车的人猿泰山，”他拖着长腔慢吞吞地说。“好一条硬汉。那我就来在他身上踩个遍吧。一个花三五个铜板就能雇来的伙计，谁都不把他放在眼里。没钞票、没家庭、没前途，啥也没有。拜拜了，廉价货。”

我一动不动地坐在那里，牙关紧锁，盯着他那只放在桌角的金烟盒。我感到苍老又疲惫。我慢慢地站起身来，伸手去拿那只烟盒。

“你忘了这个，”我边说边从桌子后面绕了出来。

“这玩意儿我有半打呐，”他冷笑道。

我走到他身边，把烟盒伸到他面前。他漫不经心地伸手来拿。“来半打这个怎么样？”话音刚落，我便瞄准他的小肚子用尽全力狠狠地给了他一拳。

他“哎呦”了一声，弯下腰去，烟盒落在了地上。他背靠着墙，两手抽筋似的来回乱摸，一面喘着粗气，费力地把空气吸进肺里。汗珠从他头上冒了出来。他费尽九牛二虎之力，这才动作迟缓地直起身来，再度直视着我的眼睛。我伸出手，用一根手指拂过他的下颌骨。他一动不动，没有作出任何回应。最后他那张棕脸上终于挤出了一丝微笑。

“没想到你有这样的胆子，”他说。

“下次记得带把枪来——不然就别叫我廉价货了。”

“我手下有一个拿枪的伙计。”

“下次带他一起进来。你会用得上他的。”

“要对你发脾气可不太容易，马洛。”

我用脚把那只金烟盒拨到一边，弯腰捡起来递给他。他接过烟盒，揣进口袋里。

“我真搞不懂你，”我说。“我不明白你为什么费了半天工夫跑到这里来，只是为了没完没了地笑话我。然后你的表现就开始有些单调了。所有的硬汉都挺单调的。就像是握着一把同花顺跟人打牌。你什么都有了，又什么都没有。你仅有的动作就是坐在那里，欣赏自己。难怪特里不愿意找你帮忙。那就像是找一个妓女借钱。”

他用两根手指轻轻地按着肚子。“你这么说话，我很遗憾，廉价货。你嘴皮子似乎是耍过头了。”

他走到门口，打开门。门外靠墙站着一个保镖，见状直起身子，扭过头来。门奈德兹朝他一甩头。那保镖走进办公室，站在那里，面无表情地看着我。

“好好瞅瞅他，奇科，”门奈德兹说。“确保你下回能认出他来——只是为了以防万一。你跟他也许哪天会再碰上的。”

“我已经瞅见他了，老大，”这位镇定自若、面色黝黑、双唇紧闭的伙计用那种不说废话的腔调回答道——他们都喜欢摆出这样的腔调来。“我摆得平他。”

“别让他打到你的肚子，”门奈德兹说完，阴沉地咧嘴一笑。“他的右勾拳可不是闹着玩儿的。”

那保镖只是对着我冷笑。“他根本近不了我身。”

“好啦，拜拜了，廉价货，”门奈德兹朝我丢下这句话后便走了出去。

“回头见，”保镖酷酷地对我说。“我叫奇科·阿戈斯蒂诺。我想你会了解我的。”

“就像了解一张脏报纸，”我说。“下次记得提醒我不要往你的脸上踩。”

他下巴上的肌肉鼓了起来。然后他猛地一转身，跟着他的老板出去了。

气动门慢慢地闭合了。我竖起耳朵，却听不见他们穿过走廊的脚步声。他们走路轻得像猫。以防万一，一分钟后我又一次打开门，朝外面张望。但走廊里已经空无一人了。

我回到桌前坐下，纳闷了一小会儿：一个像门奈德兹这样在当地还算挺有分量的黑道头子究竟为什么要在百忙之中亲自踏进我的办公室，警告我少管闲事呢？而就在几分钟前，我刚刚从休厄尔·恩迪科特那里接到了一条类似的警告，尽管后者的措辞截然不同。

我左思右想，依然不明就里，于是转念一想：不如就让巧事更巧吧。于是我抓起听筒，一个电话打到了拉斯维加斯的水龟俱乐部——菲利普·马洛要求与兰迪·斯塔尔进行一场直接通话。结果没戏。斯塔尔先生出城去了，我要不要另找别人？我才不要呢。我甚至都不那么急切地非要找斯塔尔说话。那只是一时的心血来潮。他离我很远，应该打不到我。

此后的三天里一直太平无事。没人请我吃拳头或是吃子弹，也没人打电话来告诫我少管闲事。没人雇我寻觅他们失踪的女儿、出轨的太太、消失的珍珠项链，或是下落不明的遗嘱。我只是坐在那里，望着墙壁。伦诺克斯案平息得就跟它诞生得一样突然。官方举行了一次简短的死因讯问会，没有传唤我。讯问选在了一个一反常规的时间举行，之前没有发布通知，也没有陪审团参与。验尸官直接将自己的判定结论登记入册了：西尔维娅·波特·韦斯特海姆·迪·乔尔乔·伦诺克斯死于丈夫特伦斯·威廉·伦诺克斯对其谋杀企图的实施，后者已于案发后死于本验尸官办公室的管辖范围之外。也许记录中还收录了一份供词。也许它的真实可靠性已经得到了验尸官的认可。

西尔维娅的尸体随即就被交付家属安葬了。他们用飞机把她运往北方，葬在了家族墓室里。媒体没有得到邀请，也没有人愿意接受采访——尤其是哈兰·波特先生，他也从来没有接受过采访。想要见到他的难度大概和求见达赖喇嘛不分伯仲。百万富翁们的生活方式都奇怪得很，他们永远躲在大群仆人、保镖、秘书、律师，还有毕恭毕敬的经理们组成的人墙后面。也许他们也要吃饭、睡觉、剪头发、穿衣服。但你永远都没法确定。你读到或听到的有关他们的一切都经过了一帮公关人员的加工——这群伙计拿着高薪来替他们创造并维护一种可以接受的人格，一个简单、干净、鲜锐的形象，就像一根消过毒的针。它不一定非要是真的。它只要同所有的已知事实相吻合就行，而那些已知事实你用手指头就能数得过来。

到了第三天的下午，临近傍晚时，电话铃响了，对方是一个自称叫霍华德·斯宾塞的男人，说他代表纽约的一家出版社，来加利福尼亚州出短差，还说他有一个问题想找我解决，希望我明天上午能在利兹-贝弗利酒店的吧台和他碰面。

我问他究竟是什么样的问题。

“一个非常棘手的问题，”他说，“但完全合乎职业道德。如果我们没有达成协议，我自然也会因为占用了你的时间而给你补偿。”

“谢谢，斯宾塞先生，但这就不必了。是我了解的某个人向你推荐了我吗？”

“应该说是了解你的某个人——包括你最近那次小小的违法经历，马洛先生。我得说，正是这件事引起了我的兴趣。当然，我的关注点和那起悲剧事件毫无关系。只是——哎，我们还是到时候边喝边聊吧，在电话上谈事情不方便。”

“你真的想跟一个蹲过牢房的家伙混在一起吗？”

他哈哈大笑。他的笑声和他的嗓音都挺令人愉悦的。他说话的方式就是纽约人在流行弗莱布许腔[①]之前的那种口音。

“从我的角度来看，马洛先生，这反倒是一项加分。我说的并不是——请允许我补充一句——你蹲过拘留所这件事，而是——我是否可以这么说——你的口风似乎非常非常的严，哪怕在面对压力的情况下也依然如此。”

这家伙说话喜欢用插入语，就像一部很装腔的小说。至少他在电话里是这样的。

“好吧，斯宾塞先生，我明早会来的。”

他谢过我后便挂了电话。我此刻很想知道是谁帮我做了推销？我觉得有可能是休厄尔·恩迪科特，于是打电话给他，想问个明白。可他整

① 弗莱布许是纽约市政区下辖的一个社区，当时居民多为爱尔兰裔、意大利裔与犹太裔的工人阶层。

整一星期都不在城里，现在依然没有回来。这也没什么大不了的。哪怕是干我这一行的，偶尔也会碰到一个满意的客户。而我此刻需要工作，因为我需要钱——至少我那时以为我需要，直到我当晚回家的时候收到了一封信件，里面夹了一张麦迪逊的肖像[①]。

12

那封信就塞在我门前那段台阶下面的信箱里，信箱做成了红白相间的鸟舍式样，顶部那只和摇杆相连的啄木鸟翘了起来，可即便如此我原本也不打算朝里面张望一眼，因为从来没有我的信件寄到这里来过。可那只啄木鸟的鸟喙最近不见了。木头是新近折断的。一定是哪个机灵的小鬼在砰砰乱放他的“原子枪”。

信封上有西班牙文的“航空邮件”字样，上面覆盖着密密麻麻的墨西哥邮票和墨西哥文字。要不是因为“墨西哥”最近老是在我的脑子里晃悠，我原本不一定认得出来这都是些什么东西。邮戳上的字我看不出来。那章是人工盖上去的，印盒里的墨一定好久没添了。信件很厚。我爬上台阶，在起居室里坐下，开始读信。这个傍晚似乎格外寂静。也许，一封死人的来信本身就包裹在寂静之中吧。

信的开头没有日期，也没有开场白。

> 此刻我正置身一家不太干净的旅馆，坐在一间房间的二楼窗台边。这家旅馆位于一座叫作奥塔托克兰的小镇子——一个临湖的小山城。我身边的窗台下就有一个邮箱，一会儿等小服务生端着我要的咖啡进来的时候，他就会帮我把这封信寄掉，在把信投进邮箱之

---

① 这指的是一张面值为 5000 美元的联邦储备银行券，上面印有詹姆斯·麦迪逊的肖像。

前还会把它举在半空中，好让我看个清楚。一旦他完成了这项任务，他就会得到一张一百比索的钞票，这对他来说可是一大笔钱了。

干吗要这么费劲呢？因为门外有人看着呐——一个肤色黝黑的家伙，脚下一双尖头鞋，身上一件脏衬衫。他在等待。我不知他在等什么，可他不让我出门。但这并无大碍，只要这封信能寄出去。我要你拿着这张钱，因为我不需要它了；再说了，当地的这帮宪兵肯定会将它中饱私囊的。我不是要拿它和你做什么交易。就请把这看做是一份歉意吧——之前给你添了这么多麻烦，不好意思了；另外，这也是我向一位为人正派的朋友致敬的一点表示。一如既往，我又一次地在每一步上都走错了，但至少我手里还有那把枪。凭我的直觉，我相信你已经在某一件事情上得出了结论。我有可能会杀她——也许我真杀了她，但我绝不可能做出那样的事情来。那份残忍是我骨子里所没有的。所以，这里头肯定有什么地方非常不对劲。可这已经无关紧要了。现在，最重要的事情是避免一桩既无必要，也无意义的丑闻。她的父亲和姊妹从没有伤害过我。他们还得生活，而我已经对自己厌恶透顶了。西尔维娅并没有把我变成废物——在此之前，我就已经是个废物了。至于她为什么要嫁给我，我没法给你一个非常清楚的回答。我想，这只是她一时的心血来潮吧。但至少，她死得年轻，死得美丽。那些人都是在胡说八道。他们说：有钱人永远都能保护好自己，还说：他们的世界里永远都只有黄金岁月。我和他们一起生活过；他们只是群生活无聊又孤独的人。

我已经写好了供认书。我的心中既有三分恶心，又有十二分的恐惧。你在书里读到过这类情境，但你没有读到过这种真实的感觉。当这一切发生在你身上时，当你仅有的一切就是口袋里的这把枪时，当你在一个陌生的国度里，在一家肮脏的小旅馆中被逼入绝境，而你的眼前只有一条出路时——相信我，朋友，这件事情没有任何戏剧化的或是带来解脱的成分，只有彻头彻尾的肮脏、可憎、灰暗与阴森。

所以，就请忘掉这件事，忘掉我吧。但在此之前，请先去维克多酒吧替我喝一杯兼烈。另外，下次你煮咖啡的时候，给我倒上一杯，往里面兑点“波旁”威士忌，再给我点上一支烟，放在杯子边上。做完了这一切后，请你忘掉这整件事情。特里·伦诺克斯完结了，出局了。所以，我在这里向你道再见了。

有人在敲门。我猜那一定是小服务生来送咖啡了。如果不是的话，接下来就有一场枪战了。通常来讲，我喜欢墨西哥人，但我不喜欢他们的监狱。拜拜了。

特里

信读完了。我把信纸重新折好，放回信封里。一点没错，敲门的就是那个送咖啡来的小服务生。不然的话，我也就读不到这封信了。至少，信里面不会夹着那张麦迪逊的肖像了。一张麦迪逊的肖像值五千美元呐。

它此刻就平放在我眼前的桌面上，绿花花、挺括括的。我之前从没有见过一张这种面额的钞票。许多在银行工作的人都没有见过。兰迪·斯塔尔还有门奈德兹这种人很有可能会用这种钞票做生意，但如果你想去一家银行要上一张，那他们肯定没有。他们得先从联邦储备银行那里替你申请一张，也许得花上好几天。全美国只有一千张这样的钞票在流通。我的这张散发着一圈漂亮的光晕，仿佛有它在手，我就拥有了几分为我独享的私人阳光。

我坐在那里，许久地看着它。最后我把它放回信封，去厨房煮了那杯咖啡。不管这算不算多愁善感，总之我按他的要求做了。我倒了两杯咖啡，往他的那杯里加了点波旁，放在他那天早上坐过的位置前面的那侧桌面上。我为他点了支烟，放在杯子边上的烟灰缸里。我看着热气从咖啡杯中袅袅升起，看着香烟将一缕细细的烟雾送入空中。窗外，黄钟花间，一只鸟儿正在闹个不停，一面自言自语地低声啁啾着，偶尔飞快地拍打一下翅膀。

咖啡不再飘热气，香烟不再冒烟雾，只是烟灰缸沿上的一截熄灭的烟头。我把它丢进水槽下面的垃圾桶里。我把咖啡倒了，把杯子洗了收好。

我要做的就是这些了。对于五千美元而言，这点事情似乎太少了。

我又磨蹭了一会儿，然后去看了一场晚场电影。片子一点意义也没有。我几乎没有看清银幕上发生了什么。对我而言它只是一堆噪音和一张张大脸。之后我回到家，摆了一局非常乏味的西班牙开局——这同样一点意义也没有。于是我上床睡觉。

但没有睡着。凌晨三点，我在地板上走来走去，听着哈恰图良[①]在拖拉机厂里开工。他管这叫小提琴协奏曲。我管这叫出了故障的风扇皮带——见他的鬼去吧。

一夜未眠对我而言就像胖子邮递员一样罕见。要不是霍华德·斯宾塞先生跟我在利兹-贝弗利酒店有约，我这就灌下一瓶酒，把自己喝晕了事了。另外，下次我如果再见到一个彬彬有礼的家伙在劳斯莱斯银魂里烂醉如泥，我肯定会朝多个方向迅速撤离的。世上最致命的陷阱就是你为自己设下的那个。

13

上午十一点钟，我正坐在餐厅副楼进门右手边的第三个卡座里。我背靠着墙，这样我能见到每一个进出的人。这是一个清朗的上午，没有

① 哈恰图良（1903—1978），苏联作曲家，他的小提琴协奏曲创作于1940年代。

雾霾，甚至连层云也没有。窗外，游泳池从酒吧的玻璃板墙面边上开始向外延伸，直到餐厅的那一头，水面在阳光的照射下亮得晃眼。一个身材火爆、穿一件细纹呢泳装的姑娘正顺着梯子爬上跳板。我看着她大腿和泳装间的那一溜雪白的皮肉。我色眯眯地看着。接着她就消失在了视线之外——悬挑的屋顶遮住了她。片刻之后，我看见她迈着一步半的步法从跳台上一跃而下，溅起一片高高的水花，水花遮住了太阳，筑成一道几乎可以和姑娘本人媲美的艳丽彩虹。接着她又沿着梯子爬了上来，解开头上那顶白泳帽，摇摇脑袋，让她那头漂染的金发披散开来；然后她扭着屁股，走到一张白色的小桌子边上，紧挨着一个伐木工身坯的人坐下——后者穿着一条白色的粗细纹布裤子，戴着墨镜，皮肤被晒成了色调完全均匀的深棕色，这说明他只可能是酒店雇来在游泳池边巡逻的保安。只见他探过身来，拍着她的大腿。她张开大嘴，活像一只消防水桶，接着便大笑起来。这彻底掐灭了我对她的兴趣。我听不到她的笑声，但她像拉开拉链一样张开两排白牙的时候，脸上的那个大洞对我来说已经足够了。

酒吧这里是空空荡荡的。和我隔着三个卡座的地方坐着一对骗子，他们正努力地向彼此兜售“二十世纪福克斯”的作品，不过用的不是现钞，而是夸张的手势。桌上的一部电话将两人隔开，每隔两三分钟，他们就会上场比试一番，看看究竟是谁在电话里给扎纳克[①]出了一个好点子。他们年轻、黝黑、热切，充满活力，打电话时调动的肌肉力量抵得上我扛着一个胖子爬上四层楼梯的费力劲儿了。

一个一脸哀伤的伙计坐在吧台前的高脚凳上，正跟酒吧招待说着什么，后者一面擦着玻璃杯，一面听着，脸上挂着一副塑料假笑——通常，当人们试图强压住大吼一声的冲动时，便会挤出这样的笑容来。那

---

① 达里尔·F·扎纳克（1902—1979），美国制片人，创立二十世纪福克斯电影公司。

位顾客人到中年，衣冠楚楚，但显然喝多了。他很想说话——但即便他不是那么想说话，他也根本停不下来。他很礼貌、很友好，就我听到的那几句话而言，他的吐字似乎也不算太含糊，但你知道他每天早上一觉醒来，手里面就攥着酒瓶子，只有等到晚上坠入梦乡后才会放手；他的整个余生也都将如此，这就是他的人生。你永远不会知道他是怎么变成这样的，因为就算他对你讲了，那也不会是事实。那至多只是一段扭曲的记忆，而他以为那就是事实。世上每一间安静的酒吧里都有一个像他这样一脸哀伤的男人。

我看了看表：这位重量级的出版界人士已经迟到将近二十分钟了。我打算再等半个钟头，然后就走。一味的迁就客户是绝对不行的。如果他能随意摆布你，那他就会认为其他人也可以，而这绝不是他雇用你的理由。眼下，我并不那么急着要接活儿，因此我大可不必听凭一个东海岸来的猪头把我当下人。不就是个装模作样的高管吗？——坐在八十五楼的一间镶着护墙板的办公室里，面前一排按钮，一台内部通话机，还有一位身穿“哈蒂·卡内基”职业女装特款的女秘书，睁着一双美丽的、含情脉脉的大眼睛。这就是那种整天叫你“九点整准时到”，自己却过了两个钟头，这才乘着一杯双份“吉布森”的酒力姗姗来迟的老板。要是你没有乖乖坐在那里，脸上挂着愉悦的微笑，那他保准会因管理能力受挫而怒火攻心、口吐鲜血，非得去阿卡普尔科的海滩上静养五周才能雄风再起。

那位上了年纪的酒吧招待轻轻地飘到了我跟前，目光柔和地瞟了一眼我那杯淡淡的威士忌兑水。我摇了摇头，他点了点那颗一头蓬乱白发的脑袋；就在这时，一个梦走了进来。刹那间，我恍惚觉得酒吧里似乎鸦雀无声，那对骗子似乎停下了骗术，高脚凳上的那个醉汉似乎也不再嘟嘟囔囔，仿佛一个指挥家刚刚用指挥棒轻轻一叩乐谱架，然后举起了手臂，双手正悬停在半空中，引而不发……

她身材苗条，相当高挑，身穿一件定制的白色亚麻裙，颈上一条黑白两色的圆点围巾。她的发色是童话公主的那种浅金色。她头戴一顶小巧的帽子，那头浅金的秀发就像一只归巢的小鸟一样依偎其中。她的眼睛是那种罕见的亮蓝色，长长的睫毛色泽浅得近乎苍白。只见她穿过走道来到桌边，伸手摘下一只长手套，那名老侍者连忙替她拉开桌子——这世上永远不会有哪个侍者用这样的姿态来替我拉桌子。她入了座，将那副手套塞在手提包的提手下面，微微一笑，向他道谢——这个笑容是如此温柔，如此完美又纯洁，那老侍者几乎当场就动弹不得了。她又用低低的嗓音向他吩咐了一句什么。他转身离去，脚步匆匆，身体前倾。这是一个肩负着人生使命的男人。

我直直地盯着她看。她发现了我直直的眼神，目光抬升了半英寸，我登时就飘离了地面。但不论我飘到了何处，我自始至终都屏着呼吸。

这世上除了金发女郎，还是金发女郎；如今，这个词儿简直都成了个玩笑。所有的金发女郎都有自己的绝活儿，除了那些金属发色的妞儿——说她们是金发，不如说头发漂染过的祖鲁黑妞是金发，而且她们的气质柔和得就像人行道路砖。小可爱型的金发女郎会嘁嘁喳喳，唧唧啾啾，高挑挺拔的金发女郎会用射着冷光的蓝眼睛拒人于千里之外。有的金发女郎会用那种仰视的目光看着你，身上散发着迷人的气味，眼睛扑闪扑闪的，倚着你的胳膊，每次你送她回家的时候，她总是非常非常地疲倦。她总爱做那个无助的手势，还总是犯那个该死的头痛病，你简直都想给她一拳；你唯一庆幸的是，你总算是在为她投入过多的时间、金钱和希望之前看穿了这个头痛病的把戏。她的头痛是永远不会好的——这件武器永不生钝，而且同刺客的长剑还有卢克丽霞[①]的毒药一样致命。

① 卢克丽霞·博尔贾（1480—1519），出身贵族，文艺复兴时期的艺术资助人，常被指控对她的敌人下毒。

有的金发女郎没有主见、容易上钩、欢饮无度，她们根本不在乎穿的是什么——只要那是貂皮，也根本不在乎上哪儿去——只要那是“星光露台”，而且有干香槟供应。有的金发女郎个头小小，精神抖擞，愿意做你的哥们儿，喜欢自己买单；她们充满阳光，头脑清楚，精通柔道，能够一个过肩摔放倒一名卡车司机，最多只会因此漏掉《星期六评论》上某篇社论中的一个句子。有的金发女郎面色苍白如纸，就像患了某种虽非致命，但几难治愈的贫血症。她无精打采，身形缥缈，说话的声音轻轻的，像是并不来自这个世界；你根本摸不着她，因为首先：你也并没有想要摸她的欲望；其次：她正在读《荒原》或是但丁的原著，要不就是卡夫卡或克尔恺郭尔，也有可能是在钻研普罗旺斯语。她崇尚音乐，聆听纽约爱乐乐团演奏的亨德米特作品时，她能告诉你六把低音古提琴中的哪一把慢了四分之一拍。我听说托斯卡尼尼也有这本事。他俩正好可以凑成一双。

最后，还有那类惊艳绝伦的金发尤物，能够历经三任黑帮大佬的兴衰，再先后嫁给数位百万富翁，每人向她交出一百万美元，最后坐拥俯瞰安提比斯海角的一栋淡玫瑰色的别墅、一辆配有司机与副司机的阿尔法–罗密欧豪华轿车，外加一屋子过气的贵族友人，她对待他们总是温情脉脉又心不在焉，就像一位老公爵跟管家道晚安时的姿态。

但走道对面的这个梦却不属于我刚才所说的任何一类，她甚至都不属于她们的那个世界。她无法归类，像山泉一样悠远清澈，像泉水的色泽一样难以捉摸。就在我依然直直地盯着她时，一个声音在我的胳膊肘边响起：

“真是对不住。我向你道歉。都是它惹的祸。我叫霍华德·斯宾塞。不用说，你是马洛。”

我扭过头去看他。他人到中年，体态肥胖，穿着打扮似乎表明此人从不在衣服上面花心思，但他脸刮得很干净，稀疏的头发向后梳着，被他煞费苦心地平摊在两耳间颇距奇大的脑壳上。他穿着一件花哨的双排扣背心，这种衣服你几乎从来不会在加利福尼亚看到，除非是穿在一个到此一游的波士顿人身上。他戴着一副无框眼镜，手上拍着一只破破烂烂、老狗一般的公文包——这显然就是刚才他口中的“它”。

“三份新鲜出炉的手稿，篇幅都能成书。小说。要是我们在能腾出手来退稿之前就把稿子弄丢了，那可就太让人尴尬了。”他朝那个老侍者打了个手势，后者刚刚在那个梦面前放了一大杯绿茵茵的什么东西，转身退了回来。“我爱死金酒兑橙汁了。这口味确实有点傻。你愿意陪我来一杯吗？太好了。”

我点点头，那个老侍者飘走了。

我指着那只公文包说：“你怎么知道你要退稿呢？”

“但凡这些稿子有一点可取之处，它们就不会由作者本人亲手递到我的旅馆了。某家纽约的代理会抢先挖到它们的。”

“那你干吗还要收下呢？”

“一方面是为了避免伤害感情。另一方面是为了那千分之一的概率——所有的出版人都梦寐以求着那千分之一。但最主要的原因是，你参加了一场鸡尾酒会，被介绍给各式各样的人，其中几个写了小说，而你此刻半醉半醒，心中刚好充满了对全人类的慈悲与博爱，于是你说，你很乐意看看稿子。就这样，稿子被递到了你的旅馆里，速度快得令你心头一紧，于是你不得不强打精神，将它翻阅一遍。但我想，你对出版人和他们的麻烦并无太多兴趣。”

侍者端来了酒水。斯宾塞伸手抓起他的那杯，咕咚一声灌下一大口。他没有注意到走到对面的那个梦幻女孩。我抓住了他全部的注意力。他是一个合格的接头人。

“如果工作需要，”我说，“我可以时不时地读上一本书。”

“我们最重要的一位作者就住在这里，”他不经意地说，“也许你读过他的东西。罗杰·韦德。”

“嗯—哼。”

“我明白你的意思了，”他哀伤地微微一笑，“你不怎么看得上历史题材的浪漫小说。可这类书现在都卖疯了。”

“我没什么意思，斯宾塞先生。我读过他的一本书。我觉得那纯粹就是满纸胡言。我这么说有问题吗？”

他咧嘴一笑。“哦，没有问题。许多人和你观点一致。但问题的关键在于，眼下他的书本本畅销。考虑到当前的经营成本，每个出版人手头都得有两个这样的作家才行。”

我望着对面的那个梦幻女孩。她刚刚喝完了她那杯柠檬汁（管它是什么呢），此刻正瞥着她那只袖珍腕表。酒吧里的人这时多了一些，但还不算十分吵闹。那两个骗子不再手舞足蹈，高脚凳上那个独语的醉汉身边多了几个伙计。我回头看着霍华德·斯宾塞。

“这和你眼下的麻烦有关系吗？”我问他。“我是说，这个叫韦德的伙计。”

他点点头。他认认真真地快速打量了我一番。“跟我说说你自己吧，马洛先生。我是说，如果这个请求不至于让你觉得反感的话。”

“说什么呢？我是一个有执照的私家侦探，在这里也干了有一阵子了。我是一条独狼，未婚，中年将至，没什么钱。我蹲过不止一次大牢，不接离婚案。[①]我爱酒、爱女人、爱下棋，还有其他几样爱好。警察们不太喜欢我，但我也认识两个跟我合得来的。我从小在这里长大，出生在圣罗莎[②]，父母双亡，没有兄弟姐妹，因此如果哪天我在某条黑黢黢的小巷子里叫人给做掉了——干我这一行的，人人都有可能碰着这样的事情；事实上，如今的许多人不论干的是哪一行，甚至是哪一

① 在那个年代，正派的从业人员不接离婚案。

② 圣罗莎是加利福尼亚州的一个市。

行都不干，都有可能碰着这样的事情——没人会觉得眼前一黑、天旋地转的。”

“我明白了，”他说，“可这并没有提供我想知道的信息。”

我将那杯金酒兑橙汁一饮而尽。我不喜欢它的味道。我对他咧嘴一笑。“我还有一件事情没说，斯宾塞先生，我口袋里揣着一张麦迪逊的肖像。”

“一张麦迪逊的肖像？恐怕我不——”

“就是一张五千美元的票子，”我说，“我总是随身带着它。我的护身符。”

“我的天啊，”他压低嗓子说，“这么做难道不十分危险吗？”

“那句话是谁说的来着？——超出某个限度之后，所有的危险都难分伯仲了。”

“我想这话是沃尔特·白芝浩说的，他指的是高空建筑作业。”接着他又咧嘴一笑：“不好意思，但我是一名出版人。你这人不错，马洛。我打算冒险信你一回，不然的话，你肯定会叫我滚蛋的，对不对？”

我也对着他咧嘴一笑。他招呼侍者过来，又点了两杯酒。

“事情是这样的，”他小心翼翼地开口道。“我们在罗杰·韦德那里碰上了大麻烦。他写不完一本书了。他失去了文字驾驭能力，这背后必有隐情。这家伙的精神似乎崩溃了。狂饮无度，乱发脾气，还时不时地一连失踪好几天。就在前一阵子，他还把他老婆扔下台阶，让她带着五根摔断的肋骨躺进了医院。他俩之间并没有通常意义上的那种麻烦——事实上，是什么麻烦都没有。这伙计就是一喝酒便撒野。”斯宾塞身子向后一仰，目光阴郁地望着我。“我们一定得让他把那本书写完不可。我们实在是太需要这样一本书了。某种意义上讲，我的饭碗可就全靠它了。可我们需要的不仅仅是这些。我们想要拯救一位才华横溢的作家，他的潜能远远超出了他迄今为止取得的成就。我不知道他碰上了怎样的大麻烦。我这次来，他甚至都不肯见我。我知道这听上去像是精神分析师干的活，但韦德太太可不这么想，她坚信他的神志完全清醒，但不知什么烦心事把他折磨得要死要活——比如说，一个敲诈勒索者的出现。韦德夫妇已经结婚五年了。某桩往事的幽灵也许此刻回头找上了他。那甚至有可能是——这只是我的胡乱猜想——一起致命的肇事逃逸事故，现在不知什么人抓住了他的把柄。我们不知道那究竟是什么事。我们想要知道。我们也愿意花大价钱来摆平这桩麻烦。如果真的是因为他的健康出了问题，那就没什么好说的了。如果不是的话，那我们一定能找到答案。在此期间，我们必须保护韦德夫人。下次他说不定就会要她的命。谁知道呢。”

第二轮的酒水送上来了。我没碰我那杯，而是看着他咕咚一口，将他手中的那杯喝干了一半。我点了一支烟，直直地盯着他。

“你想要的不是侦探，”我说。“你想要一个魔法师。我能有什么办法？要是我恰好在正确的时间出现在正确的地点，要是凭我的身手能摆平他的话，我也许能一拳头把他揍晕，扔到床上。但我非得在场不可。这概率只有百分之一，你懂的。”

“他块头跟你差不多，”斯宾塞说，“可他的状态远比不上你。另外，你可以一直在场的。”

“这可不好讲。醉汉都挺机灵的。他保准会挑一个我不在场的时间来撒酒疯的。我入这一行可不是为了做男护士的。”

“我们要的不是男护士。罗杰 · 韦德可不是那种愿意接受男护士的人。他是一个失去自控能力的天才，靠着给一群笨蛋写垃圾文字，他赚了太多太多的钱。但对一名作家而言，唯一的救赎就是写作。如果他的心底里还有任何闪光的东西，它会在这个过程中浮出水面的。”

“好吧，这家伙抓住了我的心，”我没精打采地说，“他棒极了。而且他还十分危险。他心中藏着一个罪恶的秘密，因此只能借酒浇愁。可他不是我擅长处理的麻烦，斯宾塞先生。”

“我明白了。”他看了一眼手表，紧锁的双眉将他的脸拧成一团，让他顿时老了十岁、小了一圈。“哎，我只是问问你，你别在意。”

他伸手抓起那只鼓鼓囊囊的公文包。我看着走道对面的梦幻女孩，她正准备起身离开。那个白发侍者拿着账单飘到她跟前，她给了他几张钱和一个迷人的微笑，他的表情就像是刚刚跟上帝握过手一样。她补了补口红，戴上白手套，那个侍者将桌子拉开半个房间，好让她款款步出。

我瞥了一眼斯宾塞。他正皱着眉头垂眼望着桌沿上的空杯子，那只公文包就搁在他的膝盖上。

“好吧，”我说，“我会去瞧瞧那个家伙，掂掂他的斤两的，如果你真要我这么干的话。我还会找他老婆聊聊。但我猜他会把我踢出房门的。”

一个不属于斯宾塞的嗓音突然开口道：“不，马洛先生，我想他不会这么做的。恰恰相反，我想他说不定还会喜欢上你。”

我抬头望着一双紫罗兰色的眼睛，她正站在桌子的另一头。我站起身来，歪歪扭扭地倚靠着卡座的椅背——当你没法从缝隙里溜出去的时候，就只能用这种别扭的姿势站着。

“您不用站起来，”她说话的音质就像他们勾勒夏日的云朵时用的那种软毛画笔，“我知道我应该先向你道歉，但我真的很希望在做自我介绍之前能有机会先观察你一番。我叫艾琳·韦德。”

斯宾塞没好气地说：“他不感兴趣，艾琳。”

她嫣然一笑。“我不同意。”

我猛地将自己从恍惚之中拖回现实。我这时依然摇摇晃晃地站在那里，大张着嘴，喘着气，就像一个神魂颠倒的女学生，她真是一个性感尤物。当她站在你跟前的时候，你简直无法动弹。

“我没说我不感兴趣，韦德太太。我只是说，或者我想说，我觉得自己帮不上忙，要是我随随便便接下了这活，说不定我就犯下了一个天大的错误。说不定我会捅出大娄子来。”

这时她的神情变得十分严肃，笑容消失了。“你决定做得太快了。你不能凭一个人做了什么来评判他。如果你非要评判不可，那评判的标准应该是他是怎样的人。”

我茫然地点点头。因为我恰恰是这样看待特里 · 伦诺克斯的。他一文不值，除了他在散兵坑里展现过的那转瞬即逝的英勇一刻——如果门奈德兹在这件事情上没撒谎的话——但事实本身根本描绘不出一个完整的故事。他这个人，你根本没法不喜欢上他。你在一生当中，又能遇到几个你能如此评价的人呢？

“而你也正是凭着这一点才能了解他，”她柔声细语地添了一句。“再见了，马洛先生。如果你改了主意的话——”她飞快地打开手提包，递给我一张卡片——“另外，谢谢你今天能来。”

她朝斯宾塞点点头，走了出去。

我目送着她步出酒吧，穿过四面是玻璃窗的副楼去往餐厅。她的仪态优美极了。我看着她在通向大堂的拱廊下转了个弯。她转弯时，她的白色亚麻裙最后一次在我眼前闪现。然后我放松肌肉，滑回卡座里，伸手去抓那杯金酒兑橙汁。

斯宾塞一直在看着我。他的眼神中透着一丝锐利的光芒。

“干得漂亮，”我说，“但你真应该时不时地看上她一眼。那样的一个梦，在你对面坐了二十分钟，可你居然都不正眼瞧她一下。”

“我真傻，对不对？”他想笑，可笑不出来。他不喜欢我看她的眼神。“大家对私家侦探都有些十分奇怪的想法。想到要把其中一个请进你自己的家门——”

“别想把你眼前的这个请进你的家门，”我说，“要我看，你还是先编个别的故事吧。鬼才相信有人会把那个尤物扔下楼梯，摔断她的五根肋骨呢，不管他是喝醉了还是清醒着。”

他的脸红了，双手紧紧抓住公文包。“你觉得我在撒谎？”

“那又有什么关系呢？你反正是得逞了。你似乎是对那美人儿有点意思。”

他猛地站起来。“我不喜欢你的语气，”他说，“我恐怕也不太喜欢你。帮我个忙，就当我啥也没说吧。我想这点钱应该可以弥补你损失的这点时间了。”

他往桌子上甩了一张二十，然后又添了点留给侍者的小费。他静立了片刻，低头紧盯着我。他目光如炬，一张脸依然涨得通红。“我是个已婚男人，还有四个孩子，”他很突兀地说了一句。

“恭喜你。”

他喉咙里短促地咕哝了一声，然后转身就走。他走得挺快。我目送了他一小会儿，然后就不再看他。我喝光了我手中的那杯酒，掏出烟盒，晃了晃，甩出一根，塞进嘴里点着。老侍者走上前来，看着桌上的钱。

“先生，您还要点别的什么吗？”

“不用了。这钱全归你。”

他慢吞吞地拾起那张钱。“这是张二十美元的钞票啊，先生。那位绅士一定是弄错了。”

“他识字。我说了，这钱全归你。”

“那我自然是感激不尽。先生，如果你确定——”

“非常确定。”

他连连点头，拿起钱走了，但脸上依然挂着疑虑。酒吧里这时热闹了起来。一对身材苗条的轻佻少女走了过来，一面莺声燕语，一面挥手。她们认识坐在前面的那两个骗子。一声声“亲爱的”和红红的指甲开始在空中飞扬。

我叼着半根烟，沉着脸，对着空气发呆，然后起身离开。我转身去拿我那盒烟的时候，不知什么东西从后面狠狠地撞了我一下。这一撞可来的真是时候。我忽地一下转过身去，出现在我眼前的是一个屁股宽宽的万人迷，身披一件松松垮垮的法兰绒上衣。他像一个明星那样伸开一条胳膊，咧开大嘴笑得灿烂，就像一个从没有丢过一单买卖的推销员。

我抓住那条伸开的胳膊，拽着他在原地转了半个圈。“我说，你这是怎么了？莫非是你的魅力太大，这走道窄得装不下了？”

他一把抽出胳膊，开始来硬的了。“小子，别玩花样。我可以让你的下巴脱臼。”

“哈—哈—哈，”我说，“你说不定可以去给扬基队当中场手，拿一根长棍面包打出本垒打呢。”

他握紧了一只肉乎乎的拳头。

“亲爱的，想想你的美甲吧，”我提醒他道。

他努力地控制住情绪。“该死的，你这自以为聪明的家伙，”他冷笑道。“下次再找你算账，等我的烦心事儿少点的时候。”

“会有那样的时候吗？”

“够了，你丫闭嘴，”他吼了一句。“再敢耍一句贫嘴你就等着装假牙吧。”

我朝他咧嘴一笑。“记得给我打电话，伙计。但你得加强一下对话技巧。”

他的脸色忽然由阴转晴，他笑了。“你是拍片子的吗，老兄？”

“我只拍他们挂在邮局墙上的那种片子[①]。”

“我等着看你的大头照，”说完他就走开了，脸上依然挂着大大的笑容。

这么干非常傻，但我至少把那种感觉从心头赶走了。我走过副楼，

---

① 美国警方习惯在邮局里张贴通缉令。

穿过酒店大堂来到大门口。我在门前停下脚步，戴上太阳镜。直到我钻进车里，我才想起来要看一眼艾琳·韦德给我的那张卡片。这是一张镌版印制的卡片，但算不得正式的名片，上面只有一行地址和一个电话号码：罗杰·斯特恩斯·韦德太太，悠谷路 1247 号，(电) 悠谷 5-6324。

我了解悠谷那边的很多情况：过去，他们曾一度在那里私设关卡、控制进出，建立了一支私人警察部队，一家卡西诺赌场就开在湖滨，里面还有一群价格不菲的烟花女子；但如今，我知道那里已经变了模样。卡西诺赌场关门后，低调隐秘的资本接管了那个地块儿。低调隐秘的资本把那里变成了地产商的乐园。一家俱乐部拥有湖面以及湖滨的土地，如果他们不愿让你加入俱乐部，你就不能去湖里玩。如果说“独家专享”这个词比单纯意义上的昂贵只多出了一层意思的话，这里就是那层意思的最好诠释。

把我放进悠谷就像往“香蕉船”[①] 里放一只小洋葱一样不搭。

那天下午晚些时候，霍华德·斯宾塞给我打了个电话。他克服了情绪，跟我说了声对不起，说他没有控制好局面，又问我有没有重新考虑过这件事。

“如果他请我的话，我会去见见他的。不然的话，没门。”

“我明白了。你能拿到一大笔额外的奖金——”

“听着，斯宾塞先生，”我不耐烦地说，“钱买通不了命运。如果韦德太太害怕那个家伙，她可以搬出去，那是她的问题。没人可以一天二十四小时保护她免遭丈夫的伤害。你在这世上找不到那样的保护。但你想要的还不止这些。你想知道那家伙的神经究竟为何脱轨，又是如何脱轨、何时脱轨的，然后排除故障，好让他不要再犯毛病——至少在他写完那本书之前不要再犯。可这件事取决于他。如果他真的非

---

① 香蕉船是一种西式甜点，通常由香蕉和冰激凌组合而成。

常想写那本该死的书，那他就会在完成之前暂时把酒瓶子放开。你想要的实在太多了。”

“这两件事是分不开的，”他说。“这其实是一个问题，但我想我能理解。这类活儿对于你来说过于微妙了一些。好吧，再见了。今晚我就飞回纽约了。”

“一路顺风。”

他谢过我后挂上了电话。我忘了告诉他，我把那二十美元给了侍者。我本想回他一个电话告诉他的，但我猜他已经够可怜的了。

我关上办公室的房门，动身前往维克多酒吧去喝一杯兼烈酒，就像特里在信里求我做的那样。但我改了主意。我这会儿没有那么多愁善感了。我改道去了劳里酒吧，喝了一杯马提尼，嚼了几块上肋，外加一块约克郡布丁。

我回到家，打开电视，看了几场拳击赛。比赛一点儿也不好看，就是一群舞蹈演员跑来客串的——他们本该去阿瑟·莫里[①]那儿应聘的。他们只会轻轻地来个刺拳，然后上下闪躲，要不就是虚晃一枪，想让对方失去平衡。所有人的拳头都轻飘飘的，力道甚至都叫不醒他们打盹儿的祖母。观众嘘声一片，裁判不停地拍掌给他们鼓劲儿，可他们还是在那里左摇右摆，跳来跳去，有气无力地挥着左刺拳。我换了个频道，看了一集犯罪片。场景是在一只大衣柜里面拍的，几张过于眼熟的面孔一脸倦容，而且算不上漂亮。对白连“花押字”工作室[②]都看不上眼。里面的警探有一个黑人男仆做丑角，可这根本没有必要——他自己就是个丑角。插播的广告能让一头用铁丝网和碎酒瓶喂大的山羊反胃。我关了电视，抽了一支长长的、清凉的、烟丝密实的

---

① 阿瑟·莫里（1895—1991），美国舞蹈教练、商人，许多舞蹈工作室都以他的名字命名。

② “花押字”工作室（1930—1953），专拍低制作的西部片和犯罪片。

香烟。这让我的喉咙很是舒服。烟纸里装着上好的烟草，我忘了看一眼是什么牌子的了。就在我准备钻进被窝的时候，凶杀侦探组的格林警司给我打来了电话。

“几天前，他们把你的朋友伦诺克斯埋在了他丧命的那座墨西哥小镇里。我想着或许应该告诉你一声。一名代表死者家属的律师去那儿料理了后事。这次你挺走运，马洛。下次你再想要帮哪个伙计逃出国门的时候，请三思。”

“他身上总共有多少个弹孔？”

“你说什么？”他没好气地吼了一句。之后他沉默了半晌。最后他用过于谨慎的语气回答道：“我得说，只有一个弹孔。通常一颗子弹就足够了，如果它轰掉了那个人的脑袋。律师带回了一组指纹，还有他口袋里的每一样东西。你还有什么想问的吗？”

“有，但你不会告诉我的。我想知道是谁杀了伦诺克斯的老婆。”

“老天爷呀，格兰兹没有告诉你他留下了一份完整的供认状吗？况且报纸上也登了，你难道都不读报纸了吗？”

“谢谢你打电话给我，警司。你真是太好了。”

“听着，马洛，”他怒气冲冲地说，“你要是对这个案子有什么稀奇古怪的想法，别说出来，不然你就是在自找麻烦。这个案子完结了，终了了，锁进放了樟脑丸的档案柜了。这对你来说可真是走了狗屎运。根据本州法律，案发后协助罪犯可以判五年刑。另外，再让我告诉你一件事。我当警察这么多年，有件事我再清楚不过了：把你送进大牢的并不总是你做了什么，而是这件事在法庭上可以被打扮成什么模样。晚安。”

他啪地挂上了电话。我放下话筒，心里想：良心不安的正派警察总是会表现出一股戾气。可腐败的警察也会。其实每个人都会这样，包括我。

14

第二天早上，门铃响起的时候，我正在把爽身粉从耳垂上抹掉。我走到门口，拉开门，迎接我的视线的是一双紫罗兰色的眼睛。这次她穿了一条棕色的亚麻裙，系着一条鲜红色的围巾，既没有戴帽子，也没有戴耳环。她面色略有些苍白，但不像是刚被人扔下楼梯的样子。她给了我一个踌躇的微笑。

"我知道我不该来这儿烦扰你的，马洛先生。你也许还没吃早餐。但我不太愿意去你的办公室，更不愿意在电话里讨论私事。"

"没事。请进，韦德太太。想要来杯咖啡吗？"

她走进起居室，在长沙发上落座，目不斜视。她将手提包平放在大腿上，端坐时两腿并拢。她这副模样很是循规蹈矩。我推开窗户，拉起百叶窗帘，从她面前的茶几上拿起一只脏兮兮的烟灰缸。

"谢谢。请给我清咖，不加糖。"

我走出房间，进了厨房，往一只绿色的金属托盘上铺了一张纸餐巾。它看上去廉价得就像一只赛璐珞假领子。我把它团成一团扔掉，找出一条用来和叠成三角形的餐巾配套的流苏餐巾。这些都是这栋房子自带的，就像里面的大多数家具一样。我摆出两只"沙漠玫瑰"咖啡杯，斟上咖啡，端着托盘走进起居室。

她抿了一口。"味道真不错，"她说，"你真会煮咖啡。"

"上一次有人跟我一起喝咖啡的时候正是在我进班房前，"我说。"我猜你知道我蹲过班房，韦德太太。"

她点点头。"当然知道。他们怀疑你协助他逃亡，对不对？"

"他们没有这么说。他们在他房间里的一本便笺簿上找到了我的电话号码。他们问了我几个问题，我没有回答，主要是他们提问的方式吧。但我想你对这些怕是没有什么兴趣。”

她小心翼翼地放下杯子，身子向后一靠，对着我微笑。我递给她一支烟。

“谢谢，我不抽烟。我当然对这件事情感兴趣了。我们的一位邻居认识伦诺克斯夫妇。他一定是疯了，才干出这种事来。他听上去根本不像是那种人。”

我往一只斗牛犬烟斗里添上烟丝，打火点着。“我也这么想，”我说。“他准是疯了。他在战争中受过重伤。可如今他死了，案子也结了。我想你来这里不是为了谈这件事的吧。”

她慢慢地摇了摇头，“他是你的朋友，马洛先生。对这件事你一定有非常执着的看法。另外我想，你也是一个意志坚定的人。”

我把烟斗里的烟草夯实，重新点上。我故意放慢手头动作，目光趁机越过烟斗，细细观察着她。

“您瞧，韦德太太，”我终于开口道，“我的看法毫无意义。这种事天天都在发生。最不可思议的人犯下了最不可思议的罪行。善良的老太太毒死了一家人。没有犯罪记录的正派小子犯下了多起持枪抢劫与枪击案件。二十年来职业生涯洁白无瑕的银行经理结果却是贪污惯犯。作品成功、广受大众喜爱，表面上看快乐又幸福的小说家却酗酒成性，还把太太送进了医院。我们甚至都不知道什么会把我们最好的朋友惹毛。”

我本以为这话会让她怒从心起，可她却只是紧闭双唇，眯起了眼睛。

“霍华德·斯宾塞不该告诉你这件事的，”她说，“这都怪我自己。我当时不知道该离他远点。从那以后，我学到了一件事情：面对一个贪杯的男人，你千万不能试图阻止他。可我想，这件事用不着我来教你。”

“你肯定没法靠嘴巴拦住他，”我说。“如果你走运的话，而且胳膊还使得出劲儿的话，你也许能阻止他伤害自己或他人。但就连要做到这一点也得凭运气。”

她无声地拿起咖啡杯和茶托。她的双手十分可爱——她身上没有一处不可爱。她的指甲轮廓秀美，光润亮泽，若有若无地涂着一抹淡淡的指甲油彩。

“霍华德有没有告诉过你，他这次没能见到我丈夫？”

“他说了。”

她喝完了咖啡，小心翼翼地把杯子放回托盘中。她又摆弄了一小会儿调羹，这才开了口，眼睛始终没有抬起来看我。

“他没有告诉你原因，因为他也不知道。我很喜欢霍华德，但他是那种经理人，总想掌控一切。他自认为很有执行力。”

我一言不发，等着她往下说。又是一阵沉默。她飞快地抬眼向我投来一瞥，却又再度将视线移开。然后，她用非常轻柔的嗓音接着说道：“我丈夫已经失踪三天了。我不知道他此刻在哪里。我来这里就是为了请你找到他，把他带回家。哎，这种事已经不是头一回了。有一次，他自己开着车子，一路跑到了波特兰，然后在一家旅馆里病倒了，只能请来一个医生帮他醒酒。他居然一个人跑到了那么远的地方，而且路上没有惹出什么麻烦来，这真是一个奇迹。他那时已经三天没吃东西了。还有一次，他去了长滩[①]的一家土耳其浴场——瑞典人在那里开了好几家提供结肠灌洗服务的场所，这浴场就是其中一家。最近的一次，他去了一家私人开设的小疗养院，那地方的名声似乎也不是很好。那一次距离现在还不到三周。他不肯告诉我那地方叫什么，也不肯说它在哪里，只是说他接受了一个疗程，现在好了。可他面色惨白，虚弱不堪。我瞥见一眼那个送他回家的男人。那是一位高个子的年轻人，穿着一套花里胡哨的牛仔装，你通常只会在舞台上或是彩色歌舞片中看到这样的服饰。他在私家车道上放罗杰下车后，便飞也似的倒车开溜了。”

---

① 长滩是加利福尼亚州西南部的一座港口城市。

“那说不定是一家度假牧场，”我说。“有些无聊的牛仔会掏出手头的每一个子儿来，买上一套那样的花哨行头。女人们都被他们迷得神魂颠倒。这就是她们上那儿去的目的。”

她打开手提包，掏出一张折好的纸来。“我带了一张五百美元的支票给你，马洛先生。你愿意收下这笔定金吗？”

她把那张折好的支票放在了桌子上。我看着它，但没有伸手。“为什么？”我问道。“你说他已经失踪三天了。那些诊所一般需要三到四天时间来给一个人醒酒，再给他喂点吃的。难道他这次不会和以往一样自己回来吗？还是说这次情况有变？”

“他快经受不起这样的折腾了，马洛先生。他这样下去会送命的。他出走的间隔越来越短了。我很担心。我不只是担心；我吓坏了。这很不正常。我俩结婚五年了。罗杰一直喝酒，但不是一个精神变态的酒鬼。这里头有什么地方很不对劲。我想要你找到他。昨晚我只睡了不到一个钟头。”

“知不知道他为什么喝酒？”

那双紫罗兰色的眼睛沉着地望着我。她今天上午看上去有一点柔弱，但绝对称不上无助。她咬着下嘴唇，摇了摇头。“莫非是因为我？”她终于开口道，声音低得像是耳语。“男人们总是会对妻子感到厌倦。”

“我只是个业余的心理学家，韦德太太。干我这一行的都得懂一点心理学。要我说，他更有可能是对他创作的这类作品感到厌倦了。”

“这很有可能，”她平静地说。“我想，所有作家都会遇到这样的瓶颈期。的确，他好像是怎么也完不成手头的这本书。可他又没有缺钱到要靠这本书的稿费来交房租的地步。我觉得这算不得一个充分的理由。”

“他清醒的时候是个怎样的人？”

她微微一笑。“呃，我的看法是很有偏向性的。我认为，他真的是一个很好的人。”

“那他喝醉的时候呢？”

“糟透了。聪明、冷酷、残忍。总是把恶言恶语当成诙谐俏皮。”

“你漏掉了‘有暴力倾向’。”

她挑起了那双茶色的眉毛。“只有过一次，马洛先生。这件事情已经被人说得够多的了。我本人根本不想告诉霍华德·斯宾塞。是罗杰自己告诉他的。”

我起身在屋子里兜了一圈。今天将是炎热的一天。我这会儿已经感觉有些热了。我扭了扭一扇窗户上的百叶窗，遮住了阳光。随后，我决定对她直话直说。

“昨天下午，我在名人录里查到了他。他今年四十二岁，娶你之前没有婚史，你俩没有孩子。他出身于一个新英格兰家庭，上过安杜佛学院和普林斯顿大学。他参过战，服役记录很拿得出手。他写了十二部厚厚的男欢女爱加刀光剑影的历史小说，本本都登上了畅销书榜。他一定赚了大把大把的钱。如果他真对妻子感到厌倦了，那他似乎应该是那种会挑明想法，提出离婚的人。如果他在跟另一个女人鬼混，那你似乎也该知道；至少，他不必用喝得酩酊大醉来证明心中的愧意。如果你们是五年前结的婚，那他当时应该是三十七岁。要我说，他那时差不多已经了解了男人对女人能够了解到的一切了。我说‘差不多’，因为没人在这件事情上真能了解到百分百。”

我顿了一下，定睛看她，发现她在对我微笑。我没有伤害到她的感情。于是我接着往下说。

“霍华德·斯宾塞猜测——我不知道他如此猜测的依据何在——罗杰·韦德之所以行为反常，是因为发生在你们结婚以前的一桩陈年往事此刻回来向他索债了，由此带来的打击超出了他的承受能力。斯宾塞认为他有可能遭到了敲诈勒索。如果有这回事，你会有所察觉吗？”

她慢慢地摇了摇头。“如果你是说，我能否在罗杰向某人支付大笔款项的时候有所察觉——那么，我的回答是否定的。我从不插手他的财务。他可以在我不知晓的情况下转出一大笔钱。”

“好吧。我不了解韦德先生，所以我不知道他在被人敲竹杠的时候会作何反应。如果他性情暴烈，说不定他会拧断某人的脖子。如果那个秘密——不管那是什么——可能会损害他的社会或职业声誉，甚或（在最极端的情形下）会引来执法人员，那他也许会花钱消灾——至少是在一定的时间内。但现在说这些一点用都没有。你想要我找到他，你很担心，你不只是担心。那么，我该怎么去找他呢？我不要你的钱，韦德太太。至少现在不要。”

她又一次把手伸进手提包，这回她拿出了两张黄纸。它们看上去像是折好的信笺副页，其中一张似乎被揉过。她将两张纸捋平后递给我。

“一张是我在他的书桌上找到的，”她说。“当时是深夜，或者说是凌晨。我知道他一直在喝酒，我也知道他没有上楼来。凌晨两点左右，我下楼去看看他是否还好，或者说，是否相对而言还算好——比如说，醉倒在地板上或是沙发上或是别的什么地方。可他已经不见了。另一张纸起初在废纸篓里，或者更确切地说，是挂在了篓沿上，没有掉进去。”

我先看了那张没有揉过的纸，上面只有一小段打字机打出的文字，内容如下：“我没兴趣爱上我自己，这世上也没有其他人值得我去爱了。签名：罗杰（F · 斯科特 · 菲茨杰拉德）韦德。又及：这就是为什么我没有完成《最后一个大亨》[①]。”

“这话你读得懂吗，韦德太太？”

“他不过是在装腔作势。他一直很崇拜斯科特 · 菲茨杰拉德。他说，菲茨杰拉德是自柯尔律治以来最伟大的一位醉鬼作家（柯尔律治嗑药）。注意他的字迹，马洛先生。干净、均匀，没有错误。”

---

① 《最后一个大亨》是 F · 斯科特 · 菲茨杰拉德的最后一部作品，未完成。

“我注意到了。大多数人喝醉的时候连自己的名字都写不利落。”我又展开那张揉过的纸。又是几行打字机打出的文字，同样没有错误，字迹均匀。这段话内容如下：“我不喜欢你，V 大夫。但此时此刻，你就是那个我需要的人。”

不等我将目光从信笺上抬起，她就又开了口。“我不知道 V 大夫是谁。我们也不认识哪个大夫是以 V 作姓名首字母的。我猜罗杰上次去的那家诊所就是归他所有的。”

“那个牛仔是什么时候带他回家的？你丈夫有没有提到过任何名字——哪怕是地名？”

她摇了摇头。“没有。我查了电话号码簿，里面有几十个姓名以 V 字母打头的各路医生。另外，这个 V 也不一定代表那人的姓。”

“他很有可能根本就不是医生，”我说。“这就引出了另一个问题：现金。合法从业的医生是会接受支票的，但江湖郎中一定不肯。支票可以成为证据。另外，那种人肯定开价不菲。他们家提供的食宿肯定贵得惊人。更不用说那针管里的药了。”

她看上去一脸困惑。“针管？”

“所有的地下诊所都用麻药伺候客人。这是最简单的处置方式：让他们呼呼睡上十到十二个钟头，等到他们醒了，就全都变成好孩子了。但无证使用麻药会让山姆大叔接你进去吃牢饭。所以这收费可就高得离谱了。”

“我明白了。罗杰也许手头有几百美元。他总是在书桌里放上那么多钱。我不知道他为什么要这样。我以为这只是他的某种怪癖。可现在，那里一分钱都没有了。”

“好吧，”我说。“我会努力搜寻 V 大夫的。我不知道究竟该怎么找，但我会尽力的。支票请你拿走吧，韦德太太。”

“为什么？这钱难道不该由你——”

“以后再说吧，多谢了。另外，我更愿意从韦德先生手里拿到这钱。他肯定不会喜欢我的做法的。”

“可如果他人不舒服，又很无助——”

“那他本应给自己的医生打电话，或者请你打电话的。但他没有。这就意味着，他不想打。”

她把那张支票塞回手提包，站起身来，脸上布满了愁云。“我们的医生拒绝治疗他，”她凄凄地说。

“这里有好几百位医生呐，韦德太太。其中的任何一位都至少愿意治疗他一次，大多数医生甚至还会同意治疗他一段时间。如今的医疗业是一个竞争十分激烈的行业。”

“我明白了。你自然是说得很对。”她缓缓地走到门口，我跟在她身边。我替她拉开了门。

“你完全可以自己打电话叫来一位医生的。为什么你没有这么做？”

她转身直面我，目光如炬，眼里隐约闪烁着一丝泪光——一个可人儿，我绝没有看错。

“因为我爱我的丈夫，马洛先生。我愿意做我能做的一切来帮助他。但我也清楚他是个怎样的人。如果每次他多喝了几杯的时候我都打电话叫医生来，那我很快就不会再有丈夫了。你不能像照顾一个喉咙发炎的孩子那样对待一个成年男人。”

“如果他是个酒鬼的话，你完全可以这样做。很多时候，你只能这样做。”

她紧挨着我站在那里。我闻到了她身上的芳香——或者说是以为自己闻到了。那不是用喷雾器喷上去的香水。也许那只是夏日的气息。

“就算他确实有一段不光彩的过去，”她一个字一个字地挤出了这句话，仿佛每个字的回味都异常苦涩，“甚至是一段触犯法律的过去，我也不会因此大惊失色。但我绝不会帮助任何人去挖掘它。”

"可霍华德·斯宾塞反倒可以雇我来挖掘？"

她脸上缓缓地展开一个微笑。"你真以为我不知道你会对霍华德保持缄默吗，就像你对那些警察那样？你——一个宁可坐牢，也不愿出卖朋友的男人？"

"多谢褒奖，但那不是我蹲班房的原因。"

她沉默了片刻，然后点点头，说了声再见，踩着红木台阶朝坡下走去。我目送着她钻进汽车——一辆车身纤细的灰色捷豹，看上去很新。她驱车行至街道的尽头，在那里的回车道上掉转车头。下坡的时候，她又一次从我眼前经过，她的一只手套朝我挥了一下。接着那辆小汽车就嗖的一下拐过弯道，消失不见了。房子前面有一丛红夹竹桃，正挨着一段前墙。我听见树丛里传来一阵扑腾声，接着一只小嘲鸫开始焦躁地唧啾。我看见它紧紧抓住树冠上的一根枝条，拍打着翅膀，似乎身体就要失去平衡了。这时，从墙角处的柏树上传来一声尖利刺耳、表示警告的鸣叫。唧啾声戛然而止，那只小胖鸟安静了下来。

我进了屋，撇下它独自学习它的飞行课程。就连鸟儿们也得学习。

15

不论你自认为有多聪明，你也总得有一个可以下手的地方才行：一个名字、一个地址、一片社区、一段背景、一处环境……总之，一条或多或少可以提供参照的线索。而我手头上此刻只有一张皱巴巴的黄纸，上面是一段打字机打下的文字："我不喜欢你，V 大夫。但此时此刻，你就是那个我需要的人。"这条线索可以让我把搜寻范围精确定位到整个太平洋，让我花上一个月的工夫，一个名字一个名字地核对七八家县级医疗协会的名单，最后落得一个大大的零蛋。在我们这座小镇里，江湖郎中就像豚鼠一样生生不息。在以市政厅为圆心，方圆

100 英里的区域内共有八个县，每个县的每一座镇子里都有医生，有些是真医生，有些是持有邮购执照的机械工，具备挖鸡眼或是在你的脊椎骨上跳大神的行医资格。在那些真医生当中，有人事业成功，有人相对贫穷，有人谨守职业操守，有人则在心里挣扎着是否要将操守卖掉。一个出手阔绰、具有酒精中毒引起的震颤性谵妄早期症状的病人对于许多没有跟上维他命和抗生素潮流的老家伙而言，可谓天降横财。但没有线索就意味着无从下手。我没有线索，艾琳·韦德也没有，或者不知道自己有。但即便我找到了一个符合描述，而且首字母是 V 的医生，到头来这个 V 大夫也可能只是罗杰·韦德凭空杜撰出来的。这串铿锵作响的胡言乱语也许只是在他发酒疯的时候，碰巧窜入了他的脑海。就像他搬出斯科特·菲茨杰拉德来只是在用一种不同寻常的方式说再见罢了。

在这种情形下，小人物只能设法从大人物嘴里套话。于是，我给我认识的一个人打了个电话。此人在“卡恩代理”里工作，那是一家时髦的代理行，位于贝弗利山上，专为有钱的主顾提供保护——“保护”意味着介于合法和非法之间的各项服务。此人名叫乔治·彼得斯，他说他能给我十分钟时间——如果我动作够快的话。

他们的办公室设在一栋糖果粉色的四层大楼里，占据了半个二楼层面。这种大楼的电梯门全凭电子眼自动开启，走道里安静又凉爽，停车场里的每一个车位上都标着车主的名牌，大堂里的药剂师整天开安眠药开到手腕脱臼。

大门的外侧是浅灰的底色，上面印着金属凸字，干净利落、棱角分明，如同新打的刀子：**卡恩代理有限公司总裁：杰拉尔德·C·卡恩**。下面是一行小字：入口。这简直就像是一家信托投资公司。

进了门，我来到一间陈设丑陋的小接待室，但那种丑陋是刻意为之的，而且造价不菲。家具是猩红色与深绿色的，墙面是单调的火车皮绿，上面挂着几幅画，画框的颜色比墙面还要深上三个色阶，画面中是几个穿着红外套、骑着高头大马的伙计，胯下的马儿疯了似的想要跃过高高的栅栏。房间里还摆着两面无框镜，色泽是一种淡淡的，但让人恶心的粉红。抛光的白桃木桌上摆着几本最新一期的杂志，每一本都套着透明塑料封皮。看来再多的颜色也吓不倒装修这间房间的伙计。他也许穿着一件辣椒红的衬衫，一条桑葚紫的长裤，一双斑马纹的鞋子，身边是一只朱丹红的抽屉，上面用漂亮的柑橘黄印着他的姓名首字母。

可这整间房间不过是摆摆样子罢了。卡恩代理的客户每天至少要付一百美元，所以他们理所当然地要求上门服务。他们可不会坐在接待室里等着。卡恩以前当过宪兵上校，是一个白里透粉的大块头，硬得像木板。他曾经跑来招我入伙，可我那时还没有走投无路到这种地步。这世上要成为一名混球有一百九十种办法，卡恩已将它们悉数掌握。

一扇玻璃隔门移开了，一名接待员从门后面望着我。她有着一副铁质的笑容和一双能一眼看清你屁股兜里有几张钱的眼睛。

“早上好。要帮忙吗？”

“请帮我找乔治·彼得斯。我叫马洛。”

她在柜台上摊开一本绿皮封面的簿子。“您和他有约吗，马洛先生？我在预约清单上没看到您的名字。”

“是一件私事。我就想和他在电话里聊两句。”

“明白了。您的姓怎么拼，马洛先生？另外，您的名是什么？”

我告诉了她。她在一份狭长的表格上记了下来，然后把表格塞进一只打卡钟。

“你这是要吓唬人吗？”我问她。

“我们这里非常关注细节，”她冷冰冰地说。“卡恩上校说，你永远不知道最微不足道的事情什么时候会变得至关重要。”

“这话反过来说也行，”我说，可她没有理解。她弄完了手头的文书工作，然后抬起头来说：

“我会向彼得斯先生通报您的来访。”

我回了句：感激不尽。一分钟后，镶板墙上的一扇门开了，彼得斯朝我招手，把我引进一条让人联想起军舰的蓝灰色走廊，走廊两边是一间间看上去像牢房的小办公室。彼得斯的这间办公室天花板上装着隔音层，房间里面摆着一张铁灰色的桌子和两把配套的椅子，一台搁在灰色支架上的录音机，一台电话，还有一套颜色如四壁与地板的笔具，墙上挂着两张镶了镜框的照片，一张是穿着军装的卡恩，头戴宪兵帽，另一张是穿着便服的卡恩，坐在一张书桌后面，一脸不可捉摸的神情。同样镶着镜框挂在墙上的还有一段标语式的铭文，用钢字镌刻在灰色的背景板上。铭文如下：

卡恩代理的每一名探员在任何时间任何地点的穿着、谈吐与举止都符合绅士标准。本条规定没有例外条款。

彼得斯两个箭步穿过房间，将一张照片挪开。照片后面的墙体里面嵌着一只灰色的拾音器话筒。他把话筒拽了出来，拔下一根电线，又把它推回原位，再用照片把它遮好。

“要不是因为那个混球眼下正在外面帮一个演员搞定酒驾罪名的话，”他说，“我现在就已经丢饭碗了。所有的麦克风开关都在他自己的办公室里。他在整个场子里都装了窃听器。那天早上我还向他建议说，他应该在接待室里装一台藏在双向镜后面的红外线微缩胶卷摄像机。他不太喜欢这个主意，也许只是因为那是别人想出来的。”

他在一张灰色的硬椅子里坐下。我盯着他看。他是一个手脚笨重的长腿男人，长了一张瘦骨嶙峋的脸，发际线已经开始后移了。他的皮肤看上去饱经风霜，皱皱巴巴的，像是一个经常出门在外，风里来、雨里去的伙计。他的眼窝深陷，上唇长长的，快赶得上他的鼻子了；只要他一咧嘴笑，他的下半边脸顿时就被两条从鼻孔一直延伸到两边嘴角（中间隔着他那张大嘴）的鸿沟吞没了。

“你怎么受得了呀！”我问他。

“坐下，伙计。屏住呼吸，压低嗓子，另外给我记住：一名卡恩探员对于像你这样不入流的私家探子来说，就像托斯卡尼尼之于街头手风琴手的猴子。”他顿了一下，咧嘴一笑。“我受得了，因为我根本不在乎。干这活儿来钱挺快，等到什么时候卡恩把这里当成了战时他在英格兰统管的那家最高戒备级别的监狱，把我当成了在里面服刑的犯人，我就领了支票走人。你这是碰上什么麻烦了？我听说你前一阵子遭了些罪。”

“关于那件事我没啥好抱怨的。我想看一眼你的一份文件——是有关那些‘秘窗小子’的。我知道你有。艾迪·多斯特从这里退伙以后跟我说过。”

他点点头。“对于卡恩代理来说，艾迪可能有一点点过于敏感了。你说的那份文件是头号机密。在任何情况下，任何机密信息都不应当被泄露给外人。我这就去拿。”

他出了门，我呆呆地望着一只灰色的废纸篓，一块灰色的油地毡，还有书桌吸墨台的灰色皮包角。彼得斯返回时，手里拿着一只灰色的卡纸文件夹。他把文件夹在桌上放下后打开。

“老天在上，你们这地方就没有一样东西不是灰色的吗？”

“学校的颜色，老朋友。这就是代理行的精神。是的，我有一样东西不是灰的。”

他拉开书桌下面的一只抽屉，掏出一支八英寸长的雪茄来。

“厄普曼至尊30号雪茄，”他说。“一位英格兰老先生送给我的。他在加利福尼亚待了四十年了，说话还是纯正的英国腔。清醒的时候，他不过就是个有点脂粉气的老头，浑身上下散发着一种肤浅的魅力；

对于这一点我倒并不介意，因为大部分人根本就没有半点魅力可言，管它是肤浅还是深沉——比如说，卡恩。他的魅力大得就像炼钢工人的内裤。不清醒的时候，这位客户常常犯一个怪毛病：他会开一张支票到一家从来没有听说过他的兑付行。事后他总能把钱补上，在我的悉心关照下，到目前为止他还没有进过牢房。于是他就给了我这支雪茄。不如我们现在就一起来抽上一口，就像两个正在策划实施一场大屠杀的印第安酋长？”

“我不抽雪茄。”

彼得斯哀伤地看着那支硕大的雪茄。“我也不抽，”他说。“我曾经动过把它送给卡恩的念头。可这根本不是一个人抽的雪茄，哪怕那个人是卡恩也不行。”他眉头一皱。“你猜怎么着？我发现自己今天老是在说卡恩。我一定是有点紧张了。”他把雪茄放回抽屉，看着那只打开的文件夹。“我们这是要从这里面找什么呐？”

“我正在找一个手头阔绰的老酒鬼，此人品位高端，而且有的是钱来满足这样的品位。到目前为止，他还没有尝试过开空头支票。至少我是没有听说过。他有一点暴力倾向，他太太很为他担心。她猜测他正躲在某家帮人醒酒的黑诊所里，可她不能确定。目前我们掌握的唯一线索就是一行胡言乱语，里面提到了一个 V 大夫。只有这一个首字母。我要找的这个人目前已经失踪三天了。”

彼得斯若有所思地凝视着我。“三天也不算太久啊，”他说。“有什么可担心的？”

“如果我先找到他，我就能领到报酬。”

他又看了我一眼，然后摇摇头。“我还是不明白，可这没有关系。以后再说吧。”他开始一页页地翻阅那份文件。“这事儿不太好办，”他说。“这些人来来去去，行踪不定。单单一个首字母算不上什么重大线索。”他从文件夹里抽出一张纸来，又翻了几页，抽出了第二张，最后是第三张。“这里面有三个对号的，”他说。“阿莫斯·瓦利大夫，整骨医生。在阿尔塔迪纳有一家大诊所。出一趟夜诊收五十美元（至少以前是这样）。手下有两名登记注册的护士。前几年跟州麻醉品局那边有过一场麻烦，上交过处方记录。这份信息好像已经有段时间没有更新过了。”

我记下了名字和他在阿尔塔迪纳的地址。

“接下来是莱斯特·武卡尼奇大夫。耳鼻喉科医生，好莱坞大道上的斯托克韦尔大楼。这伙计挺有两把刷子的。他基本上是在办公室接诊，似乎特别擅长治疗慢性鼻窦炎。这类业务的流程非常简洁明了。你进了门，只要说自己有窦性头痛，他就会替你清洗鼻窦。当然，首先他会用奴佛卡因替你做局部麻醉。但如果他觉得你看着顺眼，那他就不一定非用奴佛卡因了。明白了吗？”

“明白了。”我把这人也记了下来。

“真有趣，”彼得斯又读了几页，接着说道。“显然他在备货方面要费些周折。因此我们的武卡尼奇大夫时常去墨西哥的恩塞奈达寻寻觅觅，然后坐私人飞机飞回来。”

“如果他总是亲自出马去弄麻药的话，那我猜他干这一行是干不久的，”我说。

彼得斯想了一会儿，然后摇了摇头。“我不敢苟同。他只要不是太贪心，就可以一直干下去。唯一能对他构成真正威胁的是某位心怀不满的客户——不好意思，我是说‘病人’——但他也许知道该如何处置此类情况。他在那间办公室里已经连续从业十五年了。”

“你究竟是从哪儿弄来这些信息的？”我问他。

“我们是一家有组织的机构，老伙计，不是像你这样的独狼。有些信息是我们从客户本人那里得来的，还有些是我们从内部搞到的。卡恩从来不怕花钱。只要他愿意，他还是挺擅长交际的。”

“他一定会爱死我俩这场对话的。”

“让他见鬼去吧。我们今天的最后一位选手是一个叫瓦伦杰的男人。为他的材料做归档的那位探员早就走了。好像有一位女诗人在瓦伦杰位于赛普尔韦达谷的农场上自杀了。他为作家和那些想要远离尘嚣、寻求同路人的朋友开办了一处艺术村。收费标准并不算高。他听上去像是个遵纪守法的好公民。他管自己叫 doctor，但并不行医。也有可能是个博士。坦率地讲，我不知道为什么他的资料会在这里。除非是这起自杀事件当中有蹊跷。”他拿起一份贴在一张空白页上的新闻简报。“没错，吗啡过量。没有迹象表明瓦伦杰知道这件事情。”

“我喜欢瓦伦杰，”我说，“我非常喜欢他。”

彼得斯啪的一声合上文件夹。“就当你什么都没看见过，”他说。他站起身来，离开了房间。等到他回来的时候，我已经起身准备离开了。我张口准备谢他，但他只是摆摆手。

“听着，”他说，“你要找的人有几百个地方可以藏身。”

我说：“这我知道。”

“顺便说一句：我听说了一点有关你的朋友伦诺克斯的消息，你也许会感兴趣。五六年前，我们的一个人在纽约遇到过一个同伦诺克斯的特征描述完全吻合的伙计。但他说，那家伙的名字不叫伦诺克斯，而是叫马斯顿。当然，他有可能是搞错了。那家伙整天喝得醉醺醺的，所以这事情很难说。”

我说：“我猜那不是同一个人。他何必要换名字呢？他有一份可以核查的参战记录。”

“这我就不知道了。我们的那个人目前在西雅图。等他回来了，你可以找他聊聊，如果你感兴趣的话。他叫阿什特费尔特。”

“谢谢你为我做的一切，乔治。这可真是漫长的十分钟啊。”

“说不定哪天我会需要你帮忙的。”

“卡恩代理，”我说，“从不需要任何人的任何帮助。”

他用大拇指做了一个粗鲁的手势。我撇下他一个人坐在他那间金属灰色的小牢房里，穿过等候室离开了那里。现在这间房间看起来漂亮多了。在经历牢房的洗礼之后，这些刺眼的色彩可真是神来之笔啊。

16

在赛普尔韦达谷谷底的公路边上竖着两根黄色的方门柱。门柱中间是一扇半开的五栏木门。屋口上方用铁丝悬着一块标牌：**私家道路，闲人莫入**。这里的气息温暖静谧，充斥着桉树散发出的公猫味道。

我下了公路，从路口处拐了进去，沿着一条绕着山肩的碎石路往前开；我爬上一段缓坡，翻过一道山脊，沿着山体的另一侧下了车，开进一道浅谷。山谷里很热，比公路上要热十到十五度。这时我发现，眼前的这条碎石路到了头，在前方形成了一条环道，将一片草地围在中间，草地的四周摆着一圈用石灰水粉刷过的石块。我的左侧是一个放空了水的游泳池，再没有什么比一个放空了水的游泳池更空荡荡的了。游泳池的三面邻接一片残败的草坪，草坪上星星点点地散落着几张红木躺椅，椅垫全都褪了色，全没了样子。它们曾经五彩缤纷：蓝的、绿的、黄的、橙的、赭红的。它们的绲边绽开了好多处，钉扣也松脱了，留下一个个鼓起的大包。游泳池的第四面是一个网球场的铁丝围栏。空池子的上方还悬着一块跳水板，板身弯得不成样子，看上去完全没了弹性，上面的衬垫破得七零八落，金属附件也锈迹斑斑。

我开上环道，在一栋屋顶上铺着木瓦、前廊宽敞的红木建筑前停了车。入口处装着双层的纱门。大个儿的黑苍蝇趴在纱门上打盹儿。一条条小径从一片尽管常青但永远蒙着灰尘的加利福尼亚橡树林中穿过，树从间沿着山坡零星散落着几间乡村小木屋，其中一些完全被遮掩住了。我能看到的那几间都散发着破败荒废的气息。它们的门紧闭着，窗户被拉上的厚粗布窗帘遮得严严实实。你几乎都能感受到窗台上那层厚厚的积灰。

我熄了引擎，两手放在方向盘上，坐在那里听动静。四周鸦雀无声。这地方就像金字塔里的法老那样，没有一丝生气，只是那两扇纱门后边的正门敞着，昏暗的房间里面有影子在动，这时，我听到一阵轻轻的、音调精准的口哨曲，一个男人的身影出现在纱门后面，将门推开，悠悠地走下台阶。他的亮相可真是抢眼。

他戴着一顶黑色的加乌乔的扁帽，下巴下面系着布帽带。他穿着一件一尘不染的白丝绸衬衫，领口敞着，手腕上紧绷着一副腕套，往上则是一对蓬松的袖口。他的脖子上系着一条黑色的流苏围巾，打结的位置很是头重脚轻，一头很短，另一头长得都快到他的腰了。他腰上围着一条黑色的宽饰带，下面是一条黑裤，臀部很紧，漆黑如炭，侧边上缝着金线，一直延伸到松松垮垮、开了衩的喇叭裤脚，衩口两边缝着金色的纽扣。他的脚上蹬着一双漆皮软舞鞋。

他走下最后一级台阶，停下脚步看着我，还在用口哨吹着小曲儿。他柔软灵活得就像一根鞭子。他瞪着一双我所见过的最大、最空洞的眼睛——烟青色的眼睛，上面是一对长长的、柔滑如丝的睫毛。他的五官精巧完美，却并不显得阴柔。他的鼻子很直，有那么点窄，但并不太窄，他的嘴帅气地噘着，下巴上有条美人沟，一对小耳朵漂亮地贴着脑袋。他的肤色是那种太阳永远晒不红的苍白。

他左手放在臀部上，摆了个姿势，右手在空中划过一道优美的弧线。“你好，”他说，“天气真不错，不是吗？”

“这里对我来说太热了。”

“我就喜欢热。”这句话直截了当，一锤定音，讨论就此结束。我喜欢什么他根本不屑一顾。他在一级台阶上坐下，不知从哪里掏出一把长长的指甲锉，开始锉指甲。“你是银行的？”他问道，头也不抬一下。

“我要找瓦伦杰大夫。”

他停下了手头的活计，遥望暖意洋洋的远方。“他是谁？”他问道，语气当中没有丝毫兴趣。

“这地方是他的，你可真是惜字如金啊，是不是？就好像你真不知道似的。”

他又开始锉指甲了。“你听说的那些都是假的，宝贝儿。这地方现在归银行啦。他们取消了这里的地产收回权，要不就是交给第三方托管了。细节我记不得了。”

他抬头看着我，表情像是从不知细节为何物的人。我钻出我那辆奥尔斯，靠着热烘烘的车门，但我很快就挪了窝，另找了一处透气的地方。

“哪家银行？”

“你不知道，你就不是他们的人，你不是他们的人，你就不该来这里。上路吧，宝贝儿。滚得利索点。”

“我要找瓦伦杰大夫。”

“这场子不营业了，宝贝儿。那块牌子上说得清清楚楚，这是一条私家车道。哪个明尼苏达佬忘了锁门了。”

“你是门卫吗？”

“差不多吧。别再问问题了，宝贝儿。我的脾气可不太稳定。”

“你发飙的时候会干什么？和一只小黄鼠跳探戈吗？”

他猛地站了起来，动作优雅。他微笑了一分钟——一个空洞的微笑。

“看来，我非得把你扔回你那辆小破车了，”他说。

“待会儿再说吧。现在我该上哪儿去找瓦伦杰大夫呢？”

他将那把指甲锉塞进衬衫口袋里，另一样东西出现在了他的右手里。眨眼的工夫，一副亮闪闪的指节铜套已经套上了他的一只拳头。他颧骨上的面皮绷得更紧了，那双烟青色的大眼深处燃烧着一团火。

他悠悠地朝我走过来，我后退一步，拉开距离。他继续吹着口哨曲，但哨声尖利刺耳。

“我们不一定非要打架，”我对他说。“我们没什么事要靠打架来解决。再说了，说不定你会撕破那条漂亮的裤子。”

他的动作快如闪电。他一个平滑的箭步向我冲来，左手猛地挥出一击。我料到他会出刺拳，脑袋早已远远地躲开了，但他的真正目标却是我的右腕，而且他得手了。他的握力也很了得。他猛地一拽，让我失去平衡，戴指节铜套的那只手一个上击拳，划过一道弧线向我奔来。要是后脑勺上挨一记重拳，那我可就歇菜了。如果我往后缩，那他就会打中我的侧脸或是肩膀下面的上臂。那我要么会废掉一条胳膊，要么会废掉半张脸，具体是哪种结果，全凭天意了。在这样的形势下，我只有一件事情可以做。

我选择了后缩，顺带从后面绊了他的左脚一下，然后猛地抓住他的衬衫，听到了布料撕裂的声音。不知是什么击中了我的后脖颈，但那不是金属。我一个急转身闪到了左边，他侧身翻倒，落地时轻盈得像只猫，还不等我恢复半点平衡，他就已经站起来了。他咧嘴笑着。他很享受这一切。他热爱自己的工作。他飞快地向我扑来。

这时，不知从哪里传来一声吼，发话的是一个中气十足的大嗓门儿：“厄尔！马上给我收手！马上！你听到了吗？”

加乌乔[①]小子收了手，咧开嘴，脸上浮现出一个有点让人反胃的笑容，手上嗖地做了个动作，那副指节铜套便立刻消失在了那条围在裤腰上的宽饰带里。

我转过身去，看见一个穿着夏威夷衬衫，身坯厚重结实的矮子正脚步匆匆地沿着一条小径朝我们这边赶来，一边挥舞着双臂。来到我们跟

---

① 加乌乔牧人，居住于南美大草原上，多为西班牙人和印第安人的混合血统。

前时，他已经有点气喘吁吁了。

“你疯了吗，厄尔？”

“别再这么说了，大夫，”厄尔柔声说道。他随即又微笑了一下，转过身去，走到房子前面的台阶上坐下。他摘下那顶平顶帽，掏出一把梳子，开始梳他那头浓密的黑发，脸上一副心不在焉的神情。没过两秒钟，他又轻轻地吹起了口哨曲。

那个穿着花哨衬衫的粗壮男人就这么站在那里看着我。我也站在那里看着他。

“这里是怎么回事？”他低吼道。“这位先生，你是谁？”

“我叫马洛。我在找瓦伦杰大夫。那个你管他叫厄尔的小伙子想要玩游戏。我猜是因为今天太热了吧。”

“我就是瓦伦杰大夫，”他语气庄重地说，然后扭过头去。“进屋去，厄尔。”

厄尔慢吞吞地起了身，向瓦伦杰大夫投去若有所思的一瞥，像是在仔细打量他，那双烟青色的大眼里看不出丁点喜怒哀乐。接着他走上台阶，拉开纱门。一群黑压压的苍蝇恼怒地嗡嗡乱飞，直到房门关上才重又在纱门上落定。

“马洛，对吗？”瓦伦杰大夫重新把注意力转回到我身上。“我能如何为你效劳，马洛先生？”

“厄尔说你这边停业了。”

“没错。我正在等待完成某些司法手续，然后就可以迁出了。这里现在只有厄尔和我两个人。”

“我很失望，”我说，脸上也作出失望的表情。“我还以为你这里收留了一个叫韦德的男人呢。”

他的眉毛抬了两下——富勒毛刷公司应该会对这双眉毛感兴趣。“韦德？我认识的某个人也许确实叫这个名字——这名字很常见——可他为什么要待在我这里呢？”

“接受治疗。”

他皱了皱眉。这样一双眉毛皱起来真是让人叹为观止。“先生，我是一个医生，但已经不执业了。你所说的究竟是哪种治疗？”

“那伙计是个酒鬼，时不时地就会跳出他那把摇椅，然后不知去向。有时他会靠自控力回家，有时别人会把他送回家，还有些时候他就要靠我们去找了。”我掏出一张名片递给他。

他看完名片后，一脸的不悦。

“那个厄尔是怎么回事？”我问他。“他以为自己是范伦铁诺[①]吗？”

他又动了动眉毛。这双眉毛让我着迷。长达一英寸半的眉梢纯天然地鬈曲成卷。他松了松那副肉乎乎的肩头。

“厄尔一点也不坏，马洛先生。他只是——有时候——有点爱做梦。这么说吧——他生活在一个游戏世界中。”

“随你怎么说吧，大夫。从我的角度来讲，他玩儿得有点粗暴了。”

“啧啧，马洛先生，你肯定是夸张了。厄尔喜欢穿上各种行头。他在那方面有点孩子气。”

“你的意思是说，他是个疯子，”我说。“这地方像是个疗养院，不是吗？或者说曾经是？”

“根本不是。关门之前，这里曾是一个艺术村。我为艺术家们提供膳食、住宿、锻炼与娱乐设施，还有最重要的一样东西——远离尘嚣。而且我的收费不贵。艺术家们，如你所知，不是什么有钱人。我所说的‘艺术家’当然包括了作家、音乐家，等等等等。对于我来说，这曾经是份很有满足感的工作——但那些日子已经过去了。”

这句话说出口时，他的脸上现出哀伤的神情，两道眉毛从眼角垂

① 范伦铁诺（1895—1926），美国默片时代的著名偶像派男演员，以英俊性感著称，绰号“拉丁情人”。

了下来，几乎垂到了嘴边。它们只需再长长一丁点，就可以伸进他的嘴里了。

“这我知道，”我说，“文件里面都提到了。我还知道你们这里以前发生过一起自杀案。麻药过量，对吧？”

他那两道下垂的眉毛竖了起来。“什么文件？”他厉声问道。

“我们手头有一份文件，大夫，专门记录那些个我们称作‘秘窗小子’的伙计。进了他们的场子，你要是突然撒起了酒疯，可没法从窗里跳出去。就是些小小的私人疗养院，专治酒鬼、瘾君子，还有轻度的躁狂症患者。”

“这类场所必须取得法律部门的许可，”瓦伦杰大夫没好气地说。

“没错。至少理论上是这样的。有时候，他们会忘了这茬事儿。”

他僵硬地挺直了身子。这家伙这样看起来挺有几分威严。“你这样含沙射影是在侮辱人，马洛先生。我不知道为什么我的名字会在你提到的这样一份名单上。我只能请你离开了。”

“我们再回过头来谈谈韦德吧。说不定他来这里用的是化名？”

“这里只有厄尔和我，没有第三个人。现在，如果你不介意的话——”

“我想四处看看。”

有时，你能把他们气得七窍生烟，诱使他们说出一句漏嘴的话。可瓦伦杰大夫不吃这套。他依然庄重威严。他的眉毛和他的人一样。我朝房子那边看去。这时从屋里面飘来一阵音乐声——是舞曲，隐约还掺杂着打响指的声音。

“我猜他是在那里面跳舞呢，”我说。“是探戈。我敢跟你打赌：他正在那里面一个人独舞。好小子。”

“你到底走不走，马洛先生？还是说，我得叫厄尔来协助我将你驱离我的地界？”

“好吧，我走。别生气，大夫。那上面只有三个人的名字是V打头的，而你看上去是最有希望的一个。那是我们手头唯一一条真正的线索——V大夫。消失前，他在一张纸上草草写下了这几个字：V大夫。”

“这一片肯定有几十个V大夫呐，”瓦伦杰大夫语气平稳地说。

“哦，没错。可我们那份关于‘秘窗小子’的文件上却没有几十个。打扰了，大夫。厄尔让我有点不安。”

我转身走到我那辆车跟前，钻了进去。我刚关上车门，瓦伦杰大夫已经站在了我身边。他把头伸了进来，脸上露出友善的神情。

“我们不需要争吵，马洛先生。干你们这一行的，时不时地就要做一回不速之客，这我理解。可为什么厄尔会让你不安呢？”

“你显然在他的事情上撒了谎。而当一个谎言现身的时候，它肯定还会有同伴。这伙计是个躁狂抑郁症患者，对不对？眼下他正处在亢奋状态。”

他默默地瞪着我。他表情凝重但不失礼貌。“我身边有许多有趣味、有才华的人，马洛先生。他们并不见得都像你这样头脑清醒。有才华的人往往有些神经质。但就算我有这个意愿，我也没有治疗精神病和酗酒者的设施条件。除了厄尔，我也没有其他员工，而他很难胜任照顾病患的工作。”

“那么他能胜任什么呢，大夫？跳泡泡舞[①]不算。”

他斜倚着门，压低了嗓子，像是在说悄悄话。“厄尔的父母是我的朋友，马洛先生。厄尔总得有人照看，而他们已经不在了。厄尔必须过一种安宁的生活，远离城市的喧嚣与诱惑。他性格很不稳定，但基本上不会伤害别人。如你所见，我不费吹灰之力就能控制住他。”

“你真有勇气，”我说。

---

① 泡泡舞是一种类似于脱衣舞的色情舞蹈，起源于三十年代。

他叹了口气。他的双眉微微摇曳，就像一只满腹狐疑的昆虫在摆动触须。“这于我是一种牺牲，”他说。“一种非常沉重的牺牲。我原以为厄尔可以在这里帮我干活。他打得一手好网球，游泳跳水的模样都像一位冠军，还能整夜整夜地跳舞。他几乎每时每刻都是魅力的化身。但偶尔，会有——事故发生。”他挥了挥宽大的手掌，像是要把痛苦的回忆推到脑后去。“最终我要么就得放弃厄尔，要么就得放弃我这里的事业。”

他举起两只手掌，把它们摊开，翻转过来，然后任由它们垂落在身体两侧。他的两眼湿润了，里面饱含泪水。

“于是我把这里卖了。”他说。“这片静谧的小山谷会成为一片房地产开发项目。这里会出现人行道、路灯柱、踏滑板车的孩子，还有嗡嗡作响的收音机；甚至还会有”——他发出一声悲凉的长叹——“电视机。”他挥手做了一个大大的手势。“希望他们能饶过那几棵树，”他说。“但我猜他们不会的。取而代之的会是一根根沿着山脊竖立起来的电视天线，但我相信，到那时厄尔和我已经远去了。”

“再见了，大夫，我的心为你流血。”

他伸出手来。那只手潮湿，但坚定。“感谢你的同情与理解，马洛先生。很遗憾我不能帮助你寻找斯莱德先生。”

“是韦德。”我说。

“对不起，是韦德，没错。再见了，祝你好运，先生。”

我发动汽车，按原路沿着碎石道往回开。我有点难过，但没有难过得像瓦伦杰大夫希望的那样。

我出了大门，沿着公路弯道往前开，直到出了大门那头的视线范围，才停下车。我钻出汽车，沿着路缘往回走，直到我刚好能从竖着铁丝网的地界这里看到那扇大门。我站在那里的一棵桉树下等着。

五分钟过去了，这时一辆汽车沿着那条私家车道朝那边开去，轮胎卷起碎石。它停在了我这个方位的视线之外。我又往灌木丛深处退了几步。我听到吱呀一声响，然后是门闩重重的咔嗒声和链条的当啷声。那辆车的马达又发动了起来，汽车沿着原路开了回去。

我等到引擎声完全消失，这才钻回我那辆奥尔斯，调转车头，面朝回镇子的方向。经过瓦伦杰大夫那条私家车道路口的时候，我看到大门上已经有挂锁和铁链把守了。今天的参观时间已经结束，谢谢。

17

我开了二十多英里路，回到镇子里吃午饭。我一边吃，一边愈发觉得自己揽下的这桩活儿愚蠢透顶。像我这样子折腾是铁定找不着人的。我能遇到像厄尔和瓦伦杰大夫这样有趣的人物，但我遇不着我要找的那个人。我这是在一场没有回报的游戏中浪费轮胎、浪费汽油、浪费口舌、浪费精力。你甚至都没有在轮盘赌的黑二十八上押最小限注。怀揣三个 V 字母打头的名字，我能够成功找到这伙计的概率就像我在一场双色子赌博中打败“希腊人尼克”[①] 的概率一样的。

不管怎样，第一次尝试总归是错的，总归是一处死胡同，总归是一条看似很有希望，但却毫不留情地在你面前炸开花的线索。可他不该把韦德说成斯莱德的，他是个聪明人。他不会那么健忘的，就算他真忘了，他也不该胡诌。

也许吧，但谁知道呢。他俩也并没有认识很久。我端着咖啡，心里想着武卡尼奇和瓦利两位大夫。去不去呢？他俩应该能消磨掉大半个下午。然后我就可以给悠谷的韦德公馆打电话了，电话那头会告诉我说，他们的一家之主已经回到了住所，一切安好——暂时如此。

---

① “希腊人尼克”是当年一个著名的职业赌徒。

这个武卡尼奇大夫很好找。只要沿着公路穿过五六个街区就是了。可瓦利大夫却远在天边，躲在了阿尔塔迪纳的群山之中，那将是一段漫长、燥热、无聊的公路旅程。去不去呢？

我最终选择了去，出于三个有力的理由：一、多了解一点这些游走在黑白两道之间的人总归是好的。二、目前，我能给彼得斯替我搞到的那份文件做出的唯一增补就是一连声的感谢。三、反正我也没有别的事情可做。

我付了账，把车留在原处。沿着大街的北侧，步行前往斯托克韦尔大楼。这是一栋老式的建筑，入口处有一个雪茄柜台，还有一台启动起来一抖一抖地、就是不愿平稳运行的手动电梯。六楼的过道很窄，房门上安着毛玻璃镶板。这栋楼比我自己的那栋还要老、还要脏，楼里挤满了牙医、门庭冷落的“基督教科学”治疗师、你希望你的对手会雇的那种律师，还有那种勉强度日的大夫和牙医。技术不怎么精湛，设施不怎么干净，精力也不怎么够用，总共三美元，请付钱给护士；都是些疲惫、沮丧的伙计，完全清楚自己的地位，清楚他们能招揽到怎样的病人，也清楚能从他们身上榨出几个钱来。不接受赊账。医生在坐诊，医生已离开。您这颗臼齿松得厉害，卡廷斯基太太。如果您想用这种新型的丙烯酸填料的话——这玩意儿一点都不比金牙差，我可以帮你镶，只收你十四美元。麻醉剂要额外收两美元，如果你要用的话。医生在坐诊，医生已离开。总共三美元，请付钱给护士。

在这样一栋大楼里，会有几个真正赚大钱的家伙，可他们看起来并不显山露水。他们融入了这破旧的背景中，这对他们而言是一种保护色。兼职参与保释保证书买卖勾当的滑头律师（所有应当被罚没的保释金当中只有约百分之二最终被上缴国库）。打着各种幌子来解释室内陈设的非法堕胎医生。麻药贩子，伪装成泌尿医师、皮肤科专家，或任何一科需要频繁治疗病患、频繁实施局部麻醉的大夫。

莱斯特·武卡尼奇有一间十分简陋的候诊室，里面坐着十几个人，个个一脸病容。他们的模样难分彼此。他们的脸上没有什么特征。你很难把一个掩盖得很好的吸毒者同一个素食主义会计区分开来。我足足等了三刻钟，病人们从两扇门里进入诊室。一个精力充沛的耳鼻喉科大夫可以同时处理四个病患，只要他有足够的空间。

终于，我进入了诊室。我坐在一张棕色的皮椅里，旁边是一张桌子，桌面上铺了一条白毛巾，上面摆着一套工具。一个消毒柜靠着墙，在那里咕咚咕咚冒泡。武卡尼奇大夫风风火火地走了进来，身披一件白大褂，额头上绑着一面小圆镜。他在我面前的一张凳子上坐下。

"窦性头痛，对不对？严重吗？"他看着护士拿给他的一份文件。

我说，严重极了。头晕目眩的，尤其是早上起床的时候。他严肃地点点头。

"很典型，"他说，将一只玻璃盖扣在一样像是自来水笔的东西上。

他把那东西推进我嘴里。"请闭上嘴唇，但不要咬合牙齿。"他一边说着，一边伸手关掉了电灯。房间里没有窗户，一只排风扇不知在哪里发出低沉的嗡嗡声。

武卡尼奇大夫取出玻璃试管，重新把灯打开。他谨慎地看着我。

"完全没有充血，马洛先生。如果您有头痛，那这不是鼻窦炎造成的。我大胆猜测一句，您一生当中从未有过严重的鼻窦疾病，我发现您过去曾做过鼻隔膜手术。"

"是的，大夫。打橄榄球的时候让人踢了一脚。"

他点点头。"那里面有一小片骨突，应该切除掉，可这也不足以妨碍呼吸呀。"

他坐在凳子上，身子后仰，扶着膝盖。"您究竟希望我为您做些什么呢？"他是一个瘦脸男人，面色苍白得乏味。他看上去就像是一只得了肺结核的白老鼠。

“我想和你聊聊我的一位朋友，他情况很糟糕。他是一位作家。钱很多，但精神状况很差。他需要帮助。他一连几天都靠酒精度日。他需要来一点点加料。他自己的医生已经不愿意配合了。”

“您说的‘配合’到底是什么意思？”武卡尼奇大夫问道。

“这家伙不过是需要偶尔打上一针，好镇定下来。我还以为咱俩说不定能谈得拢呢。我可不缺钱。”

“对不起，马洛先生。我不处理这类问题。”他站了起来。“要我说，这样的治疗方式实在是很马虎。你的朋友可以咨询我，如果他愿意的话。但他身上最好有一样果真需要治疗的毛病。请付十美元，马洛先生。”

“别装了，大夫，你在那份名单上。”

武卡尼奇大夫靠着墙，点了一支烟。他在给我时间。他吐了一口烟，看着烟。我却递给了他一张名片。他看了看。

“什么名单？”他问道。

“秘窗小子。我想你可能已经知道我这位朋友了。他名叫韦德。我猜你大概正把他藏在什么地方的一间白色的小屋里呢。这家伙离家出走了。”

“你这蠢货，”武卡尼奇大夫对我说道。“我才不卖‘四日戒酒灵’之类的垃圾便宜货呢，再说它们根本就不灵。我也没有什么白色小屋，我也不认识你说的这位朋友——就算他果真存在的话。请付十美元——现金——现在就付。还是说你情愿我打电话叫警察，举报你向我讨要麻醉品？”

“那敢情好，”我说，“打吧。”

“出去，你这小阿飞。”

我从椅子上站起身来。“看来我犯了个错误，大夫。上一次这家伙恶习不改、畏罪潜逃的时候，他躲藏在一个姓名以V字打头的大夫那里。那是一次绝密的行动。他们深更半夜把他接走，等到他过了酒疯劲儿以后，又以同样的方式把他送回来，接着立马开溜，甚至都等不及看他走进房门。因此，当他再度越狱，过了好一阵子也没回来的时候，我们自然会查阅文件，寻找线索。我们找到三个姓名以V字打头的大夫。”

“很有趣，”他说，脸上挂着一丝隐喻的微笑。他还在给我时间。“您筛选的依据是什么？”

我紧盯着他。他的右手轻轻地上下抚摸着左上臂的内侧。他的脸上蒙了一层细细的汗珠。“不好意思，大夫。我们的行动细节是机密。”

“对不起，失陪了。我还有一个病人正——”

他让后半句话悬在了半空中，径直出了门。他离开后，一名护士从门洞里探进头来，瞥了我一眼，又消失不见了。

过了一会儿，武卡尼奇大夫迈着愉快的步伐悠悠地走了进来。他脸上挂着微笑，神情很放松，两眼亮闪闪的。

“咦？你还在这里？”他看上去十分惊讶，要不就是装得挺像。“我还以为我们这次小小的会面已经结束了呢。”

“我这就走，我还以为你刚才是要我等一会儿呢。”

他咯咯笑了。“你知道吗，马洛先生？我们生活在一个非凡的时代里。你只需出五百美元，我就能让你拖着几根断骨住进医院。真好笑，对不对？”

“我肚子都要笑破啦，”我说。“大夫，你是不是朝自己的静脉上扎了一针？天啊，瞧你这笑眯眯的样儿！”我起身朝门外走去。

“回头见，朋友，”他快活地说，“别忘了我的十美元，付钱给护士。”

我出门的这会儿工夫，他走到一台对讲机前面，朝里面说了一句什么。候诊室里还是那十二个人，或者是十二个和他们一模一样的人正一脸病容地坐在那里。护士尽职地出现在了我面前。

“总共十美元，马洛先生。本诊所只接受即时现金支付。”

我踏入满地板的脚中间朝门口冲去，她一下子从椅子里跳了起来，飞奔着从桌子后面绕了出来。我一把将门拉开。

“你拿不到钱又怎样？”我问她。

“你马上就知道了，”她愤怒地说。

“当然。你只是在尽你的职责。我也是。等我走了，你抽空瞅一眼我的名片，就知道我的职责是什么了。”

我抬脚走了出去。候诊室里的病人用谴责的目光看着我。怎么能用这种方式对待大夫呢。

18

阿莫斯·瓦利大夫那边的情况迥然不同。他拥有一栋古老的大房子，周围是一片古老的大花园，还有一棵古老的大橡树给他遮阴。这是一栋巨大的木结构建筑，门廊的屋檐上雕着精巧的涡卷装饰，门廊的白栏杆有着刻有凹槽纹的立柱，就像老式三角钢琴的支脚。几个上了岁数的人颤巍巍地坐在门廊上的长椅里，身上裹着毯子。

入口处的大门是双层的，上面有彩色玻璃镶板。里面的门厅宽敞阴凉，镶木细工地板光亮可鉴，上面一块地毯也没有铺。阿尔塔迪纳这地方夏天很热，这里深陷在群山之中，凉风直接从头顶上飞了过去。八十年前，当地人学会了如何造房子来适应这种气候。

一个穿着挺括白衣的护士接过了我的名片，过了一会儿，阿莫斯·瓦利大夫同意接见我了。他是一个秃顶的大个子，脸上挂着开心的微笑。他那件白大褂一尘不染，他那双绉胶底的鞋走起路来悄然无声。

“我能为您做些什么，马洛先生？”他有一副疏解病痛、抚慰心灵的好嗓子，嗓音圆润柔和。大夫来了，没什么可担心的，一切都会好起来的。他颇有那种关怀病人的阳光气度——浓浓的，抹了蜜的，一层叠着一层。他棒极了——可他也像一副铠甲一样坚硬、难对付。

"大夫，我在找一个叫韦德的男人—— 一个离家出走的阔绰酒鬼。他的过往经历表明，他不是选择一位有医术的大夫，而是藏进了一家隐秘的地下诊所。我手头的唯一线索就是这三个 V 字打头的大夫，你是我的第三个 V 大夫。还有：我这会儿有点心灰意冷了。"

他宽厚地笑了。"我只是你的第三个，马洛先生？洛杉矶这一片外加周边地区少说也有一百个名字以 V 打头的大夫吧。"

"没错，可诊所里有'秘窗小屋'的就没那么多了。我注意到你这里的楼上就有几间，在房子的侧翼。"

"都是些老人，"瓦利大夫哀愁地说道——就连这哀愁也圆润柔和。"孤独的老人、郁郁寡欢的老人，马洛先生。有时——"他做了一个颇具表现力的手势：先是向外划出一道圆弧，然后停在了半空中，再缓缓落下，就像一片枯叶飘然落地。"我这里不治疗酗酒者，"他毫不含糊地补充道。"现在，如果你不介意的话，我就——"

"不好意思，大夫。我之所以找上门来，只不过是因为你恰好在我们的名单上。也许是有人弄错了。那上面说，两三年前你和州麻醉品局的人有过一场麻烦。"

"是吗？"他看上去一脸困惑，接着恍然大悟。"啊，是的，是我的一个助手，我当时很不明智地雇用了他。虽然时间很短。他严重辜负了我的信任。是的，的确如此。"

"我听说的那件事不是这样的，"我说。"我猜是我听错了。"

"那你听说的事情是怎样的呢，马洛先生？"他依然在用微笑和甜美的嗓音给我全方位的款待。

"我听说，你被迫上交了你的麻醉品处方记录。"

这话让他微微一怔。他脸上并没有显出怒容来，可那迷人的亲和力已经被剥去了几层。他的一双蓝眼睛闪着冰冷的微光。"您这条奇异的信息源自何处？"

“一家大型侦探代理行，他们有条件收集建立这方面的信息档案。”

“就是一群不上档次的敲诈勒索者，这一点毫无疑问。”

“他们可上档次了，大夫。他们的基础收费标准是每天一百美元，掌门人是一位前宪兵上校。他可看不上小钱，大夫。他只做大买卖。”

“看来我得找他好好谈谈了，”瓦利大夫冷冷的语气中透着厌恶。“他叫什么？”瓦利大夫的阳光气度到头了。接下来将是阴冷的黑夜。

“机密，大夫。您不用放在心上。这不过是他们的日常工作罢了。您对韦德这个名字真的没有任何印象吗？”

“我想你能找得着出去的路，马洛先生。”

一部小电梯的铁门在他身后开启。一名护士推着轮椅走了出来。瓦利大夫轻声说道：

“老人。患病的老人。孤独的老人。别回来了，马洛先生。你会把我惹火的。发起火来，我的模样可不是很好看。我甚至可以说是很不好看。”

“没问题，大夫。打扰了。你这座等死小屋真温馨。”

“你说什么？”他上前一步，朝我逼近——最后一层蜜糖涂层也被剥去了。他脸上柔和的线条此刻硬得像山脊。

“怎么啦？”我问道。“我知道我要找的人不在这里了。我在这儿根本找不到一个还有一丝力气反抗的人。患病的老人。孤独的老人。你自己说的，大夫。没人要的老人，可有的是钱，还有一群如狼似虎的继承人。他们中的大多数估计会被法庭认作是无行为能力者。”

“我快要发火了，”瓦利大夫说。

“清淡的饮食，轻量的镇定剂，严格的治疗。把他们推到外面晒太阳，把他们放回床上睡觉。窗户上钉上些木条，以防他们还有一丝一毫的脾气。他们爱你，大夫，他们中的每一个。临终时，他们紧握着你的手，看见了你眼中的哀伤——真实的哀伤。”

“那当然了，”他从喉咙里发出一声低吼。他的双手此刻握成了拳头。我这时应该见好就收了。但他实在让我恶心。

“毫无疑问，”我说。“没人乐意失去一位付钱大方的主顾。尤其是一位你甚至都不必取悦的主顾。”

“这件事总得有人做，”他说。“这些悲哀的老人总得有人去照顾，马洛先生。”

“粪坑也总得有人去掏。仔细想想，那反倒是一份体面正派的工作。再会了，瓦利大夫。哪天我觉得自己的工作太肮脏了，我想想你就会情绪大好的。”

“你这混账东西，”瓦利大夫从他那两排宽宽的大白牙中间挤出了这句话。“我应该敲断你的背。我的工作是一项可敬的职业中的一个可敬的分支。”

“是的，”我厌倦地看着他。“这我知道，只是这份工作散发着死亡的气息。”

他没有冲我挥拳头，于是我转身离开他，朝外面走去。走到那扇宽大的双层门前时，我回头看了他一眼。他一动不动。他还有工作要做。他得把蜜糖一层层地重新抹好。

19

我驾车回到好莱坞，感觉就像是一小截被嚼烂的绳子。现在时间还早，没到吃饭的点，闷热的天气也让我没有胃口。我打开办公室里的电扇。电扇没能让空气凉爽一丝一毫，但至少搅起了一点动静。窗外，大街上的车流吵个不停。我脑袋里的各种思绪黏成了一团，就像粘蝇纸上的许多只苍蝇。

打了三枪，全部脱靶。我什么都没干成，只是见了一个又一个的医生。

我给韦德家里打了个电话。一个说话带着点墨西哥口音的家伙接起电话说，韦德太太不在家。我说，那我找韦德先生。那个声音说，韦德先生也不在家。我留了名字。他毫不费力地记下了。他说自己是男仆。

我又给卡恩代理的乔治·彼得斯打了个电话。说不定他还认识其他的大夫。可他不在。我留了一个假名和一个真实的电话号码。一个钟头慢吞吞地爬过，像一只有气无力的蟑螂。我是遗忘沙漠里的一粒沙。我是一个双枪牛仔，一不留神打光了子弹。开了三枪，三枪脱靶。我真讨厌三这个数字。你拜访了 A 先生。一无所获。你拜访了 B 先生。一无所获。你拜访了 C 先生。还是一无所获。一周之后，你发现其实你该找的是 D 先生。只是那时你根本不知道他的存在，而等到你知道的时候，客户已经改了主意，叫停了这场调查。

我将武卡尼奇大夫和瓦利大夫从清单上划掉了。瓦利太有钱了，才懒得去搭理酒鬼呢。武卡尼奇大夫是个不成气候的小混混，敢在自己的办公室里做静脉注射麻药这样的高危动作，他的助手肯定知道。至少有些病人知道。只要有一个不满意的主顾打一通电话，他就完蛋了。韦德不管是喝晕了，还是清醒着，都不会靠近他这种人的。他也许不是世界第一聪明人——许多成功人士都远远谈不上是思维上的巨人——但他也不至于蠢到去跟武卡尼奇大夫胡来。

唯一可能的人选就是瓦伦杰大夫。他有场地，有隐蔽条件。他大概也有耐心。可赛普尔韦达谷距悠谷有很长一段路程。他们的联络点在哪儿，他们又是怎么认识彼此的？另外，如果瓦伦杰拥有那片地产，还找到了一个买主，那他的家底还挺厚实的。想到这里，我有了一个主意。我给我认识的一个在产权公司工作的伙计打了个电话，查询那块地的产权状况，电话无人接听。产权公司下班了。

于是我也下班了。我开车去了魔沼城的鲁迪烧烤吧，向晚宴司仪报上了我的大名，然后在一张高脚凳上等待着那个庄严时刻的到来，面前是一杯酸威士忌，耳畔是马雷克·韦博的华尔兹。过了一会儿，我终于可以荣幸地入场品尝一块鲁迪那“闻名世界”的索尔兹伯里牛排了，其实也就是一块汉堡碎牛肉饼，放在一块灼黑的厚木板上，周围是一圈烤成褐色的土豆泥，搭配着煎过的洋葱圈和什锦沙拉——男人们在餐馆里会一言不发地把它们乖乖吃下肚去，可如果他们的老婆在家想让他们吃下一盘这样的东西，那他们保准会大吼大叫。

吃完晚饭，我开车回家。就在我打开正门的时候，电话铃响了。

“我是艾琳·韦德，马洛先生。你留言要我找你的。”

“我只是想知道你那头有没有发生点什么。我今天一整天都在看医生，一个朋友都没有交到。”

“不好意思，没有消息。他还是没有踪影。我不能不焦急万分。现在我猜，你又要告诉我你也无一所获。”

她的声音低沉沮丧。

“咱们这个县地方大，人又多，韦德太太。”

“到今晚可就是四整天了。”

“没错，可四天也不算太久。”

“对我来说，已经够久的了。”她沉默了半晌。“我这几天一直在思考，努力想从记忆中找到点什么，”她接着往下说道。“我肯定能找到点什么，某种线索或是某段回忆。罗杰平常会滔滔不绝地谈起各种各样的事情。”

“你对瓦伦杰这个名字有印象吗？”

“恐怕没有。为什么这么问。”

“你说过，有一次一个打扮成牛仔模样的高个年轻人将韦德先生送回了家，如果你再次见到他，韦德太太，你能认出这个高个年轻人吗？”

“我想我或许认得出来，”她有些迟疑地说道，“如果我们见面的情形与上次相同的话，但我当时只瞥见了他一眼。他叫瓦伦杰吗？”

“不是，韦德太太。瓦伦杰是一个身材壮硕的中年人，经营着——或者更确切地说，是经营过—— 一家位于赛普尔韦达谷的度假牧场。他手下有一个穿得花里胡哨的漂亮小子，名叫厄尔。瓦伦杰自称大夫。”

“棒极了，”她热情洋溢地说。“你不觉得自己摸对了方向吗？”

“我心里比一只落汤猫还要怯呢。等我有消息了再给你打电话吧。我只是想要确认罗杰是不是还没有回家，另外还想问问你有没有回忆起什么确凿的线索。”

“恐怕我帮不上您什么大忙，”她哀伤地说道。“您任何时间都可以给我打电话，不管有多晚。”

我说我会的，然后我们各自挂上了电话。这次我拿出一把枪和一只三节电池的手电筒，随身带上。这是一把轻巧结实的短管点三二手枪，配平头子弹。瓦伦杰大夫的棒小伙儿厄尔，除了指节铜套，也许还有其他玩具，果真如此的话，以他的疯脑瓜，他多半会掏出来玩的。

我再度驾车驶上公路，胆有多大，油门就踩多狠。这是个月黑之夜，等到我冲到瓦伦杰大夫的领地大门前时，天肯定已经黑下来了。黑暗正是我想要的。

大门上依然有铁链和挂锁把守。我开车从旁经过，又往前开了好一段，才在公路上停下车来。树下依然有些微光，但这光不会持续太久。我翻过那扇门，沿着山坡向上爬，想要找到一条步行小道。山谷远处似乎传来鹌鹑的叫声，一只哀鸠在大声抗议生活的种种不幸。这里根本没有步行小道，要不就是我没找到，于是我返回车道，沿着碎石路面的边缘往前走。桉树变成了橡树，我越过山脊，看到远处有星星点点的灯光。我花了三刻钟从游泳池和网球场后面一步一步地向山上爬，直到我能俯瞰车道尽头的那栋主建筑为止。楼里亮着灯火，我能听到乐声从那里飘出。在远处的树林间，又有一间小屋里有灯光。林间还遍布着许多间黢黑的小屋。这时我正沿着一条小道往前走，突然，主建筑后面亮起了一盏探照灯。我登时止住了脚步。那盏探照灯并不在搜索什么，光束只是径直指向正下方，在后门廊和外面的空地上照出了一个大光圈。这时，一扇门砰地开了，厄尔走了出来，这下我知道自己找对了地方。

厄尔今晚演的是牛仔，上次送罗杰·韦德回家的也是一个牛仔。厄尔在转绳圈。他穿着一件缝了白线的深色衬衫，脖子上宽松地系了一条圆点花纹围巾。他腰上扎着一条宽皮带，上面挂了许多银饰，还有一副手工制作的皮枪套，里面插着两把象牙柄的手枪。他穿着精致的马裤和一双崭新的马靴，马靴上绣着白色的十字花纹。他脑后戴了一顶白色的墨西哥宽边帽，一条像是编制的银绳从衬衫上飘垂下来，两头没有系住。

他独自一人站在白色的探照灯下，绕着自己的身体前后左右地转着绳圈，一会儿把脚伸进绳圈，一会儿把脚抽出来——一个没有观众的演员，一个高挑、修长、英俊的花样牛仔，独自一人上演大戏，热爱着舞台上的每一分钟。“双枪厄尔”，科奇斯县一霸。他就属于那种马背上的旅游农场，那里的话务女郎都穿着马靴去上班。突然，他听到了一个声响，或者是装作听到了。绳圈掉在了地上，他的两只手飞快地从枪套里抽出双枪，大拇指钩住击铁，枪口对准前方。他凝视着黑暗中的什么东西。我不敢动。那两把该死的枪里说不定有子弹。可探照灯晃住了他的眼睛，他什么也看不见。他把枪插回皮套中，捡起绳索，随意地将它盘起，转身返回屋里。灯光消失了，我也消失了。

我穿过树林，绕过主建筑，靠近山坡上那间亮着灯的小屋。屋里面悄无声息。我来到一扇遮着窗帘的窗户前，朝里面张望。灯光来自一只床头柜上的一盏台灯。一个男人仰面躺在床上，身体放松，胳膊伸在被单外面，露出睡衣袖口，两眼大睁，盯着天花板。他看上去块头很大。阴影遮住了他的半张脸，但我看得出他脸色苍白，好久没刮胡子了，而且他胡子生长的时间正好与某人失踪的时间吻合。他的十指张开，一动不动地伸在床沿外。他看上去像是接连几个小时没挪过窝了。

我听到屋子的另一边传来脚步踩在小道上的声音。一扇纱门吱呀一声开了，紧接着瓦伦杰大夫那厚实的身影出现在了门口。他拿着一大杯看上去像是番茄汁一样的东西。他打开一盏落地灯。他那件夏威夷衬衫泛着黄光。床上的那人瞧都不瞧他一眼。

瓦伦杰大夫将玻璃杯放在床头柜上，拖了把椅子过来，在床边坐下。他拿起那人的一只手腕，把了把脉。“你现在感觉怎么样，韦德先生？”他的声音友善又关切。

床上的那人既没有回答他，也没有看他。他还是紧盯着天花板。

“行啦行啦，韦德先生。咱别生气嘛。你的脉搏比正常值略快，但除此以外——”

“家家，”床上的男人突然开口道，“告诉这人，如果这混球知道我的身体状况，那他就不用再拿这种问题来烦我了。”他的声音悠扬清澈，但语调却满是怨气。

“家家是谁？”瓦伦杰大夫很有耐心地问道。

“我的代言人，她就在那边的墙角上头呢。”

瓦伦杰大夫抬头去看。“我只看到一只小蜘蛛，”他说。“别演戏了，韦德先生，跟我你不需要演戏。”

“家隅蛛，就是最常见的跳蛛，伙计。我喜欢蜘蛛。它们几乎从不穿夏威夷衬衫。”

瓦伦杰大夫舔了舔嘴唇。“我没空陪你玩，韦德先生。”

“家家可不好玩。”韦德慢慢地转动脑袋，仿佛头里装着铅块，然后轻蔑地盯着瓦伦杰大夫。“家家只会来真的。她会悄悄地接近你。趁你不注意，她还会迅捷无声地跳跃前进。不一会儿，她就进入攻击距离了。她纵身作出最后的一跃，然后你就被吸干了，大夫。干干的。家家不吃你，她只吸你的汁儿，直到你只剩下一张皮。如果你还打算继续穿那件衬衫，大夫，那我敢说，那个时刻很快就要来临啦。”

瓦伦杰大夫往椅背上一靠。“我要五千美元，”他心平气和地说。“什么时候我能拿到手？”

“你已经拿到了六百五十块，”韦德没好气地说，“外加我口袋里的找零。待在这种窑子里还他妈的能花多少钱？”

“一点小钱，不足挂齿，”瓦伦杰大夫说。“我告诉过你，我的费率上涨了。”

“但你没说你的费率涨到威尔逊山巅上去了。”

“别跟我兜圈子了，韦德，”瓦伦杰大夫冷冰冰地说。“你现在没资本跟我玩花样。而且，你还辜负了我的信任。”

“我还真不知道你信任过谁呢。”

瓦伦杰大夫轻轻地拍着椅子扶手。“你深更半夜地给我打电话，”他说，“那时你真是山穷水尽了。你说我要是不来，你就要自杀了。我本不想来的，你知道为什么。我没有在这个州行医的资质。我正想尽办法在失掉一切之前把这块地产卖掉。我得照顾厄尔，他的毛病又快发作了。我跟你说过，这得花你一大笔钱。你依然坚持要这样，于是我就去了。我要五千美元。”

“我当时被烈酒灌晕了，”韦德说。“你不能指望别人兑现那种情况下作出的承诺。你已经赚得够狠的了。”

“还有一件事，”瓦伦杰大夫慢悠悠地说，“你跟你老婆说了我的名字。你告诉过她，我要上门来把你接走。”

韦德看上去一脸惊讶。“根本没有的事儿，”他说。“我连见都没见她。她当时在睡觉。”

“那就是你在别的场合说的。一个私家侦探来这里打听过你了。他不可能找到这里来的，除非是有人告诉过他。我把他打发走了，可他说不定还会回来。你现在必须回家去，韦德先生。但首先，我要我的五千美元。”

“你显然不是世界上最聪明的人，对不对，大夫？要是我老婆知道我在哪儿，那她干吗还要雇私家侦探呢？她完全可以自己来嘛——如果她真有那么在乎我的话。她还可以带上我们家的男仆——坎迪。趁着你那个‘蓝小子’还在犹豫今天该演哪部电影的当儿，坎迪就已经把他切成碎片了。”

“你有一张贱嘴，韦德。还有一脑子贱贱的想法。”

“我还有一把贱贱的美元呢，五千块。来拿啊。”

“你给我写张支票，”瓦伦杰大夫不容分辩地说。“现在，马上。然后你就可以穿衣服了，厄尔会送你回家的。”

“支票？”韦德几乎笑出声来。“没问题，我会给你开张支票的。很好。你打算怎么兑现？”

瓦伦杰大夫无声地微微一笑。“你以为你可以发指令让银行止付，韦德先生。可你办不到。我会确保你办不到的。”

“你这一肚子坏水的死胖子！”韦德冲着他大吼起来。

瓦伦杰大夫摇了摇头。“在某些事情上，我确实是这样。但不是在所有事情上。同大多数人一样，我是个矛盾复杂的人。厄尔会开车送你回家的。”

“不行。那小子让我起鸡皮疙瘩，”韦德说。

瓦伦杰大夫动作轻柔地站起身来，伸手拍了拍床上那人的肩膀。“对我而言，厄尔完全没有威胁。我有的是控制他的办法。”

“比如呢？”房间里传来了第三个人的声音，紧接着厄尔穿着他那套罗伊·罗杰斯的行头从门里走了进来。瓦伦杰大夫转过头去，面带微笑。

“别让那个疯子靠近我，”韦德吼道——他的声音里头一次显露出了恐惧。

厄尔将双手搁在那条华丽的皮带上，面无表情。一声轻轻的呼哨从他齿间飘了出来。他慢慢地走进房间。

“你不该说那句话的，”瓦伦杰大夫赶忙说道，然后向厄尔转过身去。“行了，厄尔。韦德先生由我自己来应付。我来帮他穿衣服，你下楼去把车开到小屋这里来，离门口越近越好。韦德先生还很虚弱。”

“他马上就要更虚弱了，”厄尔用哨音般的尖嗓子说道。“让开，肥仔。”

“行了，厄尔——”他伸手抓住那个帅小子的胳膊——“你该不会想回卡马里奥[1]吧？只要我说一句话，你就——”

剩下的话他没能吐出口。厄尔猛地将胳膊从他手中抽出，右手一挥，一道金属的冷光闪过——那只披着铜甲的拳头砸在了瓦伦杰大夫的下巴上。他一下子栽倒在地，就像心脏被子弹射穿了一样，倒地的声响震动了整间屋子。我迈开步子向门口跑去。

我冲到门前，用力将门拽开。厄尔忽地转过身来，身体微微前倾，两眼紧盯着我，不像是认出了我的样子。他的嘴唇后面发出冒泡似的声响。他飞快地向我冲来。

我一把抽出手枪，在他眼前晃晃。可他就像是没看到一样。要么他那两把枪里没子弹，要么就是他完全忘记了它们的存在。他只要有这副指节铜套就够了。他完全没有止步的意思。

我开了一枪，子弹从床那头的那扇敞开的窗户飞了出去。小房间里的枪声似乎比它原本的声响还要大得多。厄尔猛地停在了原地，蓦地扭过头去看窗帘上的那个弹孔。他又转过头来看着我。他脸上慢慢地有了表情，然后咧嘴一笑。

---

① 卡马里奥是位于南加利福尼亚州的州立精神病院。

“你想怎么样？”他爽朗地问我。

“脱掉指节铜套，”我开口道，一面直视着他的眼睛。

他诧异地低头看着自己的那只手。他脱下那只重量级拳套，漫不经心地将它扔在角落里。

“还有那条双枪皮带，”我说。“手不要摸枪，只许解搭扣。”

“枪里没子弹的，”他微笑着说道。“天啊，它们甚至都不是真枪，只是舞台道具。”

“解皮带。快点。”

他看着我手中那把短管点三二。“这是真家伙？哦，当然是了。窗帘。对，窗帘。”

床上那人这时已经不在床上了。他摸到了厄尔身后。他飞快地伸手抽出一把亮闪闪的手枪。厄尔可不喜欢这样。他脸上的神色显露了这一点。

“别碰他，”我生气地说。“把那东西放回去。”

“他说得没错，”韦德说。“这只是两把玩具枪。”他向后退去，将那把闪着光的手枪放在了桌子上。“耶稣啊，我真是虚弱得就像一只断胳膊。”

“解掉皮带，”我第三次命令道。一旦你和厄尔这种人干上了，你就非得坚持到底不可。不要废话，简简单单的，还有：千万别改主意。

他终于照做了，态度还很友好。然后，他手拿着皮带走到桌子边上，拿起另一把枪，将它插进枪套，然后又把皮带重新系在身上。我没管他。直到这时，他才注意到背靠着墙瘫倒在地的瓦伦杰大夫。他关切地叫了一声，快步穿过房间走进盥洗室，返回时手里拿着一玻璃罐水。他径直将水朝瓦伦杰大夫的脑袋上浇了下去。瓦伦杰喷出一口水来，翻了个身，开始呻吟，然后用一只手捂住下巴。接着他开始试图站起身来。厄尔伸手帮他。

“不好意思，大夫。我一定是没看清是谁就发飙了。”

“没关系，骨头没断，”瓦伦杰说，一面挥手让他走开。“去把车开过来，厄尔。别忘了开下面那把挂锁的钥匙。”

“开车过来，没问题。这就去。挂锁钥匙。明白。这就去，大夫。”

他吹着口哨出了房间。

韦德坐在床沿上，看上去颤巍巍的。“你就是他刚才说的那个侦探？”他问我。“你是怎么找到我的？”

“不过就是问了几个知道这种事情的人，”我说。“你要是想回家的话，最好还是把衣服穿上。”

瓦伦杰大夫倚着墙，摩挲着下巴。“我来帮他穿，”他声音含混地说。“我所做的全部工作就是帮助别人，而他们给我的全部回报就是一次次地让我受伤。”

“我完全清楚你的感受，”我说。

我转身离开，撇下他俩去完成穿衣大业。

20

他俩出来的时候，车子就在门口，厄尔却已经走了。他停下车，关了车灯，一言不发地转身朝主屋走去，嘴里还在吹口哨，像是在回忆着一支他依稀记得的曲调。

韦德小心翼翼地钻进后座里，我挨着他就座。瓦伦杰大夫开车。他的下巴和脑袋说不定依然疼得厉害，可他脸上并没有显露出来，嘴上也没有说一个字。我们翻过山脊，一路下坡，来到碎石路的尽头。厄尔刚才已经下来打开门锁，将铁门拉开了。我告诉了瓦伦杰我自己的车停在哪里，他开到我那辆车边上停下。韦德钻进我的车，一言不发地坐着，两眼望着空气。瓦伦杰下了车，绕到他那侧的车门边上，语气轻柔地跟他说话。

“韦德先生，我的那五千美元呢？你答应我要开支票的。”

韦德身子向下一滑，脑袋枕在椅背上。“我考虑一下吧。”

“你答应过我的。我现在就要。”

“瓦伦杰，‘胁迫’这个词的意思是——以伤害作为威胁。我现在有人保护了。”

“我喂你饭吃，给你洗澡，”瓦伦杰不依不饶。“我半夜跑来接你。我保护了你，治疗了你——至少暂时是这样的。”

“那也不值五千美元啊，”韦德冷笑道。“你从我兜里掏走的钱已经够多的了。”

瓦伦杰不肯善罢甘休。“我在古巴那边应该会有客户，韦德先生。你是个有钱人。你应该帮助其他遭遇困境的人。我要照顾厄尔。要想抓住这个机会，我需要一笔钱。我会如数偿还你的。”

我开始尴尬地坐立不安。我想抽烟，可我怕烟味会让韦德恶心。

“你会如数偿还个头，”韦德不耐烦地说。“你活不到那一天了。不知哪天晚上，‘蓝小子’就把你杀死在睡梦中了。”

瓦伦杰后退开去。我看不到他脸上的表情，但他的声音变得又冷又硬。“这世上还有另外一些比这更不愉快的死法，”他说。“我想你的结局就将是其中之一。”

他走回自己的汽车边，钻了进去。他驾车驶入他那扇铁门，然后消失在了视线之外。我倒车出去，调转车头，朝市内方向驶去。等到我开出去一两英里路的时候，韦德对我咕哝道：“我有什么理由要给那个肥仔五千美元？”

“没有任何理由。”

“可为什么拒绝了他之后，我却感觉自己像个混蛋？”

“没有任何理由。”

他微微偏过头来，刚好能看得到我。“他像照顾宝宝一样照顾我，”

韦德说。“他几乎都不敢让我独自待在屋里，生怕厄尔会进来揍我。他也掏空了我兜里的每一个角子。”

“说不定是你让他掏的。”

“你在帮他说话？”

“行了，”我说。“我只是在收钱办事。”

接下来的几英里路，我俩都没有说话。我们驶过一片市郊城区的边缘时，韦德再度开了口。

“我看我还是给他这五千块吧。他破产了。那块地被银行止赎了。他一分钱都拿不到手。这一切都是因为那个神经病。他干吗要这么做？”

“我哪里知道。”

“我是个作家，”韦德说。“我应该能理解别人的行为动机。可我却根本不理解任何人的任何举动。”

我拐了个弯，驶上谷口，爬上一段坡后，整片山谷的点点灯火全都在我们的眼前铺展开来，一眼望不到头。紧接着又是一段下坡路，然后我们开上了通往文图拉的那条西北方向的公路。又过了一会儿，我们穿行在了恩西诺的街区中。我停车等红灯时候，抬头遥望山上高处的那片灯光——豪宅都建在那里，伦诺克斯夫妇曾经在其中的一幢中生活过。我们继续向前驶去。

“出口匝道就在前面了，”韦德说。“你知道吗？”

“我知道。”

“顺便说一句，你还没告诉我你叫什么。”

“菲利普 · 马洛。”

“这名字好。”这时他的声音突然一变：“等等。你就是那个过去经常和伦诺克斯混在一起的家伙？”

“没错。”

他坐在车厢里的暗处紧盯着我。我们经过了恩西诺主街上的最后一片房子。

“我认识他，”韦德说。“点头之交吧。但我从没见过他。那真是桩离奇事件。那些个警察对你不怎么客气，对不对？”

我没搭他的话。

“你大概是不想谈这件事，”他说。

“也许吧。你为什么会对这事儿感兴趣？”

“老天，我可是作家啊。这里面肯定有故事。”

“今晚就算了。你肯定还很虚弱。”

“好吧，马洛。好吧。你不喜欢我。我明白了。”

我们来到出口匝道前，我一打方向盘，汽车沿着匝道朝地势较低的群山开去，群山中间的那道峡谷就是悠谷。

“我既不喜欢你，也不讨厌你，”我说。“我不认识你，你太太要我找到你，把你带回家。等到把你送到家门口的时候，我的任务就完成了。至于她为什么挑中了我，我说不上来。但就像我刚才说的，我只是拿钱办事。”

我们绕过山侧，开上一条路面更宽、更坚实的公路。

他说他的家就在一英里外，在道路的右侧。他把门牌号码报给了我，这我已经知道了。尽管身子骨还那么羸弱，可他那张嘴却一刻不停地在说话。

“她打算付你多少钱？”他问道。

“我们还没讨论过。”

“付你再多钱都是远远不够的。我对你感激不尽。你干得真漂亮，哥们儿。我不值得你费这么大劲儿。”

“那仅仅是你今晚的感受。”

他哈哈大笑。“你猜怎么着，马洛？我说不定会喜欢上你的。你是个混球儿——就像我。”

我们来到了他家门口。那是一栋两层的小楼，屋顶和墙面全用木饰板覆盖，房前有一道小柱廊，一片长长的草坪从门口延伸到白篱笆内侧的一排浓密的灌木丛前。柱廊里亮着灯。我把车开进车道，紧挨着车库停下。

"你能自己走进家门吗？"

"没问题。"他钻出汽车，"你不进来喝一杯，坐一会儿吗？"

"今晚不必了，谢谢；我就坐在这里，等到你进门为止。"

他呼吸沉重地站在那里。"好吧，"他简慢地说了一句。

他转过身，小心翼翼地沿着铺了石板的小径走到正门前，他在一根白柱上靠了一会儿，然后推了推门。门开了，他走了进去。门没有关上，灯光泄了出来，洒在绿草坪上。突然，屋里传来一阵激动的话语声，我发动汽车，我跟随着倒车灯的亮光开始把车倒出车道。我听见有人在唤我。我抬起头，看到艾琳·韦德站在敞开的门洞里。我继续倒车，她开始朝我跑来。我不得不停下。我关了车灯，钻出汽车。她迎了上来，我开口道：

"我应该过来叫你的，但我害怕把他一个人留在车里。"

"当然。你遇到了不少麻烦吧？"

"唔，比揿响门铃要稍许困难一些。"

"进屋吧，从头到尾讲给我听。"

"他应该上床休息了。等到明天他又会生龙活虎的。"

"坎迪会照料他就寝的，他今晚不会喝酒的，如果你担心的是这个的话。"

"想都没想。晚安，韦德太太。"

"你一定累了，你不想喝一杯吗？"

我点了一支烟。自我上一次尝到烟草起，似乎已经过去几周了。我陶醉在这烟云之中。

“我能吸一口吗？”

她凑近我，我把香烟递给她。她抽了一口，咳嗽起来。她笑着把烟递还给我。“我完全是个业余爱好者，如你所见。”

“你认识西尔维娅·伦诺克斯，”我说。“这就是你雇我的原因吗？”

“我认识谁？”她听上去像是不知道我在说什么。

“西尔维娅·伦诺克斯。”那支烟现在已经回到了我的嘴里。我一口接一口地吸着。“噢，”她说，“那个——被谋杀的姑娘。不，我和她没有私交。我只是知道她是谁。我没有跟你说过吗？”

“不好意思，我已经忘了你跟我说过什么了。”

她依然静静地站在那里，紧挨着我，一袭白裙映衬着她修长高挑的身材。敞开的门洞里透出了灯光，拂过她的刘海，让她发出柔和的微光。

“你为什么要问我这件事是否与我——用你的话讲——雇用你有关？”我没有立刻回答这个问题。于是她又添了一句：“是不是罗杰跟你说过他认识那姑娘？”

“我向他报上姓名后，他说了几句关于那案子的事情。他没有马上把我跟那件事儿联系起来，但之后他想起来了。他的话可真多，半数都被我忘了。”

“我明白了，我得进去了，马洛先生，看看我丈夫是不是有什么需要。如果你不愿意进屋的话——”

“让我把这个留给你吧，”我说。

我拉住她，把她拽向我，让她的头微微后仰。我狠狠地吻了她的双唇。她没有反抗，也没有回应。她默默地抽出身来，站在那里，看着我。

“你不该这么做的，”她说。“这么做是错的。而你是个好人。”

“没错，是的。错得离谱，”我附和道。“可我已经做了整整一天忠诚乖巧的好猎犬了——我被某人施了咒，踏上了一趟我这辈子从事过的最愚蠢的冒险，结果事情的发展就像是有人写好了剧本似的。你猜怎么着？我看你从一开始就知道他在哪里——或者至少是知道瓦伦杰大夫的名字。你就是想让我和他搅和上，拉上关系，让我有一种照看他的责任感。还是说我疯了？”

“当然是你疯了，”她冷冷地说。“这是我听到过的最荒唐的胡扯。”她开始转过身去。

“等等，”我说。“那个吻不会留下疤痕。你只是心里头觉得它会。另外，别再跟我说我是个好人了。我宁可做混蛋。”

她蓦然回首。“为什么？”

“如果我没有在特里·伦诺克斯面前善心大发的话，他现在应该还活着。”

“是吗？”她轻声问道。“你凭什么这么肯定？晚安，马洛先生。感谢你做的一切，除了一件事。”

她沿着草坪的边缘走回屋去。我看着她走进房门，门关上了，门廊里的灯灭了。我朝着空气挥挥手，开车离去。

21

第二天早上我起得很迟，因为前一夜我刚刚挣了一大笔钱。我多喝了一杯咖啡，多抽了一支烟，多吃了一片加拿大培根，最后第一百次发誓我再也不用电剃须刀了。就这样，这终于让这天恢复正常状态。我十点左右到的办公室，收了几封杂七杂八的邮件，然后划开信封，任凭信纸躺在桌上睡觉。我将窗户推开一道大缝，让夜里沉积悬浮在沉闷空气、屋子四角、百叶窗板条中的尘灰味散发出去。一只死飞蛾展开翅膀躺在桌子一角。窗台上一只翅膀如破纸的蜜蜂正沿着木条爬行，一边发出疲惫微弱的嗡嗡声，仿佛知道这对翅膀完了，它完了，它已经执行了太多次的飞行任务，这一次再也飞不回蜂窝了。

我知道这将是荒唐的一天，每个人都会遇到这样的日子。没有大客户滚滚而来，只有松掉的轮子——脑子卡在牙床上的野狗、找不到坚果的松鼠、永远漏了一个齿轮的机械工。

第一位来客是一个粗鲁的金发大块头，名叫库森宁，或是别的什么芬兰名字，他将一只硕大的臀部塞进客户专座里，将两只布满老茧的宽大手掌放在我的桌子上，告诉我说，他是一名挖掘机操作员，住在卡尔弗市，住他隔壁的那个混蛋婆娘想要毒死他的狗。每天早上，他放狗出去，在后院里放风之前，都得把那地方彻彻底底地搜索一遍，寻找隔壁扔在土豆藤上面的肉丸，他到目前为止已经找到九个了，上面都撒满了一种绿乎乎的粉末，他知道那是一种含砷的除草剂。

“我要你守在那里，抓她个现行，要多少钱？”他盯着我，两眼眨都不眨，就像水缸里的一条鱼。

“你为什么不自己去抓？”

“为了生计，我非得工作不可，先生。光是来这儿问你，我一小时就损失了四块两毛五呢。”

“找找警察？”

“我找过警察了。他们大概要到明年的什么时候才有工夫来管呢。眼下他们正忙着讨好米高梅电影公司呢。”

“动物保护协会？爱狗者协会？”

“那都是些什么人？”

我跟他解释了爱狗者协会。他一点儿也不感兴趣。他听说过动物保护协会。他们最好能滚多远就滚多远。他们眼里没有比马更小的动物。

“门牌上写着你是个侦探，”他暴躁地说。“行了，那就赶快出去侦查吧。你要是能抓住她，就给你五十块钱。”

"对不起，"我说。"我现在忙得很。在你后院的鼹鼠洞里躲上两个星期也不算我该做的事——哪怕是给我五十美元也不行。"

他满脸怒容地站起身来。"大人物，"他说。"有钱不赚，是吧？懒得伸手去救一条小狗狗的性命。去你的吧，大人物。"

"我自己也有麻烦事，库森宁先生。"

"我要是抓住了她的话，非拧断她该死的脖子不可。"他说。我丝毫不怀疑他会这么做的。他可以把大象的后腿都拧下来。"这就是我为什么要别人来做这件事。就因为有车开过的时候小狗狗会叫。整天垮着脸的死老太婆。"他抬脚朝门口走去。

"你确定她是想要毒那条狗吗？"我冲着他的背影喊道。

"当然，我当然确定了。"他走到半道才回过味儿来。然后他忽地一下转过身来。"你再说一遍试试看，伙计。"

我只是摇了摇头。我不想和他打架。他说不定会拿我的脑袋撞桌子。他哼了一声，出去了，出门时几乎把门板拽了下来。碟子里的下一道菜是一个女人，既不老，也不年轻，既不干净，也不脏，一脸穷相，衣着寒酸，牢骚不停，笨头笨脑。跟她合租的那个女孩——在她看来，所有外出打工的女人都是女孩——在偷她荷包里的钱。这里一块，那里五毛，但积少成多。她估摸自己总共损失了将近二十美元。这她可承担不起。她也承担不起搬家的费用。她更承担不起雇侦探的酬金。她以为我会愿意打电话吓唬那位室友一下，不提名字。

她花了二十几分钟，才把这些讲给我听。她一边讲，一边不停地揉着手袋。

"你认识的任何人都可以做这件事，"我说。

"是的，可你毕竟是侦探。"

"我的执照没有授权我去威胁我根本不认识的人。"

"我会告诉她，我来见过你了。我不用说是针对她，只是说你在调查这件事。”

“我要是你的话，就不会这么做。如果你提了我的名字，她也许会给我打电话。她真这么做了，我就会告诉她真相。”

她站起身来，重重地把那只破包按在肚子上。“你不是绅士，”她尖声说。

“这里什么地方写着我非得做绅士？”

她嘴里嘟囔着出去了。

午餐后，我又接待了辛普森·艾德尔瓦斯先生。他还有一张名片来证明身份。他是一家缝纫机经销店的经理。他是一个一脸倦容的小个子男人，年纪在四十八岁到五十岁上下，小手小脚，身穿一件袖口过长的灰色正装，白色的硬领前面打着一条黑色菱形图案的紫领带。他沉稳地挨着椅子边坐下，用一双哀伤的黑眼睛看着我。他的头发也是黑色的，浓密粗硬，里面看不出有一丝灰发。他留着一撇修剪整齐、微微泛红的小胡子，要是不看他的手背，你有可能会当他只有三十五岁。

“叫我辛普[1]，”他说，“每个人都这么叫我。我活该被人这么叫。我是一个犹太人，娶了一个非犹太女人——二十四岁，光彩照人。她之前就逃跑过好几次。”

他掏出一张她的照片，递给我看。也许在他看来她光彩照人，在我看来她就是个邋邋遢遢的大块头女人，像头母牛，长着一张干瘪的小嘴。

“您遇到了什么麻烦事，艾德尔瓦斯先生？我不接离婚案。”我想要把照片还给他。他摆摆手。“顾客对我来说永远是先生，”我添了一句，“至少是在他对我撒了几十个谎之前。”

他微微一笑。“我没有必要撒谎，这不是离婚案。我就是想要梅布

① 辛普（simp）是笨蛋的意思，恰好又与辛普森谐音。

尔回来。可她不肯回来，直到我去找她。也许她把这当成是一种游戏。”

他很有耐心、不羞不恼地跟我说了她的事情，她喝酒，她乱搞，以他的标准她不是一个很好的妻子，可他从小到大接受的教育也许也太严格了一些。他的心胸宽得就像一座大房子，他说他爱她。他从不把自己想象成是什么白马王子，他只是一个可靠的工薪族，按时把工资领回家。他俩有一个共同账户。她把钱全提空了，可他对此早有准备。他完全猜得出她是跟谁跑的，如果他没弄错的话，那男人肯定会把她的钱骗光，然后把她抛弃。“他叫克里根，”他说，“门罗·克里根。我不是想要敲打天主教徒。坏犹太人也很多。这个克里根以前上班的时候是个理发师。我也不是要敲打理发师。可许多理发师都是氓流子、赛马赌棍。不怎么可靠。”

“等到她钱被人卷光的时候，她不就来找你了吗？”

“她会非常羞愧的，她也许会伤害自己。”

“你这是要寻找‘失踪人口’，艾德尔瓦斯先生。你应该去局子里填报告。”

“不。我不是要敲打警察，我不想这么干，梅布尔也许会受到羞辱。”

这个世界上似乎到处都是艾德尔瓦斯先生不想敲打的人。他掏出几张钱放在桌子上。

“两百美元，”他说。“定金。我要按我的方式来处理。”

“她还会跑的。”我说。

“没错。”他耸耸肩，两手轻轻一摊。“可她才二十四岁，而我都快五十了。你还能指望怎样？过一阵子她会收心的。麻烦是，没孩子。她没法怀孩子。犹太人想要有家庭，梅布尔知道。她感到很耻辱。”

“您真是个乐于宽恕的男人，艾德尔瓦斯先生。”

“嗨，我不是基督徒，”他说。“我不是要敲打基督徒，你能理解的。可我在这一点上是认真的。我不只是说说而已，我还会去做。噢，我差点忘了最重要的事情。”

他掏出一张明信片，从桌子那头推了过来，紧挨着那两百块钱。“这是她从火奴鲁鲁岛寄来的。火奴鲁鲁那边可烧钱了。我的一个舅舅以前在那儿开了一家珠宝店。他现在退休了，住在西雅图。”

我再次举起那张照片。“我得找人来帮忙，”我对他说。“还有，我得把这张照片复印几份。”

“我来这里之前就知道你会这么说，马洛先生。所以我是有备而来的。”他拿出一只信封，里面还有五张相同的照片。“我还有克里根的照片，但只是一张快照。”他从另一只口袋里又掏出一只信封递给我。我看着克里根。他长着一张圆滑的骗子脸，对此我一点儿也不吃惊。克里根的快照有三张。

辛普森·艾德尔瓦斯先生又给了我一张名片，上面有他的名字、住址、电话号码。他说，他不希望花太多钱，但如果我需要更多资金，他愿意立刻回应，他希望能尽快从我这里得到消息。

“如果她还在火奴鲁鲁的话，两百块应该差不多了，”我说。“我现在需要一份对这两人外貌特征的详细描述，我要把它写进电报。身高，体重，年龄，肤色，任何明显的疤痕或其他易于识别的标记，她离家时穿的衣服、拿的东西，她把账户提空前里面有多少钱。如果你以前经历过这种事，艾德尔瓦斯先生，你应该知道我要什么。”

“我对这个克里根有一种奇怪的感觉。让我很不舒服。”

我又花了半个小时从他嘴里挤牙膏，把信息记录下来，然后他安静地起身，安静地与我握手，鞠了一躬，然后安静地离开了办公室。

“告诉梅布尔，一切都好，”他出门时对我说。

事情的发展果然毫无新意。我拍了一份电报给火奴鲁鲁的代理行，紧接着又寄了一封航空邮件，里面有照片和其他电报里遗漏的信息。他们找到了她，她此刻正在一家豪华酒店里给女服务员打下手：擦浴缸、擦卫生间地板，诸如此类的事情。克里根的做法恰如艾德尔瓦斯先生所料：趁她睡着的时候，卷走她的钱财，逃之夭夭，只留给她一张酒店账单。她当了一只戒指——克里根没能拿走，因为他不想诉诸暴力——得来的钱够付酒店账单，但不够她回家的车马费。于是艾德尔瓦斯跳上飞机，奔她而去。

她实在是配不上他。我寄给他一张账单，要价二十美元，外加一份长电报的费用。那家火奴鲁鲁的代理行拿走了那二百美元。办公室保险柜里有一张麦迪逊的肖像坐镇，我不在乎自己定价过低。

就这样，我的私家侦探生涯又翻过了一天。算不上典型的一天，但也不算完全非典型。至于为什么我还要干这一行，没人说得上来。你发不了财，你也常常得不到什么乐趣。时而你会挨一顿痛揍，时而会有子弹朝你飞来，时而你还会被扔进大牢。折腾好一阵子之后，你会精疲力竭。每过两个月，你就会决定放弃，趁你两腿还迈得开步子，脖子还架得稳脑袋的时候再找一份踏实的工作。这时，门铃响起，你打开连通等候室的内门，发现门口出现了一张新的脸孔，带着一个新的麻烦、一肚子新的苦水和一笔少得可怜的钱。

“请进，×× 先生，我能为你做什么？”

他来这里肯定有一个理由。

三天后，接近傍晚的时候，艾琳 · 韦德给我打了个电话，邀请我第二天晚上去他们家喝一杯。他们要请几个朋友来喝鸡尾酒。罗杰想要当面好好谢谢我。另外，我是否愿意给她寄一份账单？

“你不欠我什么了，韦德太太。我为你效的那点犬马之劳已经得到了报偿。”

“我在这件事上表现得这么传统，一定显得很傻气。”她说。“如今一个吻似乎没有什么大不了的。你会来的，对不对？”

“我想是的。尽管这样做很不明智。”

“罗杰的状态好起来了。他在写作。”

“很好。”

“你的口气今天听起来很凝重。我想你的生活态度一定非常严肃。”

“偶尔会这样吧，怎么啦？”

她轻轻一笑，说了声再见，挂上了电话。我在座位上坐了一会儿，心中怀着严肃的生活态度。

接着我又绞尽脑汁地搜寻着一件好笑的事情，好让我开怀大笑几声。可这两种法子都不管用，于是我从保险柜里拿出特里·伦诺克斯的告别信，又从头到尾读了一遍。这下我想起了我还没去维克多酒吧喝那杯他要我替他喝的兼烈酒呢。现在时辰正好，酒吧里还很安静，他肯定会喜欢这样的，如果他还能与我同去的话。我想着他，心中涌起一丝淡淡的哀伤，还有一分颦眉的苦楚。我走到维克多酒吧门前的时候，差一点没有进去。差一点，但毕竟是差一点。他的钱我拿得太多了。他让我做了一回傻瓜，但他至少为此出了大价钱。

22

维克多酒吧里很安静，进门的时候，你几乎能听见温度下降的声音。一只高脚凳上坐着一个女人，身穿一件黑色的定制女装，在这个时节，那只可能是某种奥纶之类的合成纤维材质。她一个人坐在那里，面前放着一杯淡绿色的饮料，抽着一根长长的翡翠烟嘴里的香烟。她的脸上有一种微妙的热切，这种表情有时会显得神经质，有时会流露出性饥渴，有时只不过是节食过度的产物。

我在离她两个位置远的高脚凳上坐下，吧台招待朝我点了点头，但没有微笑。“一杯兼烈酒，”我说，“不要加苦酒。”

他在我面前铺开一小块餐巾，两眼一直看着我。“你知不知道，”他用愉悦的嗓音说道，“那天晚上我听到你跟你的朋友在讲话，于是我就弄了一瓶罗斯牌酸橙汁。结果你们再也不来了，直到今天晚上我才打开它。”

“我的朋友到外地去了，”我说。“麻烦给我一杯双份的。多谢你这么费心。”

他走开了。那个黑衣女子飞快地瞥了我一眼，然后低头看着自己的杯子。“这一片儿很少有人喝这种东西。”她的声音非常轻，一开始我都没意识到她是在跟我说话。这时她的目光再度朝我这边投来。她有一双大大的黑眼睛，她的指甲红艳艳，我以前从未见过这么红的指甲。可她看上去并不像是一个等人搭讪的女子，她的声音里也没有一丝“来呀”的意味。“我是说兼烈。”

“一个伙计让我喜欢上了这种酒，”我说。

“他一定是个英国人。”

“为什么？”

“酸橙汁。这玩意儿是标准的英国味儿，就像水煮鱼配一勺吓人的鳀鱼汁，红得就像厨师自己的血滴了上去一样。要不然他们怎么叫酸橙佬[①]呢。我是说英国人——不是说鱼。”

“我还以为那是一种热带饮料呢，像是一种炎热气候的产物。比如说，马来亚。”

“也许你说得对，”她又一次把头扭开。

吧台招待将酒放在我面前。加了酸橙汁后，酒水现出一种淡淡的、绿中带黄的朦胧色彩。我品了一口。味道又甜又冲。黑衣女子观察着我。然后，她朝我举杯。我们对饮。这时我才知道她喝的也是这种酒。

接下来的那一步就该是老生常谈了，所以我一直都没有跨出，我只

---

① 酸橙佬 (limey) 是美国人对英国人的贬称。因为十九世纪英国水兵经常饮用酸橙汁兑朗姆酒。

是坐在那里。“他不是英国人，”过了片刻我说道。“我猜，战争期间他也许在那里待过。我们曾经时不时地就会来这里一趟。我们爱赶早，就像现在这样。趁着那群大老粗还没有闹翻天的时候。”

“这个钟点确实很舒心，”她说。“这可能是酒吧里唯一一个让人舒心的钟点了。”她喝光了杯中酒。“也许我认识你的这位朋友，”她说。“他叫什么？”

我没有立刻回答她。我点了一支烟，看着她把那只翡翠烟嘴里的烟蒂抠了出来，然后又装了一支烟进去。我把打火机伸到她跟前。“伦诺克斯，”我说。她谢过我，用锐利的目光飞快地瞥了我一眼。然后她点了点头。“是的，我跟他很熟，也许太熟了一些。”

吧台招待飘了过来，扫了一眼我的酒杯。“再来两杯，跟刚才一样，”我说。“再给我一个卡座。”

我从高脚凳上起身下来，站在那里等。她也许会爆出点猛料来，让我大吃一惊，也许不会。我并不特别在意。在这个过于性饥渴的国度里，一个男人和一个女人偶尔也可以抛开床帏之事面对面聊聊。要么是这样，要么就是她以为我正蠢蠢欲动。要真是这样的话，那就让她见鬼去吧。她犹豫了一下，但只有片刻工夫。她拾起一副黑手套和一只金边金扣的黑色绒面革包，穿过过道，走进角落里的一张卡座，一言不发地坐下。我隔着小桌子在她对面坐下。

“我叫马洛。”

“我叫琳达·洛林。”她平静地说。“你挺多愁善感啊，是不是，马洛先生？”

“就因为我进来喝了杯兼烈？那你自己呢？”

“我大概就是喜欢兼烈吧。”

“我大概也是。可那样的话，这事情就有点太巧了。”

她不置可否地朝我微笑了一下。她戴着一对翡翠耳环和一枚翡翠领针。它们看上去像是真翡翠，因为我注意到了它们的切割方式——平滑的斜面切边。即便是在酒吧昏暗的灯光下，它们也闪烁着由内而外的微光。

“这么说，你就是那个人，”她说。

吧台招待端来酒水，摆在桌上，等他走了，我才开口道：“我不过就是碰巧认识特里·伦诺克斯，挺喜欢他，偶尔和他一起喝一杯罢了。这是我俩之间的秘密私交，是一场意外的友谊。我没有去过他家，也不认识他太太。我就在停车场里见到过她一次。”

“这件事不像你说得那么简单，对不对？”

她伸手去拿酒杯，她戴着一只镶有钻石底座的翡翠戒指，旁边一圈窄窄的铂金箍宣告她已经结婚了。我估摸她的年龄在三十五到三十七岁之间。

“也许吧，”我说，“那家伙一度让我烦心，他现在还让我烦心。你呢？”

她倚在一只胳膊肘上，抬头看着我，神情中没有任何特别的意味。“我刚才说了，我太了解他了。正因为如此，所以我不会过度解读他的遭遇。他有一位有钱的太太，靠着她锦衣玉食。而她要求的唯一回报就是别打扰她。”

“这要求听上去挺合理，”我说。

“别冷嘲热讽了，马洛先生，有些女人就是那样，她们自己也控制不住。他又不是一开始不知道是怎么回事。他如果非要尊严不可，没人留他。他根本没必要杀她。”

“我同意你的看法。”

她挺直了身子，目光凌厉地看着我。她的嘴噘了起来。“然后他就跑了，如果我听说的事情是真的，是你帮助他逃跑的。我猜，你对此还很自豪。”

“我才不呢，”我说。“我这么做只是为了钱。”

“这一点儿也不好笑，马洛先生。坦率地说，我不知道我为什么要坐在这里跟你喝酒。”

“想在这件事情上改主意并不难，洛林太太。”我伸手抓起酒杯，将杯中酒一饮而尽。“我还以为，关于特里你说不定能说出点我不知道的东西呢。我没兴趣推测特里·伦诺克斯为什么把他老婆的脸砸成了一团血淋淋的海绵。”

“你这话直接得有点残忍了，”她生气地说。

“你不喜欢这几个字眼？我也不喜欢。要是我相信他真的干出了这种事来，那我就不会在这里喝兼烈了。”

她瞪着我。过了片刻，她慢吞吞地开口道：“他自杀了，还留下一份完整的供认状。你还要什么证据？”

“他有一把枪，”我说。“在墨西哥，仅凭这一点就足以惹得某个神经过敏的警察请他吃子弹了。许多美国警察大开杀戒的方式也如出一辙——有些仅仅因为房门开得不够快就朝门后面送了颗子弹。至于供认状，反正我没见过。”

“不用说，肯定是墨西哥警察伪造的，”她毫不客气地嘲讽道。

“可他们不知道怎么伪造，尤其在奥塔托克兰这样的小地方。不，供认状很可能是真的，可这不足以证明他杀害了妻子，至少对我而言这不足以证明。在我眼里，这只证明了一件事：他当时走投无路了。面对那样的处境，像他那样的人——你尽管说他软弱、没用、多愁善感，只要你高兴——也许会决定帮助他人免遭镁光灯的痛苦洗礼。”

“这理论真是妙极了，”她说。“一个人拿枪口对着自己的脑袋或是有意往别人枪口上撞，难道只是为了避免一场小小的丑闻？西尔维娅已经死了。至于她的姐姐和父亲——他们完全能照顾好自己。有钱人，马洛先生，总能保护好自己。”

“好吧，他的动机我猜错了。也许这整件事情我都猜错了。一分钟前我让你烦得要命，你要不要我现在就走——好让你继续喝你的兼烈？”

她突然莞尔一笑。“对不起。我开始觉得你是认真的了。我刚才以为，你只是想拼命为你自己辩护，而不是为特里。可不知怎的，我现在觉得那并不是你的意图。”

“一点没错。我干了件蠢事，为此吃了苦头。多少吃了一点吧。我不否认他的供认状替我免除了更大的苦头。要是他们把他带了回来，送他上法庭，我猜他们也会给我定一条罪状的。那样的话，我至少会被罚得倾家荡产。”

“更不用说你的执照要吊销了，”她冷冰冰地说。

“也许吧。要是在过去，随便一个心情不好的警察都可以让我歇菜。现在，情况略有不同了。你能在州执照管理委员会面前得到一次听证机会，那些伙计可是对市局警察不怎么感冒。”

她抿了一口酒，慢吞吞地说：“平心而论，你不觉得这样的结果是最好的吗？没有审判，没有耸人听闻的大字标题，没有各种仅仅是为了让报纸热卖而生造出来的捕风捉影、恶意中伤，却丝毫不顾及事实真相、公平精神或无辜者的情感。”

“我刚才不就是这么说的吗？你还挖苦说我的理论妙极了。”她向后一仰，脑袋枕着卡座椅背上沿的弧线。“我认为荒唐的是说伦诺克斯自杀就是为了达到这个目的，不是说不开庭审判对所有人不好。”

“我得再来一杯，”说完我朝侍者招招手。“我感到脖颈后面有一丝冰冷的寒气。你该不会碰巧跟波特家族沾亲带故吧，洛林太太？”

“西尔维娅·伦诺克斯是我妹妹，”她简单明了地说道。“我还以为你知道了呢。”

侍者飘了过来，我向他传达了我急切的要求。洛林太太摇摇头，说她不要了。侍者一走开，我便开口道：

“那老头——不好意思，是哈兰·波特先生——把这件事捂得这么紧，我甚至都不敢百分百确定特里的太太真有一个姐姐。”

“你肯定是在夸张。我父亲恐怕没有那么大的能量，马洛先生——而且肯定没有那么冷血。我承认，他对个人隐私有一些非常古板的观念。他甚至从不接受自家报纸的采访。他从未上过照片，从不发表演说，旅行的话大多是坐汽车或是搭乘配有自家机组人员的私人飞机。可尽管如此，他还是挺有人情味的。他喜欢特里。他说特里每天二十四小时都是一位绅士，不像有的客人，只能装十五分钟的人样——从进门开始计时，到第一杯鸡尾酒下肚截止。”

“他最后犯了一点小错。可怜的特里。”

侍者端着我的第三杯兼烈一路小跑过来。我尝了尝味道，然后坐在那里，一只手指搭着玻璃杯圆底的边沿。

“特里的死对他打击很大，马洛先生。你又开始冷嘲热讽了。拜托不要这样。父亲知道这件事在某些人看来似乎发生得太巧了。他真心希望特里在事发后能就此消失。如果特里当时向他寻求帮助，我想他一定会帮忙的。”

“怎么能这样呢，洛林太太。他的亲生女儿被人谋杀了。”

她没好气地做了个手势，冷冷地看着我。

“接下来的话听起来恐怕会让人觉得有点太直接了。父亲很久以前就对妹妹彻底失望了。两人见面的时候，他几乎不跟她说话。如果他能把心里话说出来——他到现在都没有说，以后也不会说——我相信他一定会和你一样，对于特里有一肚子的疑惑。可现在特里死了，再去想这些还有什么用呢？一场空难、一场火灾或是一场高速公路车祸也有可能夺走他们的性命。如果她注定有此一劫，那倒还不如就是现在。再过个十年，她就会变成一个整日发情的丑婆子，就像你如今——或是前几年在好莱坞派对上看到的那些个让人反胃的女人。国际社交圈里的渣滓。”

一股怒火突然冲上我的脑门，我也不知道这究竟是为什么。我站起身来，视线越过我们这个卡座。邻座上没有人。再旁边的那个座位上坐着一个孤零零的伙计，安安静静地在那里读着报纸。我扑通一声坐下，一把推开酒杯，身子往桌子对面一探。还好我脑子还算清醒，知道要把嗓子压低。

“老天在上，洛林太太，你到底想对我说什么？说哈兰·波特是一个温柔可爱的老好人，想都不会想到要对某个与政界有瓜葛的地区检察官施加影响力，让他在凶案调查上头蒙一块黑布，好让这场凶案永远不会得到真正的调查？说他对于特里是否真的有罪也满腹疑惑，却又不准任何人动一根手指来找出真凶？说他没有动用自家报纸的政治影响力，没有动用银行账户，也没有动用那九百个整日绞尽脑汁地想要抢在他自己都还没有想清楚要怎么办的时候就揣摩出他旨意的人？说他没有安排一位听话的律师去往墨西哥——没有第二个人陪同，没有地检官办公室的人，没有市局警官——确认特里的的确确是给自己的脑袋来了一发枪子儿，而不是被某个只是为了寻乐子的印第安人用一把冒烟的枪干掉的？你家老头身家上亿，洛林太太。我不确定这笔钱他是怎么弄来的，但我百分百确定要挣来这样的钱，他非得给自己打造一个神通广大的关系网不可。他可不是什么软心肠。他是一个铁硬的硬汉。如今，你非得做一个这样的人，才挣得来那样的大钱。另外，你还得跟一些不那么光明磊落的家伙做生意。你也许不会见他们，也不跟他们握手，可他们却躲在幕后，和你做着生意。”

“你是个傻瓜，”她愤怒地说。“我受够你了。”

“哦，当然啦。我奏不出你爱听的那种音乐。我再告诉你一件事儿吧。西尔维娅丧命的当晚，特里跟你家老头儿谈过话。谈了什么？你家老头儿跟他说了什么？‘老伙计，你就乖乖地跑去墨西哥，朝自己脑袋开一枪吧。不要把家里的事情闹出去嘛。我知道我家女儿是个荡妇，也知道那一打醉鬼个个都有可能突然发飙，把她漂亮的小脸蛋儿砸成个大坑。可那是个意外，老伙计。那家伙清醒过来的时候一定会后悔的。你之前一直过着好日子，现在该是还债的时候了。我们的要求是保住波特家族那芬芳如紫丁香的声名。她之所以跟你结婚，就是为了要一个幌子。现在她死了，这恰恰是她最需要这个幌子的时候。你就是幌子。如果你现在消失，并且永不出现，那一切都好。但如果你被人发现了，那你就完了。咱们停尸房见。'”

“你真的以为，”这个黑衣女人用夹着干冰的语气问道，“我父亲会这样说话？”

我向后一仰，放肆地大笑起来。“我们可以再稍稍打磨一下字眼，如果这能让你好受一点的话。”

她收拾好了东西，滑出了座位。“我想给你一句警告，”她缓慢而凝重地对我说，“一句非常简单的警告。如果你认为我父亲是那样的人，并且四处散播你刚才向我透露的那些个想法，那你在这座城市里的职业生涯——不论是你当前的行当，还是任何一个行当——恐怕都会极其短暂，终结的方式也一定会非常突兀。”

“太好了，洛林太太，太好了。我从警察嘴里听到了这句警告，从黑社会嘴里听到了这句警告，从富家女嘴里也听到了这句警告。他们的措辞各有不同，但意思只有一个：放手吧。我来这里只是为了喝一杯兼烈，因为这是一个男人对我的请求。可现在，瞧瞧我。我一只脚已经跨进坟墓了。”

她站起身来，微微点了点头。“三杯兼烈。双份的。也许你喝醉了。”

我往桌子上放了太多的酒钱，挨着她站了起来。“而你喝了一杯半，洛林太太。干吗要喝那么多呢？难道也有一个男人请求过你，还是说这只是你自己想喝？你也开始有点管不住自己的舌头了。”

“谁知道呢，马洛先生？谁知道呢？谁又真能说清楚呢？吧台那边有个男人在观察我们。该不是你认识的某个人吧？”

我环顾四周，吃了一惊：没想到她居然能察觉。一个又黑又瘦的家伙正坐在最靠门的那张高脚凳上。

“他叫奇科·阿戈斯蒂诺，”我答道。“他是个枪手，替一个叫门奈德兹的赌场大佬干活儿。咱们过去掀翻他，跳到他身上好不好。”

“你确实喝醉了，”她飞快地抛下一句话，拔腿就走。我跟着她往外走。高脚凳上的那个家伙忽地一下转了个身，两眼看着前方。我走到和他并肩的位置，突然跨到他身后，伸手飞快地往他两只胳膊下面掏了一把。也许我确实有点喝醉了。

他恼怒地转过身来，溜下凳子。“当心点儿，小子，”他吼道。我用眼睛的余光看见她刚好在门前停下了脚步，正回头往这边瞟。

“没带枪，阿戈斯蒂诺先生？你可真够冒失的。天快黑了。万一遇上了一个凶悍的小矮人，你该怎么办？”

“滚球！”

“啊，你偷了《纽约客》里的那句词儿。”

他的嘴抽动了两下，但身体没有动作。我撇下他，跟着洛林太太出了门，来到遮阳棚下。一个灰发的黑人司机正站在那里，和负责停车场的小家伙聊着天。他抬手碰了碰帽檐，转身就走，回来的时候开来了一辆漂亮的凯迪拉克轿车。他拉开车门，洛林太太上了车。他关上车门，就像在关上珠宝盒的盒盖，然后绕到另一边的车门旁，进了驾驶座。

她摇下车窗，看着车外的我，脸上似笑非笑。

“晚安，马洛先生。一个愉快的夜晚——也许我说得不对？”

“我们狠狠吵了一架。”

“你是说你狠狠吵了一架——主要是和你自己。”

“我经常这样。晚安，洛林太太。你该不会住得离这儿很近吧？”

“不怎么近。我住在悠谷。在湖那头。我丈夫是个医生。”

“你该不会碰巧认识一个叫韦德的人吧？”

她皱了皱眉。“没错，我认识韦德夫妇。怎么啦？”

“我怎么会这么问？因为我认识的人当中只有他们俩住在悠谷。”

“我明白了。好吧，再跟你道一声晚安，马洛先生。”

她身子向后一仰，靠在椅背上，那辆凯迪拉克随即礼貌地咕隆了一声，徐徐驶离，融入了日落大道上的车流之中。

我一转身，险些和奇科 · 阿戈斯蒂诺撞个满怀。

“那个妞儿是谁？”他冷笑道。“还有，下次你要是再油嘴滑舌，趁早滚蛋。”

“肯定不是一个想要认识你的妞儿，”我答道。

“好吧，聪明小子。我记下车牌号了。门迪喜欢这样的细节。”

一辆汽车的车门砰的一声开了，一个个头约摸七英尺、肩宽四英尺的大个子跳下汽车，瞅了一眼阿戈斯蒂诺，然后一个箭步冲过来，单手掐住他的喉咙。

“我跟你们这群小阿飞说过多少次了：不要在我吃饭的地儿边上晃悠！”他咆哮道。

他拎着阿戈斯蒂诺摇晃了两下，一把将他甩到了街对面的一面墙上。奇科瘫倒在地，缩成一团，咳个不停。

“下次，”那个大块头吼道，“我肯定要请你吃枪子儿。相信我，小子，等到他们过来把你抬走的时候，你的手里肯定会攥着一把枪。”

奇科摇摇头，一言不发。大块头向我投来锐利的一瞥，咧嘴一笑。“美好的夜晚，”说完他就慢悠悠地踱进了维克多酒吧。

我看着奇科直起身来，恢复了几分镇定。“你的这位哥们儿是谁？”我问他。

“‘大个儿’威利 · 马贡，”他口齿不清地说。“一个风化组蠢蛋。他觉得自己很不好惹。”

“你是说他对这一点不是很确定？”我彬彬有礼地问道。

他眼神空洞地望了我一眼，转身走开了。我把自己的车开出停车场，启程回家。在好莱坞，一切皆有可能发生。一切。

23

一辆低车身的捷豹飞驰着绕过我面前的那座小山，然后放慢车速，免得卷起一阵花岗岩粉尘将我吞没。悠谷入口处这半英里路的路面维护很糟糕。他们好像故意如此为之，为的就是吓退那些被超级高速公路惯坏了的周日车手。我一眼瞥见一条亮丽的围巾和一副太阳镜。一只手轻松随意地向我挥着，就像一个邻居在招呼另一个邻居。这时一片尘埃飘过路面，扑在路边的灌木和被太阳烤蔫的草丛上，让那层原本就已厚厚的白色粉末又浓重了几分。我转过了那段岩石裸露的路段，路面状况旋即好了起来，一切都平整舒坦，维护良好。生机勃勃的橡树群聚在路面，仿佛正好奇地张望着来者是谁，粉头的麻雀四处蹦跳，啄食着只有麻雀认为值得啄食的东西。

这时路边出现了几棵棉白杨，但是没有桉树。接着是一片茂密的杨树林，遮掩着中间一栋白色的宅子。接着是一个在路肩上牵着一匹马走着的姑娘。她穿着牛仔裤和一件花哨的衬衫，嘴里嚼着一根细枝。那匹马看上去浑身燥热，但还没有冒汗沫，那姑娘正温柔地轻声安慰着它。一道粗石墙后面，一个园丁正推着一台割草机修建一片起伏不平的巨大草坪；远处，草地的尽头处是一个带柱门廊，隶属一栋威廉斯堡殖民地时期风格的宅第——豪宅级别的大洋房。不知是谁在什么地方用三角钢琴弹奏着左手练习曲。

接着，这一切都从我眼前一晃而过，热烈夺目的粼粼湖光映入眼帘，我开始留意门柱上的号码。我只见过韦德家一次，而且还是在夜色里。这房子白天看上去不像晚上那么大。私家车道上停满了车，于是我在路边上停了车，迈步走了进去。一个白外套的墨西哥男仆为我开了门。这是个身材修长匀称、相貌堂堂的墨西哥人，身上的外套十分贴身。看样子，这是一位每周能领五十块钱、不用累死累活当牛做马的墨西哥人。

“下午好，先生，”他开口道，然后咧嘴一笑，好像他刚刚捉弄了我一把似的。“敢问尊姓大名？”①

“马洛，”我答道，“你这是在跟谁装腔呢，坎迪？我俩通过电话，记得吗？”

他咧嘴一笑，我进了门。屋里还是老一套的鸡尾酒会，大家都在扯着嗓门嚷嚷，没人在听别人，每个人都两眼放光，手里紧紧攥着一大杯酒，仿佛那是生命之源；有人满面红光，有人面色苍白，大汗淋漓——这全都取决于他们灌了多少酒下肚，还有个人的酒量。就在这时，艾琳·韦德突然出现在我旁边，身着一件淡蓝色的衣装，看上去一点儿不赖。她手里也托着一只酒杯，但看上去那只是一个道具。

“真高兴你能来，”她语气庄重地说。“罗杰想在书房见你。他讨厌鸡尾酒会。他此刻正在工作。”

“哪怕外面这么闹腾？”

“他好像从来不怕吵闹。坎迪会为你端酒水过来的——或者，如果你情愿去吧台的话——”

“我就去吧台吧，”我说。“关于那天晚上的事情，我很抱歉。”

她微微一笑。“我想你已经道过歉了。小事一桩。”

“可不是嘛——小事一桩。”

---

① 这两句话的原文都是西班牙语。

她让脸上的笑容保持了一会儿，好有足够的时间冲我点点头，随后便转身走开了。我一眼瞥见了那个吧台，就在那边的角落里，紧挨着一扇巨大的落地窗。这种地方的周围总是人头攒动。我迈步穿过房间，尽量不和任何人撞个满怀，刚走到半道，突然听到有人开口道："噢，是马洛先生啊。"

我转过身去，看到洛林太太正坐在沙发上，紧挨着一个模样古板的男人。此人戴一副无框眼镜，下巴上有一块黑斑，可能是山羊胡。她手里托着一杯酒，一副百无聊赖的神情。他则双臂交叠坐在那里，板着面孔。

我走上前去。她冲我微笑，向我伸出手来。"这是我丈夫——洛林大夫。爱德华，这位是菲利普 · 马洛。"

山羊胡敷衍地看了我一眼，然后愈发敷衍地冲我点点头。除此之外他身体没有任何动作。他似乎正在为某些更有价值的事情节约能量。

"爱德华很累，"琳达 · 洛林说。"爱德华总是很累。"

"大夫们一般都是这样，"我说。"我能为你拿杯喝的吗，洛林太太？还有你，大夫？"

"她已经喝得够多的了，"那男人说道，眼睛看都没看我俩。"我什么也不想喝。我越是看那些喝酒的人，就越是庆幸我自己不喝。"

"回来吧，小示巴，"洛林太太如梦如幻地说。[①]

他转过身去，看了她一眼。我转身离开，朝吧台走去。在丈夫身边，琳达 · 洛林仿佛变了一个人。她的嗓音里透着一股刀锋似的尖利，神色中多了一分讥讽，而这两样东西她即便是在动怒的时候也不曾用在我身上。

---

① 《回来吧，小示巴》是一部 1950 年上映的电影，男女主角是一对婚姻不幸福的夫妻，丈夫是一名参加了戒酒班的酗酒者，"小示巴"是妻子的一条失踪的小狗。

站在吧台后面的是坎迪。他问我想喝点什么。

“这会儿什么都不用，多谢了。韦德先生想见我。”

“他现在有事，先生。[①] 非常忙。”

我猜我大概是不会喜欢坎迪了。我刚看了他一眼，他连忙又添了一句：“不过我会去瞧瞧的。我去去就回，先生。”

他灵巧地在人群中分出一条路来，不一会儿工夫就又回来了。“好吧，伙计，我们走，”他开开心心地说。

我跟着他沿着宅第的纵向穿过房间。他打开一扇门。我走了进去，他在我身后关上门，外面的嘈杂声一下子小了许多。这是一间位于屋角的房间，宽敞、凉爽、安静，有落地窗，窗外有玫瑰，一边的窗户上还装了一台空调机。我能看到湖水，还能看到韦德摊开手脚躺在一张淡黄色的皮质长沙发上。一张漂白的大木桌上放了一台打字机，打字机边上是一堆黄色的纸张。

“马洛，你能来真好，”他懒洋洋地说。“随便坐吧。刚才喝了两杯？”

“还没呐。”我坐了下来，看着他。他的面色还是有点苍白憔悴。“写作进展如何？”

“挺好，只是我太容易疲劳了。四天的宿醉这么难消，真是遗憾。通常我宿醉过后的创造力是最棒的。干我这一行的都很容易思路发僵，死板得像木头。那样的话，就写不出来好东西了。好东西都是轻轻松松一气呵成的。所有跟我的经验相左的说法，不论你是从哪本书上读到的还是从哪个人嘴里听说的，统统都是胡说八道。”

“这恐怕也得看是哪个作家了，”我说。“福楼拜写作的时候并不轻松，可他写出来的也是好东西。”

“好吧，”韦德边说边坐了起来。“这么说，你读过福楼拜，那你就是

---

① 原文是西班牙语。下文中所有用仿宋体标示的坎迪的对白都对应着西班牙语原文。

一个知识分子，一个批评家，一个文学界专家了。”他揉了揉额头。“我正在戒酒，这感觉真恨人。我恨每一个手里拿着一杯酒的人。可我还得过去，跟那些讨厌鬼微笑。他们中的每一个都知道我是个酗酒者。于是，他们开始猜测我究竟在逃避什么。某个追随弗洛伊德的混蛋让这句话被所有人都挂在了嘴边上。如今就连十岁小孩儿都知道了。要是我有一个十岁的小孩儿——幸好我没有——这小屁孩这会儿肯定也要问我：“爸爸，你喝醉的时候究竟是在逃避什么？”

“就我所知，你这种状况是最近才有的，”我说。

“最近愈发严重了，但我这人一向离不开酒瓶子。年轻的时候，遇到点不好受的状况，你挺一挺也就过去了。等到你奔四十了，可就没法再这么挺过去了。”

我身子向后一仰，点了支烟。“你见我有什么事吗？”

“你觉得我在逃避什么，马洛？”

“不知道。我没有足够的信息。再说了，每个人都有点需要逃避的事情。”

“可不是每个人都会把自己灌醉。你又在逃避什么呢？你的青春岁月，还是负疚的良心，抑或是某种自我认知：你只是一个不起眼的行当里的一个不起眼的从业者？”

“我明白了，”我说。“你想要找个人来侮辱。开火吧，哥们儿。等我感觉到疼痛时，我会告诉你的。”

他咧嘴一笑，抚弄着他那头浓密的鬈发。他伸出食指，戳了戳自己的胸膛。“马洛，你眼前的这位就是一个不起眼的行当里的一个不起眼的从业者。所有的作家都是小混混，而我就是混混里的混混。我迄今为止写了十二部畅销书，如果我有朝一日能完成桌子上的那堆大乱炖，那我说不定就能写出十三本来。你要是用大炮把它们轰到地狱里去，这十三本当中没有一本配得上那个火药钱。我在一片闲人莫进的小区里有一个可爱的家，小区属于一个闲人莫进的百万富翁。我有一个可爱的妻子，她爱我；还有一个可爱的出版人，他也爱我；而最爱我的还是我自己。我是个自我本位的混球儿，一个文学娼妓或是文学皮条客——随便你用什么词——一个彻头彻尾的卑鄙之徒。那么，你能为我做些什么？”

“什么？”

“你怎么不生气呢？”

“没什么可生气的。我只是在听你表达自我厌恶。这挺无聊的，但并不会伤害我的感情。”

他粗鲁地哈哈一笑。“我喜欢你，”他说。“我们喝一杯吧。”

“这里不行，哥们儿。只有你我两个人的时候不行。我可不想看着你喝下第一杯。没人阻止得了你，我猜也没人愿意阻止你。可我没有义务非要帮你。”

他站起身来。“我们不在这里喝。我们出去，瞧一眼这群精英人士吧。等到你手头挣够了脏兮兮的臭钱，住进了他们安居的地方，这些就是你结识的人。”

“听着，”我说。“够了。别扯了。他们跟其他人没有什么两样。”

“没错，”他语气怪怪地说，“可他们应该有所不同才是。不然的话，他们还有什么用处呢？他们可都是县里有头有脸的人物啊，却不比一帮子灌了一肚皮廉价威士忌的卡车司机好到哪儿去，甚至还比不上卡车司机。”

“够了，”我又说了一遍。“你想把自己灌倒，那就灌吧。可别拿那群人出气——他们就算把自己灌倒了，也不用躲进瓦伦杰大夫的小屋里，更不会脑袋一昏，把太太扔下楼梯。”

“没错，”他说道。突然之间，他平静了下来，一副若有所思的神情。“你通过测试了，伙计。上我这儿来住上一阵子怎么样？哪怕仅仅是待在这里，你就能让我受益匪浅。”

“我看不出我怎么能有这样的本事。”

“可我看得出。你给我待在这里就行了。一千块钱一个月，你看怎么样？我醉酒的时候非常危险。我不想成为危险人物，我也不想醉酒。”

“我阻止不了你。”

“试三个月吧。到时候我就写完这本该死的书了，远走高飞逍遥一阵子去了。我要在瑞士群山中找个地方躲起来，净化一下自己。”

“那本书，是吗？你真的非得拿这笔稿费不可？”

“不。只是一件事情我一旦开头，就非得完成不可。如果我不完成，那我就完了。我是以一个朋友的身份在请求你。你为伦诺克斯做的可比这多多了。”

我起身走到他跟前，狠狠地瞪着他。“是我让伦诺克斯送了命，先生。是我让他送了命。”

“嗨。别对我心软，马洛。”他用手在喉咙那儿比划了一道线。“我都快被身边的软心肠淹到这里了。”

“软心肠？”我问道。“还是说，仅仅是善良？”

他后退了一步，在沙发沿上绊了一下，但没有失去平衡。

“去你的，”他语气平稳地说。“没门儿，你休想。当然，我不怪你。我也有我想知道的事，有我必须知道的事。你不知道那是什么事，我也不确定我自己知道。我唯一肯定的就是**有**这么一件事，而我必须知道。”

“关于谁的？你太太？”

他的两片嘴唇叠在了一起。“我想是关于我的，”他说。“我们还是去喝一杯吧。”

他走到门口，甩开门，我们走了出去。

如果他刚才的目的就是要让我难受，那他的手段可真是高明极了。

24

他刚一拉开门，从客厅传来的声浪就在我们的脸上炸开了花。那里似乎比刚才更闹腾了，好像刚才闹得还不够似的。从这股闹腾劲儿判断，酒又过了两巡。韦德到处跟人打招呼，那些人见到他似乎也都乐呵呵的。不过，到了这个时候，就算是见到了扛着定制冰镐的“匹兹堡菲尔”[①]，他们也会乐呵呵的。生活不过是一场大型歌舞杂耍秀。

在去吧台的路上，我们和洛林大夫两口子打了个照面。大夫起身上前，直面韦德。他的脸上满是憎恶，神色近乎病态。

“很高兴见到你，大夫，”韦德和和气气地说。“嗨，琳达。这阵子你躲哪儿去啦？不对，这个问题好像很愚蠢。我——”

“韦德先生，”洛林的嗓音有些发颤，“我有句话要跟你说。一句非常简单，但我希望能够一锤定音的话。离我太太远点儿。”

韦德用奇怪的眼神看着他。“大夫，你累了。你也没喝酒。我来给你弄一杯吧。”

“我不喝酒，韦德先生。这你清楚得很。我来这里只有一个目的，而我也已经表述了这个目的。”

“好吧，我想我明白你的意思了，”韦德说道，声音依然很和气。“既然你是我家里的客人，那我也就不多说什么了，只想说一句：我觉得你有一点点不对劲。”

周围人群的说话声立刻小了下来。这些姑娘小伙儿的耳朵尖着呐。一场大制作的好戏。洛林大夫从口袋里掏出一副手套，捋直了，捏住指尖那头，然后狠狠地抽在了韦德的脸上。

---

① “匹兹堡菲尔”，原名哈利·斯特劳斯，1930 年代的一名臭名昭著的职业杀手，冰镐是他钟爱的凶器之一。

韦德的眼睛都没有眨一下。“带上手枪和咖啡，黎明时分见？”[①] 他平静地问道。

我看着琳达·洛林。怒火将她的脸烧得通红。她缓缓起身，面对大夫。

“上帝啊，你的戏演得太过头了，亲爱的。别再扮演傻瓜了，好吗，亲爱的？还是说，你宁肯继续在这里晃悠，直到有人抽你一耳光？”

洛林忽地转过身去，举起了手套。韦德上前一步，挡在他跟前。“别激动，大夫。我们这儿都只在私下里打老婆。”

“如果你说的是你自己，那我早已有所耳闻，”洛林冷笑道。“我可不需要你来给我上礼貌课。”

“我只接受有前途的学生，”韦德说。“你那么急着要走，真遗憾。”他提高了嗓门儿。“坎迪！这位洛林大夫现在就走！”说完他忽地转身面向洛林。“你大概不懂西班牙语，大夫。那句话的意思是：门在那边，慢走不送。”他伸手一指。

洛林一动不动地瞪着他。“我警告过你了，韦德先生，”他冷冷地说。“不少在场的人都听到了我的话。我不会再警告你第二遍了。”

“千万不要，”韦德粗鲁地说。“如果你非要不可，那至少选择在某个中立区发你的警告吧。那样我能多一点采取行动的自由。对不起，琳达。但你毕竟嫁给了他。”他轻轻地揉搓着面颊上被手套结结实实抽中的地方。琳达·洛林在苦笑。她耸了耸肩。

“我们走，”洛林说。“来吧，琳达。”

她又坐了下来，伸手拿起酒杯。她瞥了丈夫一眼，眼神中满是沉默的鄙视。“你走，”她说。“你还有好几个病人要拜访，不记得了吗？”

“你跟我一起走，”他怒不可遏地说。

---

① 指决斗。

她转过身去，背对着他。他猛地伸出手来，一把捏住她的胳膊。韦德抓住他的肩膀，拽得他在原地打了个转。

“放松，大夫。有得必有失嘛。”

“你给我把手拿开！”

“没问题，你放松就好，”韦德说。“我有一个好主意，大夫。你为什么不去找一位好大夫看看呢？”

有人哈哈大笑起来。洛林身体紧绷，像一头随时准备跃起的野兽。韦德感觉到了这一点，于是潇洒地转过身去走开了。这下，洛林大夫可就下不来台了。如果他追着韦德不放，那他一定会显得比现在的模样还要傻。他唯一的选择就是离开，而他也正是这样做的。他毅然决然地快步穿过房间，两眼直视正前方，径直来到门口，坎迪正为他把着门。他跨了出去。坎迪面无表情地关上门，回到吧台后面。我走过去，问他要了杯苏格兰威士忌。我没看到韦德的去向。他凭空消失了。我也没有看到艾琳。我转过身去，背对房间，任凭那锅热油在那里嗞嗞作响，只管喝我的威士忌。

一个发色暗褐，前额上箍着一条饰带的小个子姑娘突然从我身边冒了出来，把酒杯往吧台上一搁，打了个嗝儿。坎迪点点头，又给她调了一杯酒。

小个子姑娘转向我。“你对共产主义有兴趣吗？”她问我。她眼神恍惚，一条红舌在唇间游走，仿佛是在搜寻一粒巧克力屑。“我认为每个人都应该关注共产主义，”她继续说道。“可每次你找这里的那些个男人问话，他们都只想拿爪子摸你。”

我点点头，目光越过手里的杯子，落在她的朝天鼻和被太阳晒得开裂的皮肤上。

“不过，只要他们的功夫好，我倒也并不十分在意，”她告诉我，一边伸手去拿那杯刚调制的酒。她一气喝了半杯，嘴张得磨牙都露了出来。

“别对我抱希望，”我说。

“你叫什么？”

“马洛。”

“有 e 还是没 e？”

“有 e。”①

“啊，马洛，”她吟道。“一个哀伤又美丽的名字。”她放下眼看就要见底的酒杯，然后闭上眼，仰起头，伸开双臂，差点没打中我的眼睛。她用饱含深情的语调朗诵道：

“难道就是这张面庞，召出了千艘战船，

焚毁了伊利昂的无顶塔？

甜美的海伦，用一个吻令我不朽。”②

她睁开眼睛，抓起酒杯，朝我眨眨眼。“这段写得挺不错啊，老兄。最近又有什么诗作吗？”

“最近写得不多了。”

“你可以吻我，要是你愿意的话，”她忸怩地说。

一个穿山东绸背心和开领衬衫的伙计从她身后走了上来，越过她的头顶朝我咧嘴一笑。他留着一头红色的短发，一张脸活像瘪成一团的肺。我没见过比他更丑的人了。他拍了拍那个小不点姑娘的头顶。

“来吧，小猫咪。该回家了。”

她冷不丁地朝他抛去一通怒气冲冲的责骂。“你是说，你又要给该死的球根秋海棠花浇水了？”她吼道。

“喂，听着，小猫咪——”

---

① 马洛 (Marlowe)。

② 出自《浮士德博士的悲剧》，第六幕，克里斯托夫·马洛 (Christopher Marlowe) 著。

“把你的手拿开，你这个该死的强奸犯，”她尖叫起来，把杯子里剩下的酒水全泼在了他脸上——剩下的也并不多，不过一茶匙外加两块冰。

“上帝啊，宝贝儿，我是你丈夫，”他也冲她吼道，一面抓起一块手帕擦脸。“明白吗？你丈夫。”

她剧烈地抽泣起来，扑进他的怀里。我迈步绕过他们，离开了那里。所有的鸡尾酒会都一个样，甚至连对话都一样。

韦德的大房子这时开始像漏水一样将客人们释放进傍晚的空气中。人声渐息，汽车发动，告别声像皮球一样弹来弹去。我走到落地窗边，抬腿迈了出去，来到窗外铺着石板的露台上。地面呈缓坡向湖面倾斜，湖水平静得就像一只睡着的猫咪。湖边有一段短短的木制突码头，一条小划艇用一根白色的缆绳系在码头上。靠近对岸的水面上——说是对岸，其实也近在眼前——一只黑水鸡正在划出慵懒的弧线，就像在溜冰。水面几乎都没有因此泛起涟漪。

我在一张铝制躺椅上伸直身子躺下，点了只烟斗，静静地抽着烟，寻思着自己究竟来这儿做什么。罗杰·韦德似乎挺能自控的，只要他想自控。他面对洛林时表现得挺好。如果刚才他照着洛林的小尖下巴来上一拳头，我是一点儿也不会吃惊的。按规矩来讲，他真要那样做的话当然是失礼的，但洛林失礼失得简直就没谱了。

如果这年头规矩还有任何意义的话，那你无论如何都不该当着满屋子人的面威胁一个男人，再拿手套抽他的脸，与此同时你的妻子就站在你身边，而你就差没直说她在脚踩两只船了。考虑到他前一阵子刚刚狠灌了一通烈酒，整个人还摇摇晃晃的，韦德的表现真不赖。岂止是不赖。当然，我没看见过他醉酒的样子。我不知道他醉酒的时候是什么嘴脸。我甚至不知道他是否当真是个酒鬼。这两者之间的区别可大着呢。一个偶尔喝高的男人依然和清醒时的他是同一个人。一个酒鬼，一个真正的酒鬼，则完完全全变了个人。你根本无法对他作出任何预测，除了一点：他肯定会变成一个你以前从未见过的人。

轻盈的脚步声在我背后响起，艾琳·韦德穿过露台来到我身边，挨着一张躺椅的边沿坐下。“刚才有何感想？”她轻声问道。

“关于那位手套没戴牢的先生吗？”

“哦，不是的，”她皱皱眉，旋即哈哈大笑。“我讨厌看别人上演如此夸张的情节剧。这倒不是说他不是位好大夫。可他当着您谷里半数男人的面演了那出戏。琳达·洛林可不是什么荡妇。她模样不像，谈吐不像，举止也不像。我不明白洛林大夫怎么会表现得好像她是荡妇似的。”

“说不定他是个戒了酒的酒鬼，”我说。“他们中的许多人都变成了清教徒。”

“有可能，”她应道，目光投向湖面。“这地方很宁静。你大概会以为作家在这里再开心不过了——如果这世上真有什么地方能让作家开心的话。”她别过头来看着我。“这么说，你就是不愿意答应罗杰的请求了。”

“那样做一点意义都没有，韦德太太。我什么也做不了。这话我以前就说过了。我没法确定能够在必要的关头在场。事实上，我只有每时每刻都在场才行。而那是不可能的，就算我没有别的事情也办不到。比如说，假设他突然发狂，那事发就只在一瞬间。而我到目前为止都没有看到任何他会发狂的迹象。在我看来，他似乎很靠谱。”

她低头看着自己的双手。“如果他能写完这本书，我想事情就会往好里发展的。”

“这我可帮不上忙。”

她抬起头，把手搭在身边那张躺椅的边沿上，身体微微向前靠了靠。“只要他觉得你行，你就行。这就是事情的关键所在。莫非你不情愿在我们家做一位领着薪水的客人？”

“他需要一位精神科大夫，韦德太太。如果你认识一位不是骗子的精神科大夫的话。”

她看上去吃了一惊。“精神科大夫？为什么？”

我把烟斗里的烟灰磕了出来，手拿烟斗坐着，等它凉了再收起来。

“你真要听一个外行的看法，那我就说啦。他觉得自己的意识里埋藏着一个秘密，一个他无法破解的秘密。那也许是关于他自己的一个阴暗的秘密，也许是关于别人的。他觉得正是这件事让他酗酒，因为他破解不了这个秘密。他也许觉得，不论发生过什么事，那都是在他醉酒的时候发生的，所以他也应该能够在醉鬼们的去处搞明白这件事——真正的醉鬼，就像他那种喝法。这就需要一个精神科大夫来帮他了。这猜测听上去还算靠谱。如果不是这样的话，那他就纯粹是因为想酗酒而酗酒了，或者是因为他控制不住自己，而那个所谓的秘密就只是他的借口。他没法继续写他那本书了，或者至少是没法完成——因为他酗酒。换句话说，这里头的假设是，他写不完这本书是因为他把自己喝晕了。而这句话也可以反着说。”

“哦，不是这样的，”她说道。“不。罗杰很有才华。我完全确信，他的巅峰之作尚未问世。”

“我跟你说了，这只是一个外行的看法。那天早上你跟我说过，他可能已经不爱自己的妻子了。这又是一句可以反着说的话。”

她朝房子那边投去一瞥，然后转过身来，背对房子。我也朝同样的方向望了一眼。韦德正站在门后面，看着门外的我们。接着他在我的注视下走到吧台后面，伸手拿了一瓶酒。

“试图插手干预是没有用处的，”她语速很快地说。“我从不这样做。从不。我想你说得对，马洛先生。我们别无他法，只能等着他自己从酒瘾中走出来。”

烟斗凉了，我把它收了起来。“既然我们现在就是在黑暗中瞎摸，那为什么不把那句话反过来说说看呢？”

“我爱我丈夫，”她简简单单地说。“也许不是小姑娘的那种爱法。但我爱他。一个女人只能做一回小姑娘。那时我爱的那个男人已经死了。他在战争中死去了。奇怪得很，他名字的首字母跟你的一样。如今这一切都已经不重要了——只是，有时我不敢相信他真的死了。他的尸体一直没有找到。可许多人都有同样的遭遇。”

她用探寻的目光看了我好长一会儿。“有时——当然了，这种情况并不多——我走进一家安静的鸡尾酒廊，或是夜深人静时一家高档旅馆的大堂，或是清晨抑或深夜时分在一条邮轮的甲板上漫步，我觉得自己或许会看到他在某个阴暗的角落里等着我。”她顿了一下，垂下目光。“这很傻。我为此感到羞愧。我们那时爱得很深——那种狂野神秘、不可思议的爱，一生当中只有一次。”

她不再说话，只是坐在那里，半是出神，半是清醒，目光投向远处的湖面。我回头望向那栋房子。韦德刚好站在那扇敞开的落地窗里面，一只手里托着一只酒杯。我又转过头来，看着艾琳。对她而言，我已经从那里消失了。我起身进了屋。韦德端着酒站在那儿，那杯酒看上去非常沉。他的眼神似乎也不太对劲。

“你跟我太太厮混得怎么样，马洛？”说这话时他嘴角抽动了一下。

“我没勾引她，如果你想说的是这个的话。”

“这恰恰是我想说的。那天晚上你吻到了她。你大概自以为是个泡妞高手呢，可你这是在浪费时间，伙计。哪怕你道行够的话也没戏——何况你不够。”

我想要从他身边绕开，可他用坚实的肩膀挡住了我的去路。“别急着走，老伙计。我们想要你待在这儿。我们家鲜有私家侦探出没。”

“而我恰是多余的那个，”我说。

他举起酒杯，喝了一口。放下杯子的时候，他挑衅地向我使了个眼色。

"你应该再给自己一点时间来增强抵抗力，"我告诉他。"全是空话，是吧？"

"行啦，教练。你可真会培养人格啊，是不是？你那么聪明，应该知道试图教育一个酒鬼是在做无用功。酒鬼是不堪教育的，我的朋友。他们只会崩溃。这一过程的一部分还挺有乐趣的。"他又从酒杯里喝了一口，几乎把它喝干了。"而另一部分可就糟糕透顶了。不过，援引好大夫洛林的一句闪亮的名言：离我老婆远点——顺便说一句，洛林真是个提着小黑包[①]的混蛋中的混蛋。是的，你肯定会扑向她。他们全都这样。你想和她睡觉。他们全都想。你想分享她的梦，嗅一嗅她那朵记忆的玫瑰。也许我也想。可那里根本没有什么可分享的，老弟——没有，没有，没有。你只是孤身一人在黑暗里摸索。"

他喝完了杯中酒，将杯子倒过来拿在手里。

"就像这杯子一样空洞，马洛。那里空无一物。我最清楚不过了。"

他把酒杯搁在吧台的桌沿上，步伐僵硬地走到楼梯边。他往上爬了几步，手扶着护栏，然后突然停下脚步，身子倚靠在上面。他低头看着我，苦涩地咧嘴一笑。

"原谅我这句毫无新意的嘲讽，马洛。你是个好人。我可不想让你遭遇任何不幸。"

"什么样的不幸？"

"也许她还没来得及施展她那摄人魂魄的魔法吧——她的初恋，那个在挪威失踪的家伙。你可不想失踪，对不对，老兄？你是我的专属私家侦探。当我迷失在赛普尔韦达谷的野性壮美之中时，是你找到了我。"他用手掌在抛光的木头扶手上划着圆圈。"你要是也把自己弄丢了

---

① 《小黑包》，一则发表于1950年的短篇科幻小说，说的是一个酗酒的医生意外捡到了一个来自未来的小黑包，包里装的是一套高度自动化的未来医疗器械。

的话，就像那个进了英国佬军队的伙计[①]，那我的心都要碎了。那家伙失踪得是如此彻底，有时我不禁在想，他究竟是否真的存在过。你会揣测，她是不是凭空创造出了这么一个人物来当作玩具？”

“我哪知道？”

他低头看着我。他的两眼之间这时现出了几道深深的沟壑，他的嘴被苦涩扭曲了。

“谁都不知道。也许她自己都不知道。宝贝儿累了。宝贝儿玩破玩具玩得太久了。宝贝儿要说再见了。”

他沿着楼梯爬了上去。

我站在那里，知道坎迪走了进来，开始收拾吧台，把酒杯放进托盘，检查酒瓶，看看里面还剩下点啥，完全没有注意到我。或者，那只是我的一厢情愿。这时他开口了：

“先生。还剩一杯好酒。浪费了，可惜。”他举起一只酒瓶。

“你喝了它。”

“感谢，先生，可我不喜欢。一杯啤酒，再多不行。一杯啤酒是我的上限。”

“聪明人。”

“一个家里有一个酒鬼就够了，”他说道，两眼紧盯着我。“我英语说得好，对不？”

“当然了，很好。”

“可我用西班牙语思考。有时我用尖刀思考。老板是我的人。他不需要任何帮助，朋友。我照顾他，明白？”

“你的表现太棒了，小流氓。”

“婊子养的[②]，”他从两排大白牙的牙缝中挤出这几个字来。他举起

---

① 1940 年，英军远征军曾在挪威与纳粹德国交战。当时，美国尚未参战。
② 一句西班牙语的脏话，“婊子”(flauta) 一词的字面意思是笛子。

放满杯子的托盘，甩上肩头，用手掌托住，一副餐厅服务生的派头。

我走到门口，推门出去，一边寻思着“笛子的儿子”这样一种表达方式怎么会在西班牙语中成了一句骂人话。我没有寻思太久。我有太多别的事情要寻思了。韦德家的问题不仅仅是瓶中物。酒只不过是一种经过伪装的反应表现。

当天夜里晚些时候，大概在九点半到十点间的样子，我拨通了韦德家的号码。铃响了八通后，我挂上了电话，可我刚把手从话筒上拿开，电话那头就打了过来。是艾琳·韦德。

“刚才有人打来电话，”她说。“某种直觉告诉我，那个人也许就是你。我刚刚准备去淋浴。”

“是我，但不是什么要紧事，韦德太太。我走的时候，他似乎有一点神志不清——我是说罗杰。我想我似乎已经对他产生了些许责任感。”

“他这会儿挺好的，”她说。“已经在床上睡熟了。我猜洛林大夫对他的刺激比他表现出来的要严重。他肯定跟你说了一大通胡言乱语吧。”

“他说他很累，想上床睡觉。在我看来，这话非常明智。”

“如果他只说了这些，那我同意。那好吧，晚安，马洛先生，谢谢你打电话来。”

“我没说他只说了这些。我说的是，他说过这些。”

她沉默了片刻，随即开口道：“每个人都时不时地会有些荒唐的想法。别把罗杰的话太当真，马洛先生。毕竟，他拥有高度发达的想象力。这也是件很自然的事。刚刚经历了上次那件事，他不该那么快就又喝酒的。请您务必忘记他说过的一切。我猜他一定对您十分粗鲁，而且还说了许多不该说的话。”

“他对我一点儿也不粗鲁。他的话非常有道理。您的丈夫是一个能够严格审视自我，认清自我的男人。这可是一种不常见的禀赋。大多数人终其一生都会把一半的精力耗费在呵护一种他们从未拥有过的尊严上。晚安，韦德太太。”

她挂上了电话，我摆好了棋盘。我装了一只烟斗，检阅了兵卒，看看他们有没有留法国胡，纽扣扣没扣紧，然后下了一场戈尔恰科夫和米聂金之间的锦标赛——七十二步，以和局告终，无坚不摧的矛遇上不可撼动的盾的一个完美范例，一场没有铠甲的战斗，一场没有流血的战争，一种对人类智力的纯粹浪费，其繁复精妙是你在广告公司之外的任何地方都见不到。

25

随后的一周风平浪静，我继续着我的生意，只是这会儿我的生意碰巧并不是特别多。一天上午，卡恩代理的乔治·彼得斯给我打来电话，告诉我说他前一阵子碰巧路过赛普尔韦达谷，出于好奇他顺便进了瓦伦杰大夫的地界看了看。可瓦伦杰大夫已经不在那儿了。六七支土地测量队正在给那片地绘图，以便分割地块作地产开发。他问了几个人，可他们都没听说过瓦伦杰大夫。

“那条可怜虫给人用信托契据把地收走了，”彼得斯说。“我查过了。为了节省时间和费用，他们出价一千块钱，买了他的放弃产权声明。这会儿，不知是谁正在把那地方分割成小块作住宅区开发呢，这生意能让他净赚一百万。这就是犯罪和生意之间的区别。做生意你得有资本。有时候我想，这可能是唯一的区别。”

“多么愤世嫉俗的话语啊，”我说，“可上档次的犯罪活动也需要资本。”

“那资本又在哪儿呢，老兄？肯定不从那些打劫外卖酒铺的伙计口袋里来。拜拜了。回头见。”

韦德给我打来电话的时候，正是周四晚上十一点差十分。他的嗓音含混，说话都不连贯，可我还是分辨出了那是他的声音。我还能听见电话那头传来短促沉重的呼吸声。

“我状况很糟，马洛。非常糟。我快把持不住自己了。能不能麻烦你马上赶过来？”

“没问题——可我得先和韦德太太说两句。”

他没有回答。只听见砰的一声响，接着是一阵死寂，随即又是一阵乒乒乓乓的闹腾。我朝话筒里喊着话，却没有应答。时间一分一秒过去。最后，随着一声轻轻的咔哒声，那头的话筒挂上了，只听见开放线路的嗡嗡声。

我在五分钟内出了门，只花了半个小时多一点点的时间就赶到了那里，我直到现在也不清楚自己是怎么做到的。我像插了翅膀似的飞过谷口，上了文图拉大道，面对红灯不管不顾地左拐弯，在卡车群中穿插躲闪，总之就是丑态尽出。我以六十码的车速通过恩西诺，车头大灯照着停靠在路边的一排汽车的车体外沿，这样万一有人突然钻出，强光也能让他当场动弹不得。我的运气好得出奇，一个人只有在对一切都满不在乎的时候才能有这样的运气。没有警察，没有警笛，没有闪烁的红灯。只有一幕幕想象中的场景——韦德家中此刻正发生着什么，而这样的想象并不十分令人愉悦。她独自一人跟一个醉酒的疯子待在家里；她躺在楼梯脚下，脖子断了；她躲在一扇上锁的门后面，某人正在门外大吼大叫，想要破门而入；她赤着脚，在月光下的路面上奔跑，一个大块头的男黑鬼举着一把切肉刀在后面紧追不舍。

可真实情况根本不是这样。当我一个急转弯，把那辆奥尔斯拐进他们家的车道时，她就站在敞开的大门后面，嘴里衔着一支烟。我下了车，踩着铺路石板朝她走去。她穿着一条宽松裤和一件开领的衬衣。她平静地看着我。如果说这里的空气中有一丝悸动的氛围，那它的源头也一定是我。

从我口中说出的第一句话就和我其余的举止一样疯癫。“我还以为你不抽烟呢。”

“什么？哦，我一般不抽。”她抽出那支烟，看了看，然后扔在地上，踩了上去。“偶尔吧。他刚才给瓦伦杰大夫打了电话。”

她的声音悠远、平和——那是一种从夜色中的水面上传来的声音。你听到是彻底的放松。

“不可能，”我说。“瓦伦杰大夫已经不住那儿了。他给我打了电话。”

“喔，是吗？我刚刚听到他在打电话，求某人赶快过来。我还以为那个人是瓦伦杰大夫呢。”

“他这会儿在哪儿？”

“他摔倒了，”她说。“他一定是椅子后仰得失去平衡了。他以前也这么干过。脑袋在什么东西上割破了。流了点血，但不多。”

“哦，那还算好，”我说。“我们可不想面对一大摊血。他这会儿在哪儿？我刚才就问你的。”

她凝重地看着我，然后伸手一指。“在那边的不知什么地方。要么是在路边，要么是在篱笆边的灌木丛里。”

我身子向前一探，两眼紧盯着她。“上帝啊，你没有去找他吗？”我这时已经认定，她其实是受惊了。然后我回头望去，目光越过草坪。我什么也没有看见，但篱笆边似乎有道浓重的黑影。

“不，我没有找他，”她相当平静地说。“你去找他。我已经受够了。我已经不止是受够了。你去找他。”

她转身走回屋里，任由门敞开着。她没有走几步路。进了门，只走了一码远，她突然就那么瘫倒在了地上。浅色的长鸡尾酒桌对面有两张长沙发，我一把抱起她，让她伸开手脚在其中一张上躺下。我为她把了把脉，感觉她的脉搏并不十分微弱，也不算紊乱。她的眼睛闭着，嘴唇发青。我留下她独自待在那里，转身出了门。

他确实在那儿，没错，就像她说的那样。他侧身躺倒在木槿投下的阴影中。他的脉搏跳得又快又重，呼吸也不太自然，后脑勺上黏糊糊的。我跟他说话，晃了晃他。我用力拍了拍他的脸。他咕哝了两声，但没有醒。我拖着他坐起来，把他的一只胳膊拽过我的肩头，背对着他将他提起，然后伸手去抓他的一条腿，但没能成功。他沉得就像一大块混凝土。我俩一起坐倒在草地上，我喘了一会儿气，又试了一次。最后，我终于用肩负法背起了他，艰难地穿过草坪，朝敞开的正门走去。这段路长得就像去了趟泰国又走回来似的。门廊前的两级台阶有十英尺高。我踉踉跄跄地走到沙发边，双膝跪地，把他往上面一推。当我再次直起身来时，我的脊椎疼得好似断裂了至少三处。

艾琳·韦德已经不在那儿了。房间里只有我一个人。此刻我真是累得够呛，也没力气去管别人上哪儿去了。我看了看他的脑袋——上面满是血污。他的头发都被血沾染得黏糊糊的。伤情看起来并不严重，但头上的创伤一向都不好说。

就在这时，艾琳站在了我的身边，用那种悠远的神情平静地看着他。

"不好意思，刚才我晕倒了，"她说。"我也不知道为什么会这样。"

"我看我们最好叫一个医生来。"

"我给洛林大夫打了电话。你瞧，他是我的私人医生。他不想来。"

"那就换个人试试吧。"

"哦，他会来的，"她说。"他不想来。但他还是会以最快的速度赶过来。"

"坎迪在哪儿？"

"今天他休息。星期四。厨子和坎迪都在星期四休息。这是我们家的惯例。你能把他扶上床吗？"

"没人帮忙可不行。最好弄一条围毯或是毛毯来。今晚很暖和，可这样的伤情很容易发展成急性肺炎。"

她说她这就去拿一条围毯来。我心想，她可真是太好了。可我当时的思维并不十分敏锐。背他进门可把我累得够呛。

我们往他身上盖了一条船用毛毯，十五分钟后，洛林大夫赶到了，全套行头一样不缺：浆过的衣领、无框眼镜，还有他那副神情，就好像被人叫来收拾一条病狗似的。

他检查了韦德的脑袋。“一处表面割伤和瘀伤，”他说。“没有发生脑震荡的可能性。我想，他的呼吸应该足以说明他的问题了。”

他伸手抓起帽子，然后拎起提包。

“替他做好保暖，”他说。“你们可以轻轻地为他清洗头部，除去血污。他睡一觉就好了。”

“我没法一个人把他背上楼，大夫，”我说。

“那就让他待在那里吧，”他用毫无兴趣的眼神看着我。“晚安，韦德太太。如你所知，我不收治酗酒者。就算我收治，你的丈夫也不会成为我的病人。我想你一定能理解这一点。”

“没人请你收治他，”我说。“我只是请你帮我把他抬进卧室，我才好给他脱衣服。”

“你是哪位？”洛林大夫冷冰冰地问道。

“我叫马洛。一星期前我来过这儿。你太太跟你介绍过我。”

“真有趣，”他说。“你又是通过什么样的渠道认识我太太的呢？”

“见鬼，那又有什么关系呢？我只不过是想要——”

“你想要什么，我一点儿都不感兴趣，”他打断了我的话。接着他转向艾琳，草率地点点头，迈步朝门外走去。我挡在他和那扇门之间，背对着门。

“稍等片刻，大夫。你一定是好久没有扫过一眼那篇叫《希波克拉底誓言》的文字了。这个人刚才给我打了个电话，我住的地方离这儿可不太近。他听上去状况很不好，于是我违反了本州的每一条交通法规，火速赶到了这里。我发现他倒在了地上，于是把他背了进来——相信我，他可不是一捧轻飘飘的羽毛。这会儿男仆不在，所以没人帮我把他扛上楼。你对眼下的情形有什么看法？”

“别挡我的道，”他咬牙切齿地说。“不然我就给县警察分局打电话，让他们派一个县警过来。作为一名职业人士——”

“作为一名职业人士，你就是一把跳蚤屎，”说完我给他让开了道。

他的脸红了——过程缓慢但清晰。他被自己的戾气呛住了。然后他推开门，跨了出去，小心翼翼地带上门。关门的时候，他朝屋里看了我一眼。那是我迄今为止碰上的最凶恶的眼神，那张脸也是我迄今为止见过的最凶恶的脸。

我从门口转过身来，艾琳正对着我微笑。

“什么东西这么好笑？”我没好气地说。

“你。你从不在乎自己对别人说什么，对不对？你不知道洛林大夫是谁吗？”

“知道——我还知道他是个什么样的货色？”

她瞥了一眼腕表。“坎迪这会儿应该回家了，”她说。“我去看看。他在车库后面有一间房间。”

她穿过一道拱门走了出去。我坐了下来，看着韦德。这位大作家这会儿继续打着呼噜。他的脸上汗津津的，可我没有把他身上的毯子拿开。一两分钟后，艾琳回来了，身边跟着坎迪。

26

墨西哥佬身穿一件黑白格子的运动衬衫，一条满是褶裥的黑色宽松裤，没系腰带，脚蹬一双黑白两色、一尘不染的鹿皮鞋。他那头浓密的黑发向后梳着，油光水滑，像是抹了发油或是发乳。

“先生，”说完，他充满讽刺意味地草草鞠了一躬。

“帮马洛先生抬我丈夫上楼，坎迪。他摔了一跤，受了点轻伤。不好意思，麻烦你了。”

“没关系，太太，”坎迪微笑着答道。

“我想我可以说晚安了，”她对我说道。“我累坏了。你需要什么，坎迪会拿给你的。”

她缓缓地上了楼。坎迪和我目送着她。

“真是个美人儿，”他神秘兮兮地对我说。“今晚你留下？”

“怎么可能！”

“真可惜。那位女士，她很孤独。”

“眼睛里别再闪贼光了，小子。我们把这位抬上床吧。”

他哀伤地看着在沙发上打呼噜的韦德。“小可怜，”他喃喃地说，听他的语气仿佛是真心实意的。“烂醉如泥。”

“他也许醉得像头猪，可他实在是一点儿也不小，”我说。“你抬脚。”

我们把他抬了起来。尽管有两个人，可他依然沉得像副铅打的棺材。到了楼上，我们沿着一层敞开的露台继续向前，经过一扇紧闭的房门。坎迪抬抬下巴朝那儿一指。

“太太在那儿，”他低语道。“你轻轻地敲门，也许她会放你进去。”

我一言不发，因为我这时还需要他。我们继续抬着这具死尸般的躯体往前走，在另一扇房门前拐了进去，把他往床上一扔。然后我一把抓住坎迪的上臂，靠近他的肩膀——这个部位被掐进肉里的指头拿住可是很疼的。我就是要让他疼。他身子抖颤了一下，接着脸沉了下来。

“你叫啥，墨仔？”

“把手拿开，”他吼道。“还有，别叫我墨仔。我可不是墨西哥来的偷渡客。我名叫胡安·加西亚·德索托·索托马约尔。我是智利人。”

“好吧，唐璜。可别在这儿不守规矩。在你谈论你的雇主的时候，别惹麻烦，别胡说八道。”

他挣脱开来，后退一步，一双黑眼睛里满是滚烫的怒火。他一只手滑进了衬衫里面，出来的时候，手里攥着一把细长的刀。他用手掌根顶着刀尖，让刀身保持平衡，眼睛看都不看。然后他突然抽手，趁着那把刀还悬停空中的当儿，一把抓住刀柄。整个过程一气呵成，看似不费吹灰之力。接着，那只手举到齐肩高度，然后突然向前一发力，那把刀嗖地划破空气，挂在了木头窗框上，刀身还在那里微微颤抖。

“当心，先生！”他的话语里夹着一声尖利的嗤笑。“还有，爪子别乱摸。谁都别想跟我乱来。”

他身姿灵巧地穿过房间，将那把刀从木头里拔了出来，往空中一抛，然后一个转身，从背后接住了它。眨眼间，那把刀又消失在了他的衬衫下面。

“漂亮，”我说道，“只是有点太花哨了。”

他大摇大摆地走到我跟前，脸上挂着嘲讽的微笑。

“另外，这么干会让你断一只手肘的，”我说。“就像这样。”

我抓住他的右腕，用力一拉，让他失去平衡，再把那只手肘拉到他身体一侧贴近后背的位置，接着把我弯曲的前臂伸到他肘关节外侧下面，往上一抬，然后发力压了上去，用我的前臂作为支点。

“用力一拉，”我说，“然后你的肘关节就裂了。一道裂缝就够了。你的飞刀绝活儿就该废上好几个月了。再稍稍加一点力，你这辈子就都完了。把韦德先生的鞋脱了。”

我放开他，他朝我咧嘴一笑。“好手段，”他说。“我会记住的。”

他朝韦德转过身去，伸手抓住他的一只鞋，然后停了下来。枕头上有一抹血迹。

“谁割伤了老板？”

“不是我，伙计。他跌了一跤，脑袋在什么东西上割伤了。伤口很浅。大夫已经来过了。”

坎迪缓缓地舒了口气。“你看见他摔倒的？”

“我来之前摔的。你喜欢这家伙，对不对？”

他没有回答我。他脱掉了那双鞋。我们帮韦德一件件地脱掉衣服，坎迪翻出了一件绿银色的睡衣。我们帮韦德换上睡衣，扶他在床上躺好，盖好被褥。他这会儿依然满头大汗，还在打呼噜。坎迪哀伤地低头看着他，油光水滑的脑袋慢吞吞地从一边摆到另一边。

“总得有人照顾他，”他说。“我去换衣服。”

“睡一会儿吧。我会照顾他的。需要你时，我会招呼的。”

他直面我。“你最好好生照顾他，”他用一种平静的语调说。“我是说‘好生’。”

他出了房间。我走进洗手间，拿了一块湿毛巾和一条厚浴巾。我稍稍让韦德翻了翻身，把浴巾铺在枕头上，然后帮他把头上的血迹洗去，动作非常轻柔，免得伤口再度流血。这时，我看到了一道清晰的浅伤，长约两英寸。没什么大不了的。洛林大夫至少在这一点上说对了。这会儿缝上伤口，他应该不觉得疼，可这真的没有必要。我找来一把剪刀，剪去碍事的头发，好往伤口上面贴上一块护创膏。然后我让他重新仰面躺好，帮他洗了脸。我看这是个错误。

他睁开了双眼，眼神起初模糊涣散，随即清晰起来，看到了站在床边的我。他的手动了起来，移到了脑袋边上，摸了一下护创膏，接着他的声音也清楚了许多。

“谁打的我？你？”他那只手摸着护创膏。

“没人打你。你跌了一跤。”

“跌了一跤？什么时候？在哪儿跌的？”

“在你打电话的地方。你给我打过电话。我听到你跌倒的。在电话那头。”

“我给你打过电话？”他缓缓地咧嘴一笑。“你真是随时待命啊，是不是，伙计？那会儿是几点钟？”

“凌晨一点多。”

“艾琳在哪儿？”

“上床休息了。她今天受够了。”

他默默地揣摩着这句话。他的眼里满是痛苦。“我有没有——”他没有再说下去，而是被刺痛般地一抖索。

“据我所知，你没有碰她。我猜你想问的就是这个。你只是晃到了屋子外头，然后在栅栏边上晕了过去。别说话了。睡觉。”

“睡觉，”他说道，轻轻地、缓缓地，像个背诵功课的孩子。“睡觉是什么？”

“也许吃一粒药对你有帮助。你这儿有吗？”

“在抽屉里。床头柜那边。”

我拉开抽屉，找到一个装着红色胶囊的塑料瓶。速可眠，1.5 格令。洛林大夫开的。那位好心的洛林大夫。开给罗杰·韦德太太的。

我晃晃药瓶，摇出两粒来，把瓶子收好，从床头柜上的一只保温瓶里倒出一杯水来。他说吃一粒就行了。他服了药，喝了点水，躺回床上，又开始两眼盯着天花板。时间一分一秒过去。我坐在一把椅子上，监护着他。他看上去全无睡意。这时他慢吞吞地开了腔：

“我记起了一件事。帮我个忙，马洛。我写了些疯言疯语，那东西我可不想让艾琳看到。那张纸就在用罩子罩起来的打字机上面。帮我撕掉它。”

“没问题。你就记起来这些？”

“艾琳没事儿吧？你确定？”

“没事儿。她就是累了。你别管了，韦德。不要多想了。我不该问你的。”

“别想了，说得轻巧。”他的声音这会儿听上去有点犯困了，像是在自言自语。“别想了，别做梦了，别再爱了，别再恨了。晚安，亲爱的王子。我再吃一粒药吧。”

我把药递给他，又给了他一点水。他重新躺下，这一次脑袋微微偏侧，眼睛正好能看到我。“听着，马洛，我之前写了点东西，我可不想让艾琳——”

“你已经跟我说过了。你一入睡，我就去办。”

“噢。多谢。有你在真好，非常好。”

又一阵良久的沉默。他的眼皮沉了起来。

“杀过人吗，马洛？”

“杀过。”

“感觉很不好，对不对？”

“有些人喜欢。”

他的眼睛闭紧了，然后又睁开了，但眼神茫然。“他们怎么能喜欢？”

我没有答话。那副眼睑又沉了下去，非常缓慢，像是剧院里徐徐落下的幕布。他开始打鼾了。我又等了一会儿。然后我调暗房间里的灯，走了出去。

27

我在艾琳的门外驻足聆听。我没听到里面有任何动静，所以我没有敲门。如果她想知道他怎么样了，那她自己看着办。楼下的客厅看上去敞亮空寂。我关掉了几盏灯。我站在靠近正门的位置，抬头看着二楼。客厅的中段部分高度与房子的整面墙高齐平，中间有横梁穿过，二楼正是靠这些横梁支撑。二楼楼面很宽，两边各有一道高约三英尺半的结实护栏，顶部与立柱都做成方形，以与横梁匹配。一道方形的拱门通向餐厅，拱门上的双开百叶门板紧闭着。我猜餐厅楼上就是用人的房间。二楼的这块区域用墙围了起来，因此应该有另一道楼梯从厨房区通向那里。韦德的房间在他那间书房的角落上方。我能看见灯光从他敞开的房门中泄了出来，反射在高高的天花板上，我因而能看见他那扇门框的顶端一英尺。

我关掉所有的灯，只留一盏落地灯，然后穿过客厅来到书房前。房门紧闭，但有两盏灯亮着，一盏是皮沙发一头的落地灯，另一盏是照着灯罩的台灯。打字机就在这盏灯下的一副粗重的支架上，旁边的桌面上放着一堆乱糟糟的黄纸。我在一把软椅上坐下，研究着这里的布局。我想知道的是，他是怎么划伤脑袋的。我坐在他的写字椅里，左手拿着电话。弹簧调得非常松。如果我后仰的时候不慎翻倒，我的脑袋也许会撞到桌角。我弄湿手帕，擦拭木头。没有血迹，那里什么都没有。桌子上有一大堆东西，包括夹在两尊铜像间的一排书，还有一只老式的方形玻璃墨水瓶。我也检查了一下这里，一无所获。这样做本来也没有什么意义，因为如果是有人把他敲晕的，凶器不一定在房间里。再说也没有人这么干。我站起身来，打开檐口灯。灯光延伸进昏暗的屋角，答案竟显而易见。一只金属方纸篓挨着墙脚侧翻在地，废纸撒了一地。纸篓自己不长脚，它一定是被人扔过去或是踢过去的。我用那块湿手帕擦了擦它尖锐的棱角。这次我得到了一抹红棕色的血迹。一切真相大白。韦德摔倒在地，脑袋撞在了废纸篓的尖锐棱角上——很可能只是擦伤——然后自己爬了起来，一脚把那个该死的东西踢到了房间那头。再简单不过了。

然后他肯定又灌下了一杯酒。酒水就摆在沙发前的鸡尾酒桌上。一瓶酒已经空了，另一瓶还剩下四分之三，一只保温壶里装着水，还有一只银碗里也有水，先前应该盛的是冰。我只看到一只玻璃杯，是特大号尺寸的。

喝完酒，他一定感觉好了一些。他醉眼蒙眬地注意到话筒不在支架上，这时他很可能已经记不起来自己刚才打过电话了。于是他走上前去，把话筒挂好。时间刚好对得上。电话会让人产生强迫症。被各类新奇装置包围的现代人爱它，恨它，怕它。可他们总是毕恭毕敬地待它，哪怕是在喝醉的时候。电话是一尊物神。

任何一个正常人在挂断电话前都会朝话筒里说一声“喂”，以防万一。可是，一个醉眼蒙眬、刚刚跌了一跤的醉汉就不好说了。再说，这个细节也并不重要。也许是他的太太挂断的——她也许听到了他跌倒的声音，还有废纸篓撞在墙上发出的那一声砰响，赶忙来到书房。就在这时，那最后一杯酒的酒力刚好应该涌了上来，他跌跌撞撞地出了房门，穿过正门前的草坪，在我发现他的地方晕了过去。有人正要来接他。这时他已经不知道那是谁了。也许是好心的瓦伦杰大夫。

到目前为止，一切都说得通。那么，他的太太在做什么呢？她控制不了他，也没法和他理论，她很可能连尝试一下都不敢。因此，她应该会打电话给别人，求他们过来帮忙。仆人不在，因此她只可能用这部电话。唔，她确实打电话给别人了。她打给了那位好心的洛林大夫。我方才以为她是在我到了之后才打的。可她没有说。

从这里开始，事情就有些蹊跷了。按道理，她应该出去找他，确定他没有受伤。在一个温暖的夏夜，他在外面躺上一会儿倒没有大碍。她拖不动他。我都使出了吃奶的力气才把他扛进屋。可你绝料不到她会站在敞开的大门口抽着烟，不知道他身在何处，除了一个大概的方位。还是说，这并没有什么可奇怪的？我不知道她和他之间发生了什么，不知道他在这种状态下有多危险，也不知道她多害怕在这时走近他。“我已经受够了，”我赶到时她这样对我说道。“你去找他。”然后她进了屋，晕倒了。

我依然想不通这件事，可这时我只能不去想它了。我只能假定，在她一次次面对这种情形，知道自己无能为力，只能听天由命后，她也就真的听天由命了。就是这样。听天由命。听任他躺在那里，直到有人带着医疗器械赶来处理他。

可我还是想不通。我同样想不通的是，她怎么能在坎迪和我扛他上楼就寝的时候撒手不管，跑进自己的房间。她说她爱这家伙。他是她丈夫，他们结婚五年了，清醒的时候他真是个大好人——这些都是她的原话。醉酒的时候，他就完全变了样，只能躲他躲得远远的，因为这时的他很危险。好吧，忘了这件事吧。可不知怎的，我就是想不通。如果她真的吓坏了，她不该站在敞开的门前抽烟的。如果她心中只有愤懑、排斥、厌恶，那她是不会昏倒的。

这里头一定还有隐情。也许是另一个女人。刚刚被她发现。琳达·洛林？也许吧。洛林大夫就这么以为，还在大庭广众之下说了出来。

我停下思绪，揭开了打字机上的罩子。那份东西就在那里——几张零散的黄色纸张，上面打了字，正是他要我销毁的那几页纸，免得让艾琳看见。我拿着它们来到沙发边，决定应该奖励自己一杯酒，好边喝边读。书房外面有一个小浴缸。我将那只高脚杯冲洗了一下，倒好一杯美酒，坐在那里秉酒夜读。我读到的是真正的狂想。

28

距离满月已过四日，一方月光照在墙上。它看着我，像一只巨大、浑浊、失明的眼睛，一只墙上的眼睛。这是个笑话。该死的蠢比喻。作家啊。每一样东西都得像另一样东西。我的脑子成了鲜奶油般的一团糊糊，但没有鲜奶油那么甜美。又是比喻。一想到我这个该死的行当，我就恶心得要吐。可我要吐总能吐的。我也许是会吐的。别逼我。给我点时间。蠕虫在我的心口里爬啊爬啊爬。我应该上床的，可一头黑暗的野兽会在那里四处爬动，沙沙作响，弓起腰背，把床底撞得砰砰响，这时我就会大吼一声，除了我自己，没有人听得见。一声梦中的吼叫，一声噩梦之吼。没什么可怕的，我不害怕，因为没什么可怕的——虽说如此，可有一次，我就像那样躺在床上时，那头黑暗的野兽就是那样对我的，它砰砰地撞着床底，结果我性高潮了。这件事让我恶心透顶，超过了之前我做过的所有那些恶心事儿。

我很脏。我要刮胡子。我的手在发抖。我在出汗。我闻得到自己身上的臭味儿。我腋下的衬衫湿了，胸口和背上的也是。我肘弯里的衣袖潮了。桌上的杯子空了。我现在得用两只手倒那东西了。也许我可以从瓶子里倒一杯出来提提神。那东西的味道真恶心。别指望它能帮我什么忙。最终，我会再也无法安稳入睡，整个世界都会在神经饱受折磨的恐惧中呻吟。好东西，是吧，韦德？再来点儿。

头两三天这东西的效果还不错，之后就只有负效果了。难受的时候，你喝一杯，能好受那么一小会儿，可代价却越来越高，而你得到的则越来越少，最终你不可避免地会走到那一步：你唯一的收获就是恶心。这时你就会给瓦伦杰打电话。没错，瓦伦杰，我来了。如今再没有瓦伦杰了。他要么去了古巴，要么死在了那个假娘们儿的床上。可怜的老瓦伦杰，竟遭遇那样的命运——死在了一个假娘们儿的床上——那种假娘们儿。行啦，韦德，起来吧，我们有地方要去。那些我们从没有去过，一旦去了就再也回不去的地方。这句话通吗？不通。好吧，这句话我不收费。此处短暂停，插播长广告。

好啦，我办到了。我起来了。真了不起。我走到沙发边上，双膝跪地，两手撑在沙发上，脸埋在手掌里——我在哭泣。然后我对天祈祷，又为此鄙视自己。三级酗酒者的自我鄙视。你究竟在向谁祈祷，你这个傻瓜？一个好人在祈祷，那是信仰。一个病人在祈祷，那他只是吓坏了。让祈祷见鬼去吧。这个世界是你创造的，你全凭一己之力，外加那点微不足道的外界帮助一手创造了它——对了，那点外界帮助也是你创造的。别祈祷了，你这个蠢货。给我站起来，拿起那瓶酒。现在再想别的已经晚了。

好吧，我拿起了那瓶酒。用了两只手。又把酒倒进了玻璃杯。几乎没有酒出来一滴。现在，我真希望自己举着杯子的时候不要呕吐。最好兑点水。现在，慢慢地举杯。悠着点儿，一次不要喝太多。一股暖意。火辣辣的。要是我能不冒汗就好了。杯子空了，又回到了桌子上。

月光表面起了一层雾，但我依然把那杯子放下，小心翼翼的，就像是在将一束玫瑰插入一只细长的花瓶。含露的玫瑰在颔首。也许我也是一朵玫瑰。天啊，我的露水也不少啊。现在，该上楼了。要不再来一小杯不兑水的，为这趟短足饯行？不行？好吧，你说了算。等我到了楼上再喝不迟。这样也算是有个盼头。如果我上楼成功，那我理所应当获得报偿。一份由我带给我自己的致意。我对我自己的爱真是妙不可言——最妙的一点是，我没有竞争者。

换段。我上了楼，又下来了。不喜欢楼上。那里的海拔高度让我的心怦怦乱跳。可我还是不停地敲着打字键。潜意识真是个魔术师。要是他的工作时间规律点就好了。楼上也有月光。也许是同一轮月亮的。月亮从来都是千篇一律的。它就像送奶工一样去了又来，可月亮的牛奶始终如一。月亮的牛奶始终——行了，伙计。你黔驴技穷了。别研究月亮的个案史了，现在不是时候。你自己的个案史都足够填满这整条该死的山谷了。

她无声无息地侧卧在床上，身体蜷缩着。在我看来，她太安静了。你睡着的时候总会发出点声响。也许她没有睡着，也许她只是想要入睡。如果我凑近点，也许就能知道答案。也有可能会跌倒在她身上。她的一只眼睛睁开了——或者是我看花眼了？她有没有看着我？没有。不然的话，她一定会坐起来对我说：你病了吗，亲爱的？是的，我病了，亲爱的。但你不要多想，亲爱的，因为这个病是我的病，不是你的病，你好好睡着，可人儿，忘了它，我身上的污秽不会玷污你，一切讨厌、灰暗、丑陋的东西都近不得你的身。

你是个白痴，韦德。三个形容词，你这蹩脚作家。耶稣基督啊，你一意识流起来，就非得连用三个形容词不可吗，你这个白痴？我掉头走下楼去，手紧抓着护栏。每走一步，我的五脏六腑就震颤一下，我用一个许诺稳住了它们。我终于回到了底楼，回到了书房，回到了沙发边，我等了一会儿，好让心跳慢下来。酒瓶子伸手可及。关于韦德的家居布置，有一件事肯定是没错的：酒瓶子永远伸手可及。没人把它藏起来，没人把它锁起来。没人会说：你是不是有点喝多了，亲爱的？你这样会生病的，亲爱的。没人会这么说。他们只会温柔地侧卧而眠，像一朵玫瑰。

我给了坎迪太多的钱。这是个错误。应该一开始只给他一袋花生的，再逐渐加码到一根香蕉。然后再给他一丁点真正不一样的东西，一步一步、不慌不忙的，永远让他充满渴望。你一开始就给他一大把真家伙，要不了多久他手头就有了资本。这里一天的生活费就够他在墨西哥舒舒服服、大手大脚地过上一个月了。而他一旦有了资本，接下来会干什么？咳，一个人只要以为自己还能弄到更多的钱，又怎么可能会有满足的那一天？也许这也没什么关系。也许我应该杀了那个眼珠贼亮的混蛋。一个好人曾经为我而死，再死一只穿白夹克的蟑螂又有什么关系？

忘了坎迪吧。扎人的针头总有办法磨钝的。那另外一个人我却永远也不会忘记。那是用绿色的火焰刻在我的心肝上的。

最好快打电话。我快失去控制了。感觉到它们在那里跳啊、跳啊、跳啊。最好在那些粉色的东西爬到我脸上之前快点叫一个人来。最好打电话、打电话、打电话。打给苏城的苏。你好，接线员，给我转长途。你好，长途，给我接苏城的苏。她的号码？没有号码，只有名字，接线员。你能看到她沿着第十街散步，在有树荫的那一侧，在高高的、伸展着大耳朵的玉米树下……好吧，接线员，好吧。别接了，我来告诉你件事——不，我来问你件事。如果你中断了我的长途电话，那谁来为吉福德在伦敦举办的那些个时髦派对买单呢？哈，你以为你的工作很体面。你以为。听着，我最好直接跟吉福德通话。给我接他的电话。他的男仆刚刚给他送茶进去。如果他不能说话，那我们就叫一个能说话的人来。

咳，我干吗要写这些东西呀？我这是在努力赶走怎样的思绪？打电话。最好赶紧打电话。感觉很糟糕，非常、非常……

就这些了。我把那几张纸折上几折，塞进胸前贴身的口袋，藏在钱夹后面。我走到落地窗边，打开窗户，跨了出去，来到外面的露台上。月光的魅力黯淡了几分。但此刻的悠谷正值仲夏，而仲夏的魅力总是那么光彩照人。我站在那里，望着凝固般的、没有色泽的湖水，陷入了沉思与疑惑。就在这时，我听到了一声枪响。

29

二楼的两扇门开着——艾琳的，还有他的。她的房间里空无一人。一阵推搡声从他的房间里传来，我一步跃进房门，看到她正弯腰伏在床前，和他扭作一团。一支泛着黑光的枪刚才朝天扣响了扳机，两只手——一只男人的大手和一只女人的小手——都紧抓着枪身不放，可谁都没有握住枪把。罗杰起身坐在床上，身体前倾，用力推着。她则身穿一件淡蓝色的居家长袍——带衬料的那种——头发全都披散在脸上。这时她用两只手抓住了枪，用力一拽，把枪从他手里夺了下来。我吃了一惊，没想到她竟有这样的气力，虽说他这时正醉眼惺忪。他向后一倒，怒目而视，喘着粗气，她退后一步，正好撞在我身上。

她站在那里，背靠着我，两手握枪，枪身紧贴着自己的身体，抽泣得上气不接下气，整个人都随之剧烈震颤着。我伸手绕过她的身体，握住了那把枪。

她猛地转过身来，仿佛直到这时才意识到我的存在。她的眼睛睁大了，靠着我的身体缩了回去。她放开了枪。那是一件笨重的武器——一把韦伯利内击锤双动扳机手枪。枪管还是热的。我用一只胳膊扶住她，把枪放进口袋，目光越过她的头顶，直视着他。所有人都一言不发。

这时他睁开眼睛，双唇又挤出了那丝倦怠的微笑。“没人受伤，”他咕哝道。“只是一颗没头的子弹飞进了天花板。”

我感觉到她的身体变僵了。接着她从我的臂弯中抽开身去。她的目光明晰清澈。我放开了她。

“罗杰，”她的声音听上去就像是病人的低语，“非得这样不可吗？”

他瞪着猫头鹰般的双眼，舔了舔嘴唇，一言不发。她走到梳妆台边，倚着台子。她的手动作机械地把头发从脸上拨开。她从头到脚打了个寒战，脑袋从左边摆到右边。“罗杰，”她又低语道。“可怜的罗杰。可怜又可悲的罗杰。”

此刻的他正仰面直勾勾地瞪着天花板。“我做了个噩梦，”他慢吞吞地说。“有人拿着刀伏在我的床前。我不知道是谁。看上去有点像坎迪。但不可能是坎迪。”

“当然不是了，亲爱的，”她温柔地说。她离开梳妆台，在床沿上坐下。她伸出手，开始抚摸他的额头。“坎迪早就睡觉去了。再说，坎迪干吗要拿着一把刀呢？”

“他是个墨西哥佬。他们都带刀，”罗杰还是用那种悠远冷漠的声音说着。“他们喜欢刀。他不喜欢我。”

“没人喜欢你，”我粗暴地说道。

她飞快地转过头来。“拜托——拜托你不要这样说话。他刚才什么都不知道。他做了个梦——”

“枪刚才是放在哪里的？”我厉声问道，两眼盯着她，全然不理会他的存在。

“床头柜。在抽屉里。”他转头迎着我的目光。抽屉里没有枪，他知道我知道。那里面有安眠药和其他一些杂物，但没有枪。

“或者在枕头底下，”他又添了一句。“我记不太清了。我开了一枪——”他抬起沉甸甸的手，向上一指——“打在那里。”

我抬头望去。没错，天花板里好像是有一个洞。我走到下面，好抬头看个确切。是的，就是弹孔的大小。从那把枪里出膛的这颗子弹足以射穿天花板，射入阁楼。我回到床边，站在那里，低头看着他，眼神阴沉。

“胡扯。你刚刚想要自杀。你没做噩梦。你在自怜自哀的大海里游泳。你的枪不是放在抽屉里的，也不在枕头底下。你刚才爬起来，拿了枪，回到床上，打算就在这里了结所有的麻烦。但你恐怕没有这个胆子。你开了一枪，并不打算打自己。然后你的妻子就跑了进来——你要的就是这个。同情与怜悯，伙计。舍此无他。甚至连你刚才的争抢都是装装样子的。她根本不可能从你手里夺下枪来，除非你是有意的。”

“我病了，”他说。“但你说得也许没错。那又有什么关系呢？”

“这关系到一件事：他们会把你关进精神病院。相信我，那里的头头就像佐治亚州劳改营看守一样富有同情心。”

艾琳这时突然站了起来。“够了，”她厉声说道。“他真的病了，你知道的。”

“他想要生病。我只是提醒他生病的代价是什么。”

“现在不是时候。”

“回你的房间去。”

她的那双蓝眼睛放着光。“你好大胆——”

“回你的房间去。除非你想要我打电话叫警察来。这类事情照理说是该报警的。”

他差点没咧嘴笑出声来。“好啊，叫警察呀，”他说道，“就像你对特里·伦诺克斯做过的那样。”

我没有理会这句话。我的目光依然在她身上。此刻的她看上去精疲力竭、弱不禁风，但美丽依旧。刚才那电光火石间的怒火消失了。我伸出一只手，搭在她的胳膊上。“没事了，”我说。“他不会再那么干了。回床休息吧。”

她望着他，目光停留了许久，这才转身出了房间。待到她的身影从敞开的门前完全消失，我这才在她刚才坐过的那侧床沿上坐下。

“再来点安眠药？”

“谢谢，不用了。我睡不睡觉都没关系。我感觉好多了。”

“我刚才对那声枪响的解读是不是正中靶心？你只是在演一出疯狂的戏码，对不对？”

“差不多吧，”他把脑袋扭开。“我感觉有点头晕目眩。”

“没人能阻止你自杀，如果你真要这么干的话。这一点我知道，你也知道。”

“没错，”他的目光依然望向别处。“你有没有按我说的去做——关于打字机上的那份东西？”

“嗯哼。你居然记得，真叫我吃惊。真是满纸的疯言疯语。滑稽的是，你字打得倒是明明白白。”

“我一向有这本事——无论是醉是醒——至少是在一定的限度内。”

“别担心坎迪了，”我说。“你要是真以为他不喜欢你，那你可就错了。我刚才说没人喜欢你，那是我说错了。我那是在刺激艾琳，故意惹她生气。”

“你为什么要那样？”

“她今晚已经晕倒一次了。”

他微微摇了摇头。“艾琳从没有晕倒过。”

“那她就是装的。”

这句话同样不怎么让他高兴。

“你那句话是什么意思——一个好人已经为你送了命？”我问道。

他眉头一皱，思考了片刻。“纯粹是瞎扯。我跟你说过了，我做了个梦——”

“我说的是你在打字机上打出了那些个胡话。”

他这时把目光投向了我，脑袋在枕头上转动了一下，仿佛分量沉得惊人。“另一个梦。”

“我再试一次。坎迪抓住了你的什么把柄？”

“够了，伙计，”说完他闭上了眼睛。

我起身关上门。“你不能逃跑一辈子，韦德。坎迪也许是个敲竹杠的，没错。再明显不过了。他甚至可以敲得温情脉脉——一面喜欢着你，一面偷你的钱。把柄是什么呢——一个女人？”

“你相信那个傻瓜——洛林，”他闭着眼睛说道。

“不完全相信。那么她的姊妹呢——已经不在人间的那位？”

某种程度上说，这其实是瞎猜，但却偏偏歪打正着。他的眼睛猛然睁开，瞪得老大。口水在他的唇间冒了个泡。

“这就是——你来这里的原因？”他缓缓地问道，声音压得很低。

“你不至于这么糊涂吧。我是应邀来你家的。你邀请我的。”

他的脑袋在枕头上辗转反侧。虽然他吃了一粒速可眠，可他显然被重重心事搅得心神不宁。他的脸上满是汗水。

“我又不是世上第一个既爱妻子又爱出轨的丈夫。别烦我了，该死的。别烦我了。”

我走进洗手间，拿了一条面巾，给他擦了脸。我对他咧嘴一笑，面带讥讽。我是个能让所有恶棍甘拜下风的恶棍。先等着一个人倒下，再一脚接着一脚地踢他。他这会儿很虚弱。他既不能抵抗，也没法反击。

“总有一天我们会在这一点上达成共识的，”我说。

“我没疯，”他说。

“你只是希望自己疯了。”

“我一直活在地狱里。”

“哦，当然啦。这显而易见。我感兴趣的是，你为什么会这样。嘿——吃了这粒药。”我从床头柜里又拿了一粒速可眠出来，再倒了一杯水。他用一只手肘把身体撑起来，伸手来抓杯子，结果足足偏了四英寸。我把杯子塞进他手里。他费力地喝了一口水，吞下了药片。然后他躺回床上，像泄了气的皮球，脸上放空了一切表情。他的鼻子看上去皱缩成一团。他几乎就像是个死人。今晚他可没法把人从楼梯上推下去了。估计今后也不行了。

我等到他的眼皮沉了下去，这才出了房间。沉甸甸的韦伯利手枪抵着我的臀部，扯着我的裤袋。我迈开步，又一次朝楼下走去。艾琳的门开着，房间里一团黑，但月光的亮度刚好勾勒出她站在门口的身影。她叫了一声，听上去像是在唤一个人名，但不是我的。我走近她。

“小声点，”我说。“他又睡着了。”

“我一直知道你会回来的，”她柔声说道。“哪怕是过了十年。”

我凝视着她。我俩当中有一个人不对劲。

“关上门，”她还是用那种好似爱抚的语调说道。“这么多年来，我一直守身如玉，只为了等你。”

我转身关上门。此刻这听上去像是个好主意。等到我再度面对她时，她已经朝我身上倒了过来。我赶忙扶住她。我非扶不可啊。她的身体紧紧地贴住我，秀发从我脸上掠过，嘴也凑了上来，等待着一个吻。

她浑身颤抖。她微启双唇，张开牙关，吐出舌头，然后手垂了下来，猛拉了一下什么东西，她身上的那件睡袍应声敞开，长袍下面的她赤裸得就如九月的黎明[1]，却又远没有那么腼腆。

"把我抱上床，"她低语道。

我照做了。我双臂环抱她，触摸到了她裸露的肌肤——柔软的肌肤，柔软、顺从的肉体。我抱起她，把她带到几步之外的床边放下。她双臂搂着我的脖子，喉咙里的声音听上去像是啭鸣。然后她身子剧烈扭动起来，一面发出呻吟。这真是要人的命啊。我欲火焚身得就像一匹种马。我眼看就要失控了。不管你走到哪里，从这样的女人身上获得这样的邀请绝对是一件稀罕事。

是坎迪救了我。一声轻轻的吱呀引得我赶忙转过身去，发现门把手在动。我连忙脱开身，扑向房门。我拉开门，冲了出去，那个墨西哥佬正飞奔着穿过走廊，跑下楼梯。跑到半道，他突然停下脚步，转身冲我不怀好意地一笑。然后他就消失了。

我回到门前，关上门——这次是站在门外。床上的那个女人发出了某种奇怪的声响，但仅此而已。只是些奇怪的声响。魔咒被打破了。

我快步下了楼，走进书房，抓起那瓶威士忌，朝嘴里猛灌，直灌到我再也咽不下去了，这才靠到墙上，喘着粗气，让酒精在我体内燃烧，直到火苗蹿进我的大脑。

晚餐后的这几个小时真是太漫长了。这段漫长的时间里，似乎没有一件事情是正常的。威士忌的酒劲儿又凶又快，我继续不停地往嘴里灌酒，直到眼前的房间像是蒙了一层雾，所有的家具似乎都摆错了地方，灯光看上去像是野火，或是热闪电。接着我就摊开手脚平躺在了皮沙发上，费力地想把酒瓶子立在胸口上——瓶子似乎空了。可它却滚了下

---

① 《九月的黎明》，法国画家保罗·埃米尔·查瓦斯的一幅作品，画面中央是一位迎着晨光的裸女。

去，砰的一声掉在了地板上。

那就是最后一件我清楚记得的事情。

30

一束阳光挠了挠我的一只膝盖。我睁开眼，看见一顶树冠在轻轻摇曳，背后是一片雾蒙蒙的蓝天。我翻了个身，皮革触碰着我的脸颊。一把斧头劈裂了我的头颅。我身上盖着一条小毯子。我掀开毯子，两脚着地。我气鼓鼓地瞪着一面钟。钟上的指针指着六点二十九分。

我站了起来——这需要勇气。这需要毅力。这耗去了我好大一部分内力，而我的内力已经大不如前了。多少个艰难的春秋已让我精疲力竭。

我步伐沉重地挪到小浴室里，脱去领带衬衣，用双手朝脸上、头上泼了些冷水，直到浑身湿淋淋的，这才用毛巾粗暴地擦干身体。我重新穿上衬衣，打好领带，伸手抓起夹克，口袋里的枪砰砰地撞着墙。我掏出枪，推出弹仓，将里面的弹药倒进手里——五发完好的，第六发只剩下焦黑的弹壳。我转念一想：这有什么用，反正他总还能弄到子弹。于是我又把子弹塞了回去，拿着枪走进书房，把枪放进书桌下面的一只抽屉里。

我抬起头，发现坎迪正站在门口，一身笔挺的白外套，头发向后梳着，乌黑铮亮，眼里射着凶光。

“你想来点咖啡吗？”

“多谢。”

“我把灯关了。老板还好。睡着了。我把他的门关上了。你为什么喝醉？”

“我只能如此。”

他冲我冷冷一笑。“没拿下她，对不对？给人卷着铺盖赶出来了是吧，私家探子。”

“随你怎么想。”

“今早你可不像硬汉，私家探子。你根本就不是硬汉。”

“快去把那杯该死的咖啡端来，”我冲他吼道。

“婊子养的！”

我一跃而起，抓住他的胳膊。他一动不动，只是鄙夷地看着我。我哈哈一笑，放开了他。

“你说得对，坎迪。我根本就不是硬汉。”

他转身出去了。一眨眼的工夫，他就端着一只银托盘回来了，托盘上面放着一只装了咖啡的小银壶，还有糖、奶和一块挺括的三角形餐巾。他把这些在鸡尾酒桌上摆好，收走了那只空酒瓶和剩下的酒水，又从地板上捡起另一只酒瓶。

“新鲜出炉。刚做的，”说完他就出了房门。

我喝下两杯黑咖啡。然后我试着吸了一支烟。感觉还好。我还是人类中的一员。这时坎迪又走了进来。

“你要早饭吗？”他没好气地问道。

“不用，谢谢。”

“好吧，那就快滚吧。我们不需要你在这里。”

“‘我们’是谁？”

他打开烟盒盖，大咧咧地取了一支烟。他点上烟，粗鲁地冲我吐了口烟圈。

“我照顾老板，”他说。

“你从中所得甚多吧？”

他皱了皱眉，然后点点头。“哦，没错。报酬很高。”

“还有暗地里的外快呢——封口费是多少？”

他又说起了西班牙语。“听不懂。”

“得了吧，你听得懂。你敲了他多少竹杠？我敢打赌不超过两百大洋。”

“什么？两百大洋？”

“两百块钱。”

他咧嘴一笑。“你给我两百大洋吧，私家探子，我就不告诉老板你昨天晚上从她的房间里出来过。”

“这么多钱可以买下整整一车像你这样的墨仔了。”

他只是耸耸肩。“老板生气的时候，可是很吓人的。你最好赶紧掏钱，私家探子。”

“墨仔小流氓的小把戏，”我轻蔑地说。“你摸到的都只是些不疼不痒的事情。许多男人喝醉酒了都会胡来。总之，那件事情她完全知情。你没有什么可供出售的情报。”

他的眼里划过一丝闪光。“以后别来了，硬汉小子。”

“我这就走。”

我起身绕过桌子。他挪动了一下，好保持面对我。我留意着他的手，但他今早显然没有带刀。我等着他进入我的攻击范围，然后挥手抽了他一记耳光。

“我可不会容忍一个仆人叫我婊子养的，黑皮佬。我来这里有事情要办，我想来就来。从今往后，你给我说话注意点。下次说不定你就该挨枪把子了。你可就要跟你那张漂亮脸蛋儿永远说再见了。”

他没有作出任何反应，甚至对那记耳光也一声不吭。这一巴掌再加上“黑皮佬”的雅称，对他来说一定是致命的侮辱。但这一次他只是站在那里，面无表情，一动不动。然后他一言不发地端起托盘，走了出去。

“谢谢你的咖啡，”我冲着他的背影说了一句。

他没有停步。我看着他消失在了视线中，然后伸手摸摸下巴上的胡茬，抖了抖身子，决定告辞。韦德一家子真是让我受够了。

就在我穿过起居室的时候，艾琳从楼梯上走了下来，身着一条白色的宽松裤和一件淡蓝色的衬衫，脚踩一双露趾凉鞋，一脸惊讶地看着我。“没想到你在这里，马洛先生，”她说道，仿佛她有整整一星期没见到我了，而我这时刚好上门来喝杯茶。

“我把他的枪放在桌子里了，”我说。

“枪？”接着她似乎慢慢想了起来。“哦，昨晚真是一团糟啊，是不是？但我之前以为你已经回家去了。”

我朝她走近了两步。她脖子上挂着一条细细的金项链，下面悬着一个漂亮的吊坠——白色的珐琅，上面有蓝金色的图案。那部分蓝色的釉彩看上去像一对翅膀，但没有张开。蓝色的翅膀映衬着一大块白色的珐琅和一把刺穿卷轴的金色匕首。我辨认不出上面的字来。那是某种军章。

“我昨晚喝醉了，”我说。“故意把自己灌醉的，醉态不怎么好看。我当时有点孤独。”

“你不必如此，”她说道，双目清澈得就像湖水，眼神中没有一丝欺骗。

“这个问题见仁见智吧，”我说。“我要走了，我不知道还会不会回来。那把枪的事情我已经说过了，你听到了吧？”

“你把枪放在他桌子里了。也许你最好把它放在别的地方。不过，他昨晚并没有真的打算开枪自杀，对不对？”

“这我说不上来。但下次他也许会的。”

她摇了摇头。“我不这么想。我真不这么想。你昨晚真真帮了大忙，马洛先生。我不知该怎么谢你。”

“你已经努力尝试过了。”

她双颊微红。然后她笑了。“我晚上做了一个非常奇怪的梦，”她缓缓地说，目光越过我的肩膀，投向别处。“一个我以前认识的人，也曾踏进过这栋房子。一个已经辞世十年的人。”她的手指向上游走，抚摸着那只金色的珐琅吊坠。“这就是为什么我今天戴着它。是他送给我的。”

“我也做了个奇怪的梦，是关于我自己的，”我说。“但我的梦还是不说为妙。回头告诉我罗杰的情况，需要我帮忙的话尽管说。”

她垂下目光，直视着我眼睛。“你说过你不会回来了。”

“我只是说，我不确定。说不定我到时候还是得再回来一趟。我希望没有这个必要了。这栋房子里有什么地方非常不对劲。而酒瓶子只是这麻烦的冰山一角。”

她盯着我，双眉紧锁。“此话怎讲？”

“我想你知道我在说什么。”

她仔细斟酌着这句话。她的手指还在轻柔地抚摸着那只吊坠。她不紧不慢地发出一声舒缓的长叹。“另一个女人总是会出现，”她轻声说道。“或迟或早。但那不见得就是世界末日。我们之间有误解，是不是？也许我们根本就不在说同一件事情。”

“也许吧，”我说。她依然站在台阶上——倒数第三级台阶。她的手指依然在吊坠上。她依然看上去像一个金色的梦。“尤其是在你认为那另一个女人是琳达·洛林的情况下。”

她的手从吊坠上垂了下来，站在楼梯上的双脚向下迈了一级台阶。

“洛林大夫似乎和我看法一致，”她冷冷地说。“他一定有信息来源。”

“你自己说过，他跟悠谷里的半数男性都演过那出戏码。”

“我说过吗？哦——那个时候也只有这么说才得体嘛。”她又向下迈了一级台阶。

“我还没刮胡子，”我说。

这话让她不由一怔。然后她笑了。“噢，我没想到你会向我示爱啊。”

“那你以为我会怎样，韦德太太——从你最初说服我踏上搜猎之旅的那一刻起？为什么是我——我有何德何能？”

“你没有丢掉信念，”她轻声说道，“哪怕是在相当艰难的时刻。”

“我很感动。但我认为那不是真正的理由。”

她迈下了最后一级台阶，此刻她的双目仰视着我。“那真正的理由是什么？”

“如果是的话——那这就是一个非常糟糕的理由。恐怕是世上最糟的理由。”

她眉头微微一皱。“为什么？”

“因为我所做的——这所谓的‘没有丢掉信念’——就连傻瓜也不会再做一次了。”

“你知道吗，”她轻巧地说，“这场对话正变得异常扑朔迷离。”

“你就是一个异常扑朔迷离的人，韦德太太。再见啦，祝你好运，如果你心头真有对罗杰的一丝挂念，你最好给他找一个对路的大夫——动作要快。”

她又笑了。“哦，昨晚的那场发作还算轻的。你真应该看看他重度发作时的样子。他今天下午应该就可以爬起来工作了。”

“他要能爬起来，那才叫见鬼。”

“相信我，他能。我如此了解他。”

我最后向她投出了一把直奔靶心的刀子——这句话可是相当的尖刻。

“你并不真想救他，对不对？你只是想要看上去像是在救他。”

“对着我说这样的话，”她从容不迫地说，“是一件极其恶毒的事情。”

她从我身边跨过，穿过餐厅的房门，走了出去。偌大的房间里只有我一个人了。我穿过房间，来到正门前，把自己请了出去。这是一个明亮、静僻的山谷里的一个美好的夏日早晨。这里远离城市，没有雾霾，又有低低的山脉阻隔海上的湿气。过一会儿天会热起来，但却是以一种美好、优雅、高档的方式，既不是沙漠里的那种酷热，也不是城市里的那种黏湿的热。悠谷是一处完美的居所。完美。光鲜的人儿在这里有着光鲜的家、光鲜的车、光鲜的马、光鲜的狗，甚至是光鲜的孩子。

可一个叫马洛的男人却只想从这里逃离。越快越好。

31

我回到家，冲了个澡，刮了胡子，换身衣服，觉得浑身又干净了。我弄了点早饭，吃下肚，洗了碗碟，打扫了厨房和游廊，装了只烟斗，拨通了电话接听服务的号码。啥都没有。那为什么还要去办公室呢？那里只会又有一只死蛾子又有一层灰尘在等着我。我的那张麦迪逊肖像还会待在保险箱里。我可以过去跟它玩一会儿，连同那五张挺括的百元大钞——它们至今依然散发着咖啡的味道。我当然可以啦，但我不想这么做。我的心情不知怎的很不愉快。那些钞票并不真的属于我。这笔钱是用来买什么的呢？死人有福消受旁人的忠诚吗？咳——我这是在透过宿醉的雾气看人生啊。

这又是一个似乎永无尽头的早晨。我疲惫迟钝，像只泄了气的轮胎，流逝的每一分钟都像是落进了一片虚空，发出轻轻的嗡嗡声，像是燃料耗尽的火箭。鸟儿在窗外的灌木丛里叽叽喳喳地叫着，车流无休无止地沿着月桂谷大道来来往往。通常我听不到这些声响。但此刻的我抑郁暴躁，憋着怒气，异常敏感。我决定摆脱宿醉。

通常我早上不喝酒。南加利福尼亚的气候太柔和了，人体的新陈代谢不够快，不适合这么干。但我今天调了一大杯冰酒，坐在一把安乐椅上，解开衬衫，有一眼没一眼地瞅着一本杂志，读了一篇疯狂的故事，里面讲了一个伙计，有着两种生活、两位精神病大夫，一位是人类，另一位是虫巢里的某种昆虫。这伙计不停地在两位大夫间穿梭，整篇东西疯狂得不着边际，但却有一种古怪的趣味。我小心翼翼地喝着酒，一次只抿一小口，一面观察着自己。

快到正午的时候，电话铃响了，一个声音说道："我是琳达·洛林。刚才我打电话到你的办公室，你的接听服务让我试试拨你家里的号码。我想见你。"

"为什么？"

"我希望能当面解释。我猜你偶尔还是会去一趟办公室的吧。"

"没错。偶尔。有钱给我吗？"

"我还没这么想过。但如果你要求酬劳的话，那我也不反对。我可以在一小时内到你的办公室。"

"好嘞。"

"你这是怎么啦？"她没好气地问。

"宿醉。不过我并没有瘫痪。我会赶到的。除非你更乐意来这里。"

"你的办公室更合适。"

"我这里挺安静的。一条死胡同，周围没邻居。"

"这话的弦外之音并不吸引我——如果我理解正确的话。"

"没人理解我，洛林太太。我扑朔迷离。好吧，我会不畏艰难朝我那个小笼子进发的。"

"非常感谢。"她挂断了电话。

我花了很久才赶到那里，因为路上我停下来吃了个三明治。我打开办公室的窗户通风，接通蜂鸣器，从连通门里伸出头去，发现她已经到了，就坐在门迪·门奈德兹坐过的那把椅子里，翻看着同样一本杂志。她今天穿着一件棕黄色的华达呢套裙，看上去相当优雅。她把杂志放到一边，严肃地看了我一眼，然后说道：

"你的波士顿蕨该浇水了。我看它还需要换一只大一点的花盆。气生根太多了。”

我替她拉开门。让波士顿蕨见鬼去吧。待她进了门，我松开手，让门关上，然后替她拉出那把客户坐的椅子。她像大多数人一样草草扫视了一圈办公室。我绕过桌角，来到桌子后面属于我的那一侧。

“你的经营场所并不十分气派，”她说道。“你连秘书都没有吗？”

“悲惨的生活，但我习惯了。”

“而且怕是算不上财源滚滚，”她说。

“哦，这不好说。看情况了。想不想看一张麦迪逊的肖像？”

“一张什么？”

“一张五千美元的钞票。定金。锁在我的保险箱里呐。”我起身走了过去。我扭动转盘，打开保险箱，开了里面一只上锁的抽屉，揭开一只信封，将那张钞票放在她面前。她瞪着它，一脸像是诧异的表情。

“别让这间办公室迷惑你，”我说。“我曾经在一个老伙计手下工作，他能从银行里兑现出两千万来。甚至连你家老头儿都会跟他说声你好。他的办公室不比我的强多少，只是他有点耳聋，天花板上装了那种隔音的东西。地上铺的是土黄的油地毡，没有地毯。”

她拿起那张麦迪逊的肖像，从指间抽过，翻转过来，最后又放回原位。

“你是从特里手里拿到的，对不对？”

“天啊，你什么都知道，是不是，洛林太太？”

她将那张大钞推开，皱起眉头。“他曾经有一张这样的东西。自从他和西尔维娅复婚后，他一直随身带着。他管这叫他的救急钱。他们没有在他的尸身上找到它。”

“这件事也可以有其他的解释。”

“我知道。但有多少人会随身带着一张五千美元的钞票？又有多少拿得出这么多钱的人会以这种形式付款给你？”

这个问题不值得回答。我只是点点头。她继续疾言厉色地往下说。

“还有：你又应该为了这张钞票效怎样的力呢，马洛先生？还是说，你不愿意告诉我？在你们开车前往提华纳的那趟最后的旅程中，他有充足的时间和你说话。那天晚上，你非常明确地告诉我说，你不相信他的认罪。他是不是给了你一张清单，上面列出了他太太的众多情人，而你则要从中找出凶手？”

这个问题我同样没有回答，但原因与刚才不同。

“另外，罗杰·韦德的名字会不会碰巧也在那张清单上？”她厉声问道。“如果特里没有杀妻，那么凶手一定是一个有暴力倾向且无责任能力的男人——一个疯子或野蛮的酒鬼。只有那种男人才能——引用你那令人反胃的原话——把她的脸砸成一团血淋淋的海绵。难道这就是为什么你那么殷勤地为韦德夫妇排忧解难吗——一个妈妈的好帮手，随叫随到，在他喝醉的时候过来悉心照料他，在他走丢的时候到处去找他，在他无依无助的时候去把他领回家？”

“让我纠正你几点，洛林太太。也许是特里给了我那张美丽的版画，也许不是。但他没有给我开什么清单，也没有向我提任何名字。他没有让我做任何事情，除了那一件你似乎百分百确定的事：开车送他去提华纳。我之所以和韦德夫妇扯上关系，全是因为一位急于让罗杰·韦德尽快完成手头那本书的纽约出版商。我要做的就是让他尽量保持清醒，而这又涉及到查明他是否遇到了什么特殊的麻烦，让他总是灌醉自己。如果事实的确如此，如果我能查明麻烦的缘由，那下一步就是尝试着解决麻烦。我说‘尝试’，是因为很可能这一点是办不到的。但你总得尝试。”

“我可以用一个简单句告诉你他为什么总是灌醉自己，”她用轻蔑的口吻说道。“就是因为他娶的那个有气无力的金发女郎。”

“哦，这我就不知道了，”我说。“我肯定不会管她叫‘有气无力的’。”

“是吗？真有趣。”她的眼里闪过一丝光。

我拿起我那张麦迪逊的肖像。“别过度解读了，洛林太太。我没和那位女士上床。不好意思，让你失望了。”

我走到保险箱边上，把钱在上锁的隔层里放好，重新把箱门关上，旋动转盘。

“转念一想，”她在我背后说道，“我怀疑恐怕根本就没有人和她上床。”

我回到原位，坐在桌角上。“你的话开始有些恶毒了，洛林太太。怎么回事？你该不会暗恋着我们那位酗酒的朋友吧？”

“我讨厌这样的言语，”她毫不客气地说，“真心讨厌。我猜是我丈夫出演的那愚蠢的一幕让你以为你有权这样侮辱我。不，我没有暗恋罗杰·韦德。我从没有暗恋过他——哪怕是过去那个头脑清醒、举止得当的他。如今的他就更不用提了。”

我扑通一声坐进椅子里，伸手抓起一盒火柴，两眼盯着她。她看了看表。

“你们这些有钱人真了不得，”我说。“你们总觉得自己说出口的任何话——不管有多难听——都是绝对得体的。你能当着一个你几乎不认识的男人的面嗤笑韦德和他的太太，而我一旦还你丁点颜色，我的话就成了侮辱。好吧，让我们扯下面具说丑话吧。每一个酒鬼最终都会跟一个荡妇搞在一起。韦德是个酒鬼，而你不是荡妇。你那教养良好的先生只是不经意地作出了这种暗示，以活跃鸡尾酒会上的气氛。他并不是认真的，他只是随口一说，博大家一笑。所以我们可以将你排除，去别处寻找一个荡妇。我们得找寻多远，才能找到这样一个荡妇呢，洛林太太——一个与你关系紧密到让你特意赶来这里，与我斗嘴的荡妇？这人一定非同寻常，不是吗——不然你干吗要在意？”

她一动不动地坐着，只是瞪着两眼看着我。漫长的半分钟过去了。

她的嘴角泛了白，她的双手僵硬地握着那只与裙装相配的华达呢女包。

“你并没有真的在浪费时间，对不对？”她终于说道。“这个出版商怎么偏偏就想到了要雇你呢，真是巧啊！这么说，特里没有跟你开什么名单！一个名字都没提。可这真的并不重要，对不对，马洛先生？你的直觉是不会犯错的。我能否问你一句，接下来你打算怎么做？”

“什么也不做。”

“是吗，那您的天赋不就浪费了吗！那样的话，您怎么对得起您那张麦迪逊的肖像呢？您一定总能做些什么吧。”

“这话就咱俩私下说说，”我说，“可你说话确实越来越没有新意了。这么说，韦德认识你妹妹。多谢告知，不管你的方式多么隐晦。我之前就已经猜到了。那又怎样？他不过是众多战利品中的一个罢了。剩下的话我们就不必说了。接下来，咱们也该说说你为什么想见我了。这件事刚才反倒让我们给忘了，对不对？”

她站了起来，再次看了看手表。“我有一辆车在楼下等着。我能否说动你跟我一起坐车回家，喝一杯茶？”

“继续，”我说。“要说什么就快说吧。”

“我的话听上去这么可疑吗？我有一位想要认识你的客人。”

“你家老头儿？”

“我不会这么称呼他，”她镇定地说道。

我站了起来，身子向前一探，越过桌子。“宝贝儿，你有时候还是挺可爱的。真的挺可爱。我带把枪去没问题吧？”

“你一定不会害怕一个老头儿吧。”她朝我噘噘嘴。

“怎能不怕呢？我敢打赌，你就挺怕他的——非常害怕。”

她叹了口气。“没错，恐怕我是挺怕他的。我一直害怕他。他有时候真的挺吓人的。”

“也许我最好带两把枪，”我说道，说完就后悔了。

32

这是我见过的最最了不得的房子。它的外形像一个灰色的方盒子，三层高，顶上是一个大斜度的复折式屋顶，上面间隔排列着二三十扇双层屋顶窗，窗户周围和两两间隔处点缀着许多婚礼蛋糕式的装饰花纹。正门两边各有一对双石柱，但这地方最最惹人眼球之处却是一道有着石栏杆的露天螺旋扶梯，顶上是一间塔顶房，从那里一定可以从湖的这头一直望到那一头。

停车场里的地面上铺着石板。这地方似乎还真需要一条半英里长、两旁白杨树成行的私家车道，需要一处鹿苑、一个野趣园、一个三层的露台、几百株图书室窗外的玫瑰，还有一片幽深葱绿的远景，绵延在每一扇窗外，尽头处是森林、沉默与空寂。可它有的只是一圈散石围成的墙，圈内是一块宽绰的土地，占地十到十五英亩——这在我们这个人多地少的县里可算得上是一大片地产了。车道两边是一道枝叶修剪成圆形的柏树篱，这里一丛、那里一簇的观赏树木随处可见——它们看上去不像是加利福尼亚的本地树种。肯定是进口的。不管是谁建了这个地方，他肯定是想把东海岸整个儿地拖过落基山脉。他努力了，但没能成功。

阿摩司——我们的黑人司机——在两边是石柱的正门前轻缓地停稳车，跳出车门，绕过车头，过来替洛林太太拉开车门。我先下的车，伸手帮他把着车门，又扶她下车。从我们上车的那一刻起，她几乎就没有跟我说话。她看上去又疲惫、又紧张。也许这栋厚重呆笨的建筑让她心情压抑。就算是一头呵呵傻笑的蠢驴见到这栋建筑也会心情压抑，像只哀伤的鸽子一样咕咕悲鸣起来。

“谁建的这地方？”我问她。“谁惹他生气了？”

她终于笑了。“你没见过这样的房子吗？”

“我从没到过山谷里这么深的地方。”

她领着我来到车道的另一边，伸手向上一指。“这栋房子的建造者从那间塔顶房里跳了下来，正好落在你现在站立的位置。他是一个法国伯爵，名叫拉·图雷尔；与大多数的法国伯爵不同，此人很有钱。他的太太叫拉蒙娜·德斯伯勒，家财也不可小觑。在默片时代，她一周就能挣三万块。拉·图雷尔造了这栋房子，作为家宅。他想要把这打造成缩小版的布洛瓦城堡。这个故事你肯定了解的。”

“了如指掌，”我说。“这下我想起来了。这故事上过某张周日报纸的。她离开了他，他自杀了，还留下了一份奇奇怪怪的遗嘱，对不对？”

她点点头。“他留给前妻几百万美元作车钱，用余下的资产设立了一份信托基金。一切都必须原封不动：餐桌上每晚都必须气派地摆开全套餐具；除了仆人和律师，不许任何人踏进地界一步。当然，遗嘱后来被打破了。最终这片地产被分割出去了一部分，等到我嫁给洛林大夫的时候，我父亲将它赠与我，作为结婚礼物。他肯定花了一大笔钱才把这地方整修得可以重新住人。我恨这房子。我一直恨它。”

“你不必真的住在这里，对不对？”

她疲倦地耸耸肩。“至少得住一段时间。他总得有一个女儿作出安安稳稳过日子的姿态来给他看。洛林大夫喜欢这里。”

“他肯定喜欢。像他这种在韦德家上演那番戏码的人肯定喜欢这副装腔作势的老派风格。”

她扬起眉毛。“哟，亏得你还这么感兴趣啊，马洛先生，非常感谢。可我想关于这个话题我们谈得已经够多的了。我们进门好不好？我父亲不喜欢等人。”

我们再度穿过车道，走上石阶，那扇巨大的双开门无声地开了半边，一个看上去身价不菲、极度势利眼的人物站在一边，让我们进去。这里的门厅比我住的那栋房子的所有地板面积加起来还要大，地上铺着棋盘型的镶嵌地板，后面好像有一扇彩色玻璃窗——如果窗里能透一点亮光进来的话，我也许就能看清那里是不是还有什么别的东西。我们沿着门厅继续往前走，又穿过几扇雕刻着花纹的双开门，来到一间长度至少有七十英尺的昏暗房间。一个男人坐在那里等着，一言不发。他的眼睛冰冷地注视着我们。

“我迟到了吗，父亲？”洛林太太匆匆问道。“这位是菲利普·马洛先生。这位是哈兰·波特先生。”

那个男人只是看了看我，下巴向下移动了大约半英寸。

“叫人送茶来，”他说道。“坐下，马洛先生。”

我坐下来，看着他。他也看着我，像一个动物学家看一只甲虫。所有人都一言不发。房间里鸦雀无声，直到仆人送来茶水。茶具用一只硕大的银盘托着送上来，在一张中式餐桌上放下。琳达在桌子边上坐下倒茶。

“两杯，”哈兰·波特说。“你可以在另一间房里用茶，琳达。”

“是，父亲。你的茶想怎么喝，马洛先生？”

“随便，”我说。我的声音似乎渐渐向远方飘去，越来越小，越来越孤单。

她递给那老头儿一杯茶，然后又递给我一杯。接着她无声地起身出了房间。我目送她离开。我啜了一口茶，抽出一支烟。

“不要吸烟，拜托。我有哮喘。”

我把香烟塞回烟盒。我盯着他。我不知道身家一千万是什么感觉，但他看上去似乎一点也不开心。他是一个大块头，六英尺五的身板结结实实，比例匀称。他穿着一件没加衬垫的灰色粗花呢套装。他那副肩膀看上去也不需要衬垫。他还穿着一件白衬衫，打着灰领带，没有装饰手帕。一只眼镜盒从他胸前的口袋里露了出来。眼镜盒是黑色的，和他的鞋子一样。他的头发也是黑色的，一丝灰发都没有。他将头发向一边梳开，遮住秃发的颅顶。我有一种莫名的感觉：那头发下面除了裸露的颅骨，也许什么都没有。他的眉毛又粗又黑。他的声音似乎来自一个遥远的地方。他喝茶的样子像是满怀着对手中那杯茶的厌恶。

“马洛先生，为了节约时间，我不妨将我的态度和盘托出。我认为你正在插手我的私事。如果我的看法没错，那我打算制止你。”

“我对你的私事了解太少，根本插不了手，波特先生。”

“我不同意你的说法。”

他又喝了几口茶，把杯子放在一边。他坐在一把大椅子上，身子往椅背上一靠，一面用他那双冷酷的黑眼睛把我里里外外拆解个透。

“我自然知道你是谁。也知道你靠什么营生——如果你有营生的话——还知道你是怎么和特里·伦诺克斯扯上关系的。根据我得到的报告，你帮助特里逃出了国界，对于他的认罪你满腹狐疑，此后你还主动接触了一个与我过世的女儿相识的男人。至于出于何种目的，我还没有听到解释。请给出解释。”

“如果这个男人有名字，”我说，“请给出名字。”

他微微一笑，但不像是喜欢上我的样子。“韦德。罗杰·韦德。好像算是个作家。写过几本诲淫诲盗的书，他们告诉我的，我是绝不会有兴趣拜读的。我还了解到，此人是个危险的酒鬼。这一点也许让你产生了一些奇怪的想法。”

“也许你不妨让我保留我自己的想法，波特先生。自然咯，它们并不重要，但它们是我的全部所有了。第一，我不相信特里杀妻，因为犯罪的手法残忍，而我认为他不是那种人。第二，我没有主动接触韦德。有人请求我住进他家，尽一切可能让他保持清醒，好完成一部作品。第三，如果他真是一个危险的酒鬼，那我没有看出任何这方面的迹象来。第四，我的第一次接触是应他的纽约出版商的请求，当时我根本不知道罗杰·韦德认识你的女儿。第五，我拒绝接受他的雇用，随后韦德太太又来恳求我寻找她的丈夫——他当时不知跑到哪里接受酗酒治疗去了。我找到了他，把他送回家。"

"很有条理，"他干巴巴地说。

"我的条理还没完呢，波特先生。第六——你，或是受你指使的某人派了一个叫休厄尔·恩迪科特的律师来把我弄出了监狱。他没有说是谁派他的，但我看也不会有别人了。第七，我一出监狱，就有一个叫门迪·门奈德兹的流氓过来对我耍威风，叫我别多管闲事，还声情并茂地讲述了特里曾经如何救过他还有一个叫兰迪·斯塔尔的拉斯维加斯赌棍。这故事在我听来似乎是真的。门奈德兹作出一副愤愤的样子来，怪特里之前计划逃往墨西哥的时候没去找他帮忙，而是找了一个像我这样的小混混。他——门奈德兹——动动小指头就能办到，而且办得漂亮得多。"

"我说，"哈兰·波特面带一丝阴冷的微笑说道，"你一定不会以为我结交了门奈德兹先生和斯塔尔先生吧。"

"我不知道，波特先生。我无法理解一个人怎样才能打拼出你这样的身家。接下来出场警告我远离这个案子的是你的女儿——洛林太太。我们是碰巧在一家酒吧里遇上的，我们之所以会说上话，是因为我俩都在喝兼烈酒——特里的最爱，可在本地并不常见。我不知道她是谁，直到她亲口告诉了我。我向她透露了一点我对特里的感觉，她则给了我一条点拨：如果我胆敢惹你生气，我的职业生涯将是短暂而悲惨的。你生气了吗，波特先生？"

"我生气的时候，"他冷冷地说，"你是不需要问我的。你会确凿无疑地知晓这一点。"

"我也是这么想的。打那以后，我一直在等着流氓团伙的光临，可他们至今都没有出现。警察也没有来烦我。事情完全可以不是这样的。那些人完全可以把我好好教训一番的。我想，波特先生您想要的只是安宁。可我究竟做了什么事情打搅到了您？”

他咧嘴一笑。那是一种乖戾的笑容，但依然是笑容。他将长长的、蜡黄的十指并拢，跷起二郎腿，舒舒服服地向后一靠。

“说得不错，马洛先生。是我给了你说话的机会。现在该听我讲了。你的想法完全正确：我想要的只是安宁。你与韦德一家发生的关系也许是个偶然、是个意外、是个巧合。那就继续保持这种状态吧。我是个看重家庭的男人，尽管在当下这个年代，家庭几乎是一文不值了。我的一个女儿嫁给了一个假正经的波士顿人，另一个女儿经历了一连串愚蠢的婚姻，最后嫁给了一个对她俯首帖耳的穷光蛋，此人放纵她去过一种既无价值又无道德的生活，最后却无缘无故地突然间失去自控，杀害了她。你觉得你无法接受这种说法，因为犯案手法过于残忍。你错了。他用一把毛瑟自动手枪打死了她——他亡命墨西哥时随身带着的正是这把枪。枪杀她后，他又做了接下来的事情，以掩盖弹创。我承认这很残忍，但你要记住：此人上过战场，受过重伤，经历过巨大的痛苦，也曾目睹别人受苦。他也许一开始没打算杀她。也许两人有过扭打，因为那把枪是我女儿的。那是一把小枪，但威力巨大——七点六五口径的，型号为 PPK。弹头完全贯穿了她的头部，射入了一道印花棉布窗帘后面的墙体中。他们起初没有找到弹头，所以这一点也就没有见报。现在，让我们细想一下案件情形。”他突然打住了，两眼紧盯着我。“你真的那么需要吸烟吗？”

“不好意思，波特先生。我掏烟的动作是纯粹无意识的。只是习惯了。”我再次收起香烟。

“特里刚刚杀了妻子。从警方局限的视角来看，他的动机很充分。但他同样也有绝好的辩护理由——那把枪是她的，在她的掌握中，他只是试图从她手中夺下枪，但没能成功，是她开枪打死了自己。一个优秀的辩护律师本可以利用这一点大做文章的。他完全可能被判无罪的。如果他那时给我打电话，我是可以帮他的。但他为了掩盖弹道轨迹，把这起谋杀变成了血腥惨案，这下一切辩白都不可能了。他除了逃亡别无选择，而就连逃亡他也干得笨手笨脚。”

“的确如此，波特先生。但你在帕萨迪纳的时候，他一开始给你打过电话，对不对？他告诉我的。”

这个大块头男人点了点头。“我叫他赶快消失，然后我会看看我能为他做些什么。我不想知道他在哪里。这一点至关重要。我不能窝藏一个罪犯。”

“听上去不错，波特先生。”

“我是不是听到了一丝嘲讽？没关系。等到我了解了事情的细节，我就没法再做什么了。我不能容忍这样的谋杀案被送上法庭审判。坦率地说，当我得知他在墨西哥开枪自杀，并留下一份供认状的时候，我是非常高兴的。”

“这一点我能理解，波特先生。”

他的一双浓眉恶狠狠地逼向我。“小心点，年轻人。我不喜欢嘲讽。现在，你能理解我为什么不能容忍任何人再以任何方式继续调查此事了吗？你能理解我为什么动用了全部的个人影响力来确保相关调查尽可能地短暂、尽可能地不为公众所知了吗？”

“当然能——假如你确实相信是他杀了她的话。”

“当然是他杀了她。至于出于何种动机，那就是另外一回事了。这一点也不再重要了。我不是一个公众人物，我也不想做公众人物。我一向煞费苦心地避免一切公众的目光。我有影响力，但我不滥用它。洛杉矶县地检官是个有野心的人，他知趣得很，不会为了这片刻的耸人听闻断送自己的职业生涯。我看到你眼珠子里有一丝闪光，马洛先生。把它抹掉。我们生活在一个被叫做民主社会的国度里，少数服从多数。一个不错的理想——如果它真能运作起来的话。人民负责选举，但党派机器负责提名，而党派机器若想有效运转，就得花大把大把的钱。总得有人向他们提供这笔钱，而这个‘人’——不论他是个人、财团、工会，还是别的什么东西，都期望能够得到某种关照作为回报。而我和我的同类们期望得到的就是能够在体面的私密中过我们的生活。我拥有报纸，但我不喜欢它们。我把它们看做是对我们目前仅存的一点私密的永恒威胁。它们总是不停地嚷嚷着出版自由，而这就意味着——除了少数几个可敬的例外——贩卖丑闻、犯罪、性、哗众取宠、仇恨、含沙射影，以及政治与金融宣传的自由。办一份报纸就是做一桩生意，目的是通过广告收入赚钱。而广告收入取决于报纸的发行量——你知道发行量靠的是什么。”

我起身绕着椅子走了一圈。他的眼睛冷冷地关注着我。我重新坐好。我需要一丁点运气。天，我需要整车整车的运气。

“好吧，波特先生。接下来呢？”

他没在听我说话。他在冲着自己的思绪皱眉。“钱有一种奇怪的特质，”他继续说道。“钱一旦多起来，就获得了一种自我生命，甚至是一种自我意识。钱的力量会变得难以驾驭。人一直是一种贪婪的动物。人口增长、战争的巨额花费、没收性赋税的无尽压迫——这一切都使他变得越来越贪婪。普通人是疲惫又恐惧的，而一个疲惫、恐惧的人无法负担崇高的理想。他必须养家糊口。我们这个时代见证了公德与私德的骇人滑坡。你不能指望一群生活在缺乏品质中的人能拿出品质来。你没法从大规模生产中得到品质。你也不想要品质，因为品质太持久了。于是，你取而代之以款式——一种旨在人为产生过时的商业骗局。只有让今年出售的产品在一年之后显得过时，大规模生产才能在来年继续出售其产品。我们拥有世上最洁白的厨房和最闪亮的卫生间。可就在这间可爱、洁白的厨房里，大多数美国主妇却做不出一顿堪吃的饭食，而那间可爱、闪亮的卫生间多半只是一个容器，用来盛放除臭剂、通便药、安眠药，以及那个被称作美容业的诈骗集团提供的各类产品。我们制造着世界上最漂亮的包装，马洛先生。里面的东西却基本上是垃圾。”

他掏出一块白色的大手帕，擦了擦鬓角。我坐在那里，张着嘴，想要弄明白究竟是什么在支撑着这伙计继续生活下去。他似乎憎恶一切。

“这地方对我来说有点太暖和了，”他说道。“我习惯于凉爽一些的气候。我的话听上去越来越像一篇忘了自己究竟要立什么论点的社论了。”

“没关系，我明白你的论点了，波特先生。你不喜欢当今世界的走向，所以你动用手头的一切权力来辟出一个私密的角落，在那里你可以尽可能地按照你的记忆过上五十年前的人们在大规模生产的时代到来前所过的那种生活。你有一千万美元，而这笔钱带给你的只有烦恼。”

他捏住手帕的两个对角，将手帕拉紧，然后将它团成一团，塞进口袋里。

“还有呢？”他不耐烦地问道。

“没有了，就这些了。你不在乎是谁杀了你的女儿，波特先生。你早就对她不抱希望了。就算不是特里·伦诺克斯杀的她，真凶依然逍遥法外，你也根本不在乎。你不希望他被抓获，因为那会让丑闻重新浮出水面，接下来就会有审判，而他的辩护律师会把你的隐私炸到高高的天上去，和帝国大厦一般高——当然咯，除非他愿意行个方便，在开庭前自杀。最好是在大溪地，或是关塔那摩，或是撒哈拉沙漠的最中心。只要是去一个能让县局心疼路费开销，不愿派人去证实事发经过的地方就成。”

他突然笑了——一个大大的、粗犷的微笑，笑容中承载着相当饱满的友善。

“你想从我这里得到什么，马洛？”

“如果你是指要多少钱，那我一分不要。我不是自己要来的。是有人把我带来的。关于我是怎么遇到罗杰·韦德的，我刚才说的是实话。但他确实认识你女儿，他也确实有暴力记录，尽管我没有看出这方面的迹象。昨天晚上，这家伙试图开枪自杀。他是个受着内心折磨的男人。他有强烈的负罪情结。假如我恰好在寻找一个合理的嫌疑人，那他就是个不错的人选。我知道他只是许多人选中的一个，可他恰好是我遇见的唯一人选。”

他站了起来，站直的时候，他确确实实是一个大个子。而且看上去很不好惹。他上前两步，在我面前站定。

“我只需一通电话，马洛先生，就能吊销你的执照。别想敷衍我。我不吃这一套。”

“你只需两通电话，我就会在臭水沟中醒来，嘴啃烂泥——后脑勺不见了。”

他哈哈大笑，笑声刺耳。“这不是我的办事方式。也许在你那个奇怪的行当中，有这种想法是很自然的。我已经让你占用我太多时间了。我这就摇铃叫仆人来把你领出门。”

“不必了，”说完我便站起身来。“我来过你家了，也受过了你的训。谢谢你百忙之中抽空。”

他伸出一只手。“谢谢你能来。我觉得你还是个挺诚实的小子。别逞英雄，年轻人。逞英雄拿不到提成。”

我和他握了手。他那只手的力道就像铁钳。此刻他正慈祥地对我微笑。他是大人物，是赢家——一切尽在掌控中。

“过几天，我说不定会给你点生意做做，”他说道。“出了我家门后，别瞎想我是不是收买了政客和执法人员。我不必这么做。再见，马洛先生。再次感谢你能来。”

他站在那里，目送我走出房间。就在我把手搭在正门上的时候，琳达·洛林不知从哪个角落里冒了出来。

“怎么样？”她悄声问道。“你和我父亲处得如何？”

“挺不错的。他向我解释了什么是文明。我是说，是文明在他眼中的样子。他打算让文明再稍稍延续一段时间。但我最好小心点，别打搅了他的私生活。不然的话，他完全可能给上帝打个电话，取消订单。”

“你无可救药了，”她说。

“我？我无可救药了？女士，看一眼你家老头儿吧。和他比起来，我就是一个蓝眼睛的宝宝，摇着一只崭新的拨浪鼓。”

我迈步出了正门，阿摩司已经把凯迪拉克开到门外等着了。他开车把我送回了好莱坞。我想给他一美元，可他不要。我想给他买T·S·艾略特的诗集，可他说他已经有了。

33

一周过去了，我没有听到韦德夫妇的任何音讯。天气闷热潮湿，让人又酸又痛、如被针扎的雾霾一路向西延伸到贝弗利山。从马尔霍兰路的最高处，你能看到雾霾平铺开来，覆盖了整个城市，就像一片贴近地面的薄雾。置身雾霾中，你能尝到它、闻到它，两眼被它扎得生疼。所有人都在抱怨它。在帕萨迪纳——自从电影人们坏了古板的百万富翁们对贝弗利山的兴致后，他们就开始在这里隐居——市府大员们发出愤怒的尖叫。一切都是雾霾的错。如果金丝雀不愿歌唱了，如果送奶工迟到了，如果哈巴狗身上长跳蚤了，如果某个戴着上浆领的老傻瓜在去教堂的路上心脏病突发了，那这一定是雾霾的错。在我住的地方，雾霾通常清晨就散去了，而且几乎总是直到晚上才有。有时候，一整天都没有雾霾。没人知道为什么。

正是在这样的一天——那天恰好是星期四——罗杰·韦德给我打来电话。“你好吗？我是韦德。”他听上去状态不错。

“我很好，你呢？”

“我没喝酒，不好意思。挣钱真辛苦啊。我们得谈谈。我想，我欠你点钱。”

“不必了。”

“哦，那今天一起吃午饭怎么样？你一点左右能不能到我这里？”

“应该可以吧。坎迪怎么样？”

“坎迪？”他的语气十分茫然。那天晚上他一定是失去知觉了。“哦，那天晚上是他帮你抬我上床的。”

“没错。他是个挺有用处的小子——在有些时候。韦德太太呢？”

“她也挺好。她今天进城购物了。”

我们挂上了电话，我坐在那里，摇着我的转椅。我刚才应该问他书写得怎么样了。你大概总是能问一个作家他书写得怎么样了。可话又说回来，也许他对这个问题已经厌烦透了。

没过多久，我又接到了一个电话，这次是一个陌生的嗓音。

“我叫罗伊·阿什特费尔特。乔治·彼得斯叫我给你打个电话，马洛。”

“哦，没错，多谢。你就是那个在纽约认识了特里·伦诺克斯的伙计。他那会儿管自己叫马斯顿。”

“是的。他那会儿可真是个酒鬼。但我能肯定就是这伙计。你几乎不可能认错他。有天晚上，我在这边的察森餐厅里见到了他和他老婆。我当时和一个客户在一起。那位客户认识他俩。但我恐怕不能告诉你客户的名字。”

“我能理解。我猜这也已经不重要了。他那会儿的教名叫什么？”

“稍等，让我好好想想。哦，想起来了——保罗。保罗·马斯顿。还有一件事，也许你会感兴趣。他当时佩戴着一块英军服役勋章。像是英国人的光荣退役章。”

“了解了。他后来怎么样了？”

“我不知道。后来我就来西部了。等我再次见到他的时候，他也来了——娶了哈兰·波特的那个有些狂野的女儿。但这些你都已经知道了。”

“现在他俩都死了。但还是要谢谢你告诉我这些。”

“不客气。很高兴能帮忙。这些事情对你有什么意义吗？”

“完全没有，”我说道——我是个骗子。“我从没有向他打听过他自己的事情。他有一次跟我说，他是在一家孤儿院里长大的。你真的完全没有可能弄错吗？”

“老兄，就他那头白发和那张疤脸？根本不可能。我不敢说我对自己见过的每一张脸都过目不忘，但他那张脸我是绝对忘不了的。”

“他看见你了吗？”

“如果他看见了，那他并没有显露出来。在那种情形下，他这种反应是意料之中的。再说了，他也有可能根本就不记得我了。就像我刚才说的，他在纽约的时候整天喝得醉醺醺的。”

我又向他道了声谢，他回了句不客气，我俩挂断了电话。

我在思绪中沉浸了一会儿。大楼外，路面上的车流声为我的思绪做着不怎么和谐的伴奏。太吵了。炎热的夏日中，一切都是那么吵。我起身关上下半扇窗户，给凶杀科的格林警司打了个电话。他很帮忙，碰巧在办公室。

“听着，”开场白过后我说道，“我听说了特里·伦诺克斯的一些让我困惑的事情。我认识的一个伙计以前在纽约的时候认识他，当时他用的是另一个名字。你查过他的参战记录吗？”

“你们这些家伙永远不知道学乖，”格林厉声说道。“你们永远学不会老老实实管好自己的事情。这个案子已经结了，封存了，绑上铅块沉到海底去了。明白了吗？”

“我上星期跟哈兰·波特在他女儿家那栋位于悠谷的宅子里共度了半个下午。想要核实一下吗？”

“你们在一起干什么？”他没好气地问。“先假设我相信你的话。”

“谈事情。我是被请去的。他喜欢我。不经意间，他告诉了我那姑娘是被一把七点六五毫米口径的PPK毛瑟手枪打死的。你听说了这事儿吗？”

“继续。”

“那是她自己的枪，伙计。这也许就让事情起了一丁点变化。不过，请别误解我。我没在调查什么隐秘的角落。这纯属私事。他是在哪儿受的那处伤？”

格林沉默了。我听到背景中传来关门的声音。接着他悄声说道：“也许是在边境南边的什么地方跟人动刀子时受的伤。”

“咳，得了，格林，你有他的指纹。一如既往，你已经把它们送到华盛顿去了。一如既往，你也已经拿到报告了。我只想就他的参战记录问你几句话。”

“谁说他有参战记录了？”

“唔，门迪·门奈德兹就说过。伦诺克斯似乎一度救过他的命，他的伤就是那时候受的。德国人俘虏了他，给他再造了他现在的那张脸。”

“门奈德兹，是吧？你相信那个狗娘养的？你脑子真是给枪打了。伦诺克斯根本就没有参战记录。他没有用任何名字留下过任何类型的记录。满意了吗？”

“随你怎么说吧，”我说。“但我看不出门奈德兹有什么必要费那么大力气跑到我这里来，添油加醋地跟我讲一个奇遇故事，然后警告我别管闲事，因为伦诺克斯是他还有拉斯维加斯的那个兰迪·斯塔尔的哥们儿，他们不想让任何人胡闹。毕竟，伦诺克斯已经死了。”

“谁知道他那种流氓的脑子里想的是什么？”格林气鼓鼓地说。“或者他为什么这么想？也许伦诺克斯以前入过他们的伙，直到他娶了个富千金，成了个有头有脸的人物。他在斯塔尔的场子里当过一段时间的楼面经理。一个微笑，一个鞠躬，外加一件晚礼服。哄得客户开开心心的，再留神着赌场雇的那些托儿。我猜他的风度正适合这份工作。”

“他确实有魅力，”我说。“警局的人就从来用不上这种品质。非常感谢，警司。格里戈利厄斯警监最近怎么样了？”

“退休了。你不读报纸吗？”

“从来不读犯罪版块的新闻，警司。太肮脏了。”

我张口要说再见，可他生生打断了我。“阔佬先生要你做什么？”

“我们只是在一起喝了杯茶。一次社交拜访。他说他说不定会给我点生意做做。他还暗示说——只是暗示，并没有把话说透——如果哪个警察看我不顺眼，那他的未来将是十分悲惨的。”

“他家不是开警局的，”格林说。

“他承认这一点。他甚至都没有收买警察局长和地检官，他说。他们只是在他打盹儿的时候蜷伏在他的大腿上。”

“见鬼去吧，”格林说完就砰的一声挂断了电话。

当警察真是不容易。你永远不知道你可以安全地在谁的肚子上跳来跳去。

34

从公路到山弯的那段路面残破的车道在正午的热气中跳动着，车道两边焦干的土地上这里一星那里一点的灌木丛这时已被花岗岩粉尘沾染得像面粉一样白。野草的气味让人作呕。空气中吹着一股淡淡的、炙热的酸风。我脱了外套，卷起袖子，但车门太烫，没法把胳膊架在上面。一匹拴着的马没精打采地在一丛槲树下打着盹。一个棕肤的墨西哥人坐在地上，吃着卷在报纸里的什么东西。一棵风滚草懒洋洋地在路面上滚着，最后被一块露出地面的花岗岩挡住了去路。一只刚刚还在那里的蜥蜴看似一动未动，却眨眼间就消失了。

不一会儿，我已绕过山弯，开上了沥青路，进入了另一个县的地界。五分钟后，我拐进了韦德家的私家车道，停好车，踩过铺在门前的板石，揿响门铃。韦德亲自开的门，身穿一件棕白相间的短袖格子衬衫和一条淡蓝色的牛仔布宽松裤，脚踩室内拖鞋。他看上去肤色黝黑健康，状态很好。他的手上有墨迹，一侧鼻翼上有一抹烟灰。

他把我领进书房，自己在书桌后面坐好。桌上放着厚厚一摞黄色的打印稿。我把外套放在椅子上，在沙发上坐下。

"谢谢你能来，马洛。喝点什么？"

我脸上露出的神情就像是听到一个醉汉在请你喝一杯。我能感觉到。他咧嘴一笑。

"我自己来一杯可乐，"他说。

"你恢复得挺快，"我说。"我这会儿不想喝酒。我跟你一起喝杯可乐吧。"

他用脚踩了一下什么东西，不一会儿坎迪进来了。他看上去态度很不好。他身着一件蓝衬衫，打一个橙色的领结，没披白外套。下身是一双黑白双色的鞋子，一条雅致的高腰华达呢长裤。

韦德要了可乐。坎迪狠狠地瞪了我一眼，走开了。

"你的书？"我边说边指了指那摞稿纸。

"没错。糟透了。"

"我不相信。写了多少？"

"大概三分之二吧——有多少价值就不好说了。我看是值不了几个钱。你知不知道，身为一个作家，你怎么判定自己已经玩完儿了？"

"我不怎么了解作家。"我装满了烟斗。

“当他开始读自己的旧作寻找灵感的时候。这是确凿无疑的证据。我这里有五百页的打印稿，十万多字。我的书都很厚。公众喜欢厚厚的书。该死的蠢公众以为，页数越多，里面的金子也就越多。我不敢把它们全读完。我也记不得里面的一半内容了。我只是非常害怕读我自己的作品。”

“你自己看上去气色不错，”我说。“想想你那天晚上的模样，我简直不敢相信。你低估了你自己的胆气。”

“我现在需要的可不仅仅是胆气，不是许个愿就能拈来的东西。我需要的是对自己的信念。可我是个被宠坏的作家，不再有任何信念了。我有一个美丽的家，一位美丽的太太，一份美丽的销售记录。而我真正想要的却只是喝个烂醉，忘掉一切。”

他用双手托住下巴，两眼直直地盯着桌子对面。

“艾琳说我那天想要开枪自杀。情况真的有这么糟吗？”

“你不记得了？”

他摇摇头。“一片空白，只记得我摔倒了，划伤了脑袋。过了一会儿，我就在床上了。你也在。艾琳给你打的电话？”

“没错。她没说吗？”

“过去的这一个星期她都没怎么和我说话。我猜她的忍耐已经到头了。到这里了。”他用手掌往脖子上比划了一道线，紧挨着下巴。“洛林在我家上演的那出戏更是火上浇油。”

“韦德太太说那只是捕风捉影。”

“哈，我就知道她会这么说。而这句话恰恰是事实，尽管我猜她嘴上这么说，心里却不相信。那家伙只是嫉妒心重得离奇。你在角落里跟他老婆喝上两杯，说笑几声，再来个吻别，转眼他就会以为你在和她睡觉。这种心理的一个原因是，他自己没在和老婆睡觉。”

“您谷有一点让我很喜欢，”我说，“这里的每个人都过着惬意又正常的生活。”

他皱了皱眉，这时门又开了，坎迪端着两瓶可乐和玻璃杯走了进来，斟上可乐，将一杯放在我面前，眼睛看都不看我。

“再过半个钟头开午饭，”韦德说。“那件白外套上哪儿去了？”

“今天我休假，”坎迪面无表情地说。“我不是厨子，老板。”

“弄点儿冷盘肉或是三明治就可以了，外加啤酒，”韦德说。“厨子今天休假，坎迪。我要招待一个朋友吃午饭。”

“你当他是你朋友？”坎迪冷笑道。“最好问问你老婆。”

韦德往椅背上一靠，冲他微微一笑。“说话注意点，小东西。你在我这儿从来没受过什么苦。我麻烦你的次数也不是很多，对不对？”

坎迪低头看着地板。过了一会儿，他抬起头，咧嘴一笑。“好吧，老板。我去穿白外套。我猜我会准备午饭的。”

他轻轻地转身出了门。韦德看着房门关上。然后他耸耸肩，看着我。

“我们以前管他们叫‘仆人’。如今我们管他们叫‘家政服务人员’。我在想，用不了多久，就该是他们躺在床上，我们给他们送早餐了。我给这家伙的报酬太高了。他给宠坏了。”

“工资——还是偷偷地塞钱？”

“塞什么钱？”他厉声问道。

我起身递给他几页折好的黄稿纸。“你最好读读这个。显然，你已经不记得自己求过我把它撕掉了。从你的打字机里拿的，就在罩子下面。”

他展开那几页黄纸，向后一仰，读了起来。那杯可乐在他面前的桌子上嗞嗞作响，可他视若无物。他读得很慢，眉头紧锁。读完了最后一行后，他将稿纸重新折好，一根手指沿着纸边轻轻抚过。

“艾琳看过这个吗？”他小心翼翼地问。

“我不知道。说不定看过。”

“一通胡言乱语，对不对？”

“我喜欢。尤其是一个好人为你而死的那段。”

他重又将纸展开，恶狠狠地撕成一截截长条，扔进废纸篓里。

“我想，一个醉汉大概什么都会说，什么都能干，”他慢吞吞地说。“这些文字在我看来毫无意义。坎迪没在敲诈我。他喜欢我。”

“也许你最好再醉一次。那样你说不定就能想起来你那些话是什么意思了。我们已经有过一次这样的对话了——就是枪响的那晚。我猜那瓶安眠药还让你失忆了。你的那些话听上去很清醒。可你现在却装作不记得写过我刚才给你的那几页东西了。难怪你没法再写书了，韦德。你居然还活着，这真是个奇迹。”

他往边上一伸手，拉开了桌子底下的一只抽屉。他那只手在抽屉里面摸索了一阵，最后掏出了一本三层的支票簿。他打开支票簿，抓起一支笔。

“我欠你一千美元，”他平静地说。他在支票簿里写下数字。然后是在票根上。他撕下支票，拿在手里，绕过桌子，在我面前放下。“可以了吗？”

我往后一靠，抬头看着他，没有伸手去碰支票，也没有回答他。他的脸绷得紧紧的。他的那双眼深邃又空洞。

“我猜你大概以为是我杀了她，让伦诺克斯顶缸，”他缓缓地说。“她是个荡妇，没错。可你不会仅仅因为一个女人是荡妇，就把她的脑袋砸扁。坎迪知道我有时候上那儿去。而这件事情最好玩的地方在于，我认为他并不会跟别人说。我有可能弄错了，但我认为可能性不大。”

“他说不说没多大差别，”我说。“哈兰·波特的朋友们不会听他的。还有，杀她用的凶器不是那个青铜家伙。她是被人用她自己的枪射穿脑袋的。”

“她也许有枪，”他说道，语调像是在做梦。“可我并不知道她是被人枪杀的。报纸上没说。”

“不知道，还是不记得了？”我问道。“是的，报纸上没说。”

“你想把我怎么样，马洛？”他的声音依然恍惚如梦，近乎轻柔。“你想要我怎么样？告诉我老婆？告诉警察？那又能有什么好处？”

“你说过，一个好人为你而死了。”

“我的意思只是说，如果他们当时真的认真启动了调查，那我本有可能被确认为一名嫌疑人的——但只是众多嫌疑人中的一名。那样我的人生也就完蛋了——从多个层面上讲。”

“我来这里不是指控你是谋杀犯的，韦德。真正让你心如蚁噬的是，你自己也不确定。你有针对自己妻子的暴力史。你一喝醉就会失忆。你说你不会仅仅因为一个女人是荡妇就砸扁她的脑袋，可这站不住脚。有人恰恰就会这么干。而那个被认作是凶手的人在我看来远远没有你的嫌疑大。”

他走到敞开的落地窗边，站在那里，眺望着窗外湖面上方闪着微光的热气。他没有回答我。他既没有动，也没有说话，如此这般僵持了两分钟，就在这时传来了一声轻轻的叩门声，坎迪推着茶具车走了进来，车上放着一条挺括的白桌布、几只有盖的银盘、一壶咖啡、两瓶啤酒。

“开啤酒吗，老板？”他站在韦德背后问道。

“给我拿一瓶威士忌来。”说话的时候韦德没有回头。

“不好意思，老板。没有威士忌。”

韦德猛地转过身来，冲他大吼，但坎迪毫不退让。他低头看着鸡尾酒桌上的那张支票，读着上面的数字，脑袋随即扭动起来。然后他抬头看着我，嘶嘶地透过齿缝冲我恶语着什么。接着他又看着韦德。

“我现在就走。今天我休假。”

他转身走了。韦德哈哈大笑。

“那我就自己去拿，”他凶巴巴地说道，然后出了房门。

我揭开一只盖子，看到几份做得漂漂亮亮的三角三明治。我拿起一份，倒了点啤酒，站着吃完了三明治。韦德拿着一瓶酒和一只玻璃杯回来了。他在沙发上坐下，倒上一大杯，哧溜一下灌进肚去。外面传来汽车驶离的声音，估计是坎迪跑了，走的是服务人员专用车道。我又拿了份三明治。

“坐下吧，自在点儿，”韦德说。“我们还有一整个下午要消磨呢。”他的脸膛已经开始放光了。他的嗓音洪亮又快活。“你不喜欢我，是不是，马洛？”

“这个问题你已经问过，我也已经答过了。”

“知道吗？你是个没心没肺的狗娘养的。为了得到你想要的，你什么都做得出来。你甚至能趁我烂醉如泥地倒在隔壁房间里不省人事的时候，跟我老婆做爱。”

“那个耍飞刀的跟你说什么你就信什么？”

他又往杯子里倒了点威士忌，举杯向着灯光。

“不是什么都信。威士忌的酒色真漂亮，对不对？醉死在一片金色的洪水中——这主意不坏。‘午夜时分，没有痛苦地就此消逝。’[①]后面一句怎么说？哦，不好意思，你不知道。太文学了。你是个条子，对不对？烦请你告诉我，你怎么会在这里？”

他又喝了几口威士忌，冲我咧嘴一笑。这时他看到了桌子上的那张支票。他伸手一把抓起，隔着玻璃杯读着上面的字迹。

“好像是开给一个叫马洛的家伙的。不知是出于何种原因，为何目的。好像我在上面签了字。我真蠢。我是个爱上当的傻瓜。”

“别演戏了，”我没好气地说。“你老婆在哪儿？”

他礼貌地抬头看着我。“等时候一到，我老婆自会回家的。那时，我肯定已经不省人事，而她就可以从从容容地款待你了。整栋房子到时

① 出自济慈的《夜莺颂》第六节第六句。

都听凭你的支配。”

“那把枪在哪儿？”我突然问道。

他面无表情。我告诉他说我把枪放在他桌子里了。“这会儿肯定不在那儿了，”他说。“你尽管去找。只是别偷我的钞票。”

我走到桌边，将桌子里外搜查了一遍。没有枪。有意思。也许艾琳把枪藏起来了。

“听着，韦德。我刚才问你，你老婆上哪儿去了。我觉得她这会儿该回家了。不是为了我，朋友，而是为了你。总得有人照看你，而我打心眼里不希望那个人是我。”

他茫然地瞪着眼睛。他手里还攥着那张支票。他放下玻璃杯，将支票一撕二，二撕四，四撕八，任凭碎片飘落到地板上。

“显然，金额太小了，”他说。“你的服务要价甚高。一千美元外加我太太的献身都不足以满足你。太糟糕了，因为我没法再往高里走了。除非是靠它。”他拍了拍酒瓶。

“我走了，”我说。

“可为什么？你刚才还要我回忆的。好吧——这里，酒瓶里，就是我的回忆。别走远了，哥们儿。等我喝得够高了，我就告诉你被我杀掉的每一个女人。”

“行了，韦德。我会在附近转悠一会儿的。可不是在这里。你要是想找我了，就抓把椅子往墙上摔吧。”

我出了门，任凭门敞着。我穿过那间宽大的客厅，来到户外的露台上。我拖了把躺椅，躲进屋檐下的阴凉处，伸直手脚躺在上面。湖对岸，一片蓝色的雾霭映衬着群山。海风开始渗透低矮的山脉，一路向西，荡涤空气，带走几分多余的热度，分寸把握得刚刚好。悠谷正享受着完美的夏日。一定是有人预先策划好的。天堂股份有限公司，还有“私家靓宅，非请勿进”公司。只有最上档次的人才能进。绝对不能有中欧人。只接受精英，上层人士，那些可爱的人儿。像是洛林夫妇还有韦德夫妇。纯金打造。

35

我在那里躺了半个钟头，努力抉择着下一步的行动。一方面，我想要让他喝个烂醉，看看他能不能酒后吐真言。我想，他在自己家、自己的书房里应该不会有什么大碍。他也许会再跌倒一次，但那得要好一阵子了。这家伙有酒量。再说了，酒鬼是从不会把自己弄成重伤的，虽说我不知这其中的道理。

另一方面，我又想要夺门而出，置身事外，可这种想法是从来不会被我采纳的。否则的话，我当初早就安安稳稳地待在我出生的那座小镇了，然后进了一家五金店，娶了老板的女儿，生了五个孩子，星期天早上给他们读报上的滑稽栏，他们不听话的时候敲他们的脑袋，和老婆喋喋不休地争吵着该给他们多少零花钱，什么样的电视节目能给他们看，什么样的广播节目能让他们听。我说不定还会成为有钱人——小镇上的有钱人，有一栋八房的私宅，一间车库两辆车，每个周日有烤鸡，客厅桌子上摆着《读者文摘》，老婆一头铸铁一样的电烫卷发，我自己一副硅酸盐水泥注成的脑瓜。这样的人生你拿去吧，朋友。我宁可选择这座肮脏污秽又堕落的大城市。

我起身回到书房。他还坐在那里，两眼瞪着空气，那瓶苏格兰威士忌空了大半瓶，脸上一副涣散的愁容，眼中两点黯淡的微光。他看着我，就像一匹马看着围栏外头。

“你要怎样？”

“不要怎样。你还好吗？”

“别来烦我。我肩膀上站着个小人，在讲故事给我听。”

我又从茶具车上拿了份三明治，倒了杯啤酒。我靠在他的桌子上，边啃三明治边喝啤酒。

“知道吗？”他突然问道，声音突然间清晰了许多。“我一度有一个男秘书。我口述，他打字。打发他走了。他坐在那里，等着我创作的模样让我心烦。那是个错误。应该让他留下的。肯定会有传言说我是个同性恋的。那群写书评的聪明小子（因为他们写不出任何别的东西来）肯定会听到风声，然后就开始拼命吹捧我。他们总得照顾自己的同类吧，你知道的。他们全都是娘炮——全都是，一个不漏。娘炮就是我们这个时代的艺术仲裁者，伙计。死变态如今成了大人物。”

“是吗？他可是一直都在啊，难道不是吗？”

他没有看我。他只是说个不停。但他听到了我的话。

“没错，几千年了。尤其是在所有艺术辉煌的时代。雅典、罗马、文艺复兴、伊丽莎白时代、法国浪漫主义运动——全都是这群人。娘炮到处都是。读过《金枝》吗？不，对你来说太长了。不过有删减版的。你该读的。它证明了我们的性习惯纯粹是因循传统——就像是无尾礼服配黑领结。我。我就是个性作家，可我会玩噱头，而且取向正常。”

他抬头看着我，冷冷一笑。“你知道吗？我是个骗子。我的主人公都身高八英尺，我的女主人公整天蜷起双腿仰卧榻上，屁股上都磨出了茧子。蕾丝与褶边，剑与马车，优雅与惬意，决斗与慷慨赴死。全是谎言。那些人用香水代替肥皂，满嘴都是烂牙，因为他们从来不刷牙，指甲缝里散发着陈年肉汁的馊味。法国贵族们会在凡尔赛宫的大理石走廊里对着墙角撒尿，等到你终于将那位可爱的侯爵夫人身上的几重内衣全部褪去，你注意到的头一件事情就是她该洗个澡了。我真该这么写。”

“那你干吗不写呢？”

他咯咯地笑了。“没问题，然后我就只能搬进康普顿的某套五居室了——如果我走运的话。”他弯下腰，拍了拍那瓶威士忌。“你很孤独，朋友。你需要找个伴儿。”

他站起身来，出了房间，步履还算平稳。我等待着，脑子里一片空白。一条快艇轰隆隆地从湖那头开了过来。等到它开进了视距，我才看清它船底的断阶触水，船身高高地跃出水面，后面拖曳着一块冲浪板，板上站着一位高大健壮、被阳光晒得黝黑的小伙子。我走到落地窗边，看着那条快艇一个大转弯——太快了，差点翻船。那个冲浪者单腿跳跃着试图保持平衡，随即嗖地一下被甩进了水里。快艇慢吞吞地停了下来，落水的那人懒洋洋地爬上船，再沿着牵拉索爬回去，翻身又上了冲浪板。

韦德又拿了一瓶威士忌回来了。快艇启动加速，消失在了远处。韦德把第二瓶酒挨着第一瓶放下。他重新坐下，陷入了忧思。

“天啊，你该不会要把这两瓶全喝了吧？”

他眯起眼睛看着我。“滚蛋，伙计。回家去，厨房地板该拖了。你挡着我的光了。”他的声音又含混不清了。他一定是在厨房里先喝过两杯了，一如既往。

“你要是需要我了，就叫唤一声。”

“我绝不可能自贱到需要你的地步。”

“好吧，多谢。我会待在这里，直到韦德太太回家。听说过一个叫保罗·马斯顿的人吗？”

他的脑袋慢慢地抬了起来。他的眼睛重新聚焦了，但费了些气力。我看得出他在努力夺回自控。他赢了——暂时赢了。他面无表情。

“从来没有，”他谨慎地说，语速非常缓慢。“他是谁？”

等到我再度进来查看他的时候，他已经睡着了，嘴巴张着，头发被汗水浸湿了，散发着威士忌的酒气。他的嘴唇向两边扯着，露出牙齿，像是在漫不经心地扮鬼脸，毛乎乎的舌头表面看上去又干又燥。

一瓶威士忌已经空了。桌上的杯子里剩了两英寸高的酒，另一瓶酒还剩下四分之三。我把空瓶子放在茶具车上，推着车子出了房间，然后回来把落地窗关上，再阖上百叶窗的叶片。那条快艇说不定还会开回来吵醒他。我关好书房的房门。

我推着茶具车往外走，一路进了厨房。厨房蓝白色调，宽敞通风，里面空空荡荡的。我还是觉得饿。我又吃了份三明治，喝完了剩下的啤酒，又倒了一杯咖啡喝下肚去。啤酒跑气了，不过咖啡还是热的。吃喝完毕，我又回到了露台上。快艇过了好久才又沿着湖面疾驰而来。四点钟左右，我听到了快艇引擎的轰鸣声由远及近，愈来愈响，最后变成了震耳欲聋的咆哮。真应该立法管管这种事情。也许法律早就有了，但快艇里的伙计根本就不在乎。他喜欢做一个讨厌鬼，就像我遇见的其他人一样。我走下台阶，来到湖边。

这次他成功了。开船的那人转弯减速的幅度刚刚好，冲浪板上的那个棕肤小子尽力把身体往外倾，以对抗离心力。冲浪板几乎飞离了水面，但一侧边缘依然轻轻触水。这时快艇拉正了航道，冲浪板上也依然站着一位冲浪手，两者一道沿着原路愈行愈远，就此消失不见了。快艇驶过时搅起的波浪一路冲向我脚下的岸边，结结实实地拍打在窄码头的墩柱上，泊在那里的一条小船也跟着上下跃动起来。等到我转身回屋的时候，那条船依然被一波波浪头拍打得不得安生。

我一上露台，就听见从厨房那边传来叮咚一声铃响。铃响第二遍的时候，我判定只有正门才有门铃。我穿过房间走了过去，拉开正门。

艾琳·韦德站在那里，两眼望着别处。她一边扭过头来，一边说道："对不起，我忘带钥匙了。"这时她看到了我。"哦——我还以为是罗杰或者是坎迪呢。"

"坎迪不在。今天是周四。"

她进了屋，我关上门。她把一只手袋放在两只长沙发中间的一张桌子上。她看上去冷漠又疏远。她脱下一双白色猪皮手套。

“出什么事儿了吗？”

“呃，有人在喝小酒。没什么大事儿。他在书房里的沙发上睡着了。”

“他叫你来的？”

“是的，但不是为了喝酒。他请我共进午餐。可他自己恐怕颗粒未进。”

“噢。”她缓缓地在一张长沙发上坐下。“知道吗，我先前完全忘记了今天是周四。厨子也不在。我真是太傻了。”

“坎迪临走前准备了午餐。我看我这会儿该撤了。希望我的车刚才没挡你的道。”

她莞尔一笑。“没有。路面足够宽。你不喝杯茶吗？我这会儿正要喝呐。”

“好啊。”我不知道自己干吗要这么说。我不想喝茶。可话就这么出口了。

她脱掉一件亚麻短上衣。她今天没戴帽子。“我就进去瞧一眼罗杰怎么样了。”

我看着她穿过房间，来到书房门前，将门推开。她在那里静立了片刻，然后关上房门，回到我身边。

“他还睡着。睡得很熟。我得上楼待一小会儿。我马上就下来。”

我看着她拿好短上衣、手套和手袋，走上楼梯，进了自己的房间。门关上了。我起身走进书房，想着把那瓶老酒拿开。他要是还睡着，那就不需要这东西了。

36

紧闭的落地窗让房间里又闷又热，阖上的百叶窗叶片让屋里一片昏暗。空气中有一种刺鼻的气味，还有一片过于沉重的静默。从门口到沙发只有区区十六步之遥，我只走了不超过八步，就意识到了沙发上躺着的是个死人。

他侧卧在那里，脸朝着沙发靠背，一只胳膊蜷在身体下面，另一只胳膊的前臂几乎遮住了双眼。他的胸膛和沙发靠背中间有一摊血，血泊之中横着一把韦伯利内击锤手枪。他的半边脸已成了一张染着血污的面具。

我俯身凑近他，凝视着那只大睁的眼睛、那条赤裸美艳的胳膊，就在肘弯内侧边上，我看到了他脑袋上的那个肿胀焦黑的弹孔，鲜血此刻还在汩汩地从中往外喷涌。

我任由他躺在那里。他的手腕依然有体温，但他无疑已经死了。我环视四周，寻找留言或是便条。什么都没有，除了桌上的那叠文稿。揭开套子的打字机摆在架子上。里面空空如也。除此以外，一切都看似平常无奇。不同的人准备自杀的方式也各不相同，有些是用烈酒，有些是用精致奢华的香槟晚餐。有些穿着晚会礼服，有些则一丝不挂。人们会在高墙的顶端自杀，在水沟里自杀，在洗手间里自杀，水中自杀，水上自杀，凌水自杀。他们会在谷仓里上吊，会在车库里吸毒气。这起自杀看上去一目了然。我之前没有听到枪声，因此他一定是趁我在湖边看那个冲浪手大转弯的时候开的枪。当时快艇的动静很大。至于罗杰·韦德为什么要费这个心思，那我就不知道了。也许他并不是存心的。他最终的冲动只是碰巧在快艇驶过时攫住了他。我不乐意事情成了这个样子，可没人在乎我乐意不乐意。

那张撕碎的支票依然散落在地板上，但我置之不理。他那天晚上写的那几页东西被撕成长条，扔进了废纸篓里。这些我并没有置之不理，而是把它们统统拣出来，确信自己没有遗漏片纸，这才把它们塞进口袋。废纸篓里几乎是空的，这让我的工作变得十分简单。想要搞清楚那把枪从何而来则是徒劳的。有太多地方可以用来藏匿了。他可以把枪藏在椅子里面，藏在沙发里面，或是藏在某只靠垫下面；还可以藏在地上，藏在书后面，藏在任何地方。

我出了房间，关上门，侧耳聆听。有声音，从厨房里传来的。我走了过去。艾琳系着一条蓝围裙，水壶刚好开始尖啸。她把火关小，向我投来短暂淡漠的一瞥。

“你的茶想怎么喝，马洛先生？”

“倒出茶壶就好。”

我靠着墙，掏出一根香烟，只是为了手头有点事情好做。我又掐又捏，把香烟掰成两截，将一截扔在地上。她的目光追踪着它落地的轨迹。我弯腰把它捡起来，又把两截香烟捏成一个小球。

她沏好了茶。“我一向喝茶加奶糖，”她回头对我说道。“真奇怪，我喝咖啡时却什么都不加。我是在英国学会喝茶的。他们不加糖，只加糖精。战争爆发后，他们当然就没有奶精了。”

“你在英国生活过？”

“我在那里工作过，一直待到伦敦大轰炸结束。我遇到了一个男人——但这件事我已经告诉过你了。”

“你是在哪儿遇见罗杰的？”

“在纽约。”

“在那里结婚的？”

她猛地转过身来，皱起眉头。“不，我们不是在纽约结的婚。怎么啦？”

“不过是趁着茶泡开的工夫聊两句。”

她从洗涤槽上方的窗户向外望去。从那儿她可以一直看到下面的湖水。她倚着滴水板的边沿，手上摆弄着一块叠好的茶巾。

“不能再这样下去了，”她说，“可我不知道该怎么做。也许只能把他送进一家监护机构了。可我没法想象自己做那样的事情。我必须得签一份东西，对不对？”

她一面问出这个问题，一面转过身来。

“这件事情他可以自己来做，”我说。“我的意思是，他本可以这么做的，现在晚了。”

定时器的铃响了。她再度转身面向洗涤槽，将茶水从一只茶壶里倒进另一只。接着她把第二只茶壶放上托盘，托盘上面已经摆好了茶杯。我走上前，拿起托盘，端到客厅里两只长沙发中间的桌子上。她正对着我坐下，倒了两杯茶。我伸手拿起我那杯，放在面前，等着茶凉。我看着她往自己的那杯里放了两块糖，一点奶。她尝了一口。

“你刚才那句话是什么意思？”她突然发问道。“他本可以这么做的，现在晚了——把自己送进一家监护机构，你指的是这个，对不对？”

“我想那只是句随口胡诌吧。你有没有把那把枪藏起来？我跟你说过的。就是他在楼上演了那出戏的第二天早上，你知道的。”

“藏起来？”她皱起眉头重复着我的话。“没有。我从没有干过这种事情。我不相信这样做有什么好处。你为什么这么问？”

“你今天还忘了大门钥匙？”

“我告诉过你我忘了。”

“但却没有忘记车库钥匙。而在这样的大宅里，外面的门通常都是凭主控钥匙打开的。”

“我不需要用钥匙开车库门，”她厉声答道。“用开关就行了。正门里面有一个继电器开关，你一推开关就可以出门。车库边上也有一个开关可以开那道门。通常我们都不关车库门。有时坎迪会出去关上。”

“我明白了。”

“你今天一直在说一些奇奇怪怪的话，”她的声音里带着刺。“那天早上也是的。”

“我在这栋宅子里经历了一些奇奇怪怪的事。手枪在半夜里走火；

醉鬼横卧在门前的草坪上；医生上门后却什么都不肯做；可爱的女人伸开双臂搂住我的脖子，对我说着情话，像是把我错当成了别人；外加一个耍飞刀的墨西哥男仆。那把枪的事情很让人遗憾。可你并不真爱你丈夫，对不对？我之前好像已经说过这句话了。”

她缓缓地站起身来。她面容平静得就像蛋奶糊，但她那双紫罗兰色的眼睛似乎不复先前的光彩，也少了最初的温柔。接着她的嘴唇开始颤动起来。

“是不是——是不是出了什么事？”她一字一顿地问道，目光投向书房。

我刚刚来得及点点头，她就已经拔腿跑了起来。眨眼间她就奔到了门口。她猛地推开门，冲了进去。我本以为会听到一声尖叫，可我错了。什么都没有。我感觉很糟糕。我应该先把她稳住，再小心翼翼地启动那老一套的噩耗传达流程的：准备好，您请坐，我很遗憾地告诉您，刚刚发生了一件十分严重的事情。等等等等。等到你终于走完了这整套流程，你也并没有免除任何人的任何痛苦。在很多情况下，你只是让事情变得更糟。

我起身跟着她进了书房。她跪在沙发边上，把他的头抱在胸前，身上沾满了他的鲜血。她没有发出任何声响。她的双目紧闭。她那双膝着地的身体拼命地前后摇摆着，一面紧紧抱住他。

我退了回去，找了一部电话和一本电话簿。我查到了看似离这里最近的县治安官办公室，拨了过去。远近其实并不重要，反正他们可以用无线电调派的。然后我走进外面的厨房，拧开水龙头，从口袋里掏出撕成长条的黄稿纸，冲进电动厨余粉碎器。接着我又将另一只茶壶里的茶叶倒掉。只几秒钟的工夫，那东西就消失了。我关上水龙头，切断电源。我回到客厅，打开正门，跨了出去。

这附近一定有辆巡逻车，因为不到六分钟，一位巡警就赶到了。直到我把他领进书房，她依然跪在沙发边上。他立刻赶到她身边。

“很抱歉，夫人。我理解你现在的感受，可你不应该触碰任何东西。”

她转过头去，随即赶忙站起身来。“这是我丈夫。他中枪了。”

他脱下警帽，放在桌上，然后伸手抓起电话机。

“他名叫罗杰·韦德，”她用尖利冰冷的嗓音说道。“他是位著名的小说家。”

“我知道他是谁，夫人，”县警说道，然后拨了电话。

她低头看着衣衫的前襟。“我能上楼换件衣服吗？”

“当然可以。”他朝她点点头，冲电话里说了句什么，挂上话筒，转过身来。“你说他中枪了。那意味着是另一个人朝他开的枪？”

“我认为是这个人谋杀了他，”她说这话时并没有看我，说完便快步离开了房间。

县警看着我。他掏出笔记本来。他在上面写了点什么。“我最好记下你的名字，”他用不经意的口吻说道，“还有住址。刚才就是你打的电话？”

“是的。”我报上了我的名字和住址。

“放松点，奥尔斯警督正赶过来，我们等等他。”

“伯尼·奥尔斯？”

“没错。你认识他？”

“当然啦。我认识他好久了。他以前在区检官办公室里工作。”

“那是好久以前啦，”县警说道。“他现在是凶杀组副组长，在洛杉矶县治安官办公室里工作。你是这家人的朋友吗，马洛先生？”

“韦德太太刚才的话似乎不是这个意思。”

他耸耸肩，似笑非笑。“放松点，马洛先生。你该没带枪吧？”

“今天没带。”

“我最好确认一下。”他说到做到。然后他将目光投向沙发。“在这种情境下，你不能指望太太表现得很理智。我们最好到外头等。”

37

奥尔斯是个中等个头、身材粗壮的男人，一头暗金色的头发剪得短短的，外加一双暗蓝色的眼睛。他长了两道粗硬的白眉；想当初，在那些他还戴帽子的日子里，每次他一脱帽，你总会暗暗有些吃惊——这么大一颗脑袋，远远超乎你的想象。他是一个坚忍硬派的警察，对人生有着非常灰暗的看法，但表层之下却是一个相当正直的伙计。他好多年前就该当上警监了。他已经以名列三甲的成绩通过晋升考试五六次了。但县治安官不喜欢他，他也不喜欢县治安官。

他搓着下巴走下楼梯。许多支手电筒已经在书房里照了好久了。人们进进出出。我却只是和一个便衣警探在客厅里干坐着，等待着。

奥尔斯挨着椅子边坐下，晃荡着两只手。他嘴里嚼着一支没点火的香烟。他满脸忧思地看着我。

“还记得过去的那些日子吗？当年他们在悠谷里设了一个警卫室，还有一支私家警卫部队。”

我点点头。“还有赌场。”

“没错。你阻止不了那种事。如今这整片山谷依然是私人地产。就像过去的箭头泉，还有翡翠湾。上一次我接到一个没有记者在周围上蹿下跳的案子一定是很久以前的事了。肯定有人在彼得森县治安官的耳朵边上说了悄悄话。他们把这个案子给捂了起来，不让媒体嗅到。”

“他们可真是太贴心了，”我说道。“韦德太太怎么样？”

“太放松了。她一定是吃了几粒药片。楼上有好多种药呐——甚至有德美罗。那可不是什么好东西。你的几位朋友最近运气都不怎么好，对不对？全都丢了小命。”

“我对此无可奉告。”

“开枪自杀案总是能勾起我的兴趣，”奥尔斯漫不经心地说。“太容易伪造了。他太太说是你杀了他。她为什么会这么说？”

“她这只是一种修辞的说法。”

“这里没有别人。她说你案发时知道这伙计在哪儿，知道他正在把自己灌醉，知道他前两天晚上开过这支枪，当时她还不得不跟他一番争抢，从他手里把枪夺下。那天晚上你也在。你好像没有帮上太多忙，是不是？”

“我今天下午搜过他的书桌。那把枪不在。我之前告诉过她枪在那里，还叫她把枪收起来。她现在却又说她不相信这么做能有什么好处。”

“这个‘现在’又指的是什么时候呢？”奥尔斯生硬地问道。

“在她回家之后，在我给警察分局打电话之前。”

“你搜过桌子。为什么？”奥尔斯抬起双手搁在膝盖上，两眼无动于衷地看着我，好像他根本不在乎我说什么。

“他正在把自己灌醉。我觉得，把枪放在别的地方会比较好。可他那天晚上并没有真想自杀。他不过是在装样。”

奥尔斯点点头。他从嘴里掏出那支嚼过的香烟，把它扔进烟灰缸，又用一支新香烟取代了它。

“我戒烟了，”他说。“那阵子咳嗽得太厉害了。可这些该死的东西依然不肯放过我。嘴里不嚼一根，我就觉得不对劲。你当时是不是应该在他一个人的时候看着他？”

“当然不是啦。他约我出来吃午饭的。我们谈了一会儿，他对于写作进展不顺利有些抑郁。他决定借酒浇愁。你认为我应该把他手里的酒瓶子抢走？”

“我还没有开始‘认为’呢。我只是在试图了解情况。你们喝了多少酒？”

"只喝了啤酒。"

"你到这里来纯属走了霉运，马洛。那张支票又是干什么的呢？就是那张他写了金额、签了字，然后又撕掉的支票。"

"他们全都想要我来这里住下，好生看着他。这里的'全'指的是他本人、他太太，还有他的出版商——一个叫霍华德·斯宾塞的男人。他人在纽约，我猜是的。你可以去找他核实一下。我拒绝了。随后她亲自上门来找我，说她丈夫喝得烂醉、离家出走了，她很担心，请我能不能设法找到他，把他领回家。我照办了。紧接着，我又把他从自家门前的草坪上一路扛进屋，再安顿他上床休息。我根本不想掺和这摊子事，伯尼。可它却不知怎的在我前后左右冒出头来，把我裹在了当中。"

"这跟伦诺克斯的案子没有关系，是吧？"

"天啊，够啦。根本就没有什么伦诺克斯案。"

"千真万确，"奥尔斯干巴巴地说道。他捏了捏膝盖骨。一个人从前门走了进来，跟另外一个警探说了句什么，然后径直走到奥尔斯跟前。

"门外站着一个叫洛林大夫的家伙，警督。他说有人叫他来的。他是那位太太的医生。"

"让他进来。"

那警探退了回去，洛林大夫走了进来，夹着他那只挺括的黑包。他一身精纺毛料夏季西服，仪态冷静优雅。他从我身边走过，看都不看我一眼。

"在楼上？"他问奥尔斯。

"是的——在她自己的房间里。"奥尔斯站起身来。"你给她开德美罗做什么，大夫？"

洛林大夫朝他皱皱眉。"我给我的病人开我认为合适的药，"他冷冷地说。"我不需要解释这么做的理由。再者，谁说我给韦德太太开德美罗了？"

"我说的。药瓶就在那里，上面有你的名字。她在卫生间里开了家像模像样的药房。也许你不知道，大夫，但那里陈列的药品可谓应有尽有，凡是市里有的在那里都能找到。蓝药片、红药片、黄胶囊、安眠丸，还有清单上的其余所有品种。德美罗却是所有这些药物当中最糟糕的。戈林就是靠这种药片苟活的，我听说是这样的。他们捉住他的时候，他一天要吃 18 粒。陆军军医们花了三个月的工夫才控制住了他的药瘾。"

"我不知道你这些话是什么意思，"洛林用冰块般的声音说道。

"你不知道？真遗憾。蓝药片是阿米妥钠。红药片是速可眠。黄胶囊是戊巴比妥钠。安眠丸是一种掺有安非他明的巴比妥类催眠药。德美罗是一种能够快速上瘾的合成镇定剂。你就这么随随便便地把它们派发了出来，是吧？那位女士遭受着什么严重病痛的折磨吗？"

"一个酒鬼丈夫对于一个敏感的女人而言可谓非常严重的病痛了，"洛林大夫答道。

"你一直没抽出空来给他瞧瞧，是不是？真遗憾。韦德太太在楼上，大夫。感谢你的宝贵时间。"

"你很无礼，警官。我要举报你。"

"可以，悉听尊便，"奥尔斯说。"可在你举报我之前，请你先做一件事。务必让那位女士保持头脑清醒。我有问题要问她。"

"我只会严格采取对控制她的病情最有利的措施。你知道我是谁吗，顺便问一句？另外，我只想澄清一点：韦德先生不是我的病人。我不给酗酒者治病。"

"只治他们的老婆，是吧？"奥尔斯冲他厉声叫道。"是的，我知道你是谁，大夫。我的心灵正在悲悯中泣血。我是奥尔斯。奥尔斯警督。"

洛林大夫抬步上了楼。奥尔斯重新坐下，冲我咧嘴一笑。

"面对这号人的时候你得采取点外交策略，"他说道。

一个男人从书房里面冒出来，来到奥尔斯跟前——一个表情严肃的瘦子，架着眼镜，额头宽阔，看上去很有脑子。

“警督。”

“快说。”

“伤口是接触伤，典型的自杀案例，伤口组织还有气压造成的明显膨胀。死者眼球突出，也是由同样原因造成的。我认为枪体外表面上不太可能发现指纹。上面全都是血。”

“有可能是他杀吗？假设这家伙当时睡着了，或是醉倒了。”奥尔斯问他。

“当然有可能，可是没有任何这方面的迹象。那是一把韦伯利内击锤手枪。通常来讲，这种枪的击铁板扳起时很费力，扳机扣动时却很轻松。后坐力揭示了枪在现场的位置。我看不出任何与自杀说不符的地方。我预计血液酒精浓度会很高。如果读数太高的话——”他顿了一下，意味深长地耸耸肩——“那我也许会用质疑的眼光审视自杀说。”

“多谢。有人联系了验尸官吗？”

那人点点头，走了出去。奥尔斯打了个呵欠，看看手表。然后他看着我。

“你想走吗？”

“当然想啦，如果你肯放我走的话。我还以为我是嫌疑人呢。”

“过一会儿我们也许就会满足你的愿望。别跑远了，待在我们找得到你的地方，我对你的要求就这些。你以前当过警察，你知道警察是怎么干活儿的。有些案子你得快刀斩乱麻，以免证据从手头溜走。而这个案子却恰恰相反。如果这真是一起凶杀案，那么是谁想要他的命？他老婆？她不在现场。你？好吧，当时房子里就你一个人，你知道枪在哪里。完美的作案计划。万事俱备，只欠动机。另外，我们或许还得考虑一下你在这方面的老道经验。我猜想，如果你真要杀一个人，那你或许是可以把事情做得不那么明晃晃的。”

“多谢，伯尼。这一点我确实做得到。”

“用人们也不在。他们出去了。所以作案的只能是某个恰好在那个时候登门的人。这个某人还得知道韦德的枪在哪里，还得撞见他醉得睡死过去或是不省人事，还得在快艇的噪音足以掩盖枪声的那一刻扣动扳机，还得在你回到屋里之前逃之夭夭。根据我现有的信息，我根本不相信有这么个人。唯一一个有手段、有机会作案的人恰恰是那个不会利用它们的人，原因很简单：他是唯一一个具备这些条件的人。”

我起身告辞。“好吧，伯尼。我整晚都会待在家里等着的。”

“还有一件事，”奥尔斯若有所思地说道。“这位韦德是个大牌作家。大把的钱，大把的名。我本人不怎么喜欢他写的那种垃圾。你在妓院里碰到的人说不定都比他笔下的那些人物更体面。这当然只是个品味问题，与我作为一名警察的职责无关。坐拥金山的他在全国最宜居的一个地方安了一个美丽的家。他拥有一位美丽的妻子，许多朋友，远离任何烦恼。我想知道的是，究竟是什么事把这一切变成了无边苦海，逼得他只能扣下扳机？这里头肯定有什么事，我闭着眼睛都能猜到。你要是知道内情的话，最好痛痛快快地实话实说。回头见。”

我走到门口。看门的那人回头看看奥尔斯，得到了他的暗示，这才放我出去。我钻进自己的车，小心翼翼地开上草坪，绕过许多辆堵在车道上的公务车辆。到了大门口，另一名县警将我上下打量了一番，但什么都没说。我戴上墨镜，掉头朝主干道驶去。路面空空荡荡，一片平和。午后的阳光直射着一片片精心修剪过的草坪，还有草坪后面的那一栋栋奢华宽敞又大气的豪宅。

一个并非默默无闻的男人死在了悠谷的一栋宅邸里，倒在了一片血泊之中，而那片懒洋洋的静谧却丝毫没有被打破。对于报纸而言，这起事件就像是发生在西藏一样。

在公路的一个弯道处，两片地产的围墙延伸到了路肩，一辆墨绿色的警车停在那里。一名县警从车上下来，举起一只手。我停下车。他来到车窗边。

“请问，我能看一下你的驾照吗？”

我掏出钱包，敞开着递给他。

“只要驾照，拜托。按规定我不能触碰你的钱包。”

我抽出驾照，递了上去。“有问题吗？”

他朝我车里瞥了一眼，把驾照递还给我。

“没有问题，”他说道。“只是常规检查。抱歉，麻烦你了。”

他挥手放行，转身回到那辆停着的警车边。警察都这样。他们从不告诉你他们做的任何事情是为了什么。那样的话，你就发现不了他们自己也不清楚这个问题的答案了。

我开车回家，给自己买了两瓶冷饮，出去吃了晚饭，又回到家，打开窗户，敞开衬衣，等待着发生点什么。我等了很久。九点钟的时候，伯尼·奥尔斯打来电话，叫我过去，还嘱咐我路上不要停车采野花。

38

他们让坎迪坐在治安官接待室里一把靠墙的硬椅子上。他恶狠狠地注视着我从他身边经过，走进一间宽敞四方的房间——彼得森县治安官就是在这里接受觐见的，身边环绕着琳琅满目的纪念赠品，每一件都见证着公众对于他二十年来的忠诚服务如何感激涕零。四面墙壁上挂满了马的照片，彼得森治安官在每一幅照片中都屈尊现身。他那张精雕细琢的办公桌四角全是马头。他的墨水池是一只打磨光滑、安在底座上的马蹄，和它配对的另一只马蹄里装满了白沙，上面插着钢笔。每一件纪念品上都有一个金牌，讲述着这样或那样一个特别的日子。一张洁白无瑕的吸墨纸中央是一袋“杜汉公牛”烟草和一包棕色的卷烟纸。彼得森治安官自己卷烟。他完全能在马背上用单手卷烟，而且经常这么干，尤其是在他跨上一匹披挂着墨西哥马鞍、马鞍上缀满了美丽的墨西哥银饰的高头白马，在游行队列中打头阵之时。马背上的他头戴一顶墨西哥平顶宽边帽。他的骑术精湛，他的马儿总是知道该在哪一刻保持安静，又该在哪一刻要点性子，好让治安官带着他那深不可测又平静似水的微笑，单手将它制服。治安官很能拿腔拿调。他生了一张俊朗似鹰的侧脸，下巴下面有点松垂，但他知道该怎么昂起头，不让这一点过分显现。他煞费苦心、不厌其烦地让自己出现在镁光灯前。他五十好几，他的父亲——一个丹麦人——留给了他一大笔钱。治安官的模样不怎么像丹麦人，因为他一头黑发、一脸棕肤，那副面无表情的镇定仪态就像个烟草店里的印第安人，脑瓜也像。可从没有人说过他贪赃枉法。他手下各部门里面当然出过腐败分子，他们蒙蔽了他，正如他们蒙蔽了公众，但这些腐败事件丝毫没有对彼得森治安官的声名造成影响。他依然不费吹灰之力地一次次当选，跨着白马在游行队列中打头阵，面对镜头审问嫌犯。报纸的大字标题都是这么说的。事实上，他从没有讯问过任何人。他根本不知道该如何讯问。他只是坐在桌子后面，用严厉的目光看着嫌犯，将侧脸对着镜头。闪光灯会亮起，摄像师会毕恭毕敬地谢过治安官，嫌犯嘴还没张就会被人带离，治安官则会打道回府，直奔他那片位于圣费尔南多谷的大牧场。你永远可以打那里的电话联系到他。如果你没法找到他本人，你总可以和他的某匹马聊一聊。

偶尔，某场选举中也会发生这样一幕：某个误入歧途的政客觊觎彼得森治安官的职位，竟会送给他这样一堆雅称：“靠侧影吃饭的家伙”，或是“自动烟熏的火腿”，可这种伎俩完全无效。彼得森治安官继续一次次地当选，活生生地见证着这样一个事实：在我们这个国家，哪怕你没有任何相关资质，你也可以将一个重要公职永久性地收入囊中，只要你的鼻子不去乱嗅是非，你的脸还算上照，你的嘴巴闭紧点，别乱说话就行了。除此之外，你要是还能亮出马背上的英姿，那就更是不可战胜了。

奥尔斯和我进去的时候，彼得森治安官正站在办公桌后面，摄像小子们正从另一扇门中鱼贯而出。治安官戴上了他那顶白色牛仔帽。他正在卷烟。他已经准备好打道回府了。他目光严厉地看着我。

“这是谁？”他用低沉浑厚的嗓音问道。

“他叫菲利普·马洛，头儿，”奥尔斯说。“韦德自杀的那栋房子里唯一在场的人。你要拍张照吗？”

治安官打量了我一番。“不拍了，”说完他就朝一个一头铁灰色的头发、面容疲倦的大个子转过身去。“你要是需要找我，埃尔南德斯警监，我总归在牧场。”

“是，长官。”

彼得森拿一根粗头火柴点着了烟——用大拇指划的火柴。彼得森治安官可不用打火机。他绝对是那种自己卷烟、单手点火的汉子。

他道了声晚安，出了房门。一个面无表情、一双黑眼目光凌厉的人——他的保镖——随他一起走了。门关上了。他一走，埃尔南德斯警监就走到办公桌边，坐进了治安官的那把大得出奇的椅子，角落里的一名速记机打字员把支架从墙边上往外挪了挪，好腾出操作空间。奥尔斯站在桌子一头，一副乐坏了的表情。

“好啦，马洛，”埃尔南德斯轻快干脆地说。“快说吧。”

“为什么我没有上照片？”

“治安官发话了，你听到的。”

“是的，可为什么？”我哀怨地问道。

奥尔斯哈哈大笑。“该死的，你知道为什么。”

“你是说，因为我高大、黝黑又英俊，也许会吸引读者的注意力？”

"够了，"埃尔南德斯冷冷地说。"快供述你的陈词吧。从头开始。"

我照办了，从头开始：我和霍华德·斯宾塞的面谈，我与艾琳·韦德的会面，她如何求我去找韦德，我如何找到了他，她如何请我去他们家，韦德求我做了什么，我又是如何发现他倒在木槿丛边不省人事，等等等等。速记员全都记了下来。没有人打断我。我说的全都是真的。真相，只有真相。可并非是全部的真相。至于我漏掉了什么，那就是我自己的事了。

"很好，"埃尔南德斯终于说道。"可并不完全。"这位埃尔南德斯——这可是个火眼金睛的冷面狠角儿。治安官办公室里总得有一个这样的人物。"韦德在自己卧室里开枪的那天晚上，你进过韦德太太的房间，在那儿关着门，逗留了一段时间。你在里面做什么？"

"她把我叫进去的，问我他怎样了。"

"干吗要关门？"

"韦德半睡半醒着，我不想发出任何嘈杂声。再说了，那个男仆正猫在外面偷听呐。再说了，是她叫我关的门。我当时并没有意识到这会有什么大不了的。"

"你在里面待了多久？"

"我不知道。大概有三分钟吧。"

"我认为你在里面待了两个钟头，"埃尔南德斯冷冷地说。"我的意思够明白吗？"

我看着奥尔斯。奥尔斯不知在看什么。他一如既往地嚼着一根没点着的香烟。

"你被人误导了，警监。"

"我们等着瞧。离开房间后，你下楼去了书房，然后在沙发上过的夜。也许我应该说后半夜。"

"他打电话到我家的时候，已经是晚上十点五十了。当晚我最后一次去书房的时候，早已过了两点钟了。你要愿意的话，就管那叫后半夜吧。”

“把那个男仆带进来。”埃尔南德斯说。

奥尔斯出去了，回来的时候身后跟着坎迪。他们让坎迪坐进一把椅子里。埃尔南德斯问了他几个问题，再次确认了他的姓名身份等信息。然后他开口道：“好啦，坎迪——方便起见，我们就这么叫你吧——你和马洛一道帮罗杰·韦德上床就寝之后，发生了什么？”

我或多或少已经猜到了接下来会发生什么。坎迪用一种恶毒的低语声讲述着他的故事，几乎完全没有口音。他似乎能任意开启或关闭口音，就像安了个开关似的。他的故事是这样的：他当时一直在楼下转悠，以防又有用得着他的状况；他一半时间待在厨房里，给自己弄了点吃的，一半时间待在客厅里。就在他坐在客厅里靠近正门的一把椅子上的时候，他看见艾琳站在自己房间的门口，眼看着她脱了衣服。他还看到她披了一件睡袍，睡袍下面不着一丝；看到我进了她的房间，我关上门，在里面待了好久——可能有两个钟头。他于是上了楼，竖耳聆听。他听见弹簧床垫在咯吱作响。他听见了耳语声。他的意思再清楚不过了。他说完后，毒辣地看了我一眼，扭曲的嘴角绷得紧紧的，上面写满了恨意。

“把他带出去，”埃尔南德斯说。

“等一等，”我说道。“我想问他几个问题。”

“我是这里问问题的人，”埃尔南德斯厉声道。

“你不知道该怎么问，警监。你不在场。他在撒谎，这一点他知道，我也知道。”

埃尔南德斯往椅背上一靠，拿起治安官的一支笔。他折弯了笔杆。那支笔又长又尖，是用硬马鬃做的。他一松开笔尖，笔杆便又弹回了原状。

“问吧，”他终于说道。

我面对着坎迪。“你看到韦德太太脱衣服的时候，你人在哪里？”

“我坐在正门边上的一把椅子里，”他没好气地答道。

“在正门和两张面对面的长沙发之间？”

“我刚才说的啥就是啥。”

“韦德太太在哪儿？”

“就在她自己房间的门后面。门开着。”

“客厅里当时有什么灯光？”

“有一盏灯。那盏高高的灯，他们管那叫升降落地灯。”

“二楼楼道里有灯光吗？”

“没有。她的卧室里有灯光。”

“她的卧室里有什么样的灯光？”

“很暗的光。也许是床头灯。”

“不是吊顶灯？”

“不是。”

“她脱了衣服之后——就站在房门后面，你刚才说的——披上了一件睡袍。什么样的睡袍？”

“蓝色的睡袍。很长，像是居家服。她还系了一条腰带。”

“所以说，如果你之前没有亲眼看见她脱了衣服，你就无从知道她睡袍之下穿了什么，对吗？”

他耸耸肩，神情稍稍有些不自在了。“是。没错。可我确实看见她脱了衣服。”

“你是个骗子。客厅里没有任何一处位置能让你看见她脱衣服，就算她刚好站在卧室门口，更不用说站在房间里面了——除非她走到楼道里来。可那样的话，她就看到你了。”

他只是对着我怒目而视。我朝奥尔斯转过脸去。“你见过那栋房子。

埃尔南德斯警监还没有——是吗？”

奥尔斯微微摇了摇头。埃尔南德斯皱起眉头，一言不发。

“埃尔南德斯警监，客厅里没有一处位置可以让他看见哪怕是韦德太太的脑袋，就算他站起身来——而照他的说法，他是坐着的——只要她没有迈出卧室的门槛，或是干脆就在房间里面。我个头比他高四英寸，而我刚好站在那栋房子正门里面的时候，也只能看见二楼一扇洞开房门的顶端一英尺。她只有走到门外，靠近楼道边缘，才可能被他看见他声称亲眼目睹了的那一幕。可她有什么理由要这么做呢？她又有什么理由要站在哪怕是房间门口脱衣服呢？这根本就不合情理。”

埃尔南德斯只是看着我。然后他看着坎迪。“你在里面待了多久的问题又该怎么解释呢？”他轻声问道，问题却是指向我的。

“关于这一点，纯粹就是你愿意信他还是信我了。我现在只是在讨论一个可以证明的问题。”

埃尔南德斯朝坎迪恶狠狠地骂了几句西班牙语，语速太快，我没听懂。坎迪只是一脸愠色地瞪着他。

“把他带出去，”埃尔南德斯说。

奥尔斯竖起大拇指，拉开房门。坎迪出去了。埃尔南德斯拿出一盒香烟，往嘴里塞了一支，掏出一只金色的打火机点上。

奥尔斯返身回到房间。埃尔南德斯平静地说：“我刚才只是告诉他，如果将来有死因调查讯问，他胆敢在庭上讲那个故事的话，他就会因为作伪证进圣昆丁监狱，少则一年，多则三年。他这么心如蚁噬的原因再明显不过了。又一个欲火焚身的老套案例。要是他当时在现场，而我们也有理由怀疑谋杀的话，那他本可以做一个绝好的替罪羊的——只是他应该会用刀的。我之前的感觉是，韦德的死还让他挺难过的。你有什么问题要问吗，奥尔斯？”

奥尔斯摇摇头。埃尔南德斯看着我说道：“明早再来一趟，在你的陈词上签字。到时候我们应该已经整理打印出一份完整的书面稿了。我们要在十点钟前出一份尸检报告，反正只是初步的。这样的安排你有什么不喜欢的地方吗，马洛？”

“您不介意改动一下这个问题的问法吧？您的言下之意像是在暗示这里头有什么地方是我非常喜欢的。”

“好吧，”他疲惫地说。“走吧。我要回家了。”

我站了起来。

“当然，我从没有真的信过坎迪跟我们扯的那个故事，”他说道。“我只是拿他当开瓶器了。希望你不要闹什么情绪。”

“完全没有情绪，警监。完全没有情绪。”

他们看着我出了门，没有道晚安。我走过长长的走廊，来到希尔街的入口处，钻进我自己的汽车，开车回家。

我的的确确是完全没有情绪。我感觉空洞虚脱得就像星辰之间的太空。我一到家，就给自己调了一杯带劲儿的酒，然后站在客厅里敞开的窗户边上，一边抿着酒，一边听着月桂谷大街上汹涌的车流声，望着这座巨大狂暴的城市射出刺目的光芒，笼罩在将大街拦腰截断的群山山肩之上。远处，警车与救火车的鸣笛声忽高忽低，如女巫的尖啸，彻底的宁静从来不会持续很久。一天二十四小时，总有人在逃跑，总有人在追逃。窗外，在那片上演着千宗罪的夜色中，有人在死去，在遭受摧残，被飞起的玻璃割伤，狠狠地撞上方向盘，或是身陷沉重的轮胎下。有人在被毒打、被抢劫、被扼死、被强奸、被谋杀。有人在忍受饥饿、疾病、厌倦，绝望地面对孤独、悔恨或恐惧，他们愤怒、残忍、狂乱，浑身战栗，泣不成声。一座相较而言并不特别糟糕的城市，一座富裕的、充满活力与骄傲的城市，一座迷失的、垮掉的、从里到外全是空虚的城市。

这一切全都取决于你屁股坐在哪里，取决于你自己心里记着怎样的一本账。我没有账本。我也不在乎。

我喝完了那杯酒，上床睡觉。

39

死因调查讯问是场彻头彻尾的失败。验尸官不等医学证据全部出来就匆匆上阵，因为他担心公众的注意力会在他的手中消融殆尽。他根本不用操这个心的。一个作家的死讯——哪怕是一个名头响当当的作家——从来就不会在新闻版面上停留太久，况且那个夏天它的竞争者实在太多了。一个国王退位了，另一个国王被暗杀了。一周之内，三架大飞机失事了。一家大电讯社的一把手在芝加哥他自己的汽车里被人开枪打成了碎片。二十四名囚犯在一场监狱大火中被活活烧死。洛杉矶县验尸官真不走运。他错过了生活中的那么多好事。

我走下证人席的时候，正好见到了坎迪。他咧开嘴，露出一脸灿烂恶毒的笑容——我不知道为什么——还有，他的衣着品位一如既往地稍稍好过了头：一身暗褐色的华达呢正装，搭配一件尼龙白衬衫和一只黑蓝色领结。是的，老板最近酩酊大醉了好多次。是的，楼上枪响的那天晚上，他帮忙扶老板上床的。是的，他——坎迪——最后一天离开前，老板要求他拿威士忌的，可他拒绝了。不，他对韦德先生的文学创作一无所知，但他知道老板灰心了。他不停地把稿子扔掉，然后又从废纸篓里拣出来。不，他从没有听到过韦德先生同任何人争吵。诸如此类的问答。验尸官拼命地挤他的牙膏，但挤出来的东西却很单薄。有人事先好好地辅导过坎迪了。

艾琳·韦德一身黑白两色的衣裙。她面色苍白，声音很轻但吐字清晰，就连扩音器都没法模糊这样的音色。验尸官对待她时小心翼翼得就像套了两副天鹅绒手套。他面对她说话时的腔调就仿佛他抑制不住自己嗓子中的戚戚呜咽。她离开证人席时，他赶忙起身鞠躬，她给了他一个稍纵即逝的淡淡微笑，惊得他险些被自己的口水呛着。

她朝门外走去，经过我的身边，看都不看我一眼。可就在她几乎要与我擦肩而过时，她在最后一刻将头扭过来两英寸，微微点了点头，就好像我是某个她很久以前不知在哪儿见过的人，但一时无法确切记起。

等到一切都结束了，我走到门外的台阶上时，正好撞见奥尔斯。他正在那里看着下面的车流——或者装作在看。

"干得漂亮，"他头都不回地说。"恭喜。"

"你把坎迪训练得很好。"

"不是我，小子。地检官认定那段床帏之事不能充当证据。"

"哪段床帏之事？"

他看着我。"哈—哈—哈，"他说。"我不是在说你。"他的表情随即变得疏离起来。"这类事情我已经看了许多年了。不能不让人心生厌倦。这一位却是一瓶特酿。私家老窖珍藏。只有腰缠万贯的主顾才消受得起。拜拜了，笨蛋。什么时候你穿上了二十美元一件的衬衫，一定给我打电话。我会很乐意上门来伺候你穿外套的。"

上下台阶的人流在我们周围打着漩涡。我俩只是站在那里。奥尔斯从口袋里摸出一支香烟，看了一眼，放在水泥地上，然后用脚跟将它碾作齑粉。

"真浪费，"我说。

"只是一支烟，哥们儿。又不是一条命。过一阵子也许你就会娶那姑娘，是吧？"

"滚蛋。"

他苦笑了几声。"我找对了人，却说错了话，"他阴阳怪气地说道。"你有不同意见吗？"

“没有，警督，”说完我便下了台阶。他冲着我的背影又说了句什么，但我没有停步。

我来到花朵街上的一家咸牛肉馆子。这地方很适合我现在的心境。门口上方挂着一块十分粗鲁的标牌，上面写着：“只招待男人。女人和狗不得入内。”店内的服务同这块牌子一样文雅。那个为你上菜时径直把盘子朝你甩过来的侍者真的该刮刮胡子了，另外他还喜欢不经邀请，自说自话地直接从找零中扣除小费。吃食很简单，但味道很棒，他们还有一种瑞典棕啤酒，劲道丝毫不逊马提尼。

我回到办公室的时候，电话铃刚好在响。话筒里面传来奥尔斯的声音：“我到你这儿来一趟。我有话要说。”

他打电话时人一定就在好莱坞分局，或者就在附近，因为二十分钟内他就赶到我的办公室了。他稳稳地坐进那把客户专享的椅子，跷起二郎腿，粗声大气地说：

“我刚才失礼了。对不起。忘了这桩事吧。”

“干吗要忘了呢？我们还是往伤口上撒把盐吧。”

“我奉陪。不过，这只是咱俩私底下的悄悄话。在有些人看来，你是个不怎么地道的家伙。我却从不记得你做过什么太过分的事情。”

“你那句二十美元衬衫的笑话是怎么回事？”

“哦，该死，我当时只是心情不好，”奥尔斯说。“我想到了波特老头。好像他传了句话给一个秘书，秘书传话给了律师，律师传话给了地检官斯普林格，斯普林格又传话给了埃尔南德斯警监：你是他的一个私人朋友。”

“他才不会费这个心思呢。”

“你见过他。他为了你专门抽出了时间。”

“我见过他，仅此而已。我不喜欢他，也许仅仅是因为嫉妒。他派人把我接去，为的是给我提点建议。他是个大块头、硬汉子，除此以外我对他一无所知。我觉得他不像是个走歪道的。”

“这世上根本就不存在什么能让你挣上一千万美元的正道，”奥尔斯说。“也许大老板认为自己的手是干净的，但在生意运作的某个环节中，总有小人物会被逼得走投无路，总有清清白白的小企业不知怎的就被人坑了，只好贱价出售；总有好人会丢工作，股价被人操纵，代理权被人以贱若尘土的价格买断，而那些抽取提成的大人物和大律师事务所的进账则以万元计，只因为他们能绕过某些人民支持而富人讨厌的法律，某些动了后者利润的法律。庞大的金山意味着庞大的权力，而庞大的权力则必然会被滥用。这就是体制。也许这是我们能够达成的最好的体制，但它绝不是洁白无瑕得像一块象牙牌香皂。”

“你这话听上去像个赤色分子，”我如此说道，只是为了气气他。

“这我可就不知道了，”他充满鄙夷地说。“还没有什么人来调查我呢。你喜欢这个自杀认定，对不对？”

“还能有什么其他的解释呢？”

“恐怕是没有了。”他把那双粗壮有力的手放在桌子上，看着手背上的一块块大褐斑。“我老了。毛发角化——他们管这些褐斑叫这个。你只有过了五十岁，才会生这种东西。我是个老警察了，老警察都是老油子。关于韦德的死，有几个地方我不太喜欢。”

“比如呢？”我往后一仰，看着他眼圈上紧绷的太阳纹。

“等你老了，你就能嗅出一场气味不太对劲的阴谋来，哪怕你知道自己拿它完全没有办法。然后你就只有坐在那里，像我现在这样说说废话。他死前没有留下任何字条，这一点我很不喜欢。”

“他喝醉了。也许他的自杀念头只是一个突如其来的疯狂冲动。”

奥尔斯抬起那双淡色的眼睛，双手从桌子上滑了下去。“我搜过他的书桌了。他给自己写了不止一封信。他写啊写啊写啊。不管是醉了还是清醒着，他都要敲那台打字机。他写的有些东西纯属疯言疯语，有些挺好笑的，还有些则透着哀伤。这伙计的心头压着一座山。他写的东西全都绕着它在兜圈子，却从不触及这桩心事本身。如果这伙计真是自我了结的，那他一定会留下一封两页纸的信。”

“他喝醉了，”我又重复了一遍。

“这对他并不产生任何影响，”奥尔斯厌倦地说。“第二处我不喜欢的地方是，他居然选择在那个房间里自杀，然后等着太太来发现自己。好吧，他喝醉了。可我还是不喜欢这一点。接下来还有一点是我不喜欢的：他扣动扳机时，那艘快艇的噪声刚好淹没了枪声。这么做对他而言有何意义呢？还是说，又是巧合？更巧的是，那位太太恰好在用人们休假的这一天忘了带正门钥匙，为了进门只得揿响门铃。”

“她也可以绕到后门那里，从那儿进屋的，”我说。

“是的，我知道。我现在讨论的只是一种情境。除了你，没有别人应门，而她还在证人席上说，她当时不知道你在房间里。韦德如果还活着的话，只会在书房里工作，那他是听不到门铃声的。他的房门隔音。用人们都不在。那天是星期四。这一点她也忘了。就像她忘了带钥匙。”

“你自己也忘了一件事，伯尼。我的车停在私家车道上。所以她知道我在——或者是别人在——在她揿响门铃之前。”

他咧嘴一笑。“我忘了，是吗？好吧，当时的画面是这样的。你在门外的湖边，快艇在隆隆作响——顺便提一句，快艇上的两个伙计是从箭头湖过来一游的，他们的船是用拖车拉过来的——韦德在书房里睡着了或是醉倒了，有人已经把他书桌里的那把枪拿走了，而她知道你把枪放在了那里，因为你上一次告诉过她。现在，我们假定她没有忘拿钥匙，假定她进得屋来，朝对面张望，看见你在屋外的湖边，又朝书房里面望了一眼，看见韦德睡着了；她知道枪在哪里，于是拿了枪，等待时机出现，然后给了他一粒枪子儿，把枪扔在现场那个我们后来看到的位置，回到室外，待了一小会儿，等到快艇开走了，这才揿响门铃，等你来开门。你有反对意见吗？”

“动机何在？”

“是啊，”他愤愤道。“这个问题我确实答不上来。如果她想要甩掉那家伙，简直是易如反掌。她把他捏在手心里了：长期酗酒，对她还实施过暴力。她能拿到一大笔离婚赡养费，还有十分可观的财产分割。完全没有动机。可不管怎么说，案发时机实在是太巧了。早五分钟，她就完全没有下手可能，除非你也涉案。”

我正要开口，他却已经举起了手。“放松点。我没想指控任何人，只是在推测。晚五分钟，结论也一样。她只有十分钟的下手时间。”

“十分钟，”我没好气地说，“这根本无法预见，更不要说预谋了。”

他往椅背上一靠，叹了口气。“我知道。你已经得到了所有的答案，我也得到了所有的答案。可我还是不喜欢这件事。真见鬼，你跟这些人搅和在一起到底在干什么呀？那家伙给你开了张一千大洋的支票，然后又撕了。你把他给气疯了，你说的。你反正也没打算要他的支票；你是不会收的，你说的。也许吧。他是不是以为你在跟他老婆睡觉？”

“就此打住吧，伯尼。”

“我没问你有没有干那事儿，我只是在问，他是不是以为你干了。”

“我还是那句话。”

“好吧，换个问题。那个墨西哥佬抓住了他什么把柄？”

“就我所知，没有。”

“那个墨佬实在是太有钱了。银行里的存款超过一千五，各种花里胡哨的衣服，还有一辆崭新的雪佛兰。”

“也许他在贩毒，”我说。

奥尔斯两手一撑，忽地一下从椅子里站了起来，对着我怒目而视。

“你小子真是够走运的，马洛。两次都让你从大麻烦下面抽身逃走了。你也许因此自信过了头。你给那些人帮了不少忙，却没有从中弄到一分钱。你也给一个叫伦诺克斯的伙计帮了不少忙，我听说是这么回事儿。你也没从那件事情当中弄到一分钱。你这样视金钱如粪土是为了哪般，朋友？你是不是存够了一大笔钱，都不用工作了？”

我站起身来，绕到桌子对面，面对着他。“我是个浪漫主义者，伯尼。我在夜里听到呼喊，就会上前查看出了什么事儿。这样做你弄不到一分钱。你则是个头脑清醒的人，你只会关上窗户，调大电视机的音量。或者你会一踩油门，跑得越远越好。别掺和别人的麻烦事。你只会因此而惹上一身的泥巴。上一次我见到特里·伦诺克斯的时候，我们一起喝了我在家里煮的咖啡，然后抽了烟。所以，我听说了他的死讯后，就跑进厨房，煮上咖啡，给他倒了一杯，再为他点上支烟，等到咖啡凉了，香烟燃尽，我向他道了声晚安。这样做你也弄不到一分钱。你却不会那么做。这就是为什么你是个好警察，而我是个私家探子。艾琳·韦德很为她的丈夫担心，于是我就动身出发，找到他，带他回家。后来他又有麻烦了，打电话给我，我立马过去，把他从草坪上扶起来扛进屋，再帮他上床，我这么干也没弄到一分钱。完全没有提成。什么都没有，除了偶尔让人把脸揍扁，被人扔进号房，或是被某个像门迪·门奈德兹那样的黑道小子威胁。没有钱赚，一分没有。我保险箱里有一张五千美元的钞票，可我没有花掉一分。一开始我还会把玩一会儿，现在我有时还会把它取出来，看上两眼。但仅此而已—— 一分不花。”

“肯定是假的，”奥尔斯干巴巴地说，“只是他们一般不会做这么大面额的。你这通叽里呱啦究竟是想说什么？”

“没什么。我只是想告诉你，我是个浪漫主义者。”

“你已经说过了。还有你不会因此赚一分钱。这你也说过了。”

“但我永远可以叫一个警察滚蛋。滚蛋吧，伯尼。”

“哪天你落在了我手里，被我请进了小房间，头顶上亮着大灯，你就不会叫我滚蛋了。”

“那我们就走着瞧吧。”

他走到门口，一把将门拽开。“知道吗，小子？你以为你很机灵，其实你很蠢。你是墙上的一个影子。而我则在警局里干了二十年，履历无懈可击。我知道什么时候有人在跟我耍花招，我也知道什么时候有人在隐瞒真相。自作聪明的人欺骗不了任何人，除了他自己。记住我这句话，朋友。我是过来人。”

他把头缩回了门外，撒手随门自行关上。他的鞋跟敲着走廊一路铿锵而去。直到我案头的电话铃响起，我依然能听见他的脚步声。话筒里传来一个清晰的职业嗓音：

“这里是纽约，找菲利普·马洛先生。”

“我就是菲利普·马洛。”

“谢谢。请稍等片刻，马洛先生。给您转接呼叫方。”

接下来出现的那个声音我认得。“我是霍华德·斯宾塞，马洛先生。我们都听说了罗杰·韦德的事。这真的是一个沉重的打击。我们还不了解全部的细节，但你的名字似乎牵扯其中。”

“出事的时候我在场。他当时就是喝醉了，然后给了自己一枪。韦德太太过了一会儿回到家中。仆人们都走了——周四放假。”

“你和他单独在一起的？”

“我没和他在一起。我当时在室外，就在附近转悠，等着他太太回家。”

“我明白了。好吧，我猜一场死因调查讯问应该是免不了的。”

“已经结束了，斯宾塞先生。自杀。公众关注度低得惊人。”

“真的吗？真奇怪。”用失望来形容他的语气并不确切——那更像是疑惑与惊讶。“他很有名气。我本以为——哎，别管我怎么以为了。我看我还是赶快搭飞机飞过去吧，可我下周末之前赶不过来。我要给韦德太太发封电报。我总能做点什么的，为了她——还有为了那本书。我是说，也许他已经写了不少了，我们可以另找一个人来把它写完。我猜你最终还是接下了那个活儿。”

“我没有。尽管他本人恳请过我。我直截了当地告诉他，我没法阻止他喝酒。”

“显然你连试都没试。”

“听着，斯宾塞先生。你对这整件事情完全是两眼一抹黑。你在忙着下结论之前，为什么不先了解了解情况？这倒不是说，我自己心里面没有一丁点自责。出了这种事，而你又是唯一一个在场的人时，自责大概总是免不了的吧。”

“没错，”他说。“我为我刚才的话道歉。非常不得体。艾琳太太此刻在家吗——还是说你也不知道？”

“我不知道，斯宾塞先生。你干吗不给她打个电话呢？”

“我认为她现在恐怕还不愿意和任何人说话，”他缓缓地说。

“为什么？她之前就和验尸官说过话，眼睛都没眨一下。”

他清清喉咙。“你的语气听上去并不怎么充满同情。”

“罗杰·韦德死了，斯宾塞。他一半是混蛋，另一半也许是天才。这超出了我的理解范畴。他是个自我中心的酒鬼，内心却充满了自我厌恶。他给我惹了一大堆麻烦，到头来还给我心里头添了许多的堵。我究竟有什么理由要充满同情呢？”

“我说的是韦德太太，”他不耐烦地说。

“我也是。”

“我到了以后给你打电话，”他生硬地说。“再见。”

他挂上了话筒。我也挂上了话筒。我瞪着电话机，足足愣了两分钟，一动不动。然后我把电话簿摊在桌子上，找到了一个号码。

40

我拨通了休厄尔·恩迪科特的办公室电话。一个人说他在出庭，要到下午晚些时候才会进来。麻烦我留下姓名好吗？不好。

下一个电话我打给了门迪·门奈德兹在日落大道上的那家场子。今年那地方叫作艾尔·塔帕多，名字不坏；在美洲西班牙语中，意思就是“埋藏的宝藏”，以及其他几种寓意。它过去也曾叫过别的名字——许多名字。有一年，那只是一个蓝色的霓虹灯数字，挂在日落大道上朝南的一面空无一物的高墙上。非常隐蔽的场子。没人知道那地方，除了风化组警察、黑道流氓，还有那些享用得起三十美元一顿的豪华晚餐，负担得起至高可达五万美元消费的人物——这样的服务就在楼上那间安静的大房里进行。

起初是一个啥也不知道的女人接的电话。接着是一个一口墨西哥口音的小领班。

“你想跟门奈德兹先生说话？你是谁？”

“没有名字，朋友。私人事务。”

“请稍等。”

一阵漫长的等待。这次上场的是一个狠角儿。他听上去像是透过装甲车钢板上的一道缝在跟我说话。也许那只是他自己脸上的一道缝。

“快说话。你是谁？”

“我叫马洛。”

“马洛是谁？”

“是奇科·阿戈斯蒂诺吗？”

“不是，我不是奇科。行了，快说口令吧。”

“拿你的脸下油锅吧。”

电话那头传来咯咯一笑。“等着别挂。”

最后，又一个声音终于说话了：“喂，廉价货。现在几点啦？”

“你一个人吗？”

“你可以说话，廉价货。我在过目歌舞表演的节目单。”

“你可以表演割自己的脖子，当作一个节目。”

“那我加演时又该怎么办呢？”

我笑了。他也笑了。“最近没多管闲事吧？”他问道。

“你还没听说吗？我又跟一个自杀的伙计交了朋友。他们从今往后该叫我‘死亡之吻小子’了。”

“很好笑，是吧？”

“不，一点儿也不好笑。还有，前两天下午，我跟哈兰·波特喝过茶了。”

“真不错。我自己从不喝那玩意儿。”

“他要你对我好点。”

“我从没有见过那家伙，我也不打算见。”

“他的影响力可是无处不在的。我只想要一点点信息，门迪。比如说，关于保罗·马斯顿。”

“从没听说过他。”

“你这话说得太快了。保罗·马斯顿是特里·伦诺克斯来西部前，在纽约一度使用过的名字。”

“然后呢？”

“他们在 FBI 的档案里查过他的指纹了。没有记录。这就意味着他没有在军队里服过役。”

“然后呢？”

“我说得还不够明白吗？要么你那通散兵坑里的传奇全都是胡扯，要么就是故事发生在另一个地点。”

“我从没说过故事发生的地点，廉价货。听我一句好话，把这整件事情都给忘掉吧。我劝过你了，你最好听我的劝。”

“哦，当然。我要是胆敢做什么不讨你喜欢的事，那我就得背上背着一辆有轨电车游到圣卡塔琳娜岛上去啦。别想吓唬我，门迪。我可是跟专业人士过过招的。你去过英国吗？”

“放聪明点，廉价货。这座镇子里，谁都可能遭遇意外。哪怕是像大个儿威利·马贡那样的壮小子。看一眼今天的晚报吧。”

“我会去买一份的，你要这么说的话。说不定上面还有我的照片呢。马贡怎么啦？”

“我刚才说了——谁都可能遭遇意外。我只知道我在报上读到的说法。好像马贡遇到了四个开一辆汽车的小子，车上挂着内华达州的牌照，马贡想要敲他们一笔竹杠。车就停在他家边上。那块内华达牌照上的车牌号大得简直不对劲。他们一定是在开玩笑。只是马贡笑不出来了，他的两只胳膊都打了石膏，他的下巴绑了三处钢线，一条腿也打了吊带。马贡再也硬不起来了。这样的事情可能也会让你碰上。”

“他惹着你了，是吧？那天我看见他在维克多酒吧门前把你手下的马仔奇科往墙上扔。我是不是该给我在县治安官办公室里的一个朋友打个电话，告诉他这件事？”

“你打吧，廉价货，”他一字一顿地说，“你打吧。”

“我还要告诉他，当时我正好和哈兰·波特的一个女儿喝完了酒出来。支持性证人——某种程度上说，难道不是吗？你是不是也想把她打得瘫痪在床？”

“听好了，廉价货——”

“你到底有没有去过英国，门迪？你、兰迪·斯塔尔，还有保罗·马斯顿，或者叫特里·伦诺克斯——管他那会儿叫什么名字？也许你们进了英国军队？在伦敦的索霍区干了点偷鸡摸狗的小买卖，给警察盯上了，想要进英国军队里避避风头？”

“等着别挂。”

我等在那里。什么都没等到，只是把我的胳膊给等酸了。我把话筒换到另一只手上。最后，他终于回来了。

“现在，你给我听好了，马洛。你要是敢把伦诺克斯案给搅出水面，你就死定了。特里是我的哥们儿，我也是有感情的。现在看来你有你的感情。那我就再多奉陪你一小会儿。我们进的是突击队。英国人的。那件事发生在挪威，在海岸线附近的一座小岛上。他们有一百万个那样的小岛。1942 年 11 月。现在，能不能请你消停下来，休息一下你那疲惫的脑瓜？”

“多谢，门迪。我会的。你的秘密在我这里是安全的。我不会告诉任何人的，除了我认识的人。”

“给你自己买一份报纸吧，廉价货。读一读，记一记。大个儿硬汉威利·马贡。在自家门口给人打残了。天啊，他从麻醉剂中苏醒的那一刻心里头该是有多惊讶！”

他挂断了电话。我下了楼，买了份报纸——门奈德兹说得一点儿没错。报上有一张大个儿威利·马贡躺在医院病床上的照片。你能看到他的半张脸和一只眼。其余的部分全是绷带。伤得很重，但并不致命。那几个小子下手的时候很当心。他们想要他活着。毕竟，他是个警察。在我们这个镇子里，黑帮从不杀警察。那样的事情他们留给毛头小子们去干。再说了，一个从绞肉机中幸存的警察比死警察的宣传效果要好得多。他最终会康复，会回到工作岗位。可从那一刻起，他身上的某样东西就消失了——意志的钢刃上那最为关键的最后一寸刃尖。他是一个活生生的案例，让所有人都明白一个道理：把那些黑道小子们逼急了将是一个错误——尤其是在你进了风化组，永远在最上档次的地方吃饭，还开着一辆凯迪拉克的情况下。

我坐在那里，沉思了一会儿，然后拨通了卡恩代理的电话，说我要找乔治·彼得斯。他不在。我留下姓名，说有急事。他应该会在五点半左右进门。

我开车去了好莱坞公共图书馆，在阅览室里问了几个问题，但找不到我想要的东西。于是我只能回到我的奥尔斯上，驱车前往市中心的大图书馆。在那儿我终于找到了它，就在一本小小的红皮书里，书是在英国出版的。我抄下了我想要的信息，开车回家。我又给卡恩代理打了个电话。彼得斯还没回来，于是我请那个话务女郎改拨我家里的电话。

我拿出棋盘，搁在咖啡桌上，摆出了一个叫做“斯芬克司”的棋局。我是从一本棋局书的衬页上看到这个棋局的，那本书的作者就是英国象棋大师布莱克本，他或许也是迄今为止棋路最为活跃多变的棋手，尽管在如今的那种冷战式棋局中，他怕是都过不了第一轮。“斯芬克司”是一个十一步棋局，其难解程度无愧于它的名号。棋局很少有超过四步或是五步的。一旦超出，解题的难度就会以几何级数激增。十一步棋局完全是一种百分百的折磨。

虽说我不经常这么干，但每当我心情阴郁到一定程度的时候，我就会摆出这个棋局，寻找一种新的解法。这是一种安安静静发疯的好办法。你甚至都不会尖叫，但尖叫会一次次地冲到你的嗓子眼。

乔治·彼得森五点四十分的时候给我打来了电话。我们寒暄了几句，交流了对死者的哀思。

“你又惹麻烦了，我明白啦，”他用欢快的声音说道。“你干吗不试着换一个安安静静的营生呢——比如说殡葬防腐师？”

“学起来太费时间了。听着，我想要成为你们代理行的客户，如果费用不太高的话。”

“那取决于你想要干什么了，老伙计。另外，你还得直接跟卡恩谈。”

“不行。”

“好吧，那就说说看吧。”

“伦敦城里到处都是我这样的人，可我根本分不清他们谁是谁。他们自称私人调查员。你们卡恩代理肯定在那边有关系。而我就只能闭着眼睛瞎找一个，然后等着被骗了。我想要一些应该不难弄到的信息，而且我马上就要。下周末之前必须弄到。”

“讲。”

“我想了解特里·伦诺克斯——或者叫保罗·马斯顿的参战记录，不论他那会儿用的是什么名字。他曾经参加过英国突击队。1942 年 11 月，他在一次突袭某个挪威岛屿的行动中受伤被俘。我想知道他来自哪个部队单位，遭遇了什么。英国陆军部应该有所有这些信息。这不是什么机密信息，至少据我所知不是。我们就说这牵扯到一个继承权问题吧。”

“你不需要私家侦探来干这个事。你直接就可以取得你想要的信息。给他们写封信就行。”

“得了吧，乔治。我大概要等三个月才能等来回信。我现在五天就要。”

“我明白你的想法了。还有别的事情吗？”

“还有一件事。他们把所有的人口记录都保存在一个叫做‘萨默赛特街’的地方。我想知道他是否因任何关联事件出现在了里面——出生、婚姻、归化入籍，任何关联。”

“为什么？”

“什么叫‘为什么’？我俩谁是出钱的主顾？”

“如果他的名字没有出现呢？”

“那我就进死胡同了。如果他的名字出现了，那我就要你把你们的人挖出来的所有材料都复印一份，认证之后交给我。你打算敲我多少钱？”

“这我得问卡恩了。他也许根本不接这个活儿。我们可不想要你惹上身的那种公众关注度。如果他让我来操作，你也同意不向任何人提起这层关系的话，那我估计要三百美元。以美元的标准计，英国的伙计们赚的并不多。那边的人也许会问我们要十个几尼，还不到三十美元。除此以外他还要加上一切可能发生的经费。就算合计五十美元吧，但卡恩没有二百五十块钱的利润是不会另开一个档案夹的。”

“非常专业化的收费标准。”

“哈—哈。他从没有听说过什么叫专业化的收费标准。”

“到时候给我打电话，乔治。一起吃晚饭吗？”

“罗曼诺夫饭店？”

“好吧，”我悻悻道，“如果他们愿意给我预约一张台子的话——但我怀疑没戏。”

“我们可以坐卡恩的台子。我碰巧知道他今晚有个私人饭局。他是罗曼诺夫饭店的常客。这对于做高端客户的生意可是大有好处的。卡恩在这座镇子里可是个大人物。”

“是的，没错。我认识某个人——当面认识的某个人——他只要动动小指头，就能把卡恩掸到一边去。”

“干得好，小子。我就知道你能挺得过风浪。七点钟在罗曼诺夫饭店的吧台见。告诉那个贼溜溜的领班，说你在等卡恩上校。他会给你腾出一片空来的，这样你就不用跟那些剧作家、电视演员之流的乌合之众挤在一块儿了。”

“七点钟见，”我说。

我们挂上了电话，我回到棋盘跟前。但“斯芬克司”已然不再能抓住我的心了。不一会儿，彼得森给我回电，说卡恩点头了，条件是他们代理行的名字不能和我的麻烦事有任何牵连。彼得森说，他这就发一份夜间电报去伦敦。

41

霍华德·斯宾塞在接下来一周的周五早上给我打来电话。他人在利兹-贝弗利酒店，想请我过去在吧台上喝一杯。

“最好就在你的房间里，”我说。

“很好，随你的便。828 号房。我刚刚和艾琳·韦德谈过了。她似乎已经无奈地接受了事实。她读过了罗杰留下的稿子，说她认为续写完这本书并不难。书的篇幅要比他其余的作品短很多，但这一点应该可以通过这本书的宣传效应来弥补。我猜你一定认为我们出版商都是些铁石心肠的家伙吧。艾琳整个下午都会待在家里。她自然想要见我，我也想要见她。”

“我半个钟头内赶过来，斯宾塞先生。”

他在酒店西侧租了间漂亮宽大的套房。起居室里开着高窗，窗外是一个围着铁栏杆的窄阳台。室内的家具都套在某种亮色条纹的面料中，再加上布满了花朵图案的地毯，整个房间看上去给人一种老式的风格，除了一点：所有你能用来搁酒杯的物什表面上都覆盖着一层厚玻璃板，另外我总共数到了十九个烟灰缸。酒店房间能够鲜明地体现入住房客的风度教养。利兹-贝弗利没指望它的客人们有任何教养。

斯宾塞和我握了手。“坐吧，”他说。“喝点什么？”

“什么都行，不喝也没啥。我不是非喝酒不可的。”

“我想来一杯西班牙白葡萄酒。加利福尼亚州的夏天真不适合喝酒。在纽约，你可以喝下四倍的酒量，宿醉却只有这里的一半。”

“我来一杯酸燕麦威士忌。”

他走到电话边，点了酒，然后在一张亮色条纹的椅子上坐下，取下鼻梁上的无框眼镜，用一块手帕擦拭着。他重新戴上眼镜，仔细调节了一番后，抬眼看着我。

“我看你心里头一定有什么事儿。所以你才想要在这里见我，而不是在吧台。”

“我来开车送你去悠谷。我也想见韦德太太。”

他看上去似乎有点不自在。“我不确定她想要见你，”他说。

“我知道她不想见我。所以我得借你的光。”

“那样的话，我可就做了一件非常不得体的事了，难道不是吗？”

“她亲口告诉你她不想见我的？”

“不能这么说，她并没有把话都说出来。”他清了清喉咙。“但我能感觉到她认为你应该为罗杰的死负责。”

“没错。她直接就这么说了——罗杰身亡的那天下午，她就是这么告诉那个上门来的县警的。也许她还对调查死因的凶杀组警督说过同样的话。不过，这话她并没有对验尸官讲。”

他往椅背上一靠，用一根手指挠着掌心，动作异常缓慢。那只是个心不在焉的小动作。

“你见到她又有什么好处，马洛？这件事对她而言是场可怕的经历。我想她的整个生活都已经在‘可怕’中度过好些时日了。干吗要让她重温一遍呢？难道你是想说服她，你并没有一丝一毫的疏忽？”

“她对县警说，是我杀了他。”

“她那只是一种修辞的说法。不然的话——”

门铃响了。他起身走到门边，拉开门。客房服务生端着酒水走了进来，将酒杯在桌上摆好，那动作花哨得就像是在上一套七道式的正餐。斯宾塞签了单，给了他五毛钱。那家伙拿着钱走了。斯宾塞端起他那杯雪利酒走开了，就好像他根本不想把我点的那杯酒递给我似的。我也就随它去了。

“不然怎样？”我问他。

“不然的话，她肯定会有话要对验尸官说的，难道不是吗？”他对我皱皱眉头。“我看我们这都是在说废话。你见我到底是想要怎样？”

“是你要求见我的。”

“那只是因为，”他冷冷地说，“我在纽约跟你通话的时候，你说过我结论下得太匆忙了。这在我听来也就意味着你有什么要向我解释的。说吧，你想解释什么？”

“我想当着韦德太太的面解释。”

“我不赞同。我看你还是自己安排和她见面吧。我非常尊敬艾琳·韦德。作为一名生意人，我还想拯救韦德的这部作品呢，只要我有办法。如果艾琳对你的看法就像你说的那样，那我决不能让你搭我的顺风车进她的家门。请你明些事理吧。”

“没关系，”我说。“就当我没提这事儿吧。我可以自己去见她，没有问题。我刚才只是在想，最好能有一个人作为现场证人与我同去。”

“见证什么？”他几乎要冲我吼起来了。

“你要么当着她的面听到我要说的话，要么就别听了。”

“那我不听也罢。”

我站起身来。“你大概是做了一个正确的决定，斯宾塞。你想要韦德的那本书——如果它还有救的话。你还想要做一个好人。这两个心愿都很值得称道。我的想法却与这两个愿望都不沾边。祝你好运，再见。”

他突然站了起来，朝我走来。“等一等，马洛。我不知道你心里头在想什么，但你似乎是认真的。罗杰·韦德的死因是不是有什么蹊跷？”

“根本没有蹊跷。他是被一把韦伯利内击锤左轮手枪击穿头部的。你没有读死因讯问报告吗？”

“我当然读了。”他站在那里，与我近在咫尺，看上去神色不安。“报告登在东部的报纸上了，过了两天，一篇更为详尽的报道出现在了洛杉矶各大报纸上。他当时一个人待在屋里，虽说你并没有走远。仆人们都不在——我是说坎迪和那个厨子——艾琳去市中心购物了，回到家的时候事情刚刚发生。事发当时，一条快艇刚好从湖面上驶过，引擎声非常嘈杂，淹没了枪声，所以你没能听见。”

“没错，”我说。“然后那条快艇就开走了，我从湖边返身回屋，听到了门铃声，过去开门，发现艾琳·韦德忘了带钥匙。罗杰这时已经死了。她从门口往书房里张望了一眼，以为他躺在沙发上睡着了，便上楼去了自己的房间，然后又到外面的厨房里去煮茶。过了片刻，我也往书房里张望了一眼，发现屋里没有了呼吸声，紧接着就找到了原因。然后我就及时报警了。”

“我没看出有什么蹊跷，”斯宾塞轻声说道，方才他声音中的警觉全都无影无踪了。“那把枪正是罗杰自己的，就在前一周他刚刚在自己的房间里开过一枪的。你亲眼看见艾琳把枪从他手中夺下的。他的精神状态，他的行为举止，创作带给他的抑郁——这起事件完全是各种因素激化的结果。”

“可她跟你说过那本书写得不错。他又有什么理由要因此抑郁呢？”

“那只是她的看法，你知道的。也许他写得非常糟。或者他的自我评价过低了。继续。我不是傻瓜。我知道你肚子里还有话。”

“调查此案的凶杀组警探是我的一个老朋友。他锲而不舍又嗅觉灵敏，是个精明的老警察。这个案子中有几件事情让他不喜欢。为什么罗杰没有留下字条？——他当时就是个只会写字的傻瓜。他为什么要以这样一种方式自杀，将目睹案发现场的惊魂一刻留给自己的妻子？他为什么要费那个心思，选择在我听不到枪响的那一刻自杀？她为什么会忘带房门钥匙，要进屋只好叫别人来开门？她为什么会在用人们休假的那一天把他一个人撇在家里？请记住：她说过她事先不知道我会来。如果她知道的话，这两件事就相互抵触了。”

“天啊，”斯宾塞用颤抖的嗓音惊呼道，“难道你是要告诉我，那个该死的蠢警察怀疑起艾琳来了？”

“他原本是会怀疑的，只是他想不出作案动机来。”

“真是荒唐。为什么不怀疑你？你整个下午都在。如果她要作案的话，那她只有几分钟的时间——况且她还忘了带大门钥匙。”

“我又有什么动机呢？”

他往背后一伸手，抓起我那杯酸威士忌，一饮而尽。然后他小心翼翼地放下酒杯，掏出一块手帕，擦擦嘴唇，还有刚刚被冰凉的玻璃杯弄湿的手指。他收好手帕，目不转睛地看着我。

“调查还在进行吗？”

“不好说。有一件事是肯定的。这会儿他们已经知道了他当时喝下的酒精量是否足以让他失去意识。如果是的话，那么麻烦就还没有结束。”

“而你想要和她谈谈——”他缓缓地说道，“当着一个证人的面。”

“是的。”

“这在我看来只有两种可能，马洛。要么是你吓坏了，要么是你认为她才是那个应该吓坏了的人。”

我点点头。

“究竟是哪一种呢？”他严肃地问。

“我没有吓坏。”

他看了看表。“我打心底里希望你这是疯了。”

我俩在沉默中对望了一眼。

42

穿过冷水谷一路向北，天气变得愈发燥热了。等到我们越过了山顶，开始朝着圣费尔南多谷蜿蜒下行时，那炙人的酷热更是让人气都喘不过来。我斜眼瞥了斯宾塞一眼。他还穿着一件背心，但似乎一点也没因为高温而烦躁。他有另一件重要得多的烦心事。他两眼透过挡风玻璃，直视正前方，行程中一言不发。圣费尔南多谷的上空压着一层厚厚的雾霾。从高处望去，那就像是一层地雾，紧接着，我们就已经置身其中了，这下斯宾塞终于打破了沉默。

“天啊，我还以为南加利福尼亚的气候怡人呢，”他说。“他们在干吗——焚烧废旧卡车轮胎吗？”

“到了悠谷就好了，”我安慰他道。“他们那里有海风。”

“太好了——他们除了酒鬼还有别的东西，”他说道。“就我所见到的那些个富人区里的住户而言，我认为罗杰选择在这里生活是犯了一个悲剧性的错误。作家需要环境的刺激——不是装在酒瓶里的那种刺激。这里却什么都没有，除了一片大大的、被阳光晒得黝黑的宿醉。当然，我指的是上层人士。”

我拐了个弯，放慢车速，通过悠谷入口处的那一小段尘土飞扬的道路，然后重新开上平整的路面；不一会儿，海风就现身了：习习微风透过湖对岸群山间的豁口飘忽而至。高高的喷淋器在平整的大草坪上方旋转着，水流发出嗖嗖的声响，舔舐着绿茵。这个时间点上，大多数有钱人都出门去了。这一点显而易见：一栋栋宅邸的百叶窗都阖上了，园丁的卡车就停在私家车道的正当中。很快我们就来到了韦德家门前，我猛打方向盘通过门柱，在艾琳的那辆美洲豹后面停下车。斯宾塞下了车，步履沉重地穿过门前铺设的石板，走上门廊。他刚一揿响门铃，门几乎立马就开了。坎迪站在那里，一身白夹克，一张英俊的黑脸膛，一双锐利的黑眼睛。一切正常。

斯宾塞进了门。坎迪飞快地瞥了我一眼，干脆利落地请我吃了个闭门羹。我等在那里，什么都没等到。我倚在门铃上，听见屋里叮咚作响。门忽的一声开了，坎迪咆哮着冲了出来。

“滚蛋！快消失。你肚子上想吃我一刀吗？”

“我来见韦德太太。”

“她不想见你的任何一个部位。”

“快闪开，乡巴佬。我来这里有正事。”

“坎迪！”那是她的声音，非常尖锐。

他最后怒气冲冲地瞪了我一眼，退回了屋里。我进了屋，关上门。她正站在那两张面对面的长沙发那里，挨着其中一张沙发的一头。斯宾塞立在她身侧。她看上去真是光彩夺目：一条白色的长裤，腰身非常高，一件半袖白运动衫，一块丁香紫的手帕从左胸的口袋里如花苞般露出尖尖一角。

“坎迪最近非常霸道，”她对斯宾塞说。“见到你真开心，霍华德。你能一路赶过来真是太好了。但我不知道你打算带一个人来的。”

“马洛开车送我的，”斯宾塞说。“他也想见你。”

“我想不出是为了什么，”她冷冷地说。最后她终于看了我一眼，但一周未能见我似乎并没有在她的生命中留下什么空洞。“你想说什么？”

“三言两语怕是说不清的，”我说。

她缓缓地坐下。我在另一张长沙发上坐下。斯宾塞眉头紧锁。他摘下眼镜，擦拭起来。这给他创造了一个以更加自然的姿态皱眉的机会。接着他在我那张沙发上远离我的另一头坐下。

“我之前以为你会赶过来吃午饭的，”她微笑着对他说。

“今天不行，谢谢。”

“是吗？好吧，没关系，如果你有事要忙的话。这么说，你来只是想看看那份稿子了。”

“如果你允许的话。”

“当然可以。坎迪！哦，他走开了。稿子就放在罗杰书房里的那张台子上。我去拿。”

斯宾塞站起身来。“还是我去吧？”

不等她答复，他就已经迈开步子朝房间那头走去。走开十步后，他突然停住了脚步，从她身后朝我投来紧张的一瞥。我只是坐在那里，等待着，直到她朝我转过头来，用没有任何情感的冰冷目光注视着我。

“你见我有什么事？”她毫不客气地问道。

“各种事。我看到你又戴上那个吊坠了。”

“我经常戴它。这是很久以前我一位非常亲爱的朋友送给我的。”

“是的。你告诉过我了。那是一块英国军队的徽章，对不对？”

她捏住细链的末端，将吊坠拉了出来。“这是那个徽章的工艺复制品首饰。比原件要小，用黄金和珐琅制成。”

斯宾塞回来了，他穿过房间，重新坐下，把一沓厚厚的黄稿纸在面前的一张鸡尾酒桌上挨着桌角放下，心不在焉地浏览着，两眼却一直盯着艾琳。

“能允许我近距离观察一下吗？”我问道。

她把那根链子拽过去，解开搭扣，将吊坠递给我——或者不如说是丢进我手里。然后她两手交叠在膝头，一副好奇的表情。“你怎么会这么感兴趣？这是一个军队徽章，属于一支叫做‘艺术家步兵团’的部队——一个英国地方军团。送给我这个徽章的那个男人后来很快就不在人世了。挪威，安道尔尼斯，在可怕的那年春天——1940 年。”她微笑着，用一只手做了个飞快的手势。“他爱我。”

“艾琳在伦敦经历了整场大轰炸，”斯宾塞用空洞的声音说道。“她那时没法脱身。”

我们都没有理睬斯宾塞。“而你也爱他，”我说。

她垂下眼睛，然后又抬起头来，我们的目光缠斗在了一处。“那是很久以前的事了，”她说道。“而且是在战争期间。许多奇怪的事情都发生在那个时候。”

“事情怕是没有那么简单，韦德太太。我看你似乎忘记了自己曾经就他的事情敞开过心扉。‘那种狂野神秘、不可思议的爱，一生当中只有一次。’我这是在引用你的原话。某种程度上说，你现在依然爱着他。我能拥有和他一样的姓名首字母，真是荣幸之至。我猜这也是你选中了我的一个原因。”

“他的名字和你的完全不同，”她冷冷地说。“而且他已经死了，死了，死了。”

我将那只黄金珐琅吊坠递给斯宾塞。他很不情愿地接下了。“我之前见过它，”他喃喃道。

“我来描述一下图案，你看看对不对，”我说。“一把宽刃短剑，材质为饰有金边的白色珐琅。剑尖朝下，剑身从正面穿过一对向上蜷曲的淡蓝色珐琅质翅膀，然后从背面穿过一个卷轴。卷轴上写着这几个字：‘勇者胜’。”

“好像没错，”他说。“这图案有那么重要吗？”

“她说这是一支地方军部队——艺术家步兵团的徽章。她还说，这是一个曾在那支部队服役的男人送给他的，那人后来随英军参加了1940年春的挪威战役，并殒命安道尔尼斯。”

我抓住了他们的注意力。斯宾塞目不转睛地看着我。我不是在跟鸟儿说话，他知道。艾琳也知道。她那对茶色的眉毛因为困惑而皱成一团——这样的神情可能是真实的，同时也充满着敌意。

“这是一个徽章，”我说。“它的诞生要归功于艺术家步兵团被改造，或者叫兼并，或者叫调派，或者叫——我也不知道正确的军事术语是什么——为特种航空队（SAS）下的一个单位。这个徽章直到1947年才问世。因此，不可能有人在1940年把它送给韦德太太。另外，艺术家步兵团没有在1940年登陆挪威的安道尔尼斯。舍伍德护林人和莱斯特郡义勇军——倒有可能。艺术家步兵团——不可能。我是不是在扮演讨厌鬼？”

斯宾塞将吊坠放在咖啡桌上，缓缓地把它推到了艾琳面前。他一言不发。

“你以为我搞不清楚吗？”艾琳充满鄙夷地问道。

“你以为英国陆军部搞不清楚吗？”我当即回敬她道。

“显然这里头肯定有误会，”斯宾塞和风细雨地说。

我猛地转过身去，狠狠地瞪了他一眼。“这是一种好听的说法。”

“而难听的说法就是，我是一个骗子，”艾琳用寒冰般的声音说道。“我也从未认识过一个叫保罗·马斯顿的人，从未爱过他，他也从未爱过我。他从未给过我他的军徽复制品，他从未在战斗中失踪，他从未存在过。我是自己在纽约一家专营英国奢侈品的店铺里买到这个徽章的——那里专卖各类皮革制品、手工爱尔兰粗皮鞋、军装或是校服领带、板球衫、绣有盾徽的小玩意儿，诸如此类的东西。这样的解释让你满意吗，马洛先生？”

“后一部分不错。但前一部分不正确。毫无疑问，有人告诉过你这是一个艺术家步兵团的军徽，却忘了提是哪一种军徽，或者说他也不知道。但你确实认识保罗·马斯顿，他也确实在那支部队中服过役。但那件事并非发生在 1940 年，韦德太太。它发生在 1942 年，而他那时在英国突击队中，而且那场战斗并非发生在安道尔尼斯，而是在海岸线附近的一座小岛上，突击队员们在那里展开过一场快速突袭。”

“我看我们大可不必为了这件事剑拔弩张，”斯宾塞用经理人式的腔调说道，两只手正摆弄着面前的那沓黄纸。我不知道他这是在跟我唱双簧，还是被我惹火了。他抓起一刀稿纸，用手掂着分量。

“你打算论磅收购这东西？”我问他。

他先是一怔，接着挤出一个勉强的微笑。

“艾琳在伦敦度过了一段艰难的岁月，”他说道。“有些事情难免会在记忆中被搞混。”

我从口袋里掏出一张折好的文件。“没错，”我说。“比如说，你跟谁结过婚这样的事情。这是一份经过认证的结婚证复印件。原件来自卡克斯顿大楼登记办公室。结婚日期是 1942 年 8 月。登记双方分别是保罗 · 爱德华 · 马斯顿和艾琳 · 维多利亚 · 桑普塞尔。某种程度上讲，韦德太太没有说错。根本不存在保罗 · 爱德华 · 马斯顿这么个人。那是个化名，因为在军队里你只有得到批准才能结婚。那个男人伪造了一个身份。他在军队里用的是另一个名字。我手头有他完整的从军史。大家似乎永远都搞不清一个道理：想要了解什么，尽管张嘴去问就好，这一点真是教我百思不得其解。”

斯宾塞这时彻底沉默了。他靠在椅背上，瞪大了眼睛。但不是在瞪我。他瞪的是艾琳。她也望着他，脸上挂着那种半是辩解、半是诱惑的淡淡微笑——女人们是如此擅长这种表情。

“可他已经死了，霍华德。远在我遇见罗杰之前。这件事又有什么关系呢？罗杰全都知道。我从没有弃用过我的娘家姓。在那种境况下，我只能如此。‘桑普塞尔’是印在我的护照上的。再后来，他就阵亡了——”她打住了，深吸了一口气，手慢慢地、轻轻地垂落到膝头。“都结束了，都完结了，都不复还了。”

“你确定罗杰知道？”他缓缓地问道。

“他知道一点，”我说。“保罗 · 马斯顿这个名字对他而言是有意义的。我问过他一次，他的眼神突然变得非常奇怪。但他没有告诉我为什么。”

她没有理睬这句话，继续对斯宾塞说道：

“当然啦，罗杰当然全知道。”现在她开始充满耐心地对着他微笑，仿佛他理解能力有些迟钝似的。她们真是有变不完的把戏啊。

“那为什么要在时间问题上撒谎？”斯宾塞冷冷地问。“为什么要把他说成是在 1940 年阵亡的，而事实上他却是在 1942 年阵亡的？为什么要戴着一个不可能是他送给你的徽章，却偏偏强调说是他送的？”

“也许我这是迷失在了一场梦境中，”她柔声说道。“或者准确地说，是一场噩梦。我的许多朋友都在大轰炸中遇难了。那些日子里，当你说晚安时，你尽量不让那听起来像是在告别。可往往那就是告别。当你向一个士兵告别时——那滋味更是苦涩。而阵亡的总是那些善良、温和的士兵。”

他一言不发。我也一言不发。她低头看着面前那件摆在桌上的吊坠。她拾起吊坠，把它重新挂回颈上的细链，然后镇定地往椅背上一靠。

“我知道我无权盘诘你，艾琳。”斯宾塞缓缓地说。“就让我们忘了这件事吧。马洛揪住军章、结婚证还有诸如此类的事情大惊小怪。有那么片刻工夫，他似乎让我起了疑心。”

“马洛先生，”她平静地对他说，“就喜欢在琐事上大惊小怪。可一旦遇到了真正的大事——比如说，拯救一条人命——他却跑到湖边看一条愚蠢的游艇去了。”

“这么说你之后再也没有见到过保罗·马斯顿，”我说。

“他已经死了，我如何见到他？”

“你并不能确信他已经死了。红十字没有出过他的死亡报告。他也有可能是被俘了。”

她突然颤抖起来。“1942 年 10 月，”她缓缓地说，“希特勒签发了一道命令：所有被俘的突击队员都将被移交给盖世太保。我想我们全都知道这意味着什么。酷刑折磨之后，化作盖世太保监狱里一个无名亡灵。”她再度颤抖起来，然后对着我喷出一股烈火：“你是一个可怕的人。你想要我重温这一切，想要因为一个无足轻重的谎话惩罚我。想象一下，假如是你曾经爱过的某个人被那些人抓住，你也知道接下来会发生什么，知道他或她一定会有怎样的遭遇，你会怎样？我因而企图构建另一种记忆——哪怕是虚假的记忆——这一点就那么奇怪吗？”

“我得喝一杯，”斯宾塞说。“我得赶快喝一杯。可以吗？”

她拍拍手，坎迪不知从哪儿飘了过来——一如既往。他对着斯宾塞一鞠躬。

“你想喝什么，斯宾塞先生？”

“纯苏格兰威士忌，多来点，”斯宾塞说。

坎迪走到角落里，拉开墙上的小吧台。他拿出一瓶酒放在上面，往玻璃杯里倒了许多。他返身回来，将酒放在斯宾塞面前，抬脚就要离开。

“坎迪，也许——”艾琳轻声说道，“马洛先生也想喝一杯。”

他止住脚步，看着她，面色阴沉倔强。

“不用了，谢谢，”我说。“我不喝酒。”

坎迪鼻子里哼了一声，走开了。又是一阵沉默。斯宾塞灌下了半杯酒。他点了支烟。他开始对我说话，眼睛并不看着我。

“我确信韦德太太或者是坎迪可以开车把我送回贝弗利山。或者我可以叫辆出租车。我相信你已经说完你要说的话了。”

我将那张结婚证复印件重新折好，放回口袋里。

“你确定你想要这样？”我问他。

“每个人都想要这样。”

“很好。”我站起身来。“我选择这样一种玩法大概是有些犯傻了。你是个大出版商，有一副大出版商的头脑——如果干你们这行真的需要任何头脑的话——或许你已经猜到了我到这里来不是只为了演恶人。我翻出这些陈年往事、掏自己的腰包查明事实也不只是为了拿它们缠在某人的脖子上。我之所以调查保罗·马斯顿，不是因为韦德太太戴错了军徽，不是因为她搞混了记忆中的几个日子，也不是因为她和他经历了一场战争期间的闪电婚姻。我只知道他的名字。那么，你能猜猜我是怎么知道的吗？”

“无疑是有人告诉你的，”斯宾塞没好气地说道。

“正确，斯宾塞先生。某个战后在纽约城认识他的人后来又在我们这儿的察森餐厅里见到他和他太太在一起。”

“马斯顿是个很常见的名字，”斯宾塞说，一边啜着他那杯威士忌。他侧过头去，右眼睑稍稍下垂了那么几毫米。于是我又坐下了。“就算是‘保罗 · 马斯顿’也算不上独特。举个例子来说，整个大纽约区的电话号码簿上就有十九个霍华德 · 斯宾塞。其中四个就只是霍华德 · 斯宾塞，没有中名首字母。”

“是的。可你认为，又有多少个保罗 · 马斯顿的半边脸被一枚延时迫击炮弹炸烂过，上面明显有修复性整容手术留下的疤痕和印记？”

霍华德的嘴巴张开了。他的呼吸声似乎变得很沉重。他掏出一块手帕，抹了抹太阳穴。

“你认为又有多少个保罗 · 马斯顿就在那场战斗中救过两个老赌棍——门迪 · 门奈德兹和兰迪 · 斯塔尔的命？他俩还在呢，他俩的记性也都不错。他们可以开口说话，只要对他们有好处。干吗还要这么夸张地表演下去呢，斯宾塞？保罗 · 马斯顿和特里 · 伦诺克斯是一个人。这一点可以证明得清清楚楚、明明白白。”

我没指望有谁会惊骇得当场跳起六尺高，再发出一声尖叫。也确实没有人这样做。然而一阵震耳欲聋如呼号的沉默却降临了。我成功了。它弥漫萦绕在我前后左右，黏稠又坚硬。厨房里，我能听见水流声。窗外的路面上，我能听见一份折叠的报纸落在私家车道上的那声沉闷的扑通，随后是报童骑着自行车离去时吹出的那轻柔的、走调的口哨曲。

这时我忽然感到脖子后面有一阵微微的刺痛。我一个激灵躲闪开来，猛地转过身去。坎迪站在那里，手中握着他那把刀。他那张暗沉的面孔僵硬如死木，可他的眼神中却有一种我之前从未见过的东西。

“你累了，朋友，”他轻声说道。“我给你弄杯酒，好吗？”

"波旁威士忌加冰，多谢，"我说。

"马上，先生。"

他把刀合上，放进他那件白夹克的侧面口袋里，脚步轻盈地走开了。

最后，我终于又将目光投向艾琳。她坐在那里，身体前倾，双手紧握在一起，头埋着，掩藏了那张脸上的表情，如果她此刻还有任何表情的话。当她终于开口说话时，声音中有一种字正腔圆的空虚，就像是报时电话的那种机械声，如果你拿着话筒一直听下去的话——人们一般很少这么干，因为没有理由如此——它就会不断地告诉你流逝的每一分、每一秒，直到永远，不带一丝一毫的音调起伏。

"我见到过他一次，霍华德。只有一次。我根本没有和他说话。他也没有和我说话。他变化太大了。他的头发全白了，他的脸——那几乎不是同一张脸了。可我当然还认识他，他当然也还认识我。就是这样。然后他就从房间里消失了，第二天他就从她家消失了。我是在洛林夫妇家见到他的——还有她。一天下午，接近傍晚。你也在，霍华德。罗杰也在。我想你也见到他了。"

"有人把我们介绍给了彼此，"斯宾塞说。"我当时就知道他娶的是谁。"

"琳达·洛林告诉我说，他就那么消失了。他没有给出任何理由。他们没有争吵。过了一阵子，那女人就和他离婚了。又过了一阵子，我听说她又找到他了。他当时穷困潦倒，不名一文。之后他们复婚了。天知道为什么。我猜是因为他实在缺钱，而且这对他而言也无所谓了。他知道我嫁给了罗杰。我们已然失去了彼此。"

"为什么？"斯宾塞问道。

坎迪一言不发地将酒摆在我面前。他看了眼斯宾塞，斯宾塞摇摇头。坎迪又飘走了。没人注意到他。他就像是中国京剧舞台上的道具师——那个在舞台上把道具搬来搬去的家伙，不论是观众还是演员全都当他不存在似的。

“为什么？”她重复道。“哦，你没法理解。我们曾经拥有过的已经一去不复返了。再也寻不回来了。看来他最终没有落到盖世太保手里。这么说总算还有一些正派的纳粹，他们没有遵守希特勒的那道关于突击队员的命令。所以他幸存了下来；他回来了。我之前总是欺骗自己说，我会再找到他的，但他还会是原来的样子——年轻、热切，洁白纯真。可当我发现他竟然娶了那个红头发婊子时——这简直令人作呕。我那时已经知道她和罗杰的事情了。我完全确信保罗也知道。琳达·洛林也知道——她自己也是个荡妇，不过还没有荡得那么彻底。她们都是一丘之貉。你问我为什么没有离开罗杰，回到保罗身边。在他投入了她的怀抱，而罗杰也投入了那同样一副来者不拒的怀抱之后？不必了，谢谢。这在我听来并不怎么有诱惑力。罗杰我可以原谅。他酗酒，他不知道自己在做什么。他为他的创作发愁，他厌恶自己，因为他不过是个雇佣文人。他是个软弱的男人，心有不甘又心灰意冷，但却可以理解。他只是个丈夫。保罗于我则要么远比这重要，要么什么都不是。最终，他什么都不是。”

我猛喝了一口酒。斯宾塞已经喝干了他那杯。他正用手指抓挠着沙发的面料。他已经忘了面前的那沓纸——那位已然彻底完结的畅销小说家的一部尚未完结的小说。

“我可不会说他什么都不是，”我应道。

她双眼抬起，茫然地看着我，然后又垂了下去。

“比什么都不是还不如，”她说道，声音中带着一丝之前未有的嘲讽。“他知道她是什么东西，可他还是娶了她。接着，他又因为她是那样的东西而杀了她，然后逃到一个地方，了结了自己。”

“他没有杀她，”我说，“你是知道的。”

她忽地站了起来，身体划过一道平滑的曲线，眼神空洞地瞪着我。

斯宾塞像是发出了一声惊叫。

“罗杰杀了她，”我说，“而你也知道这一点。”

“他告诉你的？”她轻声问道。

“他不必把话说出来。但他确实给了我几个暗示。假以时日，他迟早会告诉我的，或者会有别人告诉我。把这件事强摁在心里面正一点一点地将他折磨疯。”

她微微摇了摇头。“不，马洛先生。并不是这件心事在将他逼疯。罗杰不知道自己杀了她。他当时完全失去意识了。他知道出了事，他也努力地去回想，可他就是想不起来。事件的冲击波摧毁了他的相关记忆。也许那记忆原本终将复苏的，也许在他生命中的最后时刻，他也确实回想起来了。可在此之前，只有一片空白。在此之前，只有一片空白。”

斯宾塞用像是低吼的声音叫道：“艾琳，这样的事情根本就不可能。”

“噢，你错了，这样的事情是有的，”我说。“我就知道两个可信的案例。第一个案例是一个失去意识的酒鬼，他杀了一个他在酒吧勾搭上的女人。他用她遇害时戴着的一条围巾勒死了她，那围巾是用一只花哨的夹子系在她脖子上的。她跟他一起回了家，之后发生的事情我们并不清楚，除了一点：她死了，而他被抓的时候，领带上正别着那只花哨的夹子，而他完全不清楚自己是从哪儿弄到它的。”

“他自始至终都没有想起来过吗？”斯宾塞问道。“还是仅仅是在当时？”

“他从来没有承认过。我们也没法把他拉来问问了。他们送他进了毒气室。第二个案例是一起头部受创事件。这男人跟一个有钱的变态住在一起，就是那种喜欢收集各类初版书籍、爱好高档奢华的烹饪、在墙板后面的密室里重金打造了一间秘密图书馆的变态。这两个人后来打了一架。他们从前门打到后门，从一间房打到另一间房，把整栋房子打得一片狼藉，最后那个有钱的变态趴下了。那凶手给人抓住的时候，身上有几十处伤痕，还断了一根手指。他只知道一件事：他头痛，他找不到回帕萨迪纳的路了。他不停地兜着圈子，一次次地在同一家加油站前停下来问路。加油站里的那伙计认定他是个疯子，于是报了警。等到他下一次绕回来的时候，他们已经在那儿候着他了。”

“我不相信罗杰会是这般德行，”斯宾塞说。“他的心智和我一样正常，绝不会是精神病。”

“他醉酒的时候会失去意识，”我说。

“我当时在场。我眼看着他做了那样的事，”艾琳平静地说。

我冲斯宾塞咧嘴一笑。虽说是笑，但恐怕不是那种开心的笑，但我能感觉到自己的脸已经尽力了。

“她这就要跟我们和盘托出了，”我说道。“你听着就好。她这就要说了。她现在是情难自已了。”

“是的，一点不错，”她凝重地说道。“有些事情是我们不愿开口讲述的，哪怕那牵扯到的是我们的敌人，更不用说牵扯到我们的亲夫了。如果我不得不在证人席上当众讲述这件事，你是不会喜欢的，霍华德。你那位才华横溢、红得发紫又日进斗金的好作家会突然在人们眼中变得一钱不值。你看他平时魅力十足、迷倒众生，是不是？可那只是纸面上的。而那个可怜的傻瓜是怎样竭尽全力地去迎合这样的假象啊！那个女人对他而言仅仅是个战利品。我监视了他俩。我应该为此羞愧。这种话是我们不得不说的。可我并不真为自己做过的任何事羞愧。那令人作呕的一幕我全都看在眼里了。她用来偷情的那间客房恰好是个非常隐秘的好去处，有自己的车库，入口开在一条小巷上——死胡同，两边有大树遮蔽。最终——对罗杰这样的人而言，这是不可避免的——他不再是一个令人满意的情人了。他就是有点太贪杯了。他想要离开，可她却追出门来，大叫大嚷，身上一丝不挂，手里挥舞着一件小雕塑。她所使用的语言，其污秽与堕落是我难以启口描述的。然后她试图用那件小雕塑砸他。你俩都是男人，你们肯定知道，当一个本该是大家闺秀的女人口吐臭水沟与公共厕所的语言时，再没有什么比这样的事情更让一个男人愕然的了。他喝醉了，他之前也有过突如其来的暴力行为，这下他再犯了。他从她手中夺下了那件小雕塑。之后的事情你们都能猜到了。”

“肯定流了许多血，”我说。

“血？”她苦涩地笑出声来。“你应该见见他回到家时的样子。我奔向自己的汽车，逃离那里的时候，他只是站在那里，低头看着她。然后他弯下腰，抱起她，进了客房。我当时就知道他受了这一惊，酒便醒了一半。一个小时后他回家了。他非常安静。他看到我就在那里等他时，不由得大惊失色。可这时他的酒已经醒了。他呆若木鸡。他的脸上有血，头发里有血，外套的前襟上全是血。我把他扶进书房边的盥洗室里，帮他脱掉衣服，先擦洗了一遍他身上的血迹，再扶他上楼淋浴。我找出一只旧手提箱，下楼收拾起那堆血淋淋的衣物，塞进手提箱里。我清洗了水池和地板，又拿上一条湿毛巾出了门，确保他的车身上没有血迹。我把他的车停进车库，开着自己的车上了路。我一路开到查茨沃斯水库边，你能猜到我是怎么处置那只装满了血衣和血毛巾的手提箱的。”

她打住了。斯宾塞挠着左手的掌心。她飞快地瞥了他一眼，接着往下说道：

“我出门后，他起床喝了许多杯威士忌。第二天早上，他什么都想不起来了。也就是说，他对那件事只字不提，表现得也仿佛没有任何心事一般，有的只是宿醉。我也对此只字不提。”

“他一定纳闷过那些衣服去哪儿了，”我说。

她点点头。“我想他最终一定想到了这一点——可他没有说出口。那段时间里，那么多的事情就像是不约而同地一起发难似的。报纸上全在报道那件事，接着保罗失踪了，接着他死在了墨西哥。我怎能料到事情最后会这样？罗杰是我丈夫。他做了一件可怕的事，可她也是个可怕的女人。况且他并不知道自己做了什么。接着，这件事又从报纸上消失了，其突然一如它的出现。琳达的父亲一定在背后做了点什么。罗杰当然读了报纸，他发表的评论完全就像是从一个不过是碰巧认识当事人的无辜旁观者口中说出来的一样。"

"你不害怕吗？"斯宾塞轻声问道。

"我怕得要命，霍华德。一旦他想起来了，他说不定就会杀了我。他是个好演员——大多数作家都是好演员——也许他已经想起来了，只不过在等待时机。但我没法肯定。他也有可能——只是有可能——把整件事情永远抛在脑后了。而保罗已经死了。"

"如果他从未提起过你扔进水库的那些衣物，那就证明他已经起了疑心，"我说道。"另外，不要忘了，上回——就是他在楼上开了一枪，我看到你在从他手中夺枪的那回——他落在打字机上的那份东西里面有这么一句话：一个好人为他而死。"

"他说过这样的话？"她的眼睛睁大了，幅度刚刚好。

"他写过——用打字机写的。我销毁了那份东西，应他的请求。我以为你已经读过了。"

"我从不去读他在书房里写下的任何东西。"

"可瓦伦杰把他领走的那回，你读了他留下的字条。你甚至从废纸篓里挖出了一些东西来。"

"那是另一码事，"她冷静地说。"我那时在寻找线索，推断他的去处。"

"好吧，"我说道，身子往后一靠。"还有吗？"

她缓缓地摇了摇头，神情中有一种深深的哀伤。"我想就这些了。至少，他自杀的那天下午，也许回想起了那件事。我们永远无法知晓了。可我们难道真的想知道吗？"

斯宾塞清了清喉咙。“可马洛又该在这整场事件当中做些什么呢？把他拖进来是你的主意。是你说服他上这条船的，你知道的。”

“我那时害怕极了。我害怕罗杰，同时我又替他害怕。马洛先生是保罗的朋友，也算得上是认识他的人当中最后一个见到他的。保罗说不定告诉了他某些事情。我必须弄清楚。如果他是个危险人物，那我希望他站在我这一边。如果他找出了真相，那或许还有某种办法可以救罗杰。”

突然，出于某种我无法理解的原因，斯宾塞的面孔板起来了。他向前一探身，下巴突了出来。

“这件事情我们来搞搞清楚，艾琳。你眼前是一位已经和警察结下梁子的私家侦探。他们之前让他蹲了监狱。他据说是帮助保罗——我这么说仅仅是照搬你的说法——逃出了国门，流亡墨西哥。这是一项重罪——如果保罗是杀人犯的话。因此，如果他真的找出了真相，能够给自己脱罪的话，那他只会袖手旁观，绝不会伸出援手。你当时就是这么想的吗？”

“我很害怕，霍华德，你就不能理解这一点吗？我跟一个杀人犯住在同一个屋檐下，而且他还有可能是个疯子。大部分时间里，我都是单独和他在一起的。”

“这我理解，”斯宾塞说，依然板着面孔。“但马洛没有接下这个活儿，你依然孤身一人。接着，罗杰朝天花板开了一枪，之后的一周里，你依然孤身一人。接着罗杰就自杀了，而且巧的是，这回换成了马洛孤身一人。”

“这都没错，”她说道。“那又怎么了？事情是我能控制的吗？”

“好吧，”斯宾塞说。“只是，会不会有这样一种可能：你认为马洛很可能会发现真相，然后，鉴于那把枪已经响过一次了，干脆就把它递给罗杰，说上一句：‘嘿，老头儿，你是个杀人犯，我知道，你太太也知道。她是个好女人。她已经遭了太多罪了。更别提西尔维娅·伦诺克斯的丈夫了。为什么不做一件体面的事情，扣下扳机呢？所有人都会以为这只是一场纵酒过度引发的悲剧。那我就溜达到湖边抽支烟去啦，老头儿。祝你好运，再见。哦，枪在这里——上好膛了，全归你啦。'"

"你越来越可怕了，霍华德。我绝没有过那样的想法。"

"你对县警说过，是马洛杀了罗杰。这话该作何理解？"

她飞快地瞥了我一眼，眼神近乎羞怯。"我说出那样的话真是大错特错。我当时不知道自己在说什么。"

"或许你确实认为是马洛朝他开的枪，"斯宾塞平静地揣测道。

她的眼睛眯了起来。"哦，不，霍华德。为什么？他为什么要做那样的事情？这样的揣测太可怕了。"

"为什么？"斯宾塞打算刨根问底。"可怕在哪里？警方也有过同样的想法。坎迪给他们提供了一条动机。他说，罗杰把自己的天花板射出个洞的那天晚上，马洛在你的房间里待了两个小时——罗杰在此之前已经被人喂了几片安眠药，放上床了。"

她的脸刷地一下红到了发根。她无言地瞪着他。

"而且你当时一丝不挂，"斯宾塞粗鲁地继续说道。"坎迪就是这么告诉他们的。"

"可在死因讯问庭上——"她开始用一种支离破碎的声音说道。

斯宾塞打断了她。"警方不相信坎迪。所以他没有在死因讯问庭上说。"

"哦。"她松了口气。

"还有，"斯宾塞继续冷冷地说道，"警方也怀疑过你。这份疑心直到现在还没有打消。他们只是找不到作案动机。依我看，这下他们说不定能找到了。"

她一下子站了起来。“我看你俩最好从我的房子里出去，”她愤怒地说。“越快越好。”

“那么，你究竟是干了还是没干？”斯宾塞平静地问道，丝毫没有挪动身子，只是伸手抓起面前的酒杯，结果发现杯子空了。

“干了还是没干什么？”

“枪杀罗杰。”

她站在那里，直直地瞪着他。她脸上的红晕已经消失了，那张面孔此刻变得煞白，绷得紧紧的，上面写满了愤怒。

“我只是在跟你预演将来你会在法庭上听到的问题。”

“我出门去了。我忘了带钥匙。我只能按门铃叫人来开门。等我到家的时候，他已经死了。这一切都是已知的事实。你这是怎么啦，看在上帝的分儿上？”

他掏出一块手帕，抹了抹嘴唇。“艾琳，我进这间房已经不下二十次了。迄今为止我还没有碰见过正门在白天上锁的情况。我没说你杀了他。我只是在问你。别告诉我这不可能。想想事情的发展过程，这简直轻而易举。”

“我杀了我自己的丈夫？”她缓缓地、充满诧异地问道。

“假定，”斯宾塞依然用那种漠然的语调说道，“他确实是你的丈夫。你嫁给他的时候却已经有另一个丈夫了。”

“谢谢你，霍华德。非常感谢。罗杰的最后一本书——他的天鹅之歌——已经在你面前了。拿上它，走吧。我看你最好打电话报警，跟他们讲讲你的想法。这将为我们的友谊画上一个美好的句号。再见了，霍华德。我很累，头痛得厉害。我要回房躺下。至于马洛先生——我相信这一切都是他挑唆你的结果——我只能对他说，即便他并没有真的亲手杀死罗杰，他也毫无疑问是把他推上绝路的那只手。”

她转身就要离开。我毫不客气地发话道：“韦德太太，请稍等。我们先把这桩事儿了结了。您不必这么愤愤然。我们都只是在努力做一件正确的事情。您投入查茨沃斯水库的那只手提箱——它沉吗？”

她转过身来，瞪着我。“那是一只旧手提箱，我说过了。是的，非常沉。”

“那你是怎么把它举过水库周围那道高高的铁丝围栏的？”

“什么？围栏？”她做了一个无助的手势。“我想，在紧急情况下，一个人总会爆发出超常的气力，去做那不得不做的事情。不管怎样，我最终办到了。就是这样。”

“那里根本没有什么围栏，”我说道。

“根本没有围栏？”她机械地重复道，仿佛这是一句没有任何意义的话。

“另外，罗杰的衣服上也没有血迹。西尔维娅·伦诺克斯也不是在客房外面被杀的，而是在屋内的床上。现场几乎没有流什么血，因为她那时已经死了——被人枪杀的——等到有人用那件小雕塑把她的脸砸成一团肉酱的时候，那件凶器击打的是一个已死的女人。而死人，韦德太太，流出的血是很少的。”

她鄙夷地朝我撇撇嘴。“我猜你案发时是在场咯，”她不屑一顾地说道。

接着她就拂袖而去了。

我们目送她离开。她缓缓地上了楼梯，步履沉稳优雅，然后消失在了自己的房间中。房门在她身后关上了，轻柔但却坚决。一片沉寂。

“那道铁丝围栏是怎么回事？”斯宾塞茫然地问道。他的脑袋不住地摇晃着。他脸颊通红，满头是汗。他正在勇敢地接受一个事实，但这个接受过程对他而言并不容易。

“那只是个恶作剧，”我说道。“我从没有靠近过查茨沃斯水库，我也不知道那道围栏是什么情形。也许那周围有围栏，也许没有。”

"我明白了，"他怏怏地说。"可问题的关键在于，她也不知道。"

"她当然不知道啦。他俩都是她杀的。"

43

就在这时，传来一阵轻轻的脚步声。原来是坎迪——他就挨着沙发那头站着，看着我。他手中正握着那把弹簧刀。他一摁按钮，刀刃弹了出来。他又一摁按钮，刀刃缩回了刀柄。他的眼珠在闪闪发光。

"万分抱歉，先生，"他说道。"我错怪你了。是她杀了老板。我想我——"他打住了，那柄刀刃又弹了出来。

"不。"我站起身来，伸出手。"把刀给我，坎迪。你只是一个善良的墨西哥男仆。他们是会高高兴兴地把罪名扣在你头上的。这样的烟幕弹一定会让他们笑得合不拢嘴。你不知道我在说什么。但我知道。他们已经把事情彻底搞砸了，就算他们想要挽回局面，那也是不可能的了。再说他们也不想。他们只会从你嘴里撬出一份招供书来，动作快得甚至让你来不及报上全名。然后，三周之后的周二，你就该一屁股坐进圣昆丁监狱，开始你的无期徒刑了。"

"我告诉过你，我不是墨西哥人。我是智利人，来自瓦尔帕莱索附近的比尼亚德尔马。"

"刀，坎迪。我全都知道。你自由了。你存下了一笔钱。你家里说不定有八个兄弟姐妹。放聪明点儿，从哪儿来就回哪儿去吧。这份工作已经完结了。"

"还有许多工作呢，"他轻声说道。然后他伸出手，将那把刀放进了我手里。"为了你我才这么做的。"

我把刀塞进口袋。他抬头瞥了一眼二楼的楼道。"太太——我们该拿她怎么办？"

“不怎么办。我们什么都不办。太太很累。她已经在重压之下生活太久了。她此刻不想被人打扰。”

“我们必须报警，”斯宾塞斩钉截铁地说。

“为什么？”

“哦，天啊，马洛——我们必须这样做。”

“明天吧。收起你那沓未完成的小说，我们走吧。”

“我们必须报警。这世上还有一样叫做法律的东西。”

“我们根本不必这么做。我们手头的证据连一只苍蝇都拍不死。让执法机构去干他们自己的脏活儿吧。让律师们去解决这个案子吧。他们为另一群律师编撰了各种法条，好让这另一群律师能在又一群叫做法官的律师面前剖文解字，如此这般才会有另一群法官来发话说第一群法官错了，再由最高法院来发话说第二群法官错了。没错，这世上确实还有一样叫做法律的东西。我们都快被法律的汪洋淹没了。而它所做的一切几乎就是为律师们创造业务。要不是有律师在背后指明生意之道，你以为那些混得风生水起的黑道头子能蹦跶几天？”

斯宾塞愤怒地说：“你说的和这个案子没有丝毫关系。一个男人在这间房中被人谋杀了。他碰巧是位作家，而且是位非常成功的重要作家，可这一点也同这个案子没有丝毫关系。他是一个人，而你我都知道是谁杀了他。这世上还有一样叫做正义的东西。”

“明天吧。”

“你要是让她逃脱法网的话，那你就和她一样邪恶。我开始有点认不清你了，马洛。你当时若是警惕性够高的话，本可以救他一命的。某种程度上说，你确实让她逃脱了。在我看来，今天下午的这整场表演意义仅止于此——一场表演。”

“没错。一幕伪装之下的爱情故事。你也看得出来，艾琳爱我爱得如痴如狂。等到风头一过，我俩就会成婚。她手头应该是挺宽绰的。我还没从韦德家捞到一分钱呢。我快等不及了。”

他摘下眼镜，擦拭起镜片来。他抹去眼睛下方凹坑里的汗水，重新戴上眼镜，看着地板。

“对不起，”他说道。“我今天下午遭受了一次挺沉重的打击。得知罗杰自杀已经够糟糕的了。但这另一个版本的故事却让我感觉受到了羞辱——我刚刚才如梦初醒。”他抬头看着我。“我能信任你吗？”

“信任我做什么？”

“做正确的事——不论那是什么。”他俯身抱起那沓黄稿纸，夹在腋下。“算了，就当我没说吧。我看你很清楚自己在做什么。我是一个挺棒的出版人，但这件事超出了我的能力范围。我看我归根结底不过是个一本正经的老古板。”

他从我身边走过，坎迪为他让开了道，然后快步走到正门边，拉开门。斯宾塞迈步出了门，与坎迪擦肩而过时朝他微微点了点头。我也随他出了门。经过坎迪身边时，我停下了脚步，直视着他那双亮闪闪的黑眼睛。

“别耍花招，朋友，”我说。

“太太很累，”他轻声说道。“她回房休息了。没人会打扰她。我什么都不知道，先生。我什么都不记得……一切遵照您的吩咐，先生。”

我从口袋里拿出那把刀，递到他面前。他笑了。

“没人信任我，但我信任你，坎迪。”

“我也一样，先生。非常感谢。”

斯宾塞已经在车上了。我钻进汽车，发动引擎，倒车出了私家车道，然后一路把他送回贝弗利山。我在酒店的边门处把他放下车。

“回来的这一路上，我一直在想，”他下车的时候说道，“她一定是有点精神失常了。我看他们永远也不会给她定罪了。”

“他们连试都不会去试的，”我说道。“但她不知道。”

他吃力地摆弄着胳膊下面那摞黄稿纸，理顺了之后，冲我点点头。我看着他使劲推开酒店大门，跨了进去。我松开脚踩的刹车，奥尔斯悄无声息地驶离白色的路肩——这就是我最后一次见到霍华德·斯宾塞了。

我到家时天色已晚，身心俱疲。这又是一个空气凝重、夜声含混悠远的夜晚。月亮高高地悬在空中，蒙着雾霭，冷若冰霜。我在房间里踱来踱去，放了几支曲子，但耳朵几乎没有在听。我似乎听到了不知从哪儿传来的一阵有规律的滴答声，可这间房里根本就没有任何会“滴答”的东西。那滴答声就在我自己的脑海中。我是一个孤独的死囚看守，等待着行刑的那一刻。

我想起了我第一次见到艾琳·韦德时的情形，接着是第二次、第三次、第四次。但在那之后，她身上的某样东西就开始扭曲变形了。她似乎不再那么真实了。一旦你认识到一个人是谋杀犯，他的形象就会不可避免地脱离真实。有些人是出于仇恨、恐惧或贪婪而谋杀。有些狡诈的凶手会事先谋划，事后指望能全身而退。有些狂怒之下的凶手根本丧失了思考功能。还有些凶手爱上了死亡，对他们而言谋杀就是一种远期的自杀。某种程度上讲他们全都精神失常，但不是斯宾塞所说的那种失常。

当我终于上床休息时，天已经蒙蒙亮了。

一阵刺耳的电话铃声将我从睡眠的那口黑漆漆的深井中拽了出来。我在床上翻了个身，笨手笨脚地摸索着拖鞋，这才意识到自己不过睡着了两三个钟头。我感觉自己就像是在一家油腻腻的苍蝇馆子里吃下的一餐消化了一半的饭食。我的眼皮黏在了一起，我的嘴里全是沙子。我费力地两脚着地站了起来，蹒跚着走进客厅，一把抓起支架上的话筒，冲着里面说了句：“等着别挂。”

我放下电话，进了浴室，往自己的脸上泼了点冷水。窗外传来一阵“咔嚓”、“咔嚓”、“咔嚓”的声响。我茫然地朝外面看了一眼，看到的是一张面无表情的棕脸。原来是那个一周来一次的小日本园丁，我管他叫“冷酷的哈利”。他正在修剪黄钟花——以那种日本园丁修剪黄钟花的方式。你问他四遍，他会回一句：“下周。”然后他就会在早晨六点钟来到你家，在你的卧室窗外修剪黄钟花。

我擦干脸，回到电话机旁。

“谁？”

“我是坎迪，先生。”

“早上好，坎迪。”

“太太死了。”

死了。在任何一种语言中，它都是一个何其冰冷、黑暗又无声的词啊。太太死了。

“希望不是你干的。”

“我想是药干的。那种叫做德美罗的药。我想那瓶子里有四五十片。现在空了。昨晚没吃晚饭。今天早上我爬上梯子，朝窗户里面看了一眼。穿得就和昨天下午一样。我撬开纱窗。太太死了。冷得就像冰水。”

冷得就像冰水。“你打电话叫人了吗？”

“是的。给洛林大夫。他打电话叫了警察。还没赶到。”

“洛林大夫，是吧？那个永远迟到一步的男人。”

“我没有给他看那封信，”坎迪说。

“写给谁的信？”

“斯宾塞先生。”

“把信交给警察，坎迪。别让它落到洛林大夫手上。只给警察看。还有一件事，坎迪。别隐瞒任何事，别跟他们撒谎。我们昨天都在场。只说真相。这次切记：真相，全部的真相。”

一阵短暂的沉默。接着他说道："是。我明白。再见，朋友。"他挂断了电话。

我拨通了利兹-贝弗利酒店的电话，说我要找霍华德·斯宾塞。

"请稍等。我为您转接服务台。"

那头传来一个男人的声音："这里是服务台。我能如何为您效劳？"

"我刚才说了，我要找霍华德·斯宾塞。我知道这个时间有点早，但我有急事。"

"斯宾塞先生昨晚就退房了。他搭乘8点钟的飞机回纽约了。"

"哦，抱歉。我还不知道呢。"

我走出客厅，进了厨房，煮起了咖啡——一杯接一杯的咖啡。醇厚、浓烈、苦涩、滚烫、无情、堕落。困倦之人的生命之血。

两个钟头后，伯尼·奥尔斯给我打来了电话。

"好啦，聪明小子，"他说道。"快快过来受刑吧。"

44

这次的情形和上次相仿，唯一的不同是上次在夜里而这会儿是白天，另外地点换成了埃尔南德斯警监的办公室——治安官在圣芭芭拉为狂欢周开幕。在场的有埃尔南德斯警监、伯尼·奥尔斯、验尸官办公室派来的一个人、洛林大夫（他那副模样就像是在做堕胎手术的时候被人逮住一样）、一个叫劳福德的男人，还有地检官办公室派来的一个助理（一个面无表情的瘦高个儿，他的兄弟据说是中央大道区的一名地下赌彩业大佬）。

埃尔南德斯的面前摆着几页有手写字迹的便条纸——肉红色的纸质，手工毛边，上面的字是用绿墨水书写的。

"这次会议是非正式的，"等到所有人都在硬椅子上以尽可能舒服的姿势坐好了，埃尔南德斯说道。“没有速记员，没有录音设备。大家畅所欲言。维斯大夫代表验尸官，未来是否有必要举行死因调查讯问将由验尸官决定。维斯大夫？”

这是个体态肥胖、神情愉快、模样十分干练的男人。“我想是没必要了，”他说道。“所有的表象证据都指向了麻醉剂中毒。救护车赶到的时候，这个女人依然有十分微弱的呼吸，处于深度昏迷当中，所有的反射反应都消失了。到了这个阶段，抢救成功率只有不到百分之一了。她的皮肤冰凉，除非近距离检测，否则也观察不到呼吸。那名男仆以为她死了。她的真实死亡时间大约是在此之后的一个小时。据我所知，这位女士患有支气管哮喘，有间歇性的急性发作病史。德美罗是洛林大夫开给她的，作为紧急状况下的应对措施。”

“关于她服下的德美罗剂量，我们手头有任何信息或能做出任何推断吗，维斯大夫？”

“剂量足以致命，”他说道，脸上淡然一笑。“在不知道用药史的情况下，我们也就无从得知她的先天及后天药物耐受性，因此无法快速判定其个人的致命剂量。根据她的供认书，她服下了两千三百毫克的药物，四到五倍于一名非药物上瘾者的最小致死量。”他用质询的眼光看着洛林大夫。

“韦德太太没有药瘾，”洛林大夫冷冷地说。“规定的服用剂量是每次一到两粒五十毫克的药片。二十四小时内服用三到四片是我能够允许的最大剂量。”

“可你却一口气开给了她五十片，”埃尔南德斯警监说。“在家里以这么大的剂量囤积这样的药物是件挺危险的事，你说呢？这支气管哮喘有多严重，大夫？”

洛林大夫鄙夷地微微一笑。“同所有哮喘一样，发病是间歇性的。从来不会发展到我们称之为‘持续性哮喘’的阶段，也就是严重到足以让病人感觉有窒息危险的哮喘发作。”

“你有意见要发表吗，维斯大夫？”

“唔，”维斯大夫慢条斯理地说，“假设这张字条不存在，假设我们没有其他证据佐证她究竟服下了多少药片，那么这就有可能是一起意外药物过量事件。这种药的安全系数并不高。明天我们就能确定了。我的天啊，难不成你不想压下这张字条，埃尔南德斯？”

埃尔南德斯绷着脸，低头望着桌子。“我正在纳闷一件事。我还不知道麻醉剂是针对哮喘的常规治疗手段呢。真是活到老学到老啊。”

洛林脸一红。“紧急状况下的处置手段，如我所说，警监。大夫不能同时赶到所有病人身边。哮喘的发作可能非常突然。”

埃尔南德斯飞快地瞥了他一眼，然后转向劳福德。“如果我把这封信交给媒体，你们办公室会有麻烦吗？”

那个地检官助理茫然地瞥了我一眼。“这家伙在这儿干什么，埃尔南德斯？”

“我请他来的。”

“我怎么知道他不会把我们在这里说的每句话都照搬给某个记者？”

“没错，他是个大嘴巴。你早就知道了。上次你派人抓他进去的时候就领教过了。”

劳福德咧嘴一笑，清了清喉咙。“我也读过那份所谓的供认书了，”他言辞谨慎地说道。“我一个字都不相信。此人之前经历了情感透支、丧夫、药物使用、大轰炸时期高度紧张的英国战时生活、那场秘密婚姻，还有这个男人的突然归来，如此等等。毫无疑问，她内心发展出了一种负疚心理，因而试图通过一种移情作用来获得解脱。”

他打住了，举目环顾四周，但看到的只有一张张没有表情的脸。“我的话不能代表地检官。但我个人的感觉是，你的这份供认书不能成为寻求起诉的依据，即便这个女人现在还活着。”

“另外，既然已经相信了之前的一份供认书，你也就不乐意再相信第二份与之相抵触的供认书了，”埃尔南德斯挖苦他道。

“别较真，埃尔南德斯。所有的法律执行机构都得考虑公关因素。一旦这份供认书见了报，那我们可就有麻烦了。这一点毫无疑问。我们四周已经围着许多上蹿下跳的改革团体了，他们正候着这样一个机会，好往我们身上捅把刀呢。我们眼下还有一个大陪审团，你们的风化组警督上周挨的那通好打已经让他们坐立不安了——那件事大概过去十天了。”

埃尔南德斯说道：“好吧，宝贝归你啦。帮我在收据上签个字。”

他把那几页粉色的毛边纸合在一起，劳福德弯下腰，在一张表格上签了字。他拿起那几页粉纸，折了几折，放进胸前的口袋里，抬脚出了门。

维斯大夫也站了起来。他态度坚定、表情随和，似乎并没有把这件事放在心上。“韦德家的上一场死因调查讯问我们就操之过急了，”他说道。“这一次我看我们大概可以直接省掉这一步了。”

他冲奥尔斯和埃尔南德斯点点头，同洛林很正式地握了握手，出去了。洛林也要起身离去，却突然收住了脚步。

“我能否告知在座的某位利益相关者，此事的调查到此为止？”他生硬地说。

“抱歉耽误了你这么久，害得你没法待在病人们身边，大夫。”

“你还没有回答我的问题，”洛林厉声说道。“我可得警告你——”

“滚蛋，伙计，”埃尔南德斯说。

洛林大夫惊得险些一个趔趄。然后他转过身去，夹着尾巴，趺趺撞撞地溜出了房间。门关上了，过了足足半分钟，才有人开口说话，打破沉默。埃尔南德斯晃晃身子，点了一支烟，然后看着我。

“喂。”

"喂什么？"

"你还在等什么？"

"这么说，这就是结局了？了解了？玩完了？"

"告诉他，伯尼。"

"是的，这确实就是结局了，"奥尔斯说。"我原本已经准备好把她拖来讯问了。韦德没有开枪自杀。他脑子里的酒精浓度太高了。可就像我之前跟你说的那样，谋杀动机在哪里？她的供认书可能在细节上有错误，可它证明了一点：她在监视他。她知道恩西诺那间客房的布局。这个姓伦诺克斯的娘们儿把她的两个男人都从她身边夺走了。那间客房里究竟发生了什么就随你去想象了。有一个问题你忘了问斯宾塞了。韦德自己有没有一把毛瑟 PPK 手枪？是的，他有一把小毛瑟自动手枪。我们今天已经跟斯宾塞通过电话了。韦德是个醉酒后会失忆的酒鬼。这可怜的倒霉蛋要么以为自己杀了西尔维娅·伦诺克斯，要么就是真的杀了她，不然他就有理由怀疑是他妻子杀的。不论是哪种情况，他最终是会一五一十地坦白出来的。没错，他在此之前早就开始迷恋杯中物了，可他是一个有正常欲望的男人，却娶了一个漂漂亮亮的冰人儿。那墨西哥佬全都知道。几乎就没有什么事是这小混蛋不知道的。那是一个梦中女孩。她的一只脚跨进了此时此刻，可大半个身心却停留在了过去。如果说她也有欲火焚身的时刻，那把火肯定不是为她丈夫而起。明白我的意思了吗？"

我没有回答。

"你差一点就把她弄到手了，是不是？"

我依然沉默以对。

奥尔斯和埃尔南德斯同时咧开嘴，酸溜溜地笑了起来。"我俩可不是真的一点脑子都没有，"奥尔斯说。"我们知道那个讲她如何宽衣解带的故事里肯定有真实的成分。你斗嘴的时候占了他的上风，他也就由你占了上风。他当时情感上受了伤，脑子里一团乱麻；他喜欢韦德，他想要百分百确定。一旦他确定了，他就会用刀。这对他而言是私人恩怨。他从没有把韦德的秘密说出去过，是韦德的妻子说出去的；她故意把事情弄得不可收拾，就是为了搅乱韦德的脑子。这一切放在一起就都说得通了。我想，最终她对他心怀恐惧。还有，韦德从没有把她推下楼梯过。那是一场意外。她绊了一跤，那伙计想要拉住她的。这件事坎迪同样看到了。”

“这一切都无法解释她为什么要把我拖进来。”

“我可以想出几条理由。第一条是老生常谈了。每一个警察都会和它打上一百回交道。你是那条未了结的线索，那个帮助伦诺克斯逃亡的家伙，他的朋友，也许在某种程度上还倾听了他吐露的秘密。他究竟知道什么，他又告诉了你什么？他拿了那把夺走她性命的凶枪，他也知道那把枪开过火。她也许会认为他这么做是为了她。这就会让她怀疑，他知道她用过这支枪。等到他自杀了以后，她就完全确定了。那么你呢？你依然是那条未了结的线索。她想要从你嘴里套话，她有的是魅力可以施展，而眼下的局面又恰好可以用作接近你的借口。如果她需要一个替罪羊，那你就是替罪羊。你也可以说，一路上她一直在收集替罪羊。”

“你这是在假定她知道许多她不一定知道的事情，”我说。

奥尔斯将一支烟掰做两截，将其中一截塞进嘴里嚼了起来。另一半他夹在了耳朵后面。

“另一条理由是，她需要一个男人——一个高大健壮的男人，能够用孔武有力的臂膀将她紧紧地拥入怀中，让她重续旧梦。”

“她恨我，”我说。“你这是在胡说。”

“那是当然，”埃尔南德斯冷冰冰地插话道。“你拒绝了她。可她原本是能让这件事过去的。然后，你又把斯宾塞拉进来做旁听证人，这下终于彻底断了她的念想。”

“你们俩最近在看精神病医生吗？”

“天啊，你还没听说吗？他们现在整天二十四小时都缠着我们不放哪。我们组里就有两个。这已经不再是警察的工作了，而是在逐渐成为医学市场的一个分支。他们在监狱、法庭、审问室里进进出出。他们会写出长达十五页的报告，探讨某个少年犯混混为什么会抢劫一家外卖酒店、强奸一位女学生或是向高年级学生兜售大麻。再过十年，像埃尔南德斯这样的伙计就该整天埋头于罗夏墨迹测验和词联想测验，把引体向上和打靶扔在一边了。等到我们外出办案的时候，我们会提上许多个小黑包，里面装满了测谎仪和吐真剂。我们没能抓住那四个痛殴大个儿威利 · 马贡的捣蛋鬼，真的是太可惜了。说不定我们能逆转他们的适应不良症，让他们热爱他们的母亲。”

“我能开溜了吗？”

“到底还有哪点让你不信服？”埃尔南德斯问道，手里弹着一根橡皮筋。

“我完全信服了。这个案子结了。她死了，他们全死了。不论从哪个方面看都是一个干得漂亮又顺利的日常案件。所以说，眼下也就没什么可做的了，只有回家睡觉，忘了这事儿，就当它没发生过一样。这也就是我正打算做的。”

奥尔斯伸手从耳朵后面摘下那半截香烟，望着它，仿佛心里头正在纳闷这半截烟是从哪儿来的，然后一把将它甩到了身后。

“你究竟有什么可叽叽歪歪的？”埃尔南德斯说。“要不是她手头的枪正好都用完了，说不定她昨天就要打出十环了。”

“还有，”奥尔斯阴沉地说，“昨天的电话通信可是一切正常的。”[①]

“哦，没错，”我说。“你们一定会颠颠地跑来，然后收获一个云里雾

---

① 此话是在暗示马洛昨天没有打电话报警。

里的故事——除了几个无伤大雅的小谎，她什么都不会承认的。而今天早上，你们得到的依我看却是一份完完全全的供认书。你们没让我读它，可那如果是一封情书的话，你们就不会把地检官的人叫来了。如果你们当时就认认真真地做了伦诺克斯案的工作，总有人会挖出他的参战记录的，包括他在哪里负的伤，以及其余的完整信息。或迟或早，某根线索会将他与韦德夫妇联系起来。罗杰·韦德知道保罗·马斯顿是谁。我碰巧接触到的另一个私家侦探也知道。”

“有可能，”埃尔南德斯让了一步，“但这不是警方调查的工作方式。你不可能在一个表面证据十分确凿的案件上浪费时间，哪怕上头没有压力叫我们赶快结案，将它打入冷宫。我调查过数百起谋杀案。有些案子的所有线索都指向一致，清晰明了，完全是教科书式的。大多数案子都是这里说得通而那里说不通。可当你掌握了作案动机、作案手段、作案机会，确认嫌犯作案后逃逸、取得了一份书面的供认状，并且得知嫌犯随即自杀身亡的事实后，你只会让案子就此了结。这世上没有哪个警察局有这个人力和时间去质疑显而易见的案情。唯一一件挑战‘伦诺克斯是凶手’的事情就是某个人认为他是个好人，不可能干出这样的事情来，还有其他人一样有可能犯案。可其他人事后没有逃之夭夭，没有认罪，也没有把自己的脑袋打开花。而他干了。至于说‘他是个好人’，我看百分之六七十最后走进了毒气室、坐上了电椅，或是挂在了绞索上的杀人犯在邻居们眼中都和富勒毛刷推销员一样温和。温和、安静、教养良好，正如罗杰·韦德太太。你想读读她那封信里都写了些什么？行，读吧。我得出去一趟。”

他起身拉开一只抽屉，将一份文件夹放在桌面上。“这里头有五份直接影印件，马洛。别让我逮到你偷看。”

他迈步朝门口走去，忽然又转过头来，对奥尔斯说了一句：“你要不要跟我一起去找裴什雷克谈谈？”

奥尔斯点点头，跟着他出去了。办公室里只剩下我一个人了。我揭开了文件夹的封套，看着那几份黑底白字的影印件。我动手数了一下文件份数，手指只接触页边。总共有六份，每一份都是由几页纸夹在一起的。我抽出一份，卷起来，塞进口袋里，然后从头到尾读了一遍剩下那沓文件中的最上面一份。读完之后，我坐下来等着他们回来。过了大约十分钟，埃尔南德斯一个人回来了。他重新在桌子后面坐好，数了一遍影印件份数，然后将文件夹塞回办公桌。

他抬起眼睛看着我，不带任何表情。“满意了吗？”

“劳福德知道你有这些影印件吗？”

“我没告诉他。伯尼也没有告诉他。伯尼自己动手影印的。怎么啦？”

“如果其中一份泄露出去了会怎样？”

他微微一笑，笑容很是让人不舒服。“不会的。但如果真发生了那样的事，那肯定不是治安官办公室里的人干的。地检官办公室里也有影印设备。”

“你不太喜欢地检官斯普林格，是不是，警监？”

他看上去像是吃了一惊。“我？我喜欢所有人，甚至包括你。快滚吧。我还有工作要处理。”

我起身要走。他突然又说道：“这些天你还随身带枪吗？”

“有时候带。”

“大个儿威利·马贡随身带两把。不知道他为什么不用。”

“我猜他是以为所有人都被他吓得不敢动弹了吧。”

“也许吧，”埃尔南德斯漫不经心地说道。他拾起一根橡皮筋，在两只手的拇指间拉扯着。那根皮筋越来越长。终于，啪的一声，皮筋断了。他揉揉那只被绷断的皮筋弹到的拇指。“每个人一旦超出极限，都有绷断弦的时候，”他说。“不管他看上去是多么了不得的硬汉。回头见。”

我出了门，快步溜出了大楼。一朝是替死鬼，永远是替死鬼。

45

回到卡翁加大楼六楼我那间小得像狗窝的办公室后，我又开始用早班邮件玩起了每日例行的双杀游戏。邮箱传桌子传废纸篓——廷克传埃弗斯传钱斯。[①] 我在桌面上清理出一块空间来，将影印件展开平铺。刚才我之所以把它卷起来，就是为了避免折痕。

我又从头到尾读了一遍。她的供述细节翔实，合情合理，足以使任何一个不带先入之见的调查者信服。艾琳·韦德在一阵妒火中烧的狂怒中杀死了特里的妻子，接着又在铺垫就绪、时机成熟后杀死了罗杰，因为她确信罗杰知道。那天晚上朝他书房天花板开的那一枪就是这铺垫的一部分。有一个问题依然没有答案，而且恐怕永远也不会有答案了，那就是：为什么罗杰只是呆呆地站在原地，任她宰割？他一定早就知道了结局会是怎样。所以他干脆自暴自弃，听天由命了。语言是他的营生，他能用语言描述一切，却唯独面对这件事时只有无言的沉默。

“大夫开给我的上一批药品里还剩下四十六粒德美罗，”她写道。“现在我打算全部服下，然后上床躺着。门上锁了。很快，我就将不可救药了。这一点，霍华德，请你务必领会。我所写下的这些文字以死亡作见证人，里面字字是真。我无怨无悔——唯一遗憾的也许就是我当时没法捉奸成双，当场送他们双双入黄泉。对于保罗——也就是你所听说的特里·伦诺克斯——我心中也没有任何悔恨。他不过是我曾经爱过、嫁过的那个男人遗留下的一个空壳。于我而言他什么都不

---

① 双杀是指在棒球比赛中，一系列连贯防守动作造成两名进攻球员同时出局；球通常会在防守方的三名队员之间快速传递，封杀进攻方的击球手和跑垒者。廷克、埃弗斯与钱斯曾经是芝加哥小熊队的一组传奇式的双杀组合。

是。那天下午我见到他时——他从战争中归来后我只见过他这唯一的一次——起初我没认出他来。接着，我认出来了，他也立刻就认出了我。他本该在青春年少时陨落在挪威的皑皑白雪之中的，那个我赠给了死亡的爱人。可他却回来了，成了赌棍们的朋友，富有娼妇的丈夫—— 一个变质、堕落的男人，也许在过去的生活中还走过黑道。时间让一切都变得卑贱、可鄙，满面褶皱。人生的悲剧，霍华德，不在于美丽之物英年早逝，而在于他们会变得衰老，变得卑贱。这样的事不会发生在我身上。再见了，霍华德。”

我把那份影印件收进桌子里锁好。午饭时间到了，可我没有胃口。我从最里面的抽屉里掏出我那瓶办公用酒，倒了一杯，然后取下挂在桌前的电话簿，查到了《日报》的号码。我拨通了那个号，请话务女郎帮我转接朗尼·摩根。

“摩根先生直到四点钟左右才会进办公室。也许你可以试试市政厅的新闻室。”

我拨通了那里的电话。他果然在。他还清清楚楚地记得我。“我听说你最近一直清淡得很。”

“我这里有样东西要给你，如果你愿意要的话。但我估计你是不要的。”

“哦？什么东西？”

“一份承认犯下两起谋杀的自供书。”

“你在哪里？”

我告诉了他。他又问了我一些信息。我不愿意在电话中透露给他。他说他不是专门负责罪案报道的。我说他依然是个记者，供职于全城唯一一家独立报纸。他还想要争辩。

“你是从哪儿弄到这东西的？我怎么知道这值得我跑一趟？”

“地检官办公室里存有原件。他们不肯公开。这会让几件他们想锁在黑箱里的事情浮出水面。”

“我会给你打电话的。我得先跟头儿们谈谈。”

我们挂断了电话。我下楼去了杂货店，吃了一份鸡肉沙拉三明治，喝了点咖啡。咖啡煮得太久了，三明治的滋味浓郁丰富得就像从旧衬衣上扯下来的一块布。美国人什么都愿意吃，只要那东西是烘烤过的，并且用两根牙签穿在了一起，还有生菜叶从两边戳出来（有点蔫的叶子是最好的）。

三点半左右，朗尼·摩根进门来见我了。他还是那个瘦高结实、神色疲惫、面无表情的家伙，一如他开车把我从监狱送回家的那天晚上。他无精打采地同我握了手，然后开始在一只皱巴巴的香烟盒里摸来摸去。

“谢尔曼先生——我们的管理总编——说我可以见你，看看你手头有什么。”

“除非你们答应我的条件，否则不能登报。”我打开上锁的桌子，递给他那份影印件。他速读了一遍那四页纸，然后又细读了一遍。他看上去十分兴奋——兴奋得大概就像一个殡葬师接到了一单廉价葬礼的生意。

“给我电话。”

我把话机推到桌子对面。他拨了个号，等了一会儿，然后开口道：“我是摩根。让我和谢尔曼先生通话。”他又等了一会儿，又一个女声接听过后，他终于等来了他要找的人。他请对方换一条电话线回拨过来。

他挂断电话，坐在那里，话机架在大腿上，用手托着，食指摁住挂断键。这时回电的铃声响起，他将听筒举到耳边。

“就是这份东西，谢尔曼先生。”

他缓慢清晰地读了起来。读完全文后他停顿了片刻，接着又是一句："稍等，先生。"他放下电话，从桌子对面投来一瞥。"他想要知道你是怎么弄到这份东西的。"

我伸手越过桌子，将那份影印件从他手中拿走。"告诉他，我怎么弄到的压根儿不关他的事。从哪儿弄到的则又作别论了。你看看那几页纸背面的印章就一目了然了。"

"谢尔曼先生，这貌似是一份洛杉矶县治安官办公室的官方文件。我想我们可以轻而易举地验证其真实性。另外，他还开了个价。"

他又听了一会儿，接着说道："是，先生。他就在这里。"他将电话从桌子对面推了过来。"他想和你谈谈。"

话筒里传来一个简慢专横的声音。"马洛先生，你的条件是什么？请你记住，《日报》是全洛杉矶唯一一份会考虑涉足这一事件的报纸。"

"你之前并没有太多报道伦诺克斯案，谢尔曼先生。"

"我知道。但在当时，那纯粹只是一个为了制造丑闻的丑闻。谁是罪犯根本不成为问题。而我们现在面对的——假设你的文件是真实的——则完全是另外一码事了。你的条件是什么？"

"你们以影印的方式完整刊登供认书全文。要么你们就一个字都别登。"

"我们会验证文件真实性的。你明白吗？"

"我想不出你们该怎么验证，谢尔曼先生。如果你去问地检官，他要么会否认，要么会干脆把它交给城里的每一家报纸。他只能如此。如果你去问治安官办公室，他们只会把这事儿推给地检官。"

"别担心，马洛先生。我们有办法。你的条件是什么？"

"我刚刚告诉你了。"

"哦。你不想要酬劳吗？"

"我不要金钱上的酬劳。"

"好吧，我猜你知道自己要干什么。我能再跟摩根说两句吗？"

我把电话递还给朗尼·摩根。

他简短地说了几句，挂断电话。"他同意了，"他说。"这份影印件我拿走，他会去核验。然后他就会按你说的办。按原件尺寸缩小一半的话，整份自供书会占用头版的半个版面。"

我将影印件还给了他。他握着文件，捏了一把他那只长鼻子的鼻尖。"你不介意的话，我能否多嘴一句？我认为你是个彻头彻尾的大傻瓜。"

"我同意。"

"你现在改主意还不迟。"

"不用了。还记得你开车从巴士底狱把我送回家的那天晚上吗？你说我有一个朋友等待着我的告别。我从没有和他真正告别过。如果你们刊登了这份影印件，那么这就是告别了。这等待已经够久了——太久，太久了。"

"好吧，老兄，"他歪嘴一笑。"可我还是觉得你是个大傻瓜。需要我告诉你为什么吗？"

"你说吧。"

"我对你的了解超出你的想象。这就是新闻工作中最让人沮丧的一点。你总知道这么多你用不上的事情。你会变得愤世嫉俗。一旦这份自供书在《日报》上刊登出来，许多人都会很不高兴的。地检官，验尸官，一位权势遮天、能量极大、大名波特的市民，还有两个分别叫做门奈德兹和斯塔尔的黑道流氓。你说不定会进医院的，要不就是二度进宫。"

"我不这么想。"

"你愿意怎么想就怎么想，朋友。我只是在告诉你我的想法。地检官会生气，因为他把伦诺克斯案锁入了黑箱。即便伦诺克斯的自杀与自供似乎让他的做法看起来无可指摘，依然会有许多人想要知道为什么伦诺克斯——一个清白无辜的人——会写下这样一份自供；他又是怎么死的——是真的自杀，还是有人帮了他一把；为什么无人调查相关情况；这整件事为什么这么快就没了声响。还有，如果他手头掌握着这份影印件的原件，那他就会认为治安官手下的人出卖了他。”

“你们不必登出文件页背后的印章。”

“我们不会的。我们和治安官是朋友。我们认为他是个正派的人。我们不会因为他无法阻止门奈德兹这样的人而责怪他。只要所有形式的赌博都在某些地方合法，而某些形式的赌博在所有地方都合法，就没有人制止得了赌博。这份东西你是从治安官办公室里偷出来的。我不知道你是怎么得手的。想不想告诉我？”

“不想。”

“好吧。验尸官会生气，因为他在对韦德的自杀判定上犯了糊涂，地检官也在这件事情上推了他一把。哈兰·波特会生气，因为他动用了各种关系捂住的这件事情又被人揭开了。门奈德兹和斯塔尔也会生气，出于何种原因我不太清楚，但我听说他们已经警告过你了。那些伙计一旦生气，就得有人要吃苦头了。你说不定会得到跟大个儿威利·马贡一样的待遇。”

“马贡可能是块头越来越笨重，干不了这份工作了。”

“为什么呢？”摩根慢吞吞地继续说道。“因为那些伙计必须杀一儆百。如果他们费神费力地警告过你，叫你放手，你就得放手。如果你不放手，他们还任由你大摇大摆，啥事儿没有，那他们就成了软蛋。掌舵的那些狠角儿、那些大佬、那些董事，他们可不需要软蛋。他们很危险。另外，还有这个叫克里斯·马迪的人物。”

“内华达州那边差不多就是他说了算，我听说是这样。”

“你听说的没错，老兄。马迪是个好人，可他知道怎样做对内华达有好处。那些富得流油、在里诺和维加斯经营的黑道流氓都小心翼翼地避免惹马迪先生生气。否则的话，他们的税率就会陡升，警方给予他们的合作就会陡降。到了那时，东部大本营那边的大老板们就该决定做一点人事上的改变了。一个没能跟克里斯 · 马迪搞好关系的经营者根本就不懂正确的经营之道。快把那该死的家伙给我弄走，换一个人上。而把一个人弄走对于他们来说只有一种意思。装在一个木盒子里抬走。”

“他们从没有听说过我，”我说。

摩根皱皱眉头，胳膊上下挥舞了两下，做了一个无意义的手势。“他们不必听说你。马迪的地产就在塔霍湖内华达州那侧的湖岸边，紧挨着哈兰 · 波特家。说不定他俩偶尔还会打声招呼。说不定拿马迪钱替马迪办事的某个人从拿波特钱替波特办事的某个人那里听说，一个叫马洛的小混球多管闲事，还嗡嗡地惹出了好大的动静。说不定这句顺便一提的闲话就会被人一路顺便传递下去，直到洛杉矶的某间公寓里电话铃响起，一个肌肉发达的壮汉领会了电话那头的弦外之音，决定出门锻炼一下肌肉，顺便也带上三两个朋友一同锻炼。如果有人想要你的小命或是把你揍扁，那些负责执行的壮汉是不会跟你解释原因的。这对他们来说只是常规工作。你可别生我们的气啊。坐着别动就好，我们这就拧断你的胳膊。你到底要不要把这份东西收回去？”

他将影印件递到我面前。

“你知道我要什么，”我说。

摩根缓缓起身，将影印件装进贴身口袋。“也许我弄错了，”他说。“也许你知道的比我多。我无法理解像哈兰 · 波特这样的人是以怎样的方式看事情的。”

“怒目而视，”我说。“我见过他。可他并不愿意靠打手队来经营生意。这种做法与他心目中的理想生活方式是不相容的。”

“依我看，”摩根尖刻地说道，“打一通电话、阻止谋杀案调查，同做掉证人、阻止调查仅仅是两种不同的手法。在文明的鼻腔中，这两种手法一样的臭气熏天。回头见——希望还能有这一天。”

他飘出了办公室，就像是被一阵风吹走了似的。

46

我开车去了维克多酒吧，想着喝一杯兼烈，闲坐一会儿，等着早报的傍晚版上市。可酒吧里人多得要命，一点都不好玩。我认识的那个酒保走到我跟前，叫出了我的名字。

“你喜欢往酒里加一丁点苦味汁，对不对？”

“通常不加。但今晚就加两丁点吧。”

“我最近没见着你朋友。就是戴翡翠的那位。”

“我也没见着。”

他走开了，回来的时候端着一杯酒。我小口小口地抿着，尽量喝得慢一点，因为我不想要脸膛红红的微醺。我要么就一醉方休，要么就保持清醒。过了一会儿，我又喝了一杯。六点刚过，那个卖报的小子就溜进了酒吧。一个酒保冲他大吼，叫他滚蛋，可他还是成功地拉到了一圈顾客，然后被一个侍者一把揪住，扔了出去。我就是那些顾客中的一员。我打开《日报》，扫了一眼头版。他们说到做到了。全文都在。他们反转了影印件底色，把它变成了白底黑字，另外尺寸减半，刚好放得进上半个版面。随后的一版上登了一篇措辞很不客气的简短社论。再后面的一版上还有一篇占了半栏的文章，标题下面署名朗尼 · 摩根。

我喝完了杯中酒，走出酒吧，去另一家店里吃了晚饭，然后开车回家。

朗尼 · 摩根的文章是一篇直截了当的事实概要，文中回顾了伦诺克斯案和罗杰 · 韦德“自杀”案的事实与事件——所有事实依照之前的公开报道。他什么也没添加，什么也没推理，什么也没输入。这只是一篇清晰简洁、一副职业面孔的报道。社论就完全是另一码事了。文中问了好多问题——每当公职人员焦头烂额一脸窘相的时候，记者们就会向他们抛出这种问题。

九点半左右，电话铃响了，伯尼·奥尔斯说他回家的时候顺便过来坐坐。

“读过《日报》了？”他含含糊糊地问了句，不等我回答就挂断了电话。

进门后，他抱怨了一番门前的台阶，然后说他想喝杯咖啡，如果我有的话。我说我这就去煮。我煮咖啡的当儿，他在房子里闲庭信步，毫无拘束，就像在自家一样。

“作为一个可能会惹来众怒的家伙，你住的地方实在是太荒僻了，”他说。“房子后面的山那头是哪里？”

“另一条街。怎么啦？”

“只是问问。你家周围的灌木该剪剪了。”

我端了咖啡走进客厅，他大咧咧地坐下，啜了一口咖啡。他拿了我的一支烟点上，吸了一两分钟，然后掐灭烟头。“抽到一半我就不想再抽了，”他说道。“也许这都得怪那些个电视广告。它们会让你厌恶每一样它们向你推销的东西。天啊，他们肯定以为公众全都是些白痴。每次我一看见某个一身白大褂、脖子上挂着个听诊器的傻瓜手中举着一管牙膏，或是一盒香烟，或是一听啤酒，或是一瓶漱口药，或是一罐洗发水，或是一盒不知叫什么的东西，能够让一个满身肥肉的摔跤手散发出紫丁香般的体味，我都会特意做一条笔记，确保以后绝不买这样东西。哼，哪怕我真喜欢那东西，我都不会买。你读过《日报》了，是吧？”

“我的一个朋友提醒我读的。一位记者。”

“你有朋友？”他惊讶地问道。“他没告诉你他们是怎么弄到这材料的，是吧？”

“没有。根据我们这个州的法律，他也不必告诉你。”

“斯普林格气疯了。劳福德——也就是今天早上拿到这封信的那个地检官助理——说他当时没有耽搁，直接就把信交到老板手里了，可出了这样的事情不能不让人疑心窦起。《日报》刊登的貌似是原件的一份直接影印件。”

我啜了一口咖啡，不发一言。

“他活该，”奥尔斯继续说道。“斯普林格本该自己出马的。就我个人而言，我认为泄密的并不是劳福德。他也是个政客。”他木然地瞪着我。

“你来这里究竟是干什么，伯尼？你不喜欢我。我们曾经是朋友——如果说真有人能跟一个冷面警察交朋友的话。可后来咱俩的关系变了味。”

他向前一探身，面带微笑——那表情就像一条狼。“没有哪个警察乐意看到一个平民背着自己干警察该干的活儿。韦德丧命的那天，如果你当时就向我透露韦德跟那个姓伦诺克斯的娘们儿有关系，我早就把这儿事儿弄明白了。如果你向我透露了韦德太太和这个特里·伦诺克斯间的关系，我早就把她攥在手心里了——趁她还活着的时候。如果你一开始就把你知道的一切和盘托出，韦德说不定现在还活着呐。更不用提伦诺克斯了。你以为你猴精得了不得，是不是？”

“你想要我说什么呢？”

“没什么。现在说什么都太迟了。我告诉过你，自作聪明的人欺骗不了任何人，除了他自己。我直截了当、明明白白地告诉过你。这么说，你没听进去。眼下，你最聪明的做法就是出城躲躲。没人喜欢你，有两个本来就不怎么有爱心的人会用行动来表达感受。我是从一个眼线那里听说的。”

“我没那么重要，伯尼。我俩别再斗嘴了。韦德丧命之前，你根本没有介入这个案子。在那之后，这案子对你、对验尸官、对地检官、对任何人似乎都不再重要了。也许我做错了一些事。但真相最终水落石出。你本可以昨天下午对她下手的——可是凭什么样的证据呢？”

“就凭你应当告诉我们的一切有关她的情况。”

“我？就凭我背着你们干的这一切警察该干的活儿？”

他忽地站了起来。他的脸涨得通红。“好啦，聪明小子。那样的话她现在就还活着。我们可以以涉嫌谋杀的罪名对她进行立案。你想要她死，你这个混球，你自己知道。”

“我想要她好好地、认真地、平静地审视一下自己。之后她愿意做什么是她自己的事情。我想要给一个无辜的人正名。在此过程中我根本不在乎用何种手段达到这一目的，如今一切都过去后我依然不在乎。你要是想拿我怎么着的话，我是不会跑的。”

“那些个狠角儿自会收拾你的，根本不用我来操心。你以为你没那么重要，不值得他们费这个劲儿。作为私家侦探马洛，你确实没那么重要。但是，作为一个受过警告却依然不消停，还公然在报纸上朝着他们吐舌头的家伙，情况可就完全不同了。你的所作所为伤害了他们的自尊。”

“真可怜，”我说。“光是想想这件事，我的心灵就开始泣血了——借用你的表达方式。”

他走到门边，拉开门。他站在那里，望着下方的红杉木台阶、马路对面山上的树林，还有街尾的那个隆起的山坡。

“真是个安静的好地方，”他说。“安静得刚刚好。”

他走下台阶，钻进汽车，绝尘而去。警察从不告别。他们总是希望能在指认嫌犯的队列中再见到你。

47

接下来的一天里，有那么一阵子，场面看似热闹非凡。地区检察官斯普林格召开了一场早间新闻发布会，发布了一通声明。他是那种身材高大、面色红润、双眉乌黑、头发早早地就已花白的角色——这类人物总是在政坛上混得风生水起。

“我已经读过了这份据称是那位极度不幸、刚刚结束了自己生命的女人写下的自供书，这份文件可能是真实的，也可能不是，但即便是真实的，那也显然只是她意识紊乱的产物。我愿意假定《日报》公布这份文件是出于善意，尽管文中荒诞怪论与前后矛盾之处不胜枚举，恕不在此一一详列。如果真是艾琳·韦德写下了这些文字——本人下辖的办公室很快就将协同我可敬的助手——治安官彼得森的手下确认这一点是否属实——那么，我想对你们说的是，她提笔之时头脑并不清醒，握笔也不稳。此时距离这位不幸的女士发现自己的丈夫倒在血泊之中只过去了区区数周——他自己的鲜血，他自己的了断。想象一下这样一场可怕灾难之后那必不可免的惊愕、绝望与彻底的孤独！如今她在死亡的苦海中与他团聚了。此刻去惊扰死者的骨灰可有任何益处？可有任何益处，我的朋友们，除了能让一份发行量堪忧的报纸多卖出几张？毫无益处，我的朋友们，毫无益处。让我们到此为止吧。就像不朽的莎士比亚所著的那部戏剧杰作《哈姆雷特》中的奥菲利亚一样，艾琳·韦德也以一种与众不同的方式插上了她的芸香。[①] 我的政治对手们很想在这一点与众不同上大做文章，可我的朋友们和选民伙伴们不会被他们所欺骗。他们知道本届地检官一向坚定支持睿智、成熟的执法，支持心怀仁慈的司法正义，支持可靠、稳定、保守主义的政府。《日报》支持什么，我既不清楚，也无心过多关注。让开明的公众自己做出判断吧。”

《日报》用晨报版（这是份全天二十四小时覆盖报道的报纸）刊登了这通胡话；管理总编亨利·谢尔曼以一篇署名评论针锋相对地驳斥了斯

---

① 典出《哈姆雷特》第四幕。在这幕场景中，因悲痛欲绝而失去心智的奥菲利亚一面胡言乱语，一面分发各种鲜花，其中一种就是芸香（Rue），而芸香代表哀伤与悔恨，与英文单词 rue 拼写相同。随后奥菲利亚自杀身亡。

普林格。

斯普林格先生今天早上状态不错。他是个体态雄健的男人，说话时能发出浑厚悦耳的男中音。可他没有费神向我们提供任何事实。无论斯普林格先生想要在什么时间验证这份文件的真实性，我们《日报》都将竭诚协助。我们并不指望斯普林格先生采取任何行动来重启那些经他的批准或凭他的指示了结的案子，就如同我们并不指望斯普林格先生脑袋朝下倒立在市政厅的塔楼上一样。正如斯普林格先生的雄文所言：此刻去惊扰死者的骨灰可有任何益处？或者，用我们《日报》那文采稍逊的措辞来说，此刻在女谋杀犯已死之时再去找出杀人真凶可有任何益处？当然是毫无益处，除了寻得正义与事实。

另外，《日报》还想代表已逝的莎士比亚感谢斯普林格先生语带赞许地提到了《哈姆雷特》，并且基本正确（尽管并非完全正确）地引用了奥菲利亚的典故。“你必须与众不同地插上你的芸香”① 这句话说的不是奥菲利亚，而是由奥菲利亚说出；而她这句话的真实寓意从来就没有被我们这些才疏学浅的头脑真正参透过。可这点小错不提也罢。那句引用优美动听，有助于将水搅浑。我们也想斗胆在此引用那部经过官方认可的戏剧杰作——《哈姆雷特》中的一句台词——一句金言，却恰好是从一个败类口中说出：“谁是真有罪的，让斧钺加在他的头上吧。”②

中午时分，朗尼·摩根给我打来电话，问我有何感想。我说我不觉得这件事会对斯普林格造成什么伤害。

① 在朱生豪译本中，此句译文为：“您可以把您的芸香插戴得别致一点。”
② 出自《哈姆雷特》第四幕，此话由害死哈姆雷特父亲的国王所说。

“只有读过书的聪明人才能想明白这事儿，”朗尼·摩根说。“而他们早就已经看穿他了。我是说，那你呢？”

“我能怎样。我只是坐在这里，等待着一张十美元的钞票轻轻蹭上我的脸颊。”

“我并不是这个意思。”

“我还活蹦乱跳着。别想吓我了。我得到了我想要的。如果伦诺克斯现在还活着，他可以径直走到斯普林格跟前，朝他脸上吐唾沫。”

“你是为他这么做的。到了这会儿，斯普林格也明白这一点了。他们有一百种方法可以构陷一个他们不喜欢的人。我想不明白你费了这么多功夫究竟是图什么。伦诺克斯并不是一个堂堂正正的大丈夫。”

“那跟这件事情又有什么关系？”

他沉默了片刻，随后说道：“对不起，马洛。我这就闭上我的大嘴巴。祝你好运。”

我们按寻常的礼节互相道了别，然后挂断了电话。

下午两点左右，琳达打来了电话。“拜托，不要提名字，”她说。“我刚刚从北边的那个大湖边上飞回来。那里的某个人正因为《日报》昨晚的某篇文章大发雷霆。我的准前夫这下挨了一道晴空霹雳。我走的时候，那个可怜的家伙正在哭泣呢。他飞过去就是为了作当面汇报的。”

“准前夫——你是什么意思？”

“别傻了。这次父亲终于破天荒地同意了。巴黎是个低调离婚的绝好去处。所以我很快就要动身去那里了。如果你还有半点头脑的话，你最好是拿你在我面前显摆过的那张漂亮版画作盘缠，也踏上一段遥远的旅程吧。”

“这跟我有什么关系？”

“这是你今天问的第二个愚蠢的问题。你欺骗不了任何人，除了你自己，马洛。你知道他们是怎么猎虎的吗？”

“我怎么知道？”

“他们会把一头山羊绑在木桩上，然后埋伏起来。那头山羊的遭遇通常是很悲惨的。我喜欢你。我显然不知道为什么，但我确实喜欢你。我不愿意看到你成为那头山羊。你这么努力地去做一件正确的事情——你眼中正确的事情。”

“你真好心，”我说。“如果我伸出我的脖子，然后脖子上挨了一刀，那依然是我的脖子，我自作自受。”

“别逞英雄，你这个傻瓜，”她厉声叫道。“我俩都认识的某个人选择做了替死鬼并不意味着你也非得模仿他不可。”

“你要是打算在这儿待一阵子的话，我请你喝杯酒。”

“请我在巴黎喝吧。秋天的巴黎美极了。”

“巴黎的这杯酒我也愿意请。我听说春天的巴黎更棒呢。不过我从没去过，所以不知道是真是假。”

“按照你现在的路数，你永远也去不了了。”

“再见，琳达。希望你能找到你想要的。”

“再见，”她冷冷地说。“我一向能找到我想要的。可我一旦找到，却又不想要了。”

她挂断了电话。余下的半天里再没有发生什么。我吃了晚饭，将奥尔斯停在一家通宵汽车修理站里检修制动衬面，然后叫了辆出租车回家。街面上一如既往地空空荡荡。木头邮箱里有一张免费的肥皂券。我慢慢地爬上台阶。这是一个和煦的夜晚，空气中挂着一层淡淡的雾霭。山上的树木几乎一动不动。没有一丝风。我打开门锁，将门推开一半，然后停住了。屋里面黑黢黢的，悄无声息。但我能感觉到门后面的房间里并非空无一人。也许是哪里的弹簧嘎吱响了一声，也许是房间那头的一件白外套在我眼角里闪了一下。也许是在这样一个温暖寂静的夜晚，门后的这个房间还不够温暖，不够寂静。也许是空气中飘浮着一丝人身上的气息。也许我只是神经过敏了。

我一个侧步下了门廊，踩上空地，然后紧贴着灌木丛伏下身子。什么都没有发生。屋里没有亮灯，听力所及之处也没有任何动静。我随身带了一把枪，就在我身体左侧腰带上挂着的枪套里，枪把子朝前——一把短管警用点三八手枪。我拔出手枪，可这并没有什么用。四下里依然只有一片沉寂。我断定自己是个大傻瓜。我直起身子，抬脚正要回到正门口，就在这时一辆汽车从街角里拐了出来，飞也似的开上坡来，几乎是无声无息地停在了我家门前的那段台阶下面。那是一辆黑色的四门大轿车，线条像是凯迪拉克。那完全可能是琳达 · 洛林的车，只是有两点不符：车里没有一个人推开车门，而且面向我的两扇车窗全都关得紧紧的。我等待着，聆听着，紧贴灌木蹲伏着，可根本没有什么可听的，也没有什么可等的。只有一辆黑黢黢的车一动不动地停在那段红杉木台阶的脚下，车窗紧闭。如果它的马达依然在转动，那我并没有听到声响。这时，一盏红色的大探照灯咔嚓一声亮起，光柱打在房子一角过去二十英尺远的地方。接着，慢慢悠悠地，那辆大轿车往后倒去，直到探照灯可以扫过房屋的整个正面，扫过屋檐，一直向上扫去。

警察不开凯迪拉克。配着红色探照灯的凯迪拉克属于那些大佬——市长和警察局长，也许还有地区检察官。也许还有黑道流氓。

探照灯横扫过来。我伏倒在地上，但光柱依然找到了我，然后停留在我身上不动了。我是它唯一的目标。车门依然没有打开，房子里依然寂静无声，没有灯光。

突然低沉的警笛声响起，只响了一两秒钟便停了。终于，房子里灯火通明，一个身穿白色小礼服的男人走了出来，站在台阶顶上，顺着房屋外墙和灌木丛朝我这里斜眼瞥来。

“进来吧，廉价货，”门奈德兹咯咯一笑，冲我说道。“你有伴儿了。”

我本可以轻轻松松一枪正中他的。但他很快就退了回去，这下可就太迟了——哪怕我此刻还能打中他，我也没机会出手了。这时，轿车后座的一扇窗户摇了下来，我能听见车窗落下时的一声闷响。接着一把冲锋枪开火了，一串子弹落在了离我三十英尺远的陡坡上。

“行了，进来吧，廉价货，”门奈德兹站在门道里又说了一遍。“你无处可去了。”

于是我直起身，走了过去，探照灯精准地跟随着我。我把枪插回皮带上的枪套里。我跨上门前那个小小的红杉木平台，进了门，在门后面站住。房间那头坐着一个男人，跷着二郎腿，一把枪侧面朝上搁在大腿上。他长得长胳膊长腿，看上去很不好惹，他的皮肤干巴巴的，没有一点水分，像是来自一个烈日将一切都晒得发白的地方。他穿着一件暗棕色的华达呢式风衣，拉链一直向下拉开到腰部以上。他看着我，两眼和手枪都一动不动。他平静得就像月光下的一面土坯墙。

48

我盯着他看得太久了。我眼角里隐约瞥见有人影从边上闪过，紧接着我的肩头传来一阵让人发麻的剧痛。我的整条胳膊从肩膀到指尖全都失去了知觉。我扭过头去，看到了一个模样凶狠的大个儿墨西哥人。他并没有龇牙咧嘴，他只是在看着我。他那只棕手里的点四五手枪垂到了体侧。他留着小胡子，一头油腻腻的黑发朝上、朝后、超前、朝下梳得乱蓬蓬的，让他那颗脑袋显得鼓出了一大圈。他的后脑勺上戴着一顶脏兮兮的墨西哥宽边帽，颌下垂着两股皮系带，一直垂到衬衫的前襟——那是一件缝制的衬衫，正散发出阵阵汗馊味。没有什么能比一个凶悍的墨西哥人更凶悍，正如没有什么能比一个温和的墨西哥人更温和，没有什么能比一个诚实的墨西哥人更诚实，而最最重要的是，没有什么能比一个悲伤的墨西哥人更悲伤。这家伙正是那种凶悍的狠角儿。你上哪儿都再找不到比这个更凶悍的了。

我揉揉胳膊。那里现在有了一丁点针刺感，但剧痛和麻木依然没有消退。如果我此刻试图去拔枪，枪估计是会从我手中滑脱的。

门奈德兹朝这位重拳师伸出一只手，后者将手中的枪抛了过去，眼睛似乎看都没看，门奈德兹一把接住。接着他站在了我面前，脸上放着光。“你现在哪里痒，廉价货？”他的黑眼珠上下跳动着。

我只是看着他。这样的问题是没法回答的。

“我问了你一个问题，廉价货。”

我舔舔嘴唇，反问了他一句。“阿戈斯蒂诺怎么啦？我还以为他是你的枪手呢。”

“奇科软了，”他轻声说。

“他一向很软蛋——就像他的老板。”

椅子上的那人眨了眨眼。他的脸似笑非笑。那个刚刚废了我一条胳膊的狠角儿既没有动，也没有说话。我知道他在呼吸。我能闻到。

“有人撞到你胳膊了，廉价货？”

“我让一张墨西哥玉米饼给绊了一跤。”

心不在焉地，眼睛似乎都没有看我一下，他挥出枪管抽在了我的脸上。

“别跟我油腔滑调，廉价货。你现在已经过了玩这些的时候了。你已经受到了警告，而且是好言好语的警告。如果我费神费力地亲自上门叫一个伙计消停点——他就得消停点。不然的话，他就得给我趴下，而且永远站不起来。”

我能感觉到血顺着我的脸颊淌下来。我能感觉到刚才的那一击在我的颧骨中留下的那种让人发麻的剧痛。那剧痛蔓延开去，直到我的整个脑袋都疼了起来。那一击的力道并不大，可他手中的家伙砸人很痛。我这时还能说话，也没有人想要阻止我。

“你怎么会亲自动手挥拳头呢，门迪？我还以为这样的苦力活儿是留给那些收拾大个儿威利·马贡的马仔的。”

“这是个人恩怨，”他轻声说，“因为我之前出于个人理由警告过了你。马贡那件事完全是为了生意。他以为他可以对我吆五喝六——我，这个给他买衣服买车、把他的银行保险箱塞得满满的、替他付掉住房贷款的人。这些风化组的小家伙都一个德性。我甚至替他付掉了他家小孩的学校账单。你肯定会以为这混蛋总该有点感恩之心吧。可他干了什么？他走进我的私人办公室，在我的手下面前把我吆来喝去。”

“为了什么？”我问他，心底下暗暗指望他把怒气引向别人。

“因为某个喷了一头发胶的婊子说我们家的骰子里灌了铅。那个贱人好像是他众多床伴中的一个。我把她撵出了俱乐部——她进门时装在口袋里的每一个子儿我都还给了她。”

“这事儿做得似乎挺合情理的，”我说。“马贡应该知道，职业赌徒从不用下三滥的手法。他们根本不必这样。可我究竟哪儿惹着你了？”

他又打了我一下，这次是一副若有所思的神情。“你让我丢脸了。干我这一行的从不警告同一个人第二遍。哪怕那人是个硬骨头也不行。要么他乖乖地按你说的办，要么你就做不成老大。你要是做不成老大，那你也就别在江湖上混了。”

“我有种直觉：这事儿比你说的还要复杂一些，”我说。“不好意思，我拿一下手帕。”

在那把枪虎视眈眈的监视下，我掏出一块手帕，擦了擦脸上的血。

“一个小小的私家探子，”门奈德兹一字一顿地说道，“以为他可以让门迪·门奈德兹出洋相。以为他可以让我成笑料。以为他可以耍弄我——我，门奈德兹。我应该请你吃刀子的，廉价货。我应该把你切成一条一条的生肉。”

"伦诺克斯是你的哥们儿，"我说道，目光直视他的眼睛。"他死了。像条狗一样让人埋了，葬身的土堆上连个名字都没有。我为证明他的清白出了一丁点的力。这就让你丢脸了，是吗？他救过你的命，自己却没了命，而这对你而言根本就无所谓。你唯一有所谓的就是扮演大佬。你压根儿就没在乎过任何人，除了你自己。你根本就不是什么大佬，你只是嗓门儿大而已。"

他的脸僵住了，他抡圆了胳膊想要给我来第三下，这次是要铆足了气力。他的胳膊还在向后抡着，可我已经向前跨出半步，一脚踢在了他的肚皮上。

我没有思考，我没有计划，我甚至没有想过自己有多大胜算，或者我是不是真有胜算。我只是受够了他的叽叽歪歪，而且伤口生疼，还在流血；也许我这时已经被打得有点头脑不清了。

他弓起身子，倒抽了一口气，那把枪从他手中滑脱了。他拼命地伸手在地上摸寻着，一面从喉咙深处发出不自然的喉音。我一膝盖顶在他的脸上。他发出一声尖叫。

椅子上的那人哈哈大笑起来。那笑声着实让我吃了一惊。接着他站了起来，手中的枪也随着他的身体一道离开了座椅。

"别杀他，"他心平气和地说。"我们还要留着他作活饵呢。"

突然，走廊的阴影中人影闪过，接着奥尔斯从门外走了进来，眼神漠然，面无表情，平静似水。他低头看着门奈德兹。门奈德兹正跪在那里，头枕着地板。

"软蛋，"奥尔斯说道。"软得像一摊烂糊。"

"他不是软蛋，"我说。"他只是受伤了。每个人都会受伤。大个儿威利·马贡是软蛋吗？"

奥尔斯看着我。另一个男人也看着我。门口那个凶悍的墨西哥人没有发出半点声响。

“把你脸上那支该死的香烟拿开，”我冲着奥尔斯吼道。“要么抽了它，要么就别折腾它。看着你真让我恶心。你让我恶心——句号。警察全都让我恶心。”

他貌似吃了一惊。接着他咧嘴一笑。

“这是我们设的一个局，小子，”他欢快地说。“你的伤重吗？那个坏人把你的小脸蛋打坏了？咳，要我说，这都是你自找的，不过你自找的这顿打还真是没白费呢。”他低头看着门迪。门迪膝盖着地，正在慢慢地从一口井中爬出，一次只能爬几英寸。他的喘息声异常沉重。

“这小子话可真多啊，”奥尔斯说，“只要他身边没有围着三个讼棍律师帮他封紧嘴巴。”

他一把将门奈德兹提起来，让他两脚着地。门迪的鼻子在流血。他笨手笨脚地从那件白色小礼服里摸出一块手帕，按在鼻子上。他一言不发。

“你让人给卖了，宝贝儿，”奥尔斯认认真真地告诉他。“我并不怎么为马贡的事情伤心。他自作自受。可他是个警察，而像你这样的阿飞不该碰警察——永远永远不该碰。”

门迪放下手帕，看着奥尔斯。他看着我。他看着刚才坐在椅子上的那人。他慢慢地扭过头去，看着门口那个凶悍的墨西哥人。他们全都看着他。他们的脸上都没有一丝表情。突然，一把刀凭空闪现在了我眼前，接着门迪一个箭步扑向奥尔斯。奥尔斯侧跨一步避开了他，然后单手锁住他的咽喉，轻轻松松、近乎无心地将他手中的刀一掌劈落。接着奥尔斯分开双脚，直起腰，双腿微曲，将门奈德兹提离了地面，单手掐着他的脖子，就这样提着他穿过房间，将他按在墙上。过了一会儿他放下了他，但手依然没有松开他的咽喉。

“再敢碰我一指头，我一定杀了你，”奥尔斯说。“一指头。”说完他松开了手。

门迪轻蔑地朝他微笑，看看手帕，将它重新叠好，以掩盖血迹。他又用手帕按住鼻子。他低头看着那把他刚才用来抽我的枪。椅子边的那人十分随意地说了句：“没上子弹——即便你能抢到手。”

“被人卖了，”门迪对奥尔斯说。“你说第一遍的时候我就听到了。”

“你要了三个打手，”奥尔斯说。“而你得到的却是内华达州的三位县警。维加斯那边的某个人不喜欢你不经请示、擅作主张的做事方式。那个‘某人’想要和你谈谈。你可以跟这几个县警走，或者你也可以跟我回城区，然后被一副手铐铐在门背后。那里有两个小子很想近距离地见识你。”

“上帝保佑内华达，”门迪平静地说，然后转身再度看着门边那个凶悍的墨西哥人。接着他草草地在胸前画了个十字，跨出了正门。那个凶悍的墨西哥人跟着他出去了。随后另一个人——那个干巴巴的沙漠小子——捡起枪和刀，也随着他们出去了。他关上了门。奥尔斯一动不动地等在那里。砰的一声，门关上了，接着一辆车驶入了夜色中。

“你确定那几个流氓是县警？”我问奥尔斯。

他扭过头来，像是吃惊地看到我也在似的。“反正他们有警徽，”他不耐烦地说。

“干得漂亮，伯尼。真漂亮。你觉得他能活着走到维加斯吗，你这个铁石心肠的狗娘养的？”

我走进盥洗室，拧开冷水龙头，拿一条浸透水的毛巾按在阵阵抽痛的脸颊上。我看着镜中的自己。半边脸肿得没了样子，皮肤青紫，上面还有好多锯齿状的伤口，全都要拜那根抽中颧骨的枪管所赐。我的左眼下方也有一块变色的区域。接下来我得有好些时日没法漂漂亮亮地见人了。

这时，镜中奥尔斯的身影出现在了我的身后。他用两片嘴唇来回碾着他那支该死的香烟（烟头依旧没点着火），像一只猫在耍弄一只半死的耗子，想要逗它爬起来再逃跑一次。

“下一次，别再想着要猜透警察的心思了，”他粗声说道。“你以为我们让你偷走那份影印件只是为了寻开心吗？我们猜到了门迪会来找你算账。我们跟斯塔尔全部摊牌了。我们告诉他，我们没法在本县禁绝赌博，但我们可以让他的生意很难做，从而挖掉他的一大块利润。没有哪个黑帮流氓可以在我们的地界里殴打警察——哪怕是个坏警察——然后逃之夭夭。斯塔尔让我们相信了他跟此事无关，而且他们的组织对此事很不高兴，门奈德兹会得到教训的。因此，当门迪说他需要一帮城外的打手过来帮他收拾你的时候，斯塔尔派来了三个自己认识的伙计，开着一辆他自己的车，费用全由他出。斯塔尔是维加斯的一名警察局长。”

我转过身去，看着奥尔斯。“沙漠里的郊狼今晚要饱餐一顿了。恭喜你。警察工作真是项妙不可言、令人振奋的理想主义事业，伯尼。警察工作中的唯一问题就是从事这项工作的警察。”

“你真不走运，英雄，”他的语调突然变得冰冷又凶蛮。“你走进你自己的客厅乖乖挨打的时候，我几乎要笑出声来了。这招奏效了，小子。这是件脏活儿，也只能用肮脏的手法来做。要让这类人物开口，你得先给他们一点权力感。你伤得不重，但我们非得让他伤到你点儿不可。”

“真对不起，”我说。“让你经受了这样的痛苦，真对不起。”

他把他那张铁板一样的面孔往我眼前一凑。“我恨开赌场的，”他用粗暴的声音说道。“我恨他们，就像我恨毒贩子。他们是在迎合纵容一种同毒品一样腐化人心的疾病。你以为里诺和维加斯的那些气派宫殿提供的只是无伤大雅的娱乐？扯淡，他们瞄准的是那些小人物，那些想不劳而获的傻瓜，那个进门时口袋里揣着一信封的工资，结果输掉了下星期柴米油盐钱的小伙子。有钱的赌棍可以输掉四万大洋然后一笑了之，下次照样还来玩上几局。可有钱的赌徒成就不了大生意，伙计。真正的大买卖在于一分一毛，两毛五半块，还有偶然一遇的一块钱，甚至是五块。那些做成大生意的，他们的钱来得就像你卫生间水管里滴出的水——涓涓细流，永不停歇。任何时候、任何人想要干掉一个职业赌棍，我都举双手赞成。我喜欢这样的好事。而每当州政府从赌博业中收钱，还管那叫税收时，政府就是在为黑帮的生意添柴加火。理发师或是美容院小妹押了两块钱去赌马，这钱就是贡献给犯罪辛迪加的，这才是利润的大头所在。人们都想要一支诚实的警察队伍。可为了什么呢？为了保护那些手头有一把贵宾卡的人吗？在加州，我们有合法的赛马场，全年开动。他们合法经营，州政府抽取提成，而在赛马场押注的每一块钱都对应着在各路赌马庄家那里押注的十块钱。赛程单上往往有八九场比赛，而其中的半数——那些选手没啥分量的——往往无人关注。这时候，只要有人点个头，比赛随时可能被操纵。一名骑师只有一种办法可以赢得比赛，可他却有二十种办法能够输掉比赛，哪怕每八杆就安插一名管事在场监视也无济于事，只要那骑师有手段。这是合法的赌博，朋友，清清白白、正正经经的生意，经州府批准。所以，这样的生意完全没错，不是吗？不，我不这么看。因为这是赌博，它滋生赌棍，而当你将这一切的利害得失都通盘计算一遍后，你会发现这世上只有一种赌博：不道德的赌博。”

“感觉好受些了？”我问他，一面往伤口上敷了点白碘。

“我只是个筋疲力尽、心灰意冷的老警察。我唯一的感觉就是糟心。”

我转过身去，凝视着他。“你真算是个好警察了，伯尼，可你的想法依然大错特错了。某种意义上讲，所有的警察都一个德性。他们全都怪错了对象。有人在骰子桌上输掉了工资，那就禁止赌博。有人喝醉了，那就禁酒。有人在车祸中撞死人了，那就禁止制造汽车。有人在旅馆房间里和一个姑娘睡觉被人逮到了，那就禁止性交。有人摔下楼梯了，那就禁止盖房子。”

“行啦，闭嘴！”

“没问题，我闭嘴。我只是个普通公民。够了，伯尼。我们有黑帮、犯罪辛迪加和打手团，不是因为我们的市政厅里和立法机构里有腐败的政客还有他们的走狗。犯罪不是疾病，它只是症状。警察就像一个你有脑肿瘤却只知给你开阿司匹林的医生，只是警察可能更愿意选择包皮铁棍作为治疗手段。我们是一个庞大、粗野、富有又野蛮的民族，犯罪就是我们为之支付的代价，而有组织犯罪就是我们为组织支付的代价。它已经伴随了我们很久。有组织犯罪就是光鲜的美元那肮脏的背面。”

“那干净的一面又是什么呢？”

“我从没有见到过。也许哈兰·波特可以告诉你。我们喝一杯吧。”

“你走进那扇门的时候模样挺棒，”奥尔斯说。

“门迪朝你挥刀的时候，你的模样更棒。”

“握握手，”他说道，接着伸出一只手。

我们喝了一杯，然后他走后门出去了——他之前就是撬开后门进来的，前一天晚上他上门来的目的就是踩点。朝外开的后门往往是一栋房子最容易下手的地方，如果门板的木头已经因为老化而干枯皱缩的话。你可以敲掉铰链上的销子，接下来的工作就很简单了。奥尔斯出门的时候指给我看了门框上的一处凹痕，然后爬过房子后面的小山，回到旁边那条街上他刚才停车的地方。前门他也可以轻轻松松撬开的，可那么干就得破坏门锁。这样的手法就太明显了。

我看着他穿过树丛爬上山，手电筒的光束照着身前的路，然后消失在了坡顶后面。我锁上门，又调了一杯淡酒，回到客厅坐下。我看了看表。时间还早。我只是感觉此时距我回家的那一刻已经过去了很久。

我走到电话机边，拨号给接线员，给了她洛林家的号码。男仆问了我是谁，然后走开查看洛林太太在不在家。她在家。

“没错，我就是那头山羊，”我说道，“不过他们生擒了老虎。我受了点皮肉伤。”

“你哪天一定得讲给我听听。”她的声音听上去远在千里之外，仿佛她已经置身巴黎了似的。

“我可以边喝着酒边告诉你——如果你有时间的话。”

“今晚？哦，我得收拾东西，准备出发。恐怕今晚不行。”

“哦，我明白了。好吧，我只是以为你或许有兴趣知道这件事。之前你特意警告过我，真的是太好心了。这件事跟你家老头一点关系都没有。”

“你确定吗？”

“完全确定。”

“哦。等一等。”她走开了一会儿工夫，然后回来了，语气这下热情了许多。“也许我可以抽空喝上一杯。在哪儿？”

“你说地方。今晚我没有车开，但我可以叫辆出租车。”

“别胡说了，我来接你，不过至少得花一个小时。你家在哪里？”

我给了她地址，她挂断电话，我打开门廊里的灯，站在敞开的门前，呼吸着夜晚的气息。夜凉了。

我返身进屋，试着打电话给朗尼·摩根，可没能找到他。然后，只是为了寻个乐子，我打了个电话到拉斯维加斯的水龟俱乐部，找兰迪·斯塔尔先生。他也许根本不会接。可他接了。他说话声音很轻、十分干练，一副重要人物的派头。

“很高兴接到你的电话，马洛。特里的朋友就是我的朋友。我能如何为你效劳？”

“门迪上路了。”

“上路去哪里？”

“去维加斯，跟着三个你派去找他的打手，坐着一辆黑色的凯迪拉克大轿车，车上配了一盏红色的大探照灯还有警笛。你的车，对吗？”

他哈哈大笑。“在维加斯，就像报上的某个家伙说过的那样，我们拿凯迪拉克当拖车。你说这些干吗？”

“门迪带着两个凶悍的小子蹲在我家里候着我。他想把我打一顿——这是委婉的说法——因为报纸上登了一篇文章，而他似乎认为那是我的错。”

“是你的错吗？”

“我麾下没有报业，斯塔尔先生。”

“我麾下也没有开着凯迪拉克的凶悍小子，马洛先生。”

“也许他们是县警。”

“我说不上来。还有别的事情吗？”

“他用手枪抽了我。我踢了他的肚子，拿膝盖顶了他的鼻子。他似乎很不满意。不管怎样，我还是希望他能活着赶到维加斯。”

“我确定他会活着到这儿的，只要他是活着出发的。不好意思，恐怕我不能陪你久聊了。”

“稍等，斯塔尔。发生在奥塔托克兰的那档子见不得人的事你是不是也有份，还是说那只是门迪一个人干的？”

“你说什么？”

“别装傻了，斯塔尔。门迪不是因为他说出口的那点理由对我生气的——至少不至于气到要跑到我家候着我，准备像收拾大个儿威利·马贡那样收拾我。动机不足。他警告过我，要我别管闲事，不许再调查伦诺克斯案了。可我还是调查了，因为事情恰好就那么水落石出了。于是他就对我采取了我刚才告诉过你的这种做法。所以，这里头肯定另有原因。”

“我明白了，”他慢吞吞地说道，依然那么不温不火、轻声轻气。“你认为特里之死另有蹊跷？你认为，比如说，他没有开枪自杀，而是另有其人扣下了扳机？”

“我认为更多的内情细节能帮助我判断。他写下了一份虚假的自供书。他给我写了一封信，那封信寄出去了。旅馆里的一个侍者或是信差会帮他把信偷带出去寄掉，他是这么说的。他当时被堵在了一家旅馆里，没法出去。信里有一张大额钞票，信刚刚写完，就有人敲他的门。我想知道后来是谁进了房间。”

“为什么？”

“如果来人是信差或是侍者，特里肯定会在信末再添一句。如果是警察，这封信就不会寄出了。所以，那究竟是谁呢——为什么特里要写这样一份自供书呢？”

“不知道，马洛。完全不知道。”

“不好意思打搅你了，斯塔尔先生。”

“谈不上打搅，很高兴与你通话。我会问问门迪他是否知情的。”

“好的——如果你还能再见到他的话——在他还活着的时候。如果你见不到了——那就另寻他途吧。不然的话，另有他人会来调查此事的。”

“你吗？”他的语调突然生硬了起来，尽管依然轻声轻气。

“不，斯塔尔先生。不是我，而是另一个能够不费吹灰之力让你滚出维加斯的人。相信我，斯塔尔先生。相信我。我的话句句是真。”

“我会见到活蹦乱跳的门迪的。别操心这个，马洛。”

“我还以为这事儿你全都知道呢。晚安，斯塔尔先生。”

49

那辆车停在了我家门外，车门开了，我出门站在台阶顶上，正要朝下面招呼；可那个中年黑人司机正在那里替她扶着车门，等她下车。然后他又跟着她走上台阶，手中拿着一个小旅行包。于是我只是站在原地等着。

她爬上了台阶顶端，扭头对司机说：“马洛先生会开车送我去我下榻的旅馆，阿摩司。非常感谢你。我早上再给你打电话。”

“是，洛林太太。我能问马洛先生一个问题吗？”

“当然可以，阿摩司。”

他把那只小旅行包在门后面放下，他从我身边走过，留下我俩站在那里。

“‘我老了……我老了……我穿裤子再也不会卷裤腿了。’这话是什么意思，马洛先生？”

“没啥意思。不过是听上去顺耳罢了。”

他微微一笑。“这是《J·阿尔弗雷德·普鲁弗洛克的情歌》中的一句。这里还有一句。‘在那间女人们来了又去的房间里／谈论着米开朗基罗。’您从这句中体会到了什么吗，先生？”

“是的——我从中体会到，这家伙不怎么了解女人。”

“这也正是我的看法，先生。尽管如此，我还是非常钦佩T·S·艾略特。”

“你刚才用的是‘尽管如此’吗？”

“怎么啦——是的，马洛先生。我用得不对吗？”

“不是不对，只是别在百万富翁面前用这个词。他或许会以为你正偷偷摸摸地要请他吃个烫脚板呢[①]。”

他哀伤地笑了。“这我想都不敢想。您遭遇了一场意外吗，先生？”

“没有。这正是计划之中的。晚安，阿摩司。”

“晚安，先生。”

他返身走下台阶，我回到屋内。琳达·洛林正站在卧室正中央，环顾四周。

---

① 烫脚板是指暗中把火柴插入别人鞋缝中再点燃的恶作剧。马洛的这句玩笑是在暗示，当一个黑人司机有僭越之嫌地使用文雅词汇时，就会使他的雇主感受到某种挑战与威胁。

“阿摩司是霍华德大学的毕业生，”她说道。“你住的这地方不怎么安全——而你又是个如此不安全的人，难道不是吗？”

“这世上没有什么地方是安全的。”

“看你这张可怜的小脸。谁干的？”

“门迪·门奈德兹。”

“你对他做了什么？”

“没做什么。只是踢了他一两脚。他走进了一个陷阱。这会儿他正在去内华达州的路上，身边有三四个强悍的内华达县警给他做伴。忘了他吧。”

她在长沙发上坐下。

“你想喝点什么？”我问道。我掏出一盒香烟递给她。她说她不想抽烟。她说不管是什么酒，有喝的就行。

“我想到了香槟，”我说。“我没冰桶，可香槟是凉的。这点香槟我已经藏了好几年了。两瓶。红绶带。我猜应该还不错。我不怎么懂酒。”

“藏着等什么呢？”她问道。

“等你。”

她笑了，可眼睛依然盯着我的脸。“你的脸都给割坏了。”她伸出手指，轻轻抚摸着我的脸颊。“留着等我？这不太可能。我俩两个月前才刚刚见面的呢。”

“那就是留着等我俩见面的那一天。我这就去拿。”我拿起她那只小旅行包，抬脚朝房间那头走去。

“你这是要把包拿哪儿去啊？”她高声问道。

“这是一只过夜用的旅行包，不是吗？”

“把包放下，回这儿来。”

我照办了。她的眼睛闪亮，同时又倦意绵绵。

“这可是桩新鲜事，”她慢吞吞地说道。“非常之新鲜。”

“怎么个新鲜法？”

“你从没有动过我一指头。没有调情，没有勾引，没有咸猪手，什么都没有。我还以为你是个尖酸刻薄、凶神恶煞、冷酷无情的铁面硬汉呢。”

“我想我就是这样的——在某些时候。”

“而现在我就在你家，我猜你是打算等我们痛饮了几杯香槟之后，毫无前奏地一把抓起我，把我扔上床。我说得对吗？”

“坦率地讲，”我说，“这样的想法确实在我的意识深处蠢蠢欲动过。”

“真是不胜荣幸，但假如我不想那样呢？我喜欢你。我非常喜欢你。但这并不意味着我想和你上床。你的判断是不是下得有点过于轻率了——只因为我碰巧带了只小旅行包？”

“也许是我弄错了，”我说。我走过去，拿起她的小旅行包，把它放回正门边。“我这就去拿香槟。”

“我不想伤害你的感情。但也许你可以把香槟留给未来某个更加喜庆的时刻。”

“只有两瓶，”我说。“真正喜庆的时刻需要至少一打。”

“哦，我明白了，”她说道，突然生起气来。“我只是在你找到某个更漂亮、更有魅力的可人儿前的一个替补。非常感谢。这下你可伤害我的感情了，可我想这至少说明我待在这里是安全的，这样也好。如果你以为一瓶香槟就能让我有失检点的话，我可以向你保证：你大错特错了。”

“我已经承认错误了。”

“我是告诉过你我打算和丈夫离婚，我是让阿摩司把我在你家门前放下，我还随身带了只小旅行包，可这些并不意味着你就能轻轻松松地把我弄到手，”她依然非常生气。

“别提那只该死的旅行包了！”我吼道。“让旅行包见鬼去吧！你再敢提一句，我就把那该死的东西从门前的台阶上扔下去。我邀请你来喝一杯。我这就去厨房拿酒。仅此而已。我根本就没打算把你灌醉。你不想跟我上床。这一点我充分理解了。你根本没理由这么做。可我们还是能一起喝上一两杯香槟的，对不对？我们没必要围绕着谁会遭到诱奸、何时何地、在喝下第几杯香槟之后展开一场论战。”

“你没必要发火，”她脸颊绯红地说。

“这又是你们的另一种调子，”我厉声叫道。“我听过五十种不同的调子，它们全都让我讨厌，全都虚伪透顶，全都在话外之音中藏着一种挑逗的暗示。”

她起身来到我身旁，指尖轻轻抚过我脸上的伤口和瘀肿。“对不起。我是个疲惫又失望的女人。请对我好点。我不是贱价处理给任何人的打折品。”

“你一点儿也不疲惫，你也并不比大多数人更失望。照理说，你完全应该变成又一个浅薄放荡、从小被宠坏了的小顽童的，就像你的妹妹一样。可奇迹是，你居然没有。你们家族全部的坦诚正直和一大半的勇气胆识全都集中在了你的身上。你不需要任何人来对你好点。”

我转身出了房间，沿着过道走进厨房，从冰箱里拿出一瓶香槟，砰的一声拉开木塞，斟满两只浅浅的高脚杯，端起一杯一饮而尽。酒精带来的针刺感让泪水在我的眼眶中打着转，可我还是饮下了杯中酒。我又斟满一杯，然后将酒瓶和酒杯装上托盘，用小车推着返回客厅。

她不在那里了。那只小旅行包也不见了。我放下托盘，打开正门。刚才我并没有听到开门的声响，她也没有车了。事实上我没有听到任何声响。

这时，她的声音从我背后传来。“傻瓜，你以为我会跑了吗？”

我关上门，转过身去。她披散开了长发，赤裸的脚上套了一双拖鞋，身上披了一件日式图案、晚霞红色的丝绸睡袍。她缓缓地步向我，脸上挂着一丝羞涩得出乎意料的微笑。我举起一杯香槟递给她。她接下了，抿了两口，又递还给我。

“真不错，”她说。然后，悄无声息地，没有丝毫演戏或做作的成分，她扑进了我的怀里，用她的嘴紧贴着我的嘴，轻启两片红唇，张开两排皓齿。然后，她的舌尖触上了我的。过了许久，她的头抽了回去，但她的双臂依然搂着我的脖颈。她的眼睛闪亮如星光。

“我一直想要这样的，”她说道。“我只是不愿意被轻易得到。我也不知道为什么。也许我只是太紧张了吧。其实我根本就不是一个放荡的女人。是不是很遗憾？”

“我要是以为你是的话，那我第一次在维克多酒吧见到你的时候就该向你献殷勤了。”

她慢慢地摇摇头，脸上现出微笑。“我不这么想。这就是为什么我会在这里。”

“也许那晚不会，”我说。“那晚我们有别的事情。”

“也许你从来就没有在酒吧里向女人献殷勤过。”

“我确实很少这样干。酒吧里的灯光太暗了。”

“可许多女人去酒吧，就是等着有人来献殷勤的。”

“许多女人早上起床时，脑袋里也装着同样的想法。”

“可酒精是一种催情剂——某种程度上说。”

“医生推荐的。”

“谁提医生啦？我要我的香槟。”

我又吻了她几下。轻松愉快的工作。

“我要吻你那张可怜的小脸，”她说到做到。“你的脸滚烫，”她说。

“我剩下的部分都冰凉的。”

“不是的。我要我的香槟。”

“为什么？”

“不喝的话就全跑气啦。再说，我喜欢这香槟的味道。”

"好吧。"

"你很爱我吗？还是说，如果我跟你上床，你就会很爱我？"

"也许吧。"

"你不必非跟我上床不可，你知道的。我并不十分坚持这一点。"

"谢谢你。"

"我要我的香槟。"

"你有多少钱？"

"全部加起来？我怎么知道？大概有八百万美元吧。"

"我决定跟你上床了。"

"唯利是图的家伙，"她说道。

"香槟的钱是我付的。"

"让香槟见鬼去吧，"她说。

50

一小时后，她伸出一条赤裸的胳膊，挠着我的耳朵说："你愿意考虑娶我吗？"

"这婚姻维持不了六个月的。"

"哎，看在上帝的分儿上，"她说，"就算维持不了，尝试一下不也很值得吗？你还能指望生活是怎样的——一份涵盖全部风险的全额险？"

"我四十二岁了。我已经被自在独立的生活给惯坏了。你也有点被惯坏了——有一点，不太多——被金钱。"

"我三十六岁了。有钱不是什么丢脸的事，为钱结婚同样也不是。大多数的有钱人都根本不配有钱，也不知道该怎么过有钱的生活。可这样的日子长不了。很快我们就会遭遇又一场战争，而等到战争结束时，每个人都将是身无分文——除了那些流氓坏蛋和骗子。而我们其他人——我们都将被税收压榨得一无所有。”

我抚弄着她的头发，盘了几缕在手指上。“也许你说得对。”

“我们可以飞到巴黎去，共度一段美妙的时光。”她用一只手肘撑起身体，低头望着我。我可以看到她眼中的闪光，但我读不出她的表情。“你反感婚姻吗？”

“一百个人当中大概能有一对神仙眷侣吧。剩下的都只是在努力维持婚姻。二十年后，男人的全部所有就只是车库里的一张工作台了。美国姑娘们都棒极了。美国太太们却太爱霸占领地了。再说了——”

“我要喝香槟。”

“再说了，”我继续说道，“这对你而言只是一段插曲。第一场离婚是一个艰难的抉择。在那之后，离婚就只是一个经济问题了。对你而言不成问题。十年后，你或许会在街上与我擦肩而过，却怎么也想不起来自己究竟在哪里见过我——假使你还能注意到我的话。”

“你这妄自尊大、自鸣得意、自信满满、油盐不进的混蛋。我要香槟。”

“这下你就会记住我了。”

“而且自负。满满的自负。虽然这会儿受了点小小的皮肉伤。你以为我会记得你？无论我嫁了多少男人，睡了多少男人，你以为我偏偏就会记得你？为什么？”

“不好意思。我这话说过头了。我这就去拿香槟。”

“我们可真是甜蜜温馨又明理的一对呀，”她语带讥讽地说。“我是个有钱的女人，亲爱的，而且日后更多的钱还会滚滚而来。我可以为你买下整个世界，只要值得。你现在有什么？回家时面对一栋空空的房子，甚至连一只猫、一条狗都没有；工作时坐进一间闷气的小办公室，干坐枯等着。就算我最后和你离了婚，我也绝不会允许你回到这样的生活中去。”

“那你打算怎么阻止我呢？我不是特里·伦诺克斯。”

“拜托。我们不要谈他了。也不要谈那根金灿灿的冰锥——那个姓韦德的女人了。也不要谈她那个可怜抑郁的酒鬼丈夫了。你想要成为唯一一个拒绝我的男人吗？这算是一种怎样的骄傲感？我已经向你献上了我所能够给予的最大恭维。我请求你娶我。”

“你已经给了我比这更大的恭维。”

她哭了起来。“你这傻瓜，你这彻头彻尾的傻瓜！”她的脸颊湿了。我能感觉到上面的泪水。“假设这婚姻持续了半年或是一年或是两年。你又有什么可失去的呢，除了办公桌上的灰尘、百叶窗上的沙土，还有你那空虚生活的寂寥？”

“你还要来点香槟吗？”

“好吧。”

我将她拉到身边，她靠着我的肩膀哭了。她不爱我，我俩都知道这一点。她并不是为我而哭。她只是在此时此刻需要落几滴眼泪罢了。

哭完后她抽身离去，我爬下床，她进了盥洗室去补妆。我拿来了香槟。她回来的时候，脸上挂着微笑。

“不好意思，我刚才失态了，”她说道。“六个月后，我甚至都不会记得你的名字。把香槟拿到客厅去吧。我想见点亮光。”

我照办了。她像刚才那样坐在长沙发上。我把香槟在她面前放下。她看着酒杯，但没有去碰。

“而我将会向你作自我介绍，”我说。“然后我们会一起喝上一杯。”

“就像今晚？”

“再也不会像今晚了。”

她举起她那杯香槟，悠悠地抿了一点，然后在长沙发上转过身来，将剩下的酒全泼在了我脸上。接着她又哭了起来。我掏出手帕，擦干自己的脸，然后替她擦了她的脸。

"我不知道我为什么会这样做，"她说。"可看在上帝的分儿上，千万别说我是个女人，而女人永远不知道自己为什么会做任何一件事。"

我又往她的杯子里倒了点香槟，冲她大笑。她悠悠地喝着，转过身去，接着便倒在了我的大腿上。

"我累了，"她说。"这次你得抱我了。"

过了一会儿，她睡着了。

第二天早上，她还睡着，我起床煮了点咖啡。我冲了个澡，刮了个脸，穿好衣服。这时她醒了。我们共进了早餐。我叫了辆出租车，把她那只小旅行包扛下台阶。

我们道了别。我看着出租车消失在视线中。我返身爬上台阶，走进卧室，将被褥一件件掀开，从头重铺了一遍。一只枕头上有一根黑色的长发。一团沉甸甸的铅块堵在了我的胃里。

法国人有一条谚语，说的就是这种感觉。那群混蛋为每一种感觉都发明了一条谚语，而他们的话永远是对的。

说一声告别就是迈入死亡一小步。

51

休厄尔·恩迪科特说他今天会工作到很晚，我可以在七点半左右上门拜访。

他的办公室位于大楼一角，地上铺着蓝地毯，屋内陈设着一张桌角精雕细刻、年代久远、显然价格不菲的红木桌；一只平常的玻璃面书架，上面摆满了暗黄色的法律书籍；几位英国著名法官的卡通形象，全是"间谍"莱斯利[1]的流行作品；还有一张奥利佛·温德尔·霍莫斯法官

① "间谍"是英国漫画家莱斯利·沃德（1841—1913）的笔名。

的大幅肖像画，孤零零地挂在南面的墙上。恩迪科特坐在一张衬着黑色皮革的椅子上。在他身边是一张打开的卷盖式书桌，里面塞满了文件。这是一间没有哪位装修师能够添加一抹柔美色调的办公室。

他穿着衬衣，面容疲惫——可他本来就是这样的长相。他还在抽他那种淡而无味的香烟。烟灰落在他解开的领带上。他那头软绵绵的黑发乱糟糟的。

我坐下后，他沉默地盯着我看了一会儿。然后他开口道："你真是个执拗的狗娘养的，没见过你这样的人。别跟我说你还在挖掘那摊烂事。"

"有件事还是让我有点心神不安。我能否猜测你当初来铁笼见我的时候，你是哈兰·波特先生的代理人？"

他点点头。我用指尖轻轻抚过那侧脸颊。伤口已经痊愈，瘀肿也消退了，但那里的一根神经一定受了伤。部分脸颊依然没有知觉。我总是忍不住伸手去摸。假以时日，知觉总归是会恢复的。

"还有你去奥塔托克兰的时候，是以一名地检官雇员的身份接受的临时委派？"

"是的，可别揪住这件事不放了，马洛。那在当时是一层很有价值的关系。但我或许过于看重它了。"

"希望现在依然是。"

他摇摇头。"不。结束了。波特先生现在通过旧金山、纽约和华盛顿的事务所处理法律事务。"

"我猜他恨我恨到骨子里去了——如果他还会想起这件事的话。"

恩迪科特微微一笑。"奇怪的是，他偏偏只责怪他的女婿——洛林大夫。哈兰·波特这样的人总得有人可责怪。他自己是绝不可能犯错的。他认为，如果洛林没有给那个女人那么多危险的药品，这一切就都不会发生了。"

"他错了。你在奥塔托克兰见到了特里·伦诺克斯的尸体，对不对？"

"我确实见到了。停在一家家具木工店的后堂里。他们那里没有像样的停尸房。那木工同时也做棺材。尸体冰冷冰冷的。我见到了太阳穴上的伤口。他的身份无可置疑——如果你在那方面还心存任何猜想的话。"

"不，恩迪科特先生，我从不怀疑这一点，因为有鉴于他的特殊情况，弄错尸体的身份几乎是不可能的。不过，他当时肯定做了一点伪装，对不对？"

"面部和手部涂暗了肤色，头发染成了黑色。可那几道疤痕依然十分明显。当然，尸体的指纹也轻而易举地同他在家里接触物品时留下的指纹做了对比验证。"

"那边的警力情况如何？"

"非常原始。那里的头头文化程度仅够读写。可他了解指纹。那里天气很热，你知道的。非常热。"他皱了皱眉，抽出口中的香烟，心不在焉地扔进一只像是巨大的仿玄武岩黑陶容器中。"他们只能从旅馆中取冰，"他添了一句。"许多冰。"他再度看着我。"没有在那儿做防腐处理。必须快刀斩乱麻。"

"你会说西班牙语，恩迪科特先生？"

"只会说几个词。旅馆经理给我做的翻译。"他微笑着说。"一个衣冠楚楚的精明人，那家伙。看上去很不好惹，不过他很礼貌，很愿意帮忙。很快一切都结束了。"

"我有一封特里寄给我的信。我猜波特先生会感兴趣的。我跟他的女儿——洛林太太提过此事。我还把信拿给她看了。信里有一张麦迪逊的肖像。"

"一张什么？"

"一张五千美元的钞票。"

他扬起眉毛。“是吗。好吧，他当然出得起这钱。他太太和他复婚的时候给了他足足二十五万美元。我知道他原本就打算去墨西哥生活的——就算没有发生后来的事情。我不知道那笔钱后来去哪儿了。那方面的事情我并不知情。”

“信在这里，恩迪科特先生，感兴趣的话你可以读读。”

我拿出那封信，递给他。他仔仔细细地读了一遍——律师们读任何东西都是用的这种态度。读完后他把信在桌上放下，往椅背上一靠，两眼瞪着空气。

“有点太文学化了，不是吗？”他轻声说。“不知道他为什么要这样做。”

“你是指他自杀了、认罪了，还是给我写了这封信？”

“当然是认罪后自杀了，”恩迪科特不耐烦地说。“他寄这封信给你是可以理解的。这样你此前——以及此后为他付出的一切至少得到了一个合理的回报。”

“有件关于邮箱的事情一直让我很困惑，”我说。“他在信中说，他窗外的街道上有一个邮箱，旅馆侍者在将信投入邮箱前会先将它高高举起，好让特里看到信确实寄出了。”

恩迪科特的眼神像是瞌睡了一般。“怎么啦？”他漠然地问道。他从一只方烟盒里又抽出一根过滤嘴香烟。我将手中的打火机伸到桌子对面，替他点上。

“奥塔托克兰这样的地方是不会有邮箱的，”我说。

“继续。”

“起初我没有想到这一点。后来我查了一下那地方的信息。那只是一个村庄。人口在一千到一千二左右。有一条路面铺了一半的街道。小镇的头头有一辆 A 型福特作为公务车。邮局在一家猪肉铺的角落里。镇上还有一家旅馆、两间酒馆，糟糕的道路，外加一座小机场。附近的山区里可以狩猎——许多人在那里狩猎。所以建了那座机场。要想上那儿去，唯一便利的交通方式就是坐飞机。”

“继续。我知道那里可以狩猎。”

“这么说，那儿的街道上居然有邮箱。就如同那里还有赛马场、赛狗场、高尔夫球场、壁球场，外加一座带彩色喷水池和露天音乐台的公园一样。”

“那他一定是弄错了，”恩迪科特冷冷地说。“也许那只是一件在他看来像是邮箱的东西——比如说，垃圾箱。”

我站起身来，伸手拿起那封信，将信纸重新叠好，放回口袋里。

“垃圾箱，”我说。“没错，就是垃圾箱。漆成墨西哥国旗的颜色——绿、白、红，上面清清楚楚地印着一条大大的标语：请维护城市的整洁。当然，用的是西班牙语。垃圾箱周围躺着七条癞皮狗。”

“别耍嘴皮，马洛。”

“不好意思，一不小心展露出了我的敏捷才思。另一个小小的疑问我已经和兰迪·斯塔尔说过了。那封信究竟是怎么寄出来的？根据信中所述，这件事是经过预谋的。这么说，有人跟他说过邮箱的事。这么说，有人撒谎了。这么说，有人最终照样把这封装了五千美元的信件寄出去了。真有趣，你不觉得吗？”

他吐出一口烟，看着烟雾越飘越远。

“你的结论是什么——为什么你要打电话给斯塔尔谈这件事？”

“斯塔尔，还有一个叫做门奈德兹的流氓——此人现在已经出局了——曾经和特里一起参加过英国军队，当过战友。他们在某些方面可不怎么地道——事实上，他们几乎在各个方面都不怎么地道。可他们依然保留着他们自己的某种自尊。我们这里的某些人出于显而易见的理由设计要把事情掩盖起来。而在奥塔托克兰，另有人出于截然不同的理由，也要把事情掩盖起来。”

“你的结论是什么？”他又问了我一遍，这次语气比刚才尖锐得多。

“你的结论是什么？”

他没有回答我。于是我感谢他能够抽空见我，起身离开。

我拉开房门时他皱着眉，但我认为那拧在一起的眉头背后是发自内心的困惑。或者他也有可能是在努力回忆旅馆窗外的街景，回忆那里究竟有没有邮箱。

又一个齿轮开始转动了——仅此而已。它整整转动了一个月，才有结果浮出水面。

之后的某个周五早晨，我看到一个陌生人在我的办公室里等着我。这是一位衣冠楚楚的墨西哥人或是其他地方的南美人。他坐在敞开的窗户边，抽着一支气味很重的棕色香烟。他个子高挑，身材非常修长，非常优雅，留着一撇整齐的黑色髭须，一头黑发比我们习惯的发型要长许多，身上是一件松散编织材质的浅黄褐色正装。他戴着一副绿色的太阳镜。见到我他礼貌地站了起来。

“马洛先生？”

“我能如何为你效劳？”

他递给我一张折好的纸片。“拉斯维加斯的斯塔尔先生有一张字条给您，先生。您会说西班牙语吗？”

“会说，可别说太快。说英语更好。”

“那就说英语吧，”他说道。“对我来说都一样。”

我接过那张纸条，读了一遍。“这张字条向你引荐西斯科·马拉诺斯——我的一位朋友。我想他能帮上你。斯。”

“我们进屋谈吧，马拉诺斯先生，”我说。

我替他拉开门。经过我身边时他身上散发出一股香水味。他的一双眉毛也实在是俊秀得太过分了。可他也许并不像他的外表那样俊秀如花，因为他的两侧脸颊上都有刀疤。

52

他在客户专享的椅子上落座，双膝交错。“我听说，你想要一些有关伦诺克斯先生的信息。”

“我只想了解最后的一幕。”

“我当时在场，先生。我在那家旅馆里供职。”他耸耸肩。“一个无足轻重的岗位，当然也只是暂时的。我当时是做白班的前台接待。”他的英语非常流利，但带着西班牙语的韵律。西班牙语——我是说美式西班牙语——有一种标志性的抑扬顿挫，而在美国人的耳中听来，这样的节奏却并不传达任何语意。那更像是海涛的起伏。

“你看上去不像是干这一行的，”我说。

“人都有遇到难处的时候。”

“是谁把这封信寄给我的？”

他将一盒香烟递到我面前。“来一根试试。”

我摇摇头。“味道太冲了，我不习惯。哥伦比亚烟我喜欢。古巴烟简直能杀人。”

他淡淡一笑，又给自己点了一支，吐出一口烟圈。这家伙的气度实在是太优雅了，我开始有点受不了他了。

“我知道那封信的事，先生。他们在门口布置警卫后——警察或是警探，用你的话说——那个男仆就不敢上楼去这位伦诺克斯先生的房间了。于是我亲自把信寄了出去。在枪响之后——你理解的。”

“你应该朝信封里面看一眼的。那里有张大额钞票。”

“信是密封的，”他冷冷地说。“El honor no se mueve de lado como los congrejos. 这句话的意思是，正直的荣誉感不会像螃蟹一样横走歪行，先生。”

“抱歉。请继续。”

“我走进房间，当着警探的面关上房门后，伦诺克斯先生左手握着一张一百比索的钞票，右手握着手枪。桌上，那封信就摆在他面前。那里还有一张纸，我没有读。我拒绝收下那张钞票。”

“这钱确实给得太多了，”我说，可他没有回应我这句揶揄。

“但他坚持要给我。于是，我最终收下了，事后给了男仆。我把信藏在餐巾下面，盛在托盘里带了出去。那警探目光凌厉地看着我。但他什么也没说。我走下楼梯，刚走到半道，就听见了一声枪响。我飞快地藏好信，返身朝楼上跑去。那警探正在拼命踹门。我用我的钥匙打开门。伦诺克斯先生已经死了。”

他用手指轻轻地抚过桌沿，叹了口气。“余下的故事无疑你已经听说了。”

“旅馆里住满了吗？”

“没有，没住满。只有六七位客人。”

“美国人？”

“两位北美人。狩猎客。”

“真正的北美白人还是移民过去的墨西哥人？”

他的指尖缓缓划过膝盖上方的浅黄褐色布料。“我认为其中一人很可能是西班牙裔。他说的是边境区的西班牙语。非常不雅。”

“他们有没有靠近过伦诺克斯的房间？”

他猛地抬起头，但那副绿太阳镜障不了我的眼。“他们为什么要这样做，先生？”

我点点头。“好吧，你能过来跟我讲讲这件事真是太棒了，马拉诺斯先生。告诉兰迪我很感激，好吗？”

“这没什么，先生。这没什么。”

“以后，如果他有空的话，不妨再派一个知道自己在说什么的人过来。”

“先生？”他的语调软了，但依然冷冰冰的。“你质疑我的话吗？”

“你们这些家伙张口闭口就是‘荣誉感’。荣誉感不过是盗贼的斗篷——有些时候。别生气。安安静静地坐着，听我换种方式讲述这件事。”

他傲慢地往椅背上一靠。

“请注意，我也只是在猜测，也许我猜错了。但我也有可能猜对。这两个美国人上那儿去是有所图的。他们乘飞机抵达小镇，伪装成狩猎者。其中一人名叫门奈德兹——一个赌棍。他登记入住时或许用的是另一个名字，或许不是。我不知道。伦诺克斯知道他俩在那儿。他也知道原因。他之所以给我写这封信，只是因为他良心不安。他把我当傻瓜耍了一遭，可他心地又太软，背不了这么沉重的良心包袱。于是他在信里夹了那张钞票——五千美元——因为他有的是钱，而他知道我没钱。他还故意在信末抛出一个奇怪的暗示，这招也许会奏效，也许不会。像他这样的伙计永远想要做正确的事情，却不知怎的总是南辕北辙。你说你把信送到了邮局。你为什么不把它投进旅馆前面的箱子呢？”

“箱子，先生？”

“邮箱。你们管它叫邮递员箱，我想。”

他微微一笑。“奥塔托克兰不是墨西哥城，先生。那是一个非常原始的地方。奥塔托克兰的街头安邮箱？那里没人会明白邮箱是做什么的。更没人会去收里面的信。”

我说：“哦。好吧，就当我没说。你根本没有用托盘端着咖啡送到楼上伦诺克斯先生的房间里去过，马拉诺斯先生。你也没有闯过警卫进入房间。但那两个美国人办到了。那个警探当然被买通了。其他几个人同样如此。一个美国人从背后把伦诺克斯打晕了。然后他捡起那把毛瑟手枪，拧开里面的一发子弹，取出弹头，将药筒装回枪膛内。然后他举枪对准伦诺克斯的太阳穴，扣动了扳机。这样的一枪会造成外观很吓人的创伤，但不会致命。然后伦诺克斯就被放在一张担架上，遮盖得严严实实、十分隐蔽地抬了出去。然后，当那个美国律师赶到时，伦诺克斯被喂了麻药，塞在冰堆里，停在那家兼做棺材的木工店里的阴暗一角。那个美国律师在那里见到了伦诺克斯，他当时身体冰凉，陷入了深度昏迷，太阳穴上还有一处血淋淋、黑乎乎的伤口。他看上去就像死了一样。第二天，他们往那具棺材里塞满石块，将它拖出去埋了。美国律师带着指纹和一份顶呱呱的文件回家去了。你觉得我的故事怎么样，马拉诺斯先生？”

他耸耸肩。“有这个可能，先生。这么干需要客观的金钱和影响力。如果这位门奈德兹先生同奥塔托克兰的重要人物关系密切的话——市长、旅店老板，等等等等——那就有这个可能性。”

“嗯，你说的也有可能。这是个很好的思路。这就解释了他们为什么要选择奥塔托克兰这么一个偏远的小地方。”

他浅浅一笑。“这么说伦诺克斯先生还活着，难道不是吗？”

“当然啦。自杀无疑是伪造的，用来支持那份自供书。伪造的手法必须十分高明，足以骗过一位曾经担任地区检察官的律师，但一旦被揭穿，现任地检官可就要因此而出大丑了。这个门奈德兹并不像他自认为的那样彪悍，可他却只因为我多管闲事就彪悍地用手枪狠狠抽我。所以他这么干一定有理由。如果伪造被揭穿，门奈德兹就会被卷入一场国际纠纷的风暴之中。墨西哥人就像我们一样讨厌警务执行中的腐败现象。”

“这一切都有可能，先生，我非常清楚这一点。但你这是在指责我撒谎。你说我没有进过伦诺克斯先生所在的房间，也没有取走他的信。”

“你本来就在房间里，哥们儿——你正在写那封信呐。”

他伸手摘下太阳镜。一个人眼睛的颜色是怎么也改变不了的。

“我看这会儿去喝兼烈还有点太早吧，”他说。

53

他们在墨西哥城给他做了一场绝妙的易容，可这又有什么可奇怪的呢？他们的医生、技师、医院、画家与建筑师同我们的一样棒。有时还略胜一筹。是一个墨西哥警察发明了检测残留火药中硝酸盐物质的石蜡法。他们没能给特里再造一张完美的脸，但他们做得已经够好了。他们甚至改变了他鼻子的形状，取出了一截骨头，让鼻梁变得更加扁平，更少日耳曼特征。他们没法将伤疤不留痕迹地去除干净，所以他们就干脆给他的另一侧脸也添上了两道疤痕。刀疤在拉美国家是很常见的。

"他们甚至在这里植入了一条神经，"说完他伸手摸了摸之前毁过容的那侧脸。

"我猜对了多少？"

"非常接近了。几处细节错了，但都不重要。那是一场闪电行动，有几步我们是随机应变的，我自己都不知道接下来会发生什么。按照他们的要求，我做了几件指定的事情，在身后留下清晰的踪迹让人来尾随。门迪不想让我写信给你，可我坚持这一点。他有点低估你了。他从未注意到那个邮箱的细节。"

"你知道是谁杀了西尔维娅吗？"

他没有直接回答我。"向警方告发一个女人犯了谋杀罪可不是件容易的事——就算你从来就没有把她真正放在心上过。"

"活在这个世上本来就是件挺不容易的事。哈兰·波特知道所有这一切吗？"

他又笑了。"他会让任何人知道这一点吗？我猜不会。我猜他确实以为我死了。不然的话，谁会去告诉他呢——除非是你？"

"我告诉他的全部信息可以折进一片草叶里。门迪最近怎么样了——还是说他不叫这个名了？”

“他还好。在阿卡普尔科呢。多亏兰迪，他逃过了这一劫。可那群朋友并不会对警察动粗。门迪没你想的那么坏。他还是有一颗肉长的心的。”

“蛇也有。”

“我说，我们去喝那杯兼烈怎么样？”

我没有答话，而是起身走到保险箱边。我转动旋钮，取出了那只信封，信封里装着麦迪逊肖像和五张依然散发着咖啡气味的百元美钞。我把这堆东西扔在桌子上，拣出了那五张百元钞票。

“这几张我留着。这点钱我几乎全花在了调查取证还有各种费用上。那张麦迪逊的肖像我一直很喜欢拿在手里把玩。现在它归你啦。”

我将那张大钞摆在他面前的桌沿上展开。他只是看着，没有伸手去碰。

“你留着吧，”他说。“我有的是钱。你本可以不管闲事的。”

“没错。她在谋杀了亲夫、逃脱了法网之后，说不定就会弃恶向善了。当然了，他原本就是个无足轻重的家伙。只是一个有血有肉、有头脑、有感情的活人。他也知道发生了什么，而他努力地想要接受这一切。他还写书。你说不定听说过他。”

“听着，我当时真的是别无选择，”他慢吞吞地说。“我没想要任何人受伤害。留在这里，我根本没有半点机会。一个人没法同时把各个方面都考虑周全。我吓坏了，于是就逃跑了。我还能怎么办？”

“我不知道。”

“她的性情很是疯狂。说不定她不管怎样最后都会杀了他。”

“也许吧。”

“哎，释然一点吧。我们找个安静凉快的地方去喝一杯。”

“现在没空，马拉诺斯先生。”

“我们曾经是很要好的朋友，”他怏怏地说。

“是吗？我忘了。在我的记忆中，那好像是另外两个人吧。你在墨西哥永久定居了？”

“哦，是的。我来这里甚至都不合法呢。可之前我也从来没有合法过。我告诉过你说，我出生在盐湖城。其实我出生在蒙特利尔。很快我就是墨西哥国民啦。只需要一个好律师就能办妥。我一直喜欢墨西哥。这会儿去维克多酒吧喝那杯兼烈应该算不上是冒险。”

“收起你的钱吧，马拉诺斯先生。这张钱上沾了太多的血。”

“你是个穷人。”

“你怎么知道？”

他拿起钞票，夹在修长的手指间展平，漫不经心地塞进贴身口袋里。他用雪白的牙齿咬着嘴唇——这样的白牙只有肤色棕黑的人才会有。

“你开车送我去提华纳的那天早上，我真的不可能再向你透露更多信息了。我给过你一个向警方告发我的机会。”

“我不是在生你的气。你就是那样的人。在很长一段时间里，我始终猜不透你。你行事很地道，人品也很地道，可你身上不知什么地方就是不对劲。你有你的为人准则，你也总是遵守准则，可这些准则仅仅是你个人的。它们与任何的伦理规范或道德顾忌都不相干。你是一个善良的人，因为你有一颗善良的心。可你与流氓无赖为伍时就跟你同正人君子做伴时一样开开心心——只要那些流氓英语说得还算溜，餐桌上的举止还算得体。你是一个道德上的失败主义者。我想这或许是那场战争造成的结果，但话说回来，我看你也有可能是天生如此。”

“我不明白，”他说。“我真的不明白。我想要报答你，可你却不让我报答。我当时不可能再跟你多说一个字了。你是不会容忍这样一件事的。”

“那件事并不比我听到过的任何一件事更糟糕。”

“你喜欢我身上的某些东西，我很高兴。我当时遇到了大麻烦。我碰巧认识那类知道如何处理大麻烦的人。因为很久以前发生在战场上的一件事，他们欠我一个情。也许这是我有生以来唯一一次飞快地做出了正确的决定，快得就像只耗子。在我需要他们的那一刻，他们没让我失望。而且是免费的。你不是这世上唯一一个没有标价牌的人，马洛。”

他从桌子对面探过身来，一把抓起我的一根香烟。他脸上深深的棕肤下面起了一抹不均匀的红晕，衬出了那几道疤痕。我看着他取下别在口袋上的打火机——一只漂亮别致的气体打火机——点着香烟。我闻到了他身上的一缕香水味。

“可你买下了大半个我，特里。只用了一丝微笑、一个点头、一次挥手，外加一间清静的酒吧里的几杯清静的酒。这一切都很美好——在它没有被打破的时候。再见了，朋友。我不想说告别。我在那个字眼尚有意义的时候已经对你说过它了。当我说出它时，它是一个哀伤、孤独、无可挽回的词。”

“我回来得太迟了，”他说。“整容手术很费时间。”

“要不是我把你惊出洞的话，你根本就不会回来的。”

他的眼中突然闪过一丝泪光。他赶忙重新戴上太阳镜。

“我说不准，”他说道。“我还没有拿定主意。他们不想要我告诉你任何事。我只是还没有拿定主意。”

“不用操心这个，特里。你身边总有人能替你来办这件事。”

“我进过突击队，老兄。你如果只是个软绵绵的娘们儿，他们才不会收你呢。我受了重伤，落在那些纳粹医生手里可一点也不好玩。这段经历改变了我。”

“这些我全知道，特里。从许多方面看，你都是个很讨人喜欢的伙计。我不是在评判你。我从没有评判过你。只是，你其实已经不在这里了。你早就走了。你穿得漂漂亮亮，身上喷着香水，我看你优雅得就像个五十美元一夜的高价妓女。”

“这只是在演戏，”他近乎绝望地说道。

“可你挺享受这场戏的，难道不是吗？”

他的嘴角垂了下去，蜷成一个苦涩的笑。他耸了耸肩——一个充满活力、极富表现力的拉丁式耸肩。

“当然了。演戏就是我的全部了。除此之外再没有别的了。这里——”他用打火机敲敲胸膛——“什么都没有了。我曾经有过，马洛。我很久以前有过。哎——我猜我们再没有什么可说的了。”

他站了起来。我也站了起来。他伸出一只瘦削的手。我握了握那只手。

“再见了，马拉诺斯先生。很高兴认识你——尽管十分短暂。”

“再见。”

他转身穿过房间，出了门。我看着那扇门关上。我听着他的脚步踩过仿大理石走廊，越走越远。过了一会儿，脚步声轻了，接着便消失了。可我依然聆听着。听什么呢？难道我希望他突然站住，转身回来，再和我说上一席话，浇灭我心中的块垒吗？哎，可是他没有回来。这就是我见到他的最后一面了。

我也再没有见到他们当中的任何一个——除了那些警察。这世上还没有发明出一种跟他们说再见的方法呢。

图书在版编目（CIP）数据

漫长的告别／（美）雷蒙德·钱德勒著；宋佥译.
—上海：上海译文出版社，2017.6（2025.2 重印）
（雷蒙德·钱德勒作品）
ISBN 978-7-5327-7397-8

Ⅰ.①漫… Ⅱ.①雷… ②宋… Ⅲ.①长篇小说—美
国—现代 Ⅳ.①I712.45

中国版本图书馆 CIP 数据核字（2016）第 253345 号

Raymond Chandler
The Long Goodbye

漫长的告别
〔美〕雷蒙德·钱德勒／著 宋佥／译
策划／冯 涛 责任编辑／管舒宁 装帧设计／张志全工作室

上海译文出版社有限公司出版、发行
网址：www. yiwen. com. cn
201101 上海市闵行区号景路 159 弄 B 座
苏州市越洋印刷有限公司印刷

开本 890×1240 1/32 印张 11.75 插页 6 字数 235,000
2017 年 6 月第 1 版 2025 年 2 月第 13 次印刷
印数：52,001-55,000 册

ISBN 978-7-5327-7397-8
定价：58.00 元